당신은 지나갈 수 없다

당신은 지나갈 수 없다

손홍규 소설집

창비

차례

•

:

예언자

:

고추 모종 옮겨심기를 마치고 비를 기다렸다. 노부인이 예고한
대로 다음 날 오전부터 추적추적 봄비가 내렸다. 두어 시간 뒤에는
제법 빗발이 굵어졌고 점심 무렵에는 장대비로 바뀌어 쏟아졌다.
노부부는 방문을 열어둔 채 점심을 먹었다. 방안으로 빗소리와 흙
내 섞인 축축한 공기가 차분하게 밀려들어왔다. 밥상을 물린 뒤 노
인은 방을 나가더니 마루 끝에 엉덩이를 걸치고 앉았다. 노인은 가
슴팍에 달린 셔츠 주머니에서 담배를 꺼내 물었다. 노부인은 방안
에 그대로 앉아 있었다. 노부인의 눈길은 한평생 봐왔으나 언제 봐
도 눈에 설기만 한 노인의 뒤통수에 머물렀다. 노인의 면상과 뒤통
수는 둘 다 판판해서 워낙 닮아 보였다. 앞에서 보나 뒤에서 보나
고집스러워 보인다는 점도 매한가지였다. 노인이 기침을 했다. 가

래를 한 뭉텅이 쏟아내도 이상하지 않을 만큼 듣는 이가 다 괴로워지는 소리였다.

그놈의 담배 작작 먹으라니깐.

노인은 노부인의 힐난을 못 들은 척했다.

이 비는 언제 그칠랑가.

수챗구멍이 막혔는지 수돗가 주위로 빗물이 넘쳐흘렀다. 노부인이 빗줄기를 노려보았다.

두어 시간 더 가겠소.

자네가 그렇다면 그렇겠지.

빗줄기를 바라보는 노부인의 눈빛은 형형하다 못해 이글이글거렸다. 젊은 시절에는 인물이 곱다는 평을 듣던 그이였다. 세월은 미색을 흩어버린 대신 그이의 눈동자에 윤을 내고 숨을 불어넣었다. 그이를 처음 본 사람이라면 기가 죽을 만큼 그 꿰뚫어보는 눈빛은 생생하게 빛났다. 노부인은 하늘 한번 올려다보고 코를 쿵쿵대는 것만으로도 다음 날 비가 올지 안 올지를 틀림없이 알아맞혔다. 집에서 기르는 짐승의 출산이 다가오면 누구나 노부인을 청해 한번 보고 가게 했다. 노부인이 배가 불룩한 암소나 늙은 암캐를 찬찬히 뜯어보고는 내일이야 혹은 일주일 남았어, 하고 말하면 여축없이 그렇게 됐다. 환갑 즈음까지는 산파 노릇도 톡톡히 했다. 임신부의 배를 슬슬 문질러보는 것만으로도 사내아이인지 계집아이인지를 알았고 순산일지 난산일지를 알았다. 젊은 사람이 다 사라지고 더는 불러주는 이가 없어 산파 노릇은 작파했지만 손금도 봐주고 토

정비결도 풀어주고 해몽도 해주느라 함께 늙어가는 이들의 발길
이 끊이질 않았다. 노부인이 잠든 사람 얼굴을 지그시 내려다보면
무슨 꿈을 꾸는지 안다는 소문이 돌기도 했는데 적어도 노부인 연
배의 마을 사람이라면 누구나 그걸 사실로 믿었다. 담배를 다 피운
노인이 방으로 들어가 누웠다. 이윽고 노인이 가볍게 코를 골았다.
노부인은 노인의 머리맡에 앉은 채, 한평생이라 해도 좋을 세월 동
안 눈에 익혔으나 여전히 속내를 알 수 없는 늙은이의 얼굴을 지그
시 바라보았다. 노인은 노부인의 시선을 느끼기라도 한 것처럼 이
맛살을 찌푸렸다.

　이 냥반이 또 거기를 갔네.

　노부인은 끌탕을 하며 노인 옆에 누웠다. 노부부는 송장처럼 뻣
뻣하게 누워 잠들었다. 낮잠치고는 제법 긴 잠이었다. 노부부가 눈
을 떴을 때 기세는 줄었으되 비는 여전했다. 노부인의 예고와는 달
리 비는 초저녁까지 이어졌다. 그날 밤 노인이 몸살기가 있다며 평
소보다 일찍 자리에 누웠다. 한밤중에 깬 노부인이 손으로 노인의
이마를 짚더니 물수건을 얹어준 뒤 고개를 갸웃 기울였다.

　이 냥반이 어디를 간 거야.

　다음 날 오전, 노인은 밤새 열에 시달려 부쩍 쇠약해진 몸으로
오토바이를 타고 보건소에 갔다. 고속도로 못미처 새로 난 길을 굽
어보는 자리에 노인의 아버지 때부터 갈아먹던 산밭이 있었다. 물
썸을 덜 받는 곳이라 밭둑과 이랑이 빗물에 휩쓸리거나 잠길 염려
는 적었지만 아래쪽에 부모 묘를 썼던지라 고개가 자꾸만 돌아갔

다. 그 탓에 오토바이 앞바퀴가 크게 흔들리기도 했지만 제때에 중심을 잡을 수 있었다. 노인은 개천을 가로지르는 다리를 건너 초등학교 정문 맞은편으로 접어들었다. 보건소에 들어선 노인은 이마에 맺힌 식은땀을 손수건으로 닦았다. 노인은 진찰을 받고 수액주사를 맞았다. 한숨 자고 일어난 노인은 몸이 한결 가벼워졌다. 열도 내렸고 까칠하던 혓바닥도 부드러워졌다. 보건소 앞마당에 깔린 잡석들이 걸음걸음마다 자그락자그락 소리를 냈다. 오토바이에 오른 노인은 잠시 지체했다. 시동 버튼이 말을 듣지 않아서였다. 오토바이는 기침을 하듯 쿨럭이고는 그만이었다. 여러차례 반복하고서야 겨우 시동이 걸렸다. 신열이 물러간 노인의 몸 한가운데를 차갑고 불쾌한 기운이 관통했다. 기다란 침에 혈을 찔린 기분이었다. 오토바이 바퀴 아래서 잡석들이 튀었다. 노인의 오토바이는 보건소 앞마당을 빠져나와 아까 왔던 길을 되짚어갔다. 초등학교 울타리를 따라 왼쪽으로 꺾은 뒤 난간이 없는 다리를 건널 때 오토바이는 무엇에 홀리기라도 한 듯 왼쪽으로 사선을 그으며 달렸다. 오토바이는 다리 끝에 이르러 거짓말처럼 곤두박질쳤다. 제방의 경사면을 따라 오토바이와 함께 굴러떨어진 노인은 비 탓에 한껏 부풀어올라 그르렁대며 흐르는 개울가에 처박혔다. 얼마 지나지 않아 사료 트럭 기사가 노인을 발견했다. 갈비뼈가 네댓군데나 부러지고 금이 갔다. 외과수술과 입원치료를 받는 동안 여름이 되었다. 타지에 사는 노인의 자식들이 번갈아가며 찾아와 간병을 했다. 손주들도 문병을 오곤 했다. 퇴원한 뒤 여름 내내 통원치료를 받았다.

그러는 동안 피붙이들의 방문도 뜸해졌다. 수술을 무사히 마친 뒤 노인에게는 전에 없던 활기가 생겨났으나 노부인은 외려 침울해졌다. 노부인은 잠든 노인의 얼굴을, 머릿속을, 그보다 더 깊은 심연을 들여다보려 애썼으나 아무것도 볼 수 없었다. 갑자기 노인이 낯설어졌다. 지금까지 때때로 노인에게 느꼈던 거리감과는 전혀 다른 종류의 낯섦이었다. 노인이 무슨 꿈을 꾸는지 알 수 없었고, 그것이 해독하기 어려운 꿈이어서가 아니라 아예 헤아릴 수 없는 두터운 어둠이어서 더욱 그러했다. 노인은 노부인이 전혀 알지 못하는 사람이나 다름없었다. 노인이 허락도 없이 먼 길을 떠나버린 것만 같아 서운하고 불안했다. 노부인은 노인이 입원해 있는 동안 보조침대에 앉아 자신에게서 뒷걸음질하는 노인을 바라보았다. 퇴원하기 전 어느 대낮이었다. 낮잠을 자던 노인이 눈을 번쩍 뜨더니 고개를 돌려 노부인을 보았다. 노인은 다시 고개를 돌려 블라인드가 쳐진 창문 쪽을 바라보았다.

이 비는 언제 그칠랑가.

비 안 와요.

안 오기는.

안 와요.

참말인가.

참말로요.

자네도 다 되었는갑네.

무슨 염병지랄이시우.

저리도 주룩주룩 내리건만 안 온다니.

노부인은 창가로 다가가 알루미늄 블라인드의 개폐 손잡이를 돌렸다. 블라인드가 열리면서 햇살이 슬그머니 들어왔다. 다 자란 누에만큼 투실한 햇살이 노인의 핼쑥한 얼굴 위를 기어다녔다.

거참 굵은 빗줄기일세그려.

누에 가득한 잠실이라오.

빗소리가 발소리여.

밤새 실 토해 고치를 짓지.

어여 오시게나.

밥은 뜨고 가야겠지라.

아문.

오토바이는 중고로 팔아넘긴 터라 통원치료를 하는 동안은 시내에 살면서 개인택시를 운전하는 조카가 노인을 데리고 다녔다. 환갑을 바라보는 당질은 노인보다 더 과묵해서 노인의 집과 병원을 오가는 동안 두 사람은 겨우 한두마디 나눌 뿐이었다. 별다른 이상이 없는 한 통원하지 않아도 된다는 이야기를 주치의에게 듣고 돌아오던 길이었다. 노인이 조카의 자식들 가운데 둘째 아들의 안부를 물었다. 당황스럽기도 했을 테고 어쩌면 화가 나기도 했을 테지만 조카는 아무 말도 하지 않았다. 노인의 정신이 온전치 못하다고 여겨서였다. 조카의 둘째 아들은 군대에서 죽었다. 벌써 십년이 다 되어가는 일이었다. 노인은 정말 그런 사실을 까맣게 잊은 듯했다.

조카는 한숨을 내쉬며 뒤를 돌아보았다. 노인의 눈에 황망해하는 기색이 얼비쳤다. 노인의 집 앞에 택시를 세운 뒤 조카는 노인을 부축해 마당으로 들어섰다. 노인은 외양간이 딸린 아래채의 쪽마루에 앉았다. 노인의 조카는 언제나 그랬듯이 노부인이 택시비라며 떠안기려는 만원짜리를 거절했다. 대신 노부인이 건넨 깡통 주스를 한모금씩 천천히 들이켰다. 매미와 쓰르라미가 왕왕 울어댔다. 텅 빈 외양간 들보 위에서 고양이 한마리가 기지개를 켰다. 조카의 눈길은 노부부의 집 뒤쪽 조금 더 높직한 터를 향했다. 다 무너져가는 옛날식 흙집 한채와 슬레이트 지붕을 얹은 개량식 시멘트 집 한채가 있었다. 십여년 전까지만 해도 조카는 거기에서 살았다.

당숙모, 병원 갈 일 있으면 언제든 전화 주세요. 아재, 저 갑니다.

조카, 이리 와보게.

노인이 조카를 향해 손짓을 했다. 조카가 다가오자 노인은 조카의 손을 잡아 끌어당겼다. 노인은 조카의 손등을 쓰다듬었다. 조카는 노인에게 손을 내맡긴 채 엉거주춤 쪽마루에 걸터앉았다.

내가 하는 말 잊으면 안 되네.

......

자네 둘째 말여.

......

군대 보내면 안 되네.

......

꼭 잡아야 하네.

······아재.

알았는가. 내 말대로 꼭 하게.

조카는 아무 말도 하지 못했다. 무언가 말하려는 듯 입술을 달싹거리기는 했지만. 노부인은 고샅길을 빠져나가는 조카의 택시를 눈으로 좇았다. 한길에 접어든 택시는 시내 쪽을 바라고 갔다. 마을회관과 버스 정류장을 지나친 택시는 느릿느릿 완만한 비탈길을 올랐다. 솔숲 근처에 이르러 택시가 멈췄다. 운전석 문이 열리더니 조카가 나왔다. 노부인의 눈에는 손톱만 해 보였다. 택시 앞을 돌아 반대편으로 가버린 조카는 한동안 보이지 않았다. 조카의 머리통이 택시 지붕 위로 불쑥 솟아오르기까지는 제법 시간이 걸렸다. 조카는 운전석에 오르기 전에 고개를 돌려 노부인 쪽을 보았다. 노인은 여전히 쪽마루에 앉아 있었다. 허벅지까지는 환한 볕에 드러났고 그 위로는 그늘에 푹 담겨 있었다.

조카한테 무슨 말을 했길래.

아무 말도 안 했네.

저녁 밥상을 물리고 얼마 안 되어 노인은 고단하다며 잠자리에 들었다. 낡은 선풍기를 회전시켜놓고 노부인은 노인 머리맡에 앉아 드라마를 보다가 전화를 받았다. 낮에 왔던 조카의 안사람이었다. 질부의 말에 따르면 조카는 오후에 집에 돌아온 뒤로 택시 운행을 나가지 않고 내내 누워 있었다는 거였다. 어디가 아프냐고 물어도 무슨 일이 있느냐고 물어도 묵묵부답인데, 따져보니 당숙 어른을 모시고 다녀온 뒤로 그런지라 혹시 거기서 무슨 일이 있었던 건 아닌지 궁금해 전화를 넣었다는 거였다. 노부인은 별일 없었노라며, 다만 당숙이 조카한테 뭔가를 당부하더라고만 했다. 전화를 끊고 난 뒤 노부인은 한숨을 내쉬었다. 노인은 노부인의 한숨 소리를 듣기라도 한 것처럼 몸을 뒤척이더니 돌아누웠다. 늦더위를 피하려고 에어컨이 있는 마을회관에 나왔던 사람들도 다 돌아갔을 즈음 노부인도 잠자리에 들었다. 얕은 잠이 들어 몇번이나 깨었다가 한밤중에야 깊은 잠이 들었다. 새벽에 깨기는 했지만 눈을 뜨지는 않은 채 그대로 누워 있었다. 노인이 벌떡 일어나더니 장롱을 뒤지며 부스럭댔다. 벌써 먼동이 텄고 막바지 매미가 울어댔다. 봉창이 희미하게나마 밝았다. 노부인도 부스스 일어나 전등을 켜는 대신 방문을 열었다. 서늘하고 신선한 공기가 안개처럼 밀려들어왔다. 어둑신한 방 윗목에서 꼼지락대던 노인은 일년에 서너번 입을까 말까 한 양복으로 성장을 했다. 노부인은 한마디 쏘아붙이려다 딱딱하게 굳은 노인의 얼굴을 보고는 그만두었다.

이 새벽에 어딜 가려고요?

면소에.

면소는 왜요?

일하러 가야지.

……밥은 뜨고 가야지라.

됐네. 그보다 자네 장롱 서랍에 있던 거 못 보았나?

뭘요?

쌀 산 거 말일세.

……

자네 오라비 주려고 쌀 사서 만든 돈 말일세.

그제야 노부인은 노인이 언제 적 일을 말하는 건지 알 수 있었다. 족히 오십년은 지난 일이었다.

오늘 찾아오면 줄 거라네.

오늘 오겠다고 기별이라도 왔어요?

안 왔네.

근데 어찌 아세요?

그냥 아네.

어떻게요.

나 시방…… 앞이 보이네.

노인이 앞을 볼 수 있다고 말했던 날 이후로 노부인은 속으로만 끙끙 앓았다. 노인은 젊은 시절 면사무소에서 일했다. 군청에서 면사무소로 전보 발령이 나면서 서기로 승진했으나 그로부터 오년이나 더 버텼음에도 주사보로 승진하지 못한 채 일을 그만두어야 했다. 그렇게 된 가장 큰 이유는 노부인의 큰오빠 때문이었다. 노부인의 큰오빠는 중학교를 마치고 일본 유학까지 갔다 왔으며 어린 시절부터 수재로 통하던 이였다. 인민위원회 간부를 지내고 빨치산 활동을 하다가 월북한 줄만 알았으나 알고 보니 옥살이를 한 뒤 여기저기를 떠돌며 살고 있었다. 반미치광이 취급을 당하며 산다는 사실은 나중에 알게 되었고 어쨌거나 노부인이 혼기에 이르렀을 때 어떤 중매쟁이도 노부인 집안에는 혼삿말을 넣지 않았다. 그런 사정을 다 알면서도 노인은 노부인과의 혼사를 성사시켰고 그 탓에 결국 젊고 창창하던 노인은 공무원에서 밀려났다. 어느날 면소에 출근했던 노인은 자기 자리가 사라지고 없는 걸 알게 되었다. 면소 직원들은 노인과 눈조차 마주치려 하지 않았다. 그들 모두 노인에게 아무런 잘못이 없다는 걸 잘 알았다. 그들이 예의를 갖추기 위해 최선을 다했다는 걸 노인도 알았다. 노인은 면소 뒤뜰에서 선배인 김 주사가 건넨 필터 담배를 콜록거리며 피웠다. 이제 아주 오랫동안 담배를 피우게 되리라는 예감이 들었다. 노인은 농사를 지었다. 펜대만 굴리던 사람이라 농사라는 게 말처럼 쉽지는 않아 노인은 무던히도 쓴맛을 봐야 했다. 세월이 흐른 뒤에야 노부인은 큰오빠가 노인을 찾아온 적이 있다는 걸 알게 되었다. 노인은 당시로는 큰돈을 융통해주었고 노부인의 큰오빠는 일본으로 가는 밀항선을 타다 붙잡혔다. 노인과 노부인 모두 경찰서로 끌려가 곤욕을 치렀다. 그때의 일은 신산한 세월에 부대끼며 흐지부지 잊힌 줄만 알았다. 노인의 가슴 밑바닥에 남은 쓸쓸한 치욕의 정체는 이제야 알게 되었다. 노인은 고백이라도 하듯, 막상 노부인의 오빠에게 돈을 건네려니 아까워 가져간 돈의 반만 주고 말았노라고 했다. 그리고 그 일을 되돌리겠다며 돈을 갖고 나서려 하는 거였다. 노부인은 오래전 오라비가 죽었다는 사실을 일깨워줬다. 노부인이 생각하기에 노인은 앞이 보이는 게 아니라 뒤가 잘 보이게 된 듯했다. 노년에 이르면 대체로 그러했다. 노망이 들면 더욱 그러했다. 기억은 과거로 흐르는 물줄기처럼 더 멀고 아득한 곳을 향할수록 바다 가까이에 이른 듯 깊이와 너비가 광활해졌다. 지금까지 의식적으로 미뤄둔 일들, 이별과 관련된 그 모든 일들을 대면해야 할 순간이 온 것 같았다. 노인이 입원해 있는 동안 노부인이 느껴야 했던 거리감의 정체가 바로 이것인 듯했다. 하지만 왜 노인이 과거의 어느 순간으로 돌아가버리기라도 한 듯 현실감을 잃게 된 것인지는 알 수 없었다. 정말 노망이 든 것인지도 모르지만 앞이 보인다는 헛소리만 빼면 아무리 뜯어보아도 멀쩡하기만 했다. 며칠 뒤 노인은 자식들을 불러 모았다. 오남매 가운데 오래전 행방불명된 셋째 아들만 빼고 나머지 자식들 내외가 다 모였다. 마당에 자리를 펴고 모깃불을 피우고 화로를 놓았다. 오십을 바라보는 막내딸이 고기를 구웠다. 손주들 없이 모인 터라 늦여름밤이 고즈넉했다. 큰놈 멩기 왔냐. 명기 왔어요. 멩호는. 명호 왔습니다. 멩자는. 명자 왔어요. 멩숙이는. 명숙이 왔어라. 노인이 묻고 자식들이 대답했다. 노인은 마루를 등지고 앉았던 터라 마루 위에 달린 전등 빛이 자식들이며 며느리, 사위의 얼굴 위로 너울거리는 걸 볼 수 있었다. 멩남이는? ……
아무 대답이 없자 노인이 다시 물었다. 막내 명숙이 마지못한 듯 대답했다. 명남 오빠는 못 왔어라. 노인이 고개를 주억거렸다. 그려 내 다 안다. 이전에도 노인이 이처럼 행방불명된 아들을 찾은 적이 있어서 자식들은 대수롭지 않게 여겼다. 그럼, 멩식이는? 고기를 굽던 막내딸의 손이 멈췄다. 명숙이가 손위 언니인 명자에게 명식

예언자 19

이가 누구냐고 물었다. 사촌들 중에도 명식이라는 이름을 가진 이
는 없었다. 명자가 명숙에게 말했다. 넌 모를 것이다. 늬 위로 오빠
가 하나 있었어. 명남이한테는 아래고. 난 다섯살 적 일이라 가물
가물하다. 두 아들이 헛기침을 했다. 노인이 다시 물었다. 맹희는?
그 물음에 노부인이 혀를 찼다. 늬들 다 모를 것이다. 명기 위로 누
나가 하나 있었더란다. 아버지, 산 자식들 놔두고 죽은 자식들은 왜
찾아요. 명자가 힐난한다기보다 위로라도 하듯이 나직한 목소리로
노인에게 물었다. 그 말에 노인이 벌컥 화를 냈다. 죽다니? 죽기는
누가 죽어! 노부인은 자식들보다 며느리와 사위 보기가 민망해 손
을 내저었다. 늬 아버지 시방 앞이 보이신단다. 너그들이 이해해라.
앞을 보는 건 엄마 하나로도 충분하지 않아요? 명자의 말에 모두들
웃었다. 자식들은 노인이 무슨 말이든 더 하기를 기다렸지만 정작
노인은 큰며느리가 따라준 막걸리 한잔을 마시고는 앉은 채로 꾸
벅꾸벅 졸았다. 모깃불이 사그라졌고 먹다 남긴 고깃점이 석쇠 위
에서 딱딱해졌다. 아버지 주무시네. 막내딸의 목소리에 노인이 눈
을 떴다. 노인은 눈을 끔벅였다. 낯선 곳에 끌려온 자의 눈빛으로
식구들을 돌아보았다. 너 이놈, 문행기 논 팔아달라고 온 거 맞제.
큰아들 명기가 짜증 섞인 목소리로 대답했다. 아버지, 그건 삼십년
도 더 전에 팔아주셨잖아요. 명기는 젊은 시절부터 모래와 자갈을
다루는 골재상을 운영했다. 기반이 잡힌 뒤로는 벽돌이나 시멘트
블록, 그라우트와 레미탈을 비롯해 각종 단열재, 파이프까지 취급
하며 규모를 확장했다. 지금은 명기의 두 아들이 사업을 이어받았

다. 노부인이 큰아들을 달래는 말을 했다. 문행기 논은 늬 아버지가 젊을 때 벌어서 장만한 거라 애달파서 그런 거여. 어디선가 바람이 불어왔고 하늘에 뜬 별들이 살풋 흔들렸다. 노인은 둘째 아들 쪽으로 고개를 돌렸다. 맹호야, 넌 사람 복이 없어. 사업은 말고 하던 대로 살아라. 둘째 명호가 헛웃음을 흘렸다. 명호는 몇해 전에 친구와 동업을 했는데, 바지사장 노릇이었다는 걸 깨달았을 때에는 이미 친구가 사업을 정리해 돈을 들고 튀어버린 뒤였다. 노인은 큰딸 쪽을 보았다. 맹자 넌 미숙이한테 돈 빌려주면 망한다. 명자는 십오륙 년 전 친구인 미숙이에게 돈을 빌려줬다가 떼여서 고생을 많이 했다. 노인의 당부인지 조언인지 혹은 듣기에 따라 조롱이나 비난 같기도 한 말은 막내딸에게도 이어졌다. 맹숙아, 넌 대학 가야 혀. 막내딸이 쓸쓸한 목소리로 대답했다. 중학교 중퇴가 이제 와서 무슨 대학을 간단 말이오, 아버지. 누군가 기침을 했다. 기침 소리에 생각이 났다는 듯 노인이 담배를 빼 물었다. 노부인이 한마디 했다. 자식들도 담배를 안 먹고 요즘은 다들 끊는다는데. 노부인은 자식들을 돌아보았다. 거 뭣이냐, 건성으로 먹는 담배 있잖냐. 그것 좀 늬 아버지 사다줘라. 명숙이가 건성으로 피우는 담배가 뭐냐고 묻자 명자가 전자담배 말씀하시는 것 같다고 했다. 둘째 명호가 제 딴에는 우스갯소리 삼아 명남이는 어디 있느냐고 물었는데 노인이 고개를 저었다. 철도 기관사였던 셋째 아들 명남은 이십여년 전 총파업 때 수배를 받아 도망간 뒤로 행방이 묘연했다. 살아는 있나요? 노인이 고개를 끄덕였다. 그놈 죽지 못해. 지은 죄가 많아서 못 죽어. 노인의 태도는 전혀 모르는 사람의 신상에 관해 이야기하듯 담담하기까지 했다. 외양간에서 고양이가 울었다. 저마다 생각에 잠긴 탓에 아무도 그 소리에 신경 쓰지 않았다. 노인을 제외하고는 모두 마음속이 어수선해진 듯했다. 다음 날 일찍 자식들은 떠났다. 막내딸이 떠나기 전에 노부인에게 물었다. 명남 오빠 살아 있다는 걸 아버지한테 말씀하셨어요? 노부인이 고개를 저었다. 그런데 어찌 아시우? 앞이 보이신다잖냐. 참말이오? 그렇다면 그렇겠지. 명숙은 더 혼란스러워졌다. 사실 오륙년 전부터 명숙은 손위 오빠인 명남과 연락이 닿았고 그 사실을 노부인에게만 일러줬다. 노부인이 마련한 돈을 중간에서 건네주기도 하면서 근황은 놓치지 않고 살아왔다. 막내딸은 돌아가는 길에 사료 트럭과 마주쳤다. 노인의 목숨을 구해준 인연이 아니더라도 트럭 기사는 초등학교 동창이었다. 서로 차를 세운 채 차창을 열고 수인사를 나누었다. 트럭 기사는 노인의 안부를 물었다. 명숙은 노인이 앞이 보인다는 둥 예언을 하게 될 줄 알았다는 둥 반농담 삼아 말했고 트럭 기사는 별 의심도 없이 고개를 주억거렸다. 며칠 뒤 게릴라성 집중호우가 쏟아졌다. 트럭 기사는 노인의 마을에 들렀다가 마을회관 앞에서 노인과 마주쳤다. 인사만 한 뒤 떠나려는데 노인이 달려와 운전석 문을 탕탕 두드렸다. 머뭇거리던 노인은 트럭 기사에게 신정리에 갈 일이 있느냐 물었고 트럭 기사는 지금 그리로 가는 중이라고 대답했다. 노인은 거기서 시내로 가는 방향에 개울을 건너는 길이 잠겼을 테니 그 길로 가지 말고 우회하라고 일러줬다. 자네 트럭을 거기로 몰면 큰일 나네. 트럭 기사는 알았노라 대답은 했지만 마음에 두지는 않았다. 빗줄기는 가늘어져 있었다. 이 마을 저 마을을 들른 뒤 노인이 말했던 개울에 이르렀다. 도로와 잇닿은 다리는 한달 가까이 보수공사로 통행이 금지된 터라 그 아래 개울을 그냥 가로지르곤 했다. 물이 불기는 했어도 건너지 못할 정도는 아닌 듯했다. 그때 노인의 말이 떠오른 그는 잠시 기다렸다. 사이드미러에 짐칸을 덮은 포장의 한자락이 퍼덕이는 게 보였다. 그는 트럭에서 내려 느슨해진 고무 바를 당겨 포장을 갈무리했다. 운전석에 다시 오른 그는 맞은편에서 개울을 건너려는 덤프트럭을 보았다. 바퀴가 꽤 잠긴 듯했으나 건너는 데 무리는 없어 보였다. 이윽고 개울 중간에 이른 덤프트럭이 슬슬 옆으로 밀렸다. 그는 차에서 내려 개울 쪽으로 달려갔다. 덤프트럭은 이제 하류 쪽으로 완전히 방향이 꺾였고 떠내려가는 건 아니지만 그렇다고 개울을 빠져나올 수 있을 것 같지도 않았다. 사오 미터 내려가던 덤프트럭은 바위 혹은 보수용으로 적재된 다리 구조물에 부딪혔는지 다행히 멈춰 섰다. 덤프트럭 기사가 내렸다. 기사가 휴대폰을 가리키면서 전화해달라는 신호를 보냈다. 무슨 이유인지 몰라도 휴대폰을 쓸 수 없게 된 모양이었다. 트럭 기사는 견인차를 불러줬다. 그뒤로 트럭 기사는 어느 마을을 가서 누구를 만나든 이런 대화를 나누었다. 저기 선암촌에 사는 연월 양반 아시죠? 오토바이 사고 났던 양반 말여? 예, 그 어르신이 사고 뒤에 앞이 보이신다네요. 앞이 보여? 예언이라고나 할까. 점을 친단 말인가? 그게 아니라 앞으로 벌어질 일이 눈앞에 쫙 펼쳐

진답니다. 노스트라거시기구만. 노스트라거시기죠. 소문은 퍼져갔다. 그러잖아도 오랫동안 산파 노릇을 했던 노부인을 잘 아는 사람들인지라 내외가 앞을 볼 줄 안다는 게 신기하기도 하고 수긍할 만도 했던 거였다.

앞을 볼 줄 아는 노인의 기이한 능력은 자식들을 비롯해 노부인까지 혼란스럽게 했지만 누구보다 노인 자신이 혼란스러웠다. 노인은 잠을 자다가 보았고 눈을 뜬 채로도 보았다. 옛사람들이 눈앞에 생생하게 살아나 말을 건넸고 전혀 알지 못하는 낯선 풍경이 떠올랐다. 속삭이는 듯한 목소리와 고함 혹은 비명이 들리기도 했다. 눈이 부실 만큼 환한 빛이 노인 앞으로 왈칵 다가오다가 깜깜하게 물러나기도 했다. 그 많은 장면 중에 정작 노인이 간절히 알고 싶던 것들은 별로 없었다. 알고 싶지 않은 것들, 몰라도 괜찮은 것들이 더 많았다. 그리고 이 모든 것들이 아직 이루어지지 않은 듯한, 그리하여 결국에는 피할 수 없는 일인 것처럼 느껴졌으며 그러한 사실이 대부분의 경우 노인을 두렵게 했다. 노인은 치매에 걸린 사람에 가깝게 행동했지만 그런 행동을 할 때를 제외하고는 정말 아무렇지도 않았다. 식욕도 좋았고 잠도 잘 자는 편이었다. 입원해 있는 동안 부쩍 내렸던 살도 조금 올랐고 혈색도 한결 나아졌다. 그동안 노부인은 야위었고 십여년 전 녹내장 수술을 했던 오른쪽 눈에 간헐적으로 통증이 찾아왔다. 튼튼하던 관절에서도 쩌릿한 통증을 느끼는 경우가 종종 있었고 입맛이 없어 밥을 거르기 일쑤였다. 그리고 이제 아무리 들여다보아도 노인이 어떤 꿈을 꾸는지 알 수 없게 되었다. 사람이 그러할진대 짐승이야 말해 무엇하랴. 노부인은 점점 타인과 사물에 대한 특별한 감각을 잃어갔고 직접적으로 다가오는 기미들을 통해서만, 관절의 통증이라든지 낮게 날아다니는 새라든지 달무리라든지 보통 사람들이 날씨를 가늠하는 방식으로만 앞날을 가늠할 수 있게 되었다. 상대방이 얼굴을 찡그려야 기분이 상한 줄을 알았고 목소리가 떨려 나와야 흥분한 줄을 알았다. 자식들과 통화를 할 때 그들 가운데 누구라도 짜증을 내는 기색이거나 돼먹지 못하게 훈계조로 말할라치면 불쑥 화가 솟았다. 이전의 노부인이라면 말 너머의 의도와 감정을 헤아렸기에 좋은 소리에 들뜬 적이 없었고 싫은 소리에 소침해진 적이 없었다. 오랜 세월 노부인이 착실하게 가꾸어온 성품 가운데 하나가 해가 쨍쨍한 날의 고드름처럼 속절없이 녹아 사라져버린 것만 같았다. 아니 사라진 게 아니라 노인에게 흘러들어가버린 것 같았다. 노부부는 결혼한 뒤 육십년 가까이 함께 살았다. 먹고살기 위해 떨어져 지낸 몇해를 제외하더라도 퍽 오랜 세월이었다. 그동안 상대방의 성격이 알게 모르게 흘러들어와 본래 어떠했는지를 따져보는 게 무의미할 만큼 뒤섞여버렸다. 그렇다 해도 앞날에 대한 무심함이랄까 혹은 앞날이 어떠하든 제 신념 하나만 고수하면 된다는 자신감이랄까, 노인의 고집은 변함이 없었고 하루하루 전전긍긍하며 앞날에 대한 불안으로 조바심을 내던 노부인의 근심 역시 변함이 없었다. 평생 변하지 않을 것만 같던 노부부 각자 성격의 고유한 영역마저 허물어져 상대방에게 스며드는 중인 것 같았다. 노인은 자식들에 대한 이야기는 함구했다. 또 무얼 보았는지 모르지만 어쨌든 내색하지는 않았다. 그 대신 노인은 마을회관에서 묵새기며 마을 사람들과 이야기를 나누었다. 그즈음에는 노인이 예언자라는 소문이 파다했고, 이미 지나버린 과거사만 예언한다는 사실 역시 누구나 알았다. 노인네들만 남은 마을에서도 노부부는 연장자에 속하기는 했다. 젊은 축에 속하는 이들도 칠순 안팎인지라 노부부와 형님 아우 하며 내남없이 지냈다. 그중 정말 젊다 할 만한 이가 둘 있었는데 하나는 새마을지도자를 맡기는 했지만 이런저런 공공근로로 벌어들이는 게 농사보다 솔찬한 사십대 후반의 만수였고, 다른 하나는 소아마비를 앓아 다리를 절룩이는 사십대 중반의 정환이었다. 노인은 벌써 마을 사람들을 붙잡고 예언을 하나씩 들려준 참이었다. 가을이 되자 만수는 내장산 관광객을 노리고 시내 약관에서 과일을 떼다 노점을 했고, 정환은 수술을 받으러 서울로 간 이장을 대신해 마을 대소사를 맡아보았다. 집집마다 늙은 이들이 마당에 새마을포를 깔고 깨를 털었다. 마을에 하나뿐인 고추건조기를 두고 옥신각신하다가 저녁 밥상을 물린 뒤 마을회관에 모여 일정을 조율했다. 노인은 이미 다음 대통령으로 누가 당선될 것인지를 비롯해 국회의원, 도지사, 시장 등등에 대해 예언을 했다. 다음 조합장이며 새로 부임하게 될 면장에 대해서도 말했다. 다시 말해 노인은 이미 오래전에 당선했거나 은퇴해 사람들 기억에서 사라진 정치인들에 대해 말한 거였다. 세계사에 획을 그을 사건들에 대해서도 예언을 했다. 걸프전이 벌어질 거라고 예언을 했을 때에는 하도 오래된 일이라 마을 사람들 사이에서 정확히 몇년도였는지가 논란이 되기도 했다. 운암댁, 올여름엔 비 올 때 뒷간에 가지 마소. 왜요? 장맛비에 무너질 거야. 아재도 참말로, 내가 그놈의 뒷간이 무너져서 죽을 뻔했다가 살아난 게 이십년도 더 됐소. 우리 집 큰놈이 세멘으로 새로 지어준 것도 이십년 됐지라. ……그랬는가. 노인은 선선히 수긍했다. 노인의 태도가 직수긋했던 터라 싱겁기 그지없었으나 마을 사람들은 까맣게 잊었던 일들을 되새겨보는 재미가 쏠쏠하다고 여기는 편이었다. 여보게 봉출이, 자네 아버님한테 잘해야 써. 왜요? 이런 말 하기 뭣하지만…… 앞으로 오래 못 사시네. 안 그래도 울 아버지 허망하게 떠나보낸 거 생각하면 맘이 짠한데 꼭 그렇게 들쑤셔야겠소, 성님? 노인보다 다섯살 아래인 봉출이 더는 듣기 싫다며 가버리자 노인은 겁먹은 눈으로 사람들을 둘러보았다. 누군가는 끌탕을 했고 누군가는 그런 예언이라면 나도 하겠다며 히죽거렸다. 노인은 만수와 눈길이 마주치자 나직한 목소리로 당부했다. 만수 자네 말여, 이번에는 여의도 가면 못 쓰겠네. 가지 말어. 전경들한테 대가리가 터져서 올 것이네. 그 말에 만수가 이마로 흘러내린 건성드뭇한 머리칼을 쓸어올리며 흉터를 드러냈다. 연월 아재, 그게 이거요. 이미 깨져버린 걸 어쩌란 말이시우. ……그랬는가. 참말로 몹쓸 일이네. 괜찮어라, 아재. 생각해본게 그때 여기 계신 분들 다 십시일반으로다가 돈 모아서 치료비 보태주셨지라. 묵은 원한은 시퍼렇게 품어도 어제 은혜는 까맣게 잊는다더만 내가 딱 그짝이었소.

가을이 깊어갔다. 고속도로 나들목에서 내장산에 이르는 도로변에 심긴 어린 단풍나무들도 잎을 물들였다. 마을 여기저기에 드문드문 선 은행나무가 싯누렇게 부풀어올랐다. 이파리가 무성할 때는 가려져 있던 땡감들이 어느새 실하게 영근 붉은 홍시가 되어 수캐의 좆대가리처럼 슬그머니 이파리 사이를 비집고 나왔다. 콤바인이 들판을 휩쓸고 다녔고 콤바인 차례가 맞지 않은 이들은 직접 낫을 들고 베기도 했다. 그러면 마을 창고에 처박혔던 오래된 탈곡기가 끌려나와야 했다. 밭작물들의 수확도 한창이었고 시골의 명절이 점점 소슬해지는 건 어쩔 수 없다지만 한가위도 그럭저럭 치러냈다. 고구마를 수확하고 마늘 심기까지 다 마쳤다면 한해 농사는 거의 마무리된 셈이었다. 노인은 명절에 모인 자식들에게 별말을 하지 않았다. 노인의 생일이 음력으로 추석 지난 얼마 뒤라 겸사겸사 추석에는 대체로 빠지지 않고 모였다. 큰며느리가 노인에게 지금도 앞이 보이시느냐고 물었을 때 노인은 고개를 저었다. 자식들도 이제 그 일을 화제로 삼지 않았다. 다들 하루 만에 떠났고 노부부는 자식들이 두고 간 용돈을 헤아려보지도 않았다. 명절 연휴 마지막 날 저녁, 노인은 평소보다 일찍 자리에 누웠다, 노부인은 여느 때처럼 노인의 머리맡에 앉아 드라마를 보았다.

조카가 안 왔네.

집에서 차례만 지내고 택시 몰았답디다.

요샌 통 연락도 없어.

무슨 말을 했길래.

아무 말도 안 했네.

조카네 둘째 얘기 했지라?

……

억울하게 죽었다고 가슴에도 못 묻은 것을.

이보게, 시방 밖에 비 오는가.

안 와요.

누에는 섶에 올랐고?

엊그제 막잠을 잤더구려.

빗소리가 아니었구만.

봄누에보단 실하겠소.

저 소리는 이녁의 발소리인가보오.

연월 양반, 멩기 아버지…… 나랑 산 거 후회하시오?

내 그놈의 뽕밭 갈아엎고 말지.

노인은 스스로 쟁기날 아래 갈아엎어지는 무른 흙처럼 돌아누웠다. 노부인은 노인의 등 쪽으로 바투 다가앉았다. 노부인은 윗몸을 숙여 노인의 옆얼굴 가까이 얼굴을 갖다 댔다.

당신이 후회해도 나는 후회 안 하요.

……여직도 뽕잎을 갉아먹네그려.

잠실에 불은 지폈구요?

노인이 고개를 돌렸다. 노인과 노부인은 서로의 얼굴을 보았다.

노인의 얼굴이 쓸쓸했다면 노부인의 얼굴도 그러했을 것이다.

자네, 어찌 살았는가. ……앞을 보면서 어찌 살아왔는가.

연월 양반도 무섭소?

무섭네.

당신 옆이라 견디고 살았지라.

자네 발소리가 안 들려. 비만 내리네. 뽕잎만 갉아먹네.

내가 곧 간단 말이오?

나 가기 전에는 못 보내네.

그로부터 여드레 뒤가 노인의 생일이었다. 생일 전날 밤이었다. 노인은 여느 날처럼 마을회관에 있었다. 노인이 벌써 오래전 도망 간 정환의 안사람인 베트남댁 이야기를 꺼냈다. 정환이 도망간 아내를 잡겠다며 갓 두돌 지난 아들을 노모한테 맡겨두고 이년 가까이 허송세월했다는 사실을 모르는 사람은 없었다. 자네 혹시 혼인 날짜 받았는가? 정환이 이건 또 무슨 소린가 싶어 빤히 바라보자 노인이 고개를 끄덕였다. 베트남 아가씨 맞제? 자네 그 혼인 하면 안 되네. 정환이 배시시 웃었다. 아재, 그 얘긴 그만두셔요. 아녀, 꼭 해야겠네. 얼마 못 살아. 도망가고 말아. 하면 안 되네. 연월 아재, 다 아는 얘기 그만하셔요. 그년이랑 싸지른 자식새끼가 벌써 일곱살이 되었는데 이제 와서 되네 안 되네가 무슨 소용입니까. 다른 사람들도 웃으면서 노인을 설득했다. 포도시 맘 가라앉히고 잘 사는 정환이는 냅두셔요. 새장가 가야 할 사람인데 도망간 안사람 얘기 꺼내서 뭐가 좋겠소. 이런 말들이 나왔다. 정환은 이제는 정말 아무렇지 않다는 듯 재혼 상대를 만나는 중이라며 넉살 좋게 웃었다. 노인은 더이상 정환을 보고 있지 않았다. 노인은 눈앞에 펼쳐진 어떤 장면에 흠뻑 젖어들어갔다. 눈이 펑펑 쏟아지는 겨울밤이다. 쌓인 눈 덕에 지상은 희부옇게 번들거리고 깊은 어둠마저 쏟아지는 눈에 점령당한 밤이다. 아무도 걸어가지 않은 눈길을, 무릎까지 푹푹 빠지는 눈길을 젊은 여자가 걷고 있다. 깊은 눈에 사로잡힐까봐 두려운 듯이 안간힘을 쓰며 한발 한발 내디디면서, 그러나 가야 할 곳이 어디인지를 잘 아는 이처럼 갈팡질팡하지는 않으면서 돌아오지 않을 길을 간다. 여자는 남국의 용모. 망명자의 슬픔을 닮은 커다란 두 눈에는 뜻밖에도 순진한 호기심이 엿보인다. 생애 처음으로 눈송이들을 바라보는 소녀의 눈빛이다. 여자의 눈가는 시퍼렇다. 눈물 자국이 얼어붙어 살이 갈라져 있다. 자세히 보면 다리도 절룩인다. 자신을 낳아준 이를 나직하게 부르며 걷는다. 누구든 마지막 순간에는 엄마를 찾는다. 젊거나 늙거나 사내거나 계집이거나 짐승이거나. 노인은 두 손으로 마치 벌려진 가슴을 닫으려는 듯 옷자락을 여민다. 눈송이는 도망가는 여자를 바라보는 노인의 얼굴 위에도 내려앉는다. 노인은 눈앞에 떠오른 겨울밤, 정환의 베트남인 아내가 도망갔던 그날 밤에서 빠져나오고 싶어 몸을 비틀었다. 환영이 사라지고 익숙하고도 낯선 마을 사람들의 얼굴이 보였다. 정환의 얼굴은 보이지 않았다. 정환이는 방금 집에 갔어라. 그 말에 노인은 벌떡 일어나 어둠 속으로 달려갔다. 노인은 정환의 집 근처 골목에서 절룩이는 정환의 뒷모습을 볼 수 있었다. 그 혼인 정말 할 텐가? 정환의 입가가 일그러졌다. 니미 씨발, 시방 날 놀리는 거요? 한마디라도 더 하면 다시는 아재를 보지 않겠소. 정환이 으르렁거렸다. 움찔했던 노인이 한숨을 내쉬었다. 그럼 하게나. …… 하지만 때리지는 말게. 그날 술도 마시지 말게. 자네가 술에 취해 곯아떨어져 있는 동안 자네 안사람은 눈 속을 헤치고 먼 길을 떠나가게 된다네. 알겠는가? 내 말 명심하게나. 그리 할 수 있겠는가? ……아재, 그걸…… 어떻게…… 아셨소? 아직 늦지 않았네. 알겠는가? 내 말대로 하게. 그리하겠나? 정환은 저도 모르게 고개를 끄덕였다.

다음 날 노부인은 이른 새벽부터 마을 골목길을 재게 돌아다녔다. 생일날 아침상을 대접하는 건 이 마을 사람들의 오랜 관습이었다. 노부인은 정환의 집 앞에서 머뭇거렸다. 지난밤 노인이 마을회관에서 정환에게 괜한 소리를 했다는 걸 알고 있어서였다. 노부인이 대문도 없는 문 앞에서 마당을 들여다보니 정환의 일곱살짜리 아들이 수돗가에서 김이 모락모락 나는 대야를 앞에 두고 세수를 하고 있었다. 들어갈까 말까 망설이는데 뒤란에서 마당으로 돌아나온 정환이 노부인에게 인사를 했다. 정환의 두 눈이 대꾼했다. 아짐, 오셨어라. 노부인은 아이랑 함께 아침 먹으러 회관으로 오라는 말만 한 뒤 돌아가려 했다. 한데 아짐, 아재 말이오. 참말로 앞이 보이시오? 노부인은 머뭇거리다 대답했다. 그렇다니 그런가보다 하네. 정환이 다시 물었다. 시방까지는 옛일만 보셨잖수. 노부인은 고개를 저었다. 지나간 일이라 해도 다 안다고 할 수는 없잖은가. 잠시 생각에 잠겼던 정환이 고개를 주억거렸다.

새벽부터 몇몇 노인네가 와서 음식 장만을 도와준 터라 제법 그럴듯한 생일상을 차릴 수 있었다. 하나둘 회관으로 찾아들었고 누가 오기를 기다리고 말고 할 것도 없이 밥 한술 뜨고 덕담 한마디 하고 돌아갔다. 왔던 사람들 가운데 반쯤이 돌아갔을 즈음 택시 한 대가 회관 앞에 섰다. 노인의 조카였다. 조카는 노인의 맞은편에 앉아 수저를 들었다. 노인은 조카의 눈치라도 보듯 힐끔거렸다. 눈이 마주치면 노인은 얼른 고개를 숙였다. 마지막까지 남았던 정환은 노인에게 무슨 말인가 하려다 그만두고 술 한잔을 벌컥벌컥 마시고는 가버렸다. 그러자 남은 건 노부부와 조카 그리고 설거지며 정리를 도와줄 두어명의 노인네였다. 조카는 택시에서 선물 세트를 내렸다. 조카가 앞장을 서고 노인이 뒤를 따랐다. 집에 도착한 노인은 담배를 빼 물었다. 조카가 꾸벅 인사를 하고 가려 하자 노인이 붙잡았다.

조카, 나한테 할 말 있어서 온 거 다 아네.

……

자네한테 첨으로 하는 말인데, 나 시방 앞이 보이네.

……

내 말대로 할 텐가?

아재, 그걸 알았어도 군대를 보내지 않을 수는 없었어라.

꽉 잡아야 하네.

나라가 하는 일을 우리가 어떻게.

자네 반월서 점빵 하는 상만이 아는가?

안산서 슈퍼 크게 했던 상만 아재요.

상만이 군대 안 갔네.

어떻게요?

발가락 두 개 잘랐어. 작두로.

……

그렇게라도 못하겠는가.

그렇게라도 했어야 했나요.

조카는 소리 없이 울었다. 노인은 조카의 등에 손을 올려놓았다. 노인이 손을 올려놓은 것이 아니라 조카가 노인의 손에 등을 올려놓은 것만 같았다. 햇살이 가득 내려앉으면서 마당이 환해졌다. 노인의 귀에 빗소리가 들렸다. 조카의 소리 없는 울음이 들리는 거였다. 조금 뒤 조카는 윗몸을 곧추세웠다. 노인을 바라보는 조카의 두 눈이 이글이글거렸다.

아재, 참말로 앞이 보이시오?

……

우리 둘째 어떻게 죽었는지 보셨소?

……

칵 죽어버리고 싶어도 그놈 생각하면 억울해서 못 죽겠습디다.

아문, 아문.

아재, 보이시오? 그놈이 어떻게 죽었는지.

……조카 그건 말여.

말씀해주시오.

……보이면 말하겠네. 알겠는가?

조카가 가고 나서 얼마 안 되어 노부인이 돌아왔다. 노인은 쪽마루에 앉아 입가에 침을 흘린 채 꾸벅꾸벅 졸고 있었다. 노부인은 노인을 부축해 윗방으로 데려다 뉘였다. 노인은 그날 종일토록 꼭 죽은 사람마냥 잠을 잤다. 노부인은 이따금 이 늙은이가 정말 이대로 죽어버린 게 아닐까 벌컥 두려운 생각이 들어 숨을 쉬는지 가까이서 들여다보았다. 해 질 무렵 눈을 뜬 노인은 이장 집에 가서 자전거를 빌려왔다. 어디 가느냐는 노부인의 물음에 노인은 셋째 아들 명남이를 보러 간다고 했다. 어디서 볼 거냐고 묻자 산밭에서 본다는 거였다. 그놈이 왜 거기에 있느냐고 묻자 추석 때는 남의 이목이 두려워 못 왔고 오늘은 아버지 생일이라 올 거라고 했다. 생일이면 집으로 와야지 왜 조부모 묘소에 가느냐고 묻자 나도 그걸 물어볼 생각이네라고 답한 뒤 자전거를 타고 가버렸다. 노인은 자전거를 타고 한길을 달려갔다. 부모 묘를 쓴 산밭이 보이는 아랫길에 이르렀을 때는 땅거미가 지고 산그리메가 드리워져 어둑어둑했다. 노인은 샛길을 따라 올라 산밭에 이르렀다. 노인의 부모가 잠든 묏등 앞에 십오륙년 동안 꿈에서도 볼 수 없었던 셋째 아들 명남이가 퍼질러 앉아 술을 마시고 있었다. 중늙은이가 되어버린 아들이 고개를 들어 제 아비를 보았다. 부자는 한동안 아무 말 없이 서로를 노려보았다. 어둠이 서로의 얼굴에서 표정을 지워버렸기 때문에 어떤 표정을 지어도 상관없다는 사실만이 노인에게 위로가 되어주었다. 아들은 노인 앞에 천천히 무릎을 꿇었다. 넙죽 절을 했다. 노인의 두 손에 제 얼굴을 부볐다. 노인은 가만가만 아들의 어깨를 토닥여주었다.

맹남아, 말 안 해도 안다. 해마다 한번씩 여기 와서 집에 들르지는 못하고 먼발치로 보다가 돌아섰던 거 다 안다. 네 맘이 편해져야 집으로 올 거라는 것도 안다. 붙잡지 않을 테니 하고 싶은 대로 하다 가거라. 내가 이야기 하나 해주랴? 늬 할머니 여기다 묻었던 날 말이다. 그날 밤에 나 혼자 여기 왔었다. 그때는 묘지 파는 일꾼들이 장비 들여오느라 저기를 뭉개서 길을 만들었더란다. 그리로 오토바이 타고 여기까지 혼자 올라왔다. 늬 할머니 좋아하시던 담배도 한대 태워서 놓아드리고 나도 술 한잔 마셨다. 초상 치르는 동안 눈물 한방울 안 났는데 그제야 봇물 터지듯 쏟아지더구나. 고개를 들어서 하늘을 보니까 별들이 뭉개져 보이더라. 그냥 세상이 다 원망스럽고 사는 게 부질없더라. 기운이 쏙 빠져서 다리에 힘이 없더라. 여길 보면서 말했다. 어머니, 저 갑니다. 자주 볼라고 여기다 묏자리 썼은게 서운해하지 마소. 그러고 오토바이에 올랐다. 몸도 맘도 개운하더라. 근데 오토바이가 시동이 안 걸리더라. 아무리 해도 안 걸려. 갑자기 등짝이 서늘해지더라. 죽은 어머니가 날 붙잡고 있다는 생각이 들어서. 심장이 터질 것처럼 가슴이 답답해지고 털이 곤두서더라. 겁났다. 아무리 어머니라 해도 귀신이라고 생각하니깐 진저리가 쳐졌어. 오토바이를 무지막지하게 끌고 내려갔다. 가면서 몇번이나 자빠졌는지 모른다. 그러고 나서 한평생 나를 원망했다. 사람은 감당할 수 없이 두려우면 누구나 제 엄마를 찾게 마련이야. 하지만 엄마마저 무서운 때도 있는 거다. 그게 참말로 벼랑 끝인 거지. 엄마, 엄마 하면서 우는 애기들은 갈 곳이 있지 않더냐. 제 어미의 품 말이다. ……한평생이 걸려도 풀지 못할 게 있는 법이여. 그려, 다 안다. 너 맘 편해지면 그때 와라. 너무 늦게는 말고. 늬 어머니나 나나 앞으로 오래 못 산다. 너무 오래 걸리지만 않으면 쓰겄다.

노부인은 마당으로 들어서는 노인에게 명남이는 잘 보고 왔느냐고 물었다. 노인은 잘 보고 왔노라고 대답했다. 왜 거기에 있었던 거냐고 물으니 노인은 명남이의 말이라면서 그 위로 조금만 더 올라가면 고향집이 보이고 산밭에 앉아 서쪽을 보면 호남선 철로가 보이고 그대로 누우면 제 조부모 발치라 마음이 편해서였다고 대답했다. 노인은 발을 씻고 방으로 들어가 노부인과 마주 앉았다.

자네, 저 빗소리가 들리는가?

발소리 말이오?

맨발로 오래도 걸어오셨네.

발바닥이 부르텄겠어라.

마음은 단단해졌지.

얼마나 더 가시려우.

들어오시라 하게.

들어오시면.

이제 내가 가야지.

내가 간다면서요?

아문.

밥은 뜨고 가야겄지라?

아문.

시방도 나랑 산 거 후회하시오?

자네는 시방도 나를 원망하는가?

노인은 자리에 누웠다. 노부인도 노인 옆에 누웠다. 그날처럼 누
웠다. 그날의 일은 노부부 인생의 비밀이었다. 혼담이 오갈 때 노부
부는 서로에게 먼 친척이면서 중신을 섰던 이의 집에서 만났다. 세
상일에 미숙했던 두 젊은이는 남의 눈을 피해 그 집 곁채의 후텁지
근한 잠실로 스며들어가 서로의 싱싱한 육체를 탐했다. 혼인도 하
기 전에 몸을 섞었다는 두려움과 바로 이 사람이라는 안도감이 나
른하게 차오르던 그 잠실에서 운명을 예언하듯 나란히 누웠다.

노부부는 늦가을부터 이듬해 봄까지 여행을 다녔다. 봄비가 내
리던 날 노부부는 건강검진을 받았다. 그동안 노부인은 자신이 죽
은 뒤에 혼자 남겨질 노인을 위해 하나하나 채비를 했다. 봄꽃이
필 무렵 건강검진 결과가 나왔다. 노인은 별 이상이 없었고 노부인
은 종양이 발견되어 조직검사를 한 뒤 수술을 받았다. 다행히 악성
은 아니었다. 수술 경과도 좋았으나 노쇠한 탓에 후유증에 시달렸
다. 노인은 노부인의 수발을 들었다. 노부인은 대부분의 시간을 누
운 채로 보냈으나 하루에 한번씩은 노인과 산책을 했다. 비 그친

뒤 물 고인 웅덩이 가장자리로 누런 송홧가루가 띠를 이루었다. 노인이 손을 내밀었다. 노부인은 손을 내맡겼다. 노부부는 웅덩이를 건너면서 고인 물에 비친 하늘을 보았다. 천개의 강에 천개의 달이 떠오르듯이 하늘은 이 지상의 얼마나 많은 웅덩이에 내려앉아 있을는지. 봄이 다 지나갈 무렵 노부인은 기력을 되찾았고 그로부터 얼마 안 되어 노인이 쓰러졌다. 검사를 받아보니 폐암이었다. 지난봄에 받은 건강검진에서는 아무 이상이 없었기에 노부인의 상심은 더욱 컸다. 치료를 받기는 했으나 가망이 없음을 노부부 모두 알았다. 그해 가을 내장산 단풍이 음울하게 물든 어느날 노인은 세상을 떠났다. 노인의 장례를 치른 뒤 자식들은 부의금을 두고 다투다가 이틀 만에 뿔뿔이 흩어졌다. 막내딸만이 며칠 더 있겠다며 노부인 곁에 남았다. 노부인은 막내딸과 바람을 쐬러 한길에 나섰다가 사료 트럭을 만났다. 상을 치르는 동안에는 별말을 나누지 못했던 터라 막내딸은 트럭 기사와 이야기를 나누었다. 트럭 기사는 노부인에게 이런 이야기를 들려주었다. 트럭 기사는 노부인이 앓던 지난봄 노인을 만난 적이 있었다. 그때도 노인이 트럭의 운전석을 탕탕 두드렸다. 트럭 기사는 이번에는 차에서 내려 공손하게 조아리고 노인 앞에 섰다. 노인은 서글픈 목소리로 이렇게 당부했다. 자네 집안이 괴로운 거 다 아네. 동학에 독립군에 빨치산에 집안이 결딴나고 척을 진 사람이 많지. 그래도 참고 견디게. 그러면 좋은 날이 올 거야. 하지만 시방은 아니네. 자네도 잘 아는 작자 있지 않은가. 무자비하기로 악명 높은 박통 말일세. 그자의 딸이 앞으로 대통령이 될 거라네. 세상이 변했다고 함부로 입을 놀리면 다시 모진 세월을 겪게 될 걸세. 그러니 꾹 참고 견디게나. 알겠는가. 그쯤에서 트럭 기사가 의문을 품고 물었다. 어르신 박통의 따님은 시방 대통령을 하고 있어라. 노인은 고개를 저었다. 그렇게 포기해서는 안 되네. 자네는 할 수 있어. 내가 앞을 본다고 해서 다 그대로 이루어진다는 법은 없다네. 트럭 기사는 어깨를 으쓱했다. 동학이니 독립군이니 빨치산이니 하는 것들도 트럭 기사의 집안과는 전혀 상관이 없는 얘기였을 뿐만 아니라 대통령 운운하는 이야기도 한물 지난 것이어서 김이 새고 말았다. 트럭 기사가 궁금했던 것은 언제쯤 노총각 신세를 면하게 될지, 그렇게 되면 자식은 몇이나 낳게 될지, 말년에라도 재물운이 좀 있을지, 이런 것들이었으므로 실망이 이만저만이 아니었다. 자네가 내 목숨을 구해주지 않았는가. 그래서 내 말하는 거네. 내 말 잊지 말게나. 꼭 내 말대로 하게나. 알겠는가? 트럭 기사의 이야기를 듣고 노부인과 막내딸은 흔흔하게 웃었다. 앞으로 트럭 기사는 어느 마을을 가서 누구를 만나든 이런 대화를 나누게 될 거였다. 저기 선암촌에 살던 연월 양반 아시죠? 노스트라거시기 말여? 노스트라거시기가 다 죽었는갑소. 앞으로 벌어질 일이 눈앞에 쫙 펼쳐진다고 자네가 말하지 않았는가? 눈앞에 쫙 펼쳐지면 다 뭐 하겠소. 당신이 죽을 날은 몰랐는데. 하긴 중이 제 머리는 못 깎는 법이제.

　사료 트럭이 가버린 뒤 노부인은 먼 하늘을 보았다. 올 장마엔 비가 오지게 내리겠구나. 노인이 암 진단을 받아 입원했을 때였다.

노인은 혼곤한 낮잠에 빠져들었다. 노부인은 아무런 기대 없이 노인의 얼굴을 들여다보았다. 지난 일년 동안 볼 수 없었던 노인의 꿈이 손에 잡힐 듯 가까이에 다가왔다. 이 냥반이 또 거기를 갔네. 오랜 세월 보았던 빛이었다. 노부인은 그 빛이 무언지 알았다. 따뜻한 봄날이다. 훤칠한 청년인 노인과 아직도 앳된 티가 가시지 않은 처녀인 노부인이 읍내 거리를 걷는다. 노인은 양복 차림이고 노부인은 치마에 저고리 차림이다. 그들은 사진관의 문을 열고 그 안으로 들어간다. 사진기 앞에 선 젊은 시절의 노부부는 딱딱하게 굳은 얼굴이다. 이제 막 부부가 되었건만 내외라도 하듯 살짝 떨어진 채다. 번쩍하고 섬광이 터진다. 부부는 고개를 숙이고 서로의 발끝을 본다. 노인은 노부인의 치맛자락 끝에 살짝 드러난 고무신 코를, 노부인은 노인의 잘 닦여 윤이 나는 구두코를 본다. 눈이 부시건만 똑똑히 보인다. 그들은 슬쩍 손을 잡았다가 놓는다. 사진관 문을 열고 읍내 거리로 나온다. 따스한 햇살이 다섯 잠을 자고 섶에 오르려는 누에처럼 여기저기서 꿈틀거린다. 햇살이 비쳤을 뿐인데 누에가 뽕잎을 먹듯 요란한 소리가 두 사람의 귓가에 울린다. 그게 서로의 발소리라는 걸 알게 되기까지는 아주 오랜 세월이 필요할 거였다. 그들은 고개를 들어 먼 하늘을 본다. 한생을 머물다 가기에 부족하지 않을 만큼 넉넉하고 푸른 하늘이다. 그로부터 육십년 가까운 세월이 흘렀고 노인의 임종이 다가왔다. 아직 자식들이 당도하지 않았을 때 노부인은 해골에 가까운 노인의 얼굴을 다시 들여다보았다. 노부인은 노인의 꿈속으로 들어가는 것인지 자신의 꿈속으로 들어가는 것인지 알 수 없었다. 잠실에 누웠던 노부부 가운데 노부인이 먼저 일어났다. 노부인은 조심스레 잠실을 나와 중신을 섰던 먼 친척의 딸들이 기거하는 뒷방 쪽으로 갔다. 뒷물을 하기 위해 물 한 바가지를 떠다 어디에선가 새어나오는 옅은 빛줄기에서 한걸음 물러나 쪼그리고 앉았다. 누군가의 발소리를 닮은 자그락자그락 소리가 어둠 속에서 들려왔다. 소리가 나는 쪽으로 다가간 노부인은 흰 누에들이 망태기 속에서 얽힌 채 꿈틀거리는 걸 보았다. 충분히 자라지 못했거나 상처를 입어 어차피 죽을 게 분명해 섶에 올릴 수 없는 누에들을 골라 거기에 버린 듯했다. 죽어가는 누에들이 어둠을 뽕잎처럼 갉아먹으며 서로를 밟고 허공의 섶에 오르려 했다. 노부인이 훅 하고 울음을 터뜨렸다. 노부인은 계속해서 보았다. 노인이 발소리를 죽여 마당을 가로지르고 흙담을 손으로 짚어가며 뒤란으로 돌아가는 것을. 노인은 모퉁이에 몸을 숨긴 채 곧 아내가 될 노부인을 바라보았다. 뒷물을 하다 울음을 터뜨리는 앳된 아내를 지켜보았다. 젊은 남편은 아내가 울음을 그칠 때까지 어둠 속에 숨어 있었다. 이윽고 아내는 손으로 무릎을 짚으며 일어나 그 집안의 딸들이 잠들어 있는 뒷방 쪽으로 걸어갔다. 옅은 빛줄기가 아내의 얼굴을 쓸고 지나갔다. 처연하고 아름다웠다.

:

옛사랑

:

아버지가 처음 사라졌다가 발견된 곳은 택지개발 예정 지역이었다. 한낮에도 을씨년스러운 그곳을 나도 나중에 지나칠 기회가 있었다. 기존의 이차선 도로 왼편을 따라 철조망이 이어졌고 저 멀리 송전탑이 있는 언덕까지 나대지가 펼쳐졌다. 원래 마을이 있던 자리인 듯 철거되지 않은 담벼락이 잔해들 사이에 남았고 붉은색 라커로 의미를 알 수 없는 숫자나 기호가 휘갈겨 쓰인 탓에 그런 용도로 남겨진 것만 같았다. 아버지는 거기 어디쯤 무릎 높이로 남은 담벼락에 앉아 머리 위로 달이 뜨고 별이 뜨는 걸 지켜보았다. 순찰차가 아버지를 발견해 이름과 주소 따위를 물었을 때, 아버지는 겁먹은 표정이었지만 분명하게 대답을 했다. 이런 사실을 나는 누나에게 전해 들었다. 누나는 아버지가 맨정신이 아닐 가능성을 염두에 두는 듯했지만 그런 일이 일년 가까이 이어졌을 때도 나는 아버지의 정신이 누구보다 멀쩡할 거라고 믿었다.

　원주민부동산 왼편 골목을 따라 백여 미터 가면 제방에 다다랐는데, 거기에는 폐가 한채가 있었고 제방과 폐가 사이에 아무도 경작하지 않는 오십평 정도의 텃밭이 있었다. 텃밭은 겨울철만 제외하고는 무성하게 자란 잡풀로 뒤덮였다. 아버지는 둑에 엉덩이를 걸치고 앉아 웃자란 풀들 사이로 내려놓은 다리를 건들대며 시간 보내길 좋아했고, 누군가가 거기에서 뭐 하시는 거냐고 물으면 백치처럼 이를 드러내고 웃을 뿐 아무 대답도 하지 않았던 터라 치매 노인이라 생각한 사람들에게 떠밀리거나 이끌려 집으로 돌아오곤 했다. 언젠가 나는 아버지에게 그런 행동을 하는 연유를 물었다. 아버지의 대답은 기이하다면 기이할 수도 있었다. 그로부터 며칠 지나지 않아 아버지는 다시 사라졌고 이번에는 직접 아버지를 찾아나선 어머니의 손에 이끌려 귀가했는데 그뒤로는 거짓말처럼 얌전해졌다. 늬 어머니가 오길 기다렸다는 아버지의 대답을 곱씹었던 것도 그런 이유였고, 정확한 의미는 알 수 없으나 우수에 젖었다고밖에는 표현할 수 없는 아버지의 목소리에 이상하게 수긍이 되기도 했다.

　반년 뒤 아버지는 길에서 숨이 멎었다. 한때는 흥청거렸을지 몰라도 지금은 쇠락하여 머지않아 사라질지도 모를 그런 동네에서였다. 그 동네 어귀에 자리 잡은 슈퍼 앞 플라스틱 의자에 앉아 맞은편 느티나무를 비스듬히 비껴 흐르는 하오의 햇살을 바라보다 돌아가셨다. 나는 장례를 치른 뒤 그 슈퍼에 찾아갔다. 간판도 없는 슈퍼였다. 아버지의 마지막 말 같은 걸 듣고 싶어서였다. 슈퍼 주인도 아버지 못지않은 노인이었는데 의자에 앉은 모습에서 최후의 기미 같은 걸 느낄 수는 없었다고 했다. 그렇지만 노인은 내가 기대한 대답을 해주었다. 아버지는 이렇게 말했다. 저 산을 치워주세요. 노인은 무슨 말인가 싶어 되물었고 아버지는 똑같이 말했다. 저 산을 치워주세요. 노인은 무슨 말인지 알 것 같아 고개를 주억거리면서 부탁을 들어드릴 수 없어 죄송하다고 했다. 노인도 때때로 전설의 장사가 나타나 저 산을 쑥 뽑아 멀리 던져버렸으면 좋겠다는 생각을 하던 시절이 있었다는 기억이 나서였다. 저 산만 없으면…… 쉬었다 가세요. 저 산을 치울 수는 없으니 쉬었다 가시구려. 노인은 그렇게 말한 뒤 슈퍼로 들어가 해 질 무렵까지 골방에 누워 있었다. 그사이에 아버지는 고개를 떨어뜨리고 지나온 삶을 길어지는 그림자처럼 낯선 길 위에 드리우면서 세상을 떠났다. 용케도 의자에서 떨어지지는 않은 채로. 나는 아버지가 앉았던 의자에 앉아 아버지가 보았을 풍경을 눈길로 더듬어보았다. 하오의 햇살이 맞은편 아름드리 느티나무를 비껴 흘렀고 높은 고개를 품은 저 산, 아버지가 치워달라 했던 산은 숱 많은 머리통 같아 보였다. 그러니까 산의 얼굴은 반대편에 있을 것만 같았다. 아버지가 거기에서 정확히 어떤 생각을 했는지는 알 수 없었으나 짐작은 할 수 있었다. 바람이 없어도 느티나무 이파리들은 번득였다. 무심히 흐르는 햇살에 뒤채는 이파리들 하나하나가 수런거리는 듯했고 그런 이파리가 수런거릴 이야기란 그 목소리에 귀기울이는 이가 살아온 삶이 아니고 다른 무엇일 수는 없을 터였으니. 아버지의 임종을 지킨 건 당신 자신이었다.

장례를 치른 직후여서 나는 어느 때보다 창백하고 핼쑥했다. 그런 나를 위로하기 위해서인 듯 노인은 조심스럽게 덧붙였다. 내가 이 나이 먹도록 죽은 사람 많이 봤지만 그렇게 평온한 얼굴은 처음이었다오. 노인의 다정한 거짓말 앞에 나는 깊이 고개를 숙였다. 내가 마지막으로 보았던 아버지의 얼굴은 결코 평온하지 않았다. 오랫동안 해결하지 못한 난제에 골몰했다가 마침내 답을 찾아낸 사람의 얼굴이었다. 이건 처음부터 답이 없는 문제였어. 고통으로 일그러진 얼굴이었고, 고통에서 영영 벗어날 가망이 없음을 깨닫고 절망한 얼굴이었다. 아버지는 당신이 길 위에서 죽어가고 있음을 알았을 것이다. 아늑하다고 할 수는 없어도 같이 늙어가는 아내가 기다리는 집에서 죽지 못해 서글프기도 했을 것이다. 집이 아니라면 그곳이 어디든 객사라고 여기던 세대에 속했으니 당신 앞에 다가온 객사라는 현실이 두렵기도 했을 것이다. 노인만큼은 아니라 해도 나 역시 죽은 사람을 많이 보았다. 내 아버지여서였을까. 그렇게 고통스러워하는 얼굴은 처음이었다. 아버지가 남긴 유일한 유산이 바로 그 고통인 것 같을 정도였다. 장례를 치르는 내내 의문에 사로잡혔던 이유도 그것이었다.

아버지와 어머니가 어떻게 살아왔는지 누나와 나는 잘 알았다. 당신들의 삶에 원한이라 부를 만한 특별한 사연은 없었다. 스무살 무렵 결혼한 당신들은 십년 만에 아이를 하나 낳았다가 잃었고 그로부터 오년 뒤에 지금의 누나인 딸을 낳았으며 삼년 뒤에 아들인 나를 낳았다. 아마도 당신들이 살아오면서 겪은 가장 큰 어려움은 경제적인 문제가 아닌 자식을 낳고 기르는 문제였으리라. 나를 낳을 때는 난산이어서 당시로는 비교적 위험한 수술이었던 제왕절개를 했고 그 탓에 어머니는 두어해를 시름시름 앓아야 했다. 누나와 나는 서로 성격은 달랐지만 가난을 한탄하며 자라지 않았다는 점에서는 비슷했다. 아버지는 옛사람치고 상냥한 편이었고 어머니도 우리에게 늘 관대했다. 누나의 결혼과 출산 그리고 나의 결혼, 실직, 이혼 등을 겪으면서 당신들이 치러야 했던 근심 걱정 탓에 괴롭기야 했겠지만, 원한이라 부를 만한 일은 아무리 생각해도 없는 듯했다. 자형은 술주정이 있기는 했지만 무난한 성품이었고 누나는 두 조카를 비롯해 네 식구를 잘 건사했다. 친정과 관련된, 그래봐야 주로 나와 관련된 일이었지만, 대소사 역시 잘 감당해왔다. 이처럼 내가 아는 아버지의 지나온 삶을 복기하면서 왜 그토록 고통스러워했는지 헤아려보려 애썼으나 소용이 없었다. 그러니 남은 가능성은 하나뿐이었다. 아버지는 임박한 죽음이 두려웠던 것이며 그건 죽음이 다가오는 발소리를 생생히 들었다는 뜻이기도 하다. 커튼을 젖혔을 때 와락 쏟아져 들어오는 햇살에 그러듯이 죽음에 눈이 부시기도 했을 것이다. 남겨두고 가야 할 것들이 서럽기도 했을 것이며…… 왜 저 산이 아직까지 저기에 있는 거지……? 억울함과 분노를 담아 중얼거리기도 했을 것이다. 고통이 죽음에 대한 두려움에서 비롯되었다면 어쩔 수 없는 노릇이었다. 그걸 피해 갈 수 있는 사람도 없고 그걸 감출 수 있는 사람도 없으니까.

나는 노인과 몇마디를 더 나누었다. 화장을 해서 납골묘에 모셨다고 하자 노인은 요즘은 다들 그러지요,라면서 고개를 끄덕였다. 그리고 덧붙여 노부인은 어떠시우,라고 묻기에 아직은 힘들어하신다고 대답하자 가볍게 혀를 찼다. 그러게 말이우. 노부인께서 깜빡 쓰러질까봐 어찌나 조마조마했던지. 나는 잠시 무슨 말인가 싶어 노인을 물끄러미 바라보다 이내 무슨 말인지를 깨달았다. 내가 들어본 말 중에 가장 무시무시한 말인 듯했다. ……저희 어머니를 보셨나요? 저 느티나무 아래 계셨지요. 골방에서 소리가 들립디다. 영감, 영감, 하고 부르는 소리가. 꿈인 듯 생시인 듯 간절하게 부르는 목소리가 들립디다. 건널 수 없는 강을 사이에라도 둔 것처럼 이쪽으로 오지는 못하고 저기 아래 귀신처럼 서 계십디다.

아버지가 처음 사라졌다가 경찰차를 타고 귀가했던 날 이후로 우리 남매는 어머니에게 무심한 편이었다. 아버지를 중심으로 생각하고 판단하느라 어머니가 어떤 생각을 할지 어떤 기분일지를 헤아리지 못했다. 어머니는 잔병치레는 했을망정 심각한 질환을 앓아본 적이 없었다. 나를 제왕절개로 낳은 뒤 시름시름 앓았던 시기를 어머니는 더위 먹은 것처럼 무기력한 때였다고만 표현했다. 어쨌든 어머니의 건강은 순탄한 편이었고 무엇보다 이가 튼튼하다는 사실이 우리를 방심하게 했다. 아버지의 장례를 치른 뒤 이주

정도 지났을 때 어머니의 잠자리인 상앗빛 보료 위에서 이 두 개를 발견했다. 표면의 법랑 질이 벗겨지고 뿌리가 짧고 누런 이였다. 나는 아랫니와 윗니를 딱딱거리며 부딪혀보았다. 한눈에 보아도 어머니의 이가 분명했는데 무의식적으로 그랬다. 어머니는 이가 둘씩이나 빠졌는데도 전혀 모르는 눈치였다. 치과에서 검사를 받게 한 뒤에야 둘 중 하나는 최근에 빠졌지만 다른 하나는 오래전에 빠졌다는 걸 알게 되었다. 위쪽 작은 어금니였던 터라 누나와 내가 알아채기 어려웠다고는 해도 어머니 당신의 무심함은 뭐라 설명해야 할지 알 수 없었다. 어머니…… 어머니…… 보료 위에 앉아 아버지의 수첩을 들여다보던 어머니가 나를 올려다보았다. 낯선 이를 보는 눈길이었고 대체 누군데 나를 어머니라 부르느냐고 묻는 눈길이었다. 그제야 지난 몇년 동안 누나와 내가 잠깐 화제로 삼았다가 잊곤 했던 어머니의 건망증이 단순한 건망증만은 아니었으리라는 걸 불현듯 깨달았다. 사십구재를 치른 뒤 누나가 운전하는 차를 타고 돌아오는 길이었다. 어머니는 뒷좌석에서 잠들었고 잠든 어머니의 어깨 위로 스산한 햇살이 내리비쳤다.

아버지 돌아가셨을 때 누나가 어머니 모시고 갔어? 가보니 엄마가 있더라. 누가 모시고 왔대? 혼자 왔지. 그랬다고 했어. 혼자서? 왜? 누나. 응. 아니야. ……저기서 내려줘. 거기 가려고? 가봐야지.

나는 뒤쪽 유리창에 얼굴을 갖다 대고 잠든 어머니를 들여다본 뒤 사이드미러를 향해 손을 흔들었다. 누나의 승용차가 떠났다. 고개를 젖혀 하늘을 보았다. 초여름의 하늘이 푸르렀다. 길 건너편 원주민부동산에서 문이 열리더니 누군가 나왔다. 젊은 사람인 걸로 보아 손님인 듯했다. 수첩을 펼쳐 아버지가 그린 약도 가운데 하나를 찾았다. 아버지는 상업여고라는 글자와 원주민부동산이라는 글자에 동그라미를 쳤다. 상업여고와 원주민부동산을 잇는 선도 그었다. 그 사이에 별로 유용하지 않은 도로 표시가 있었다. 약도에 따르면 상업여고와 부동산이 무척 가까운 듯했지만 직선거리로 따진대도 오 킬로미터 정도였다.

어머니의 이를 줍기 전에 나는 상업여고를 다녀왔다. 그 자리에는 상업여고 대신 아파트 단지가 있었다. 낡았지만 정갈했다. 정문 안쪽 향나무는 마을의 유서 깊은 상징물 같았다. 사방으로 뻗은 가지 중 네군데에 지지대가 있었지만 그게 없더라도 꿋꿋할 것만 같았다. 정문 맞은편 부동산에 들러 나이 지긋한 중개사와 이런저런 이야기를 나누었다. 그는 오십 중반의 사내였다. 그는 이 아파트 단지가 처음에는 군인들만 입주할 수 있었는데 오랜 세월 복잡한 과정을 거쳐 한 건설사에 넘어갔으며 그만큼의 오랜 세월 동안 재건축 계획만 만지작거리다 지금에 이르렀다고 알려주었다. 주민의 오분의 일은 여전히 군무원을 비롯한 군인 가족이지만 멀지 않은 곳에 신도시가 생기고 군인아파트가 들어서면서 많이 빠져나갔다고 했다. 아파트 단지가 들어서기 전에는 어떤 곳이었느냐고 묻자 그는 당시라면 그냥 논이거나 밭이었을 가능성이 크다고 덧붙였다. 혹시 상업여고가 있었던 게 아니냐고 묻자 그런 사실은 잘 모르겠다고 하면서 이 동네 토박이 노인네들이 즐겨 모이는 장소를 일러주었다. 그가 가르쳐준 곳은 아파트 단지를 왼쪽에 끼고 조금 걸으면 되었다. 작은 공원이었다. 여든살 무렵으로 보이는 노인 넷이 쉼터에 앉아 각자 지팡이를 옆에 뉘어놓고 하늘바라기를 했다. 근처 편의점에 들러 음료를 산 뒤 그이들에게 다가가 나눠주었다. 아파트 단지가 들어서기 전에 이 지역이 어떠했는지를 묻자 저마다 대답을 해주기는 했지만 서로 의견이 달랐다. 그중 요즘 노인들은 잘 기르지 않는 턱수염이 있는 한 노인이 내가 바라는 대답을 해주었다. 그이는 지팡이를 들고 아파트 단지 쪽을 가리키며 원래 건물이 있던 자리 등을 설명했고 다른 노인들은 그게 아니라고 이기죽거렸다. 누구의 말이 옳은지는 알 수 없었다. 내가 확인할 수 있었던 건 원래 그 자리에 있었는지 없었는지 확실하지는 않지만 상업여고가 아니라 여공들이 공부하던 야간학교가 있었다는 거였다. 그 점에는 모든 노인들이 동의했다. 다만 서로 주장하는 위치가 달랐는데 이런저런 일들을 따져보느라 결국 넷 모두 각각 다른 주장을 하게 되었다. 공통점을 찾아 정리하면 이곳이든 혹은 여기에서 약간 떨어진 곳이든 분명히 이 근방에 양말, 잡화, 의류 등을 생산하는 꽤 큰 규모의 공장이 있었다. 공장에는 여공들을 위한 기숙사와 학교가 부속 건물로 딸려 있었고 외박이나 외출을 나온 사병들 혹은 근처 관사에 머물던 하사관들과 여공 사이에 사건이 많았다는 거였다. 공장은 어느 해인가 사라졌고 이후에 공단 지역으로 옮겼다거나 업종을 바꾸었다거나 하는 소문을 들었으나 누구도 정확히 알지는 못했다. 여공들은 타 지역 출신들이 많았고 공장이 사라진 뒤로는 함께 연기처럼 사라져버렸다. 노인들은 스스로 잊었던 전설을 상기하듯 여공들에 대해 이렇게 말했다. 죄다 학교 추천서 같은 걸 받고 왔던지라 사실은 굉장히 똑똑한 아이들이었다고 하지. 그런데 왜 이 공장에 왔던 건가요,라고 묻자 노인들은 한심하다는 듯 대답했다. 가난하니까.

가난은 어머니와 아버지 그리고 누나와 나 모두가 기피하는 말이었다. 우리는 결코 가난하지 않았다. 조상에게 물려받은 얼마 안 되는 땅이 있었고 그 땅을 갈아 농작물을 수확했으며 아버지는 연탄 장사며 신발 장사며 트럭 행상으로 돈을 벌었고 어머니는 아버지를 돕거나 바느질, 날품팔이, 미용사 보조, 화장품 판매사원 등으로 돈을 벌었다. 우리는 굶지 않았으며 집이 있었고 학비가 밀리지도 않았다. 또한 우리는 행복하지 않았다. 여름을 맞아 바캉스를 떠나거나 가을 단풍여행을 간다거나 주말을 이용해 동물원에 간다거나 그런 소소한 행복은 누리지 못했다. 누나와 나는 학교에서 집에 돌아오면 일단 우리가 해야 할 집안일부터 한 뒤 각자 좌식책상 앞에 앉아 영어와 수학을 공부했다. 누나는 나보다 영리했고 장학금을 받으며 대학을 다녔으며 그럭저럭 괜찮은 남자를 만나 결혼했다. 누나는 결혼한 뒤 얼마 안 되어 내 이름으로 청약통장을 만들었다. 어머니와 아버지가 노후를 보낼 수 있는 임대아파트에 청약할 수 있었던 것도 그런 누나 덕분이었다. 나는 자형의 회사에 판매사원으로 입사해서 칠년을 일하다가 동종업계 다른 회사로 옮겼고 그 탓에 자형과 잠시 소원하기도 했다. 아내를 만나 결혼하고 이혼하기까지 십년의 세월이 더 흘러갔고 그 모든 일이 끝난 뒤 돌아보니 어느덧 내 나이도 마흔다섯이었다. 지금까지도 가난했지만 앞으로도 가난할 게 분명했고 어쩐지 이제 가난은 운명이 되어버린 듯했으며 가난했는데도 가난하지 않은 체해서 여태도 가난한 게 아닐까라는 바보 같은 생각을 하는 나이가 되어버렸다. 그리고 지금 내가 바라보는 이 네 노인 역시 가난과는 무관하다는 듯 살아온 탓에 영원히 가난할 수밖에 없는 사람들이 아닐까 싶었다.

아파트를 지으려고 땅을 파는데 여기저기서 아기들이 나왔다지. 이 동네는 그 아기들이 만든 거나 마찬가지지.

턱수염 노인이 이렇게 말하자 다른 노인들은 모두 입을 다물었다. 노인들은 오줌을 누기라도 한 것처럼 한차례 몸을 떨고는 내가 처음 보았을 때처럼 무심한 얼굴로 하늘바라기를 했다. 나는 저들 중에 진실을 알면서도 거짓을 말하는 이가 누구일지, 진실을 모르면서도 알은체하는 이가 누구일지 혹은 진실과 거짓을 구분할 수 없게 된 지가 얼마나 오래되었는지 스스로도 모르는 이가 누구일지를 잠깐 헤아리다가 고맙다는 인사를 하고 돌아섰다. 턱수염 노인이 신도시 근처의 옛 마을에 가면 원주민부동산이 있는데 거기에 있는 작자라면 알 수도 있을 거라고 덧붙였을 때 고개를 끄덕거렸던 건 어차피 다음에 찾아볼 곳이기도 했고 그 말만으로도 아버지의 약도를 반쯤 해독한 기분이기도 해서였다.

원주민부동산에 가면 아버지가 찾으려고 애쓴 사람의 소재를 알수 있을 것 같았다. 늬 아버지가 여자가 생겼어. 누나가 전해준 말이었다. 한참 동안 말이 없던 누나는 어머니가 그 말 뒤에 차마 입으로 옮기기 힘든 욕설을 했다고 덧붙였다. 엄마가 아버지의 장례를 치른 뒤로 좀 이상하다는 생각은 들었지만 오늘 보니 아무래도 병원에 가서 정밀검사를 해봐야겠다고 했다. 나는 누나에게 내 생각을 말해주었다. 누나, 어머니는…… 치매셨어. 그게 무슨 말이야? 오래전부터. 정확히는 모르겠지만 아마 아버지가 갑자기 사라지기 시작했던 그 무렵부터 온전하지 않으셨던 것 같아. 누나는 한숨을 푹 내쉬었다. 그럴 거라고 짐작은 했어. 너도 그런 경우 겪었지. 나한테 전화해놓고 너인 듯 말하고 너한테 전화해놓고 나인 듯 통화하고 말야. 그래, 그랬지. 심각한 상태는 아니었는데 아버지 돌아가시고 심각해진 거지? 보기에 따라서는. 보기에 따라서는? 원래 심각했는데 아닌 척했다가 더는 그럴 필요가 없어진 것뿐일지도. 치매가 무슨 관절염이니? 아픈 척하고 말게. 누군가한테는, 때로는, 관절염일 수도 있겠지. 그런데 어디 갔다 왔어? 아버지의 옛사랑이 다녔던 공장 혹은 기숙사 혹은 학교였던 곳. 박춘자? 박춘자. 실제로 그런 사람이 있어? 그런 것 같아. 그런데 누나, 어머니가 문맹이셨어? 몰랐니? 문맹까지는 아니고 읽을 줄은 알아. 이름자정도도 쓸 줄은 알고. 그럼 이제 눈도 어두워지신 건가? 왜? 못 읽으시길래. 그럴 수도 있지.

누나는 더이상 놀랄 일이란 없다는 태도로 말했고 나 역시 그랬다. 아마 우리 남매는 오래전부터 그런 태도가 몸에 배었을 것이다. 각자 다른 생각이 들더라도 그 생각을 한꺼번에 풀어놓지 않는다는 점에서도 비슷했다. 누나의 말을 듣고 내가 갖게 된 생각은 원래 어머니가 문맹이나 다름없었는데도 읽을 줄 아는 척했을 가능성이 얼마나 될까 하는 거였다. 누나라면 어머니가 언제부터 눈이 어두워졌는지, 정말 그렇다면 눈이 어둡다는 사실을 들키지 않기 위해 어떤 노력을 기울였을지 등을 떠올렸으리라. 그런데 박춘자씨를 찾는 게 엄마한테 좋은 일이야? 모르겠어. 모르는 일을 왜 해? 이거라도 해야 할 것 같아서. 너 할 일 많잖아. 그 말에는 대꾸하지 않았다. 누나가 무얼 염두에 두고 하는 말인지 잘 알고, 그 문제와 관련해서는 한마디도 더 하고 싶지 않아서였다. 내 이혼을 강하게 반대했고 이혼 이후 이런저런 방식으로 에둘러서 나를 비난한 누나였다. 이제 그 문제에서는 벗어나고 싶었다. 누나와 아내가 시누이와 올케 사이일 때 딱히 친밀한 편도 딱히 사이가 벌어진 편도 아니었으나 가정법원을 드나들게 된 뒤로 누나는 맹렬하게 아내 편을 들었다. 그리고 언젠가는 은밀한 목소리로 내게 이렇게 물은 적도 있다. 너, 여자 생겼니? 그래서 나도 누나에게 경멸이 섞인 목소리로 답해주었다. 누나의 올케한테 남자가 생긴 거야. 물론 누나는 그 말을 믿지 않았다. 덜떨어진 놈들이나 하는 변명인 줄 알았는데 그런 말을 내 동생한테 들으니 참으로 어이가 없구나. 누나는 내 말을 믿어준 적이 없었기에 나도 서운하지는 않았다.

원주민부동산의 문을 열고 들어갔다. 문에 달린 종에서 경쾌한 소리가 났다. 책상 앞에 앉았던 박춘호씨가 고개를 들고 나를 보았는데 내가 누구인지 안다는 눈빛이었다. 그렇게 느꼈기에 에둘러서 말하지 않았다. 나는 아버지의 수첩 갈피에서 박춘자씨 사진을 꺼내 내밀었다. 박춘호씨는 이국의 언어로 쓰인 편지를 읽듯 한참을 자세히 들여다보았다. 그의 얼굴에 별다른 표정이 떠오르지 않아 조금 불안했다. 그가 자신의 누이를 경멸했을 수도 있고 혹은 내 아버지를 그랬을 수도 있기 때문이었다. 이윽고 그는 고개를 들고 내게 사진을 돌려주었다. 그러고는 한참 동안 내 얼굴을 뚫어져라 보았는데 그의 시선에 담긴 애틋함을 모른 척할 수 없어서 그가 나를 관찰하도록 내버려두었다. 자네 아버지와 우리 누이가 결혼했다면 우린 지금 만날 수도 없었겠지. 나는 그의 말을 잠시 생각해보았고 틀린 말은 아니었기에 고개를 끄덕였다. 만약 아버지와 그의 누이가 결혼했다면 그와 나는 외숙부와 조카 사이였겠지만, 아마도 나는 태어나지 않았을 게 분명하므로 그의 말이 맞는 셈이었다. 나는 그에게 박춘자씨를 만나고 싶다고 말했다. 그는 지그시 눈을 감고 생각에 잠기더니 이내 생각이 끝났다는 듯 번쩍 눈을 떴다. 그의 눈동자는 썰물에 드러난 개펄처럼 질퍽거렸다.

내 누이가 누이가 아니라면 어쩌겠나?

······무슨 말씀이신지.

드라마에 흔히 나오듯이 말야.

출생의 비밀 같은 건가요.

나도 확신을 못한다네.

박춘자 여사께서 누나가 아니라면.

내 어머니였을지도.

그 말씀은.

자네가 내 동생일지도.

괜찮습니다.

자네는 퍽 단순하군.

단순해서 여태 살아남았는지도 모르죠.

아니, 아니야. 아니라서 살아남은 거야.

어떻게 확신하시죠?

자네가 어떤 기분일지 아니까.

제 기분을 정말 아시나요?

알지, 내 동생이니까.

나는 두고두고 그날의 대화를 복기할 수밖에 없었다. 이런 식
으로.

내 누이가 누이가 아니라면 어쩌겠나?(호적에는 박춘자씨가
내 누나로 되어 있지만 나는 오랫동안 누나가 내 어머니가 아닐
까 의심했다네.) ……무슨 말씀이신지. 드라마에 흔히 나오듯이 말
야.(자네는 한번도 극적인 순간이 없는 삶을 산 사람처럼 말하는
군. 자네는 이혼하지 않았던가. 그것만으로도 충분히 극적인 삶이
아니겠는가.) 출생의 비밀 같은 건가요. 나도 확신을 못한다네.(내
누나는 그렇게 허튼사람이 아니었다네. 내게 실수로라도 아들이

라는 말을 한 적이 없지. 누나는 여느 누나가 동생에게 하는 것보다 엄격하게 나를 동생으로 대했다네.) 박춘자 여사께서 누나가 아니라면. 내 어머니였을지도.(나는 항상 왜 내 어머니가 할머니처럼 보이고 내 누나가 어머니처럼 보이는지 궁금해하며 살았다네. 이 궁금증은 평생 동안 나를 괴롭혔고 내가 최근에 깨달은 게 있다면 나를 이렇게 괴롭히기 위해 이 물음이 생겨났으리라는 거라네.) 그 말씀은. 자네가 내 동생일지도.(자네는 느끼지 못했나? 우리의 시선이 처음 교차했을 때 혈연적 근친 관계에 있음을.) 괜찮습니다. 자네는 퍽 단순하군.(내가 말하고 싶은 건 자네와 내가 정말로 혈연관계냐 아니냐가 아니었다네. 혈통의 문제였지. 혈통의 문제를 이해하겠나. 그건 세상을 대하는 태도의 문제라네.) 단순해서 여태 살아남았는지도 모르죠. 아니, 아니야. 아니라서 살아남은 거야.(자네가 혈통의 문제에 집착했다면 지금처럼 살아 있을 수는 없겠지. 나도 그랬다네. 나는 살아남기로 마음먹었을 때부터 나의 기원이 무엇인지를 알고 싶어하지 않았다네.) 어떻게 확신하시죠? 자네가 어떤 기분일지 아니까.(자네가 확신하지 못하는 만큼 나도 확신하지 못하네. 다만 자네를 보는 순간 내가 여태 불확실하다고 믿었던 것들이 정말로 불확실할 수밖에 없다는 걸 깨달았다네.) 제 기분을 정말 아시나요? 알지, 내 동생이니까.(자네는 정말 못 느꼈나? 우리가 비슷한 고통에서 태어났다는 걸.)

 박춘호씨가 내게 알려준 사실 가운데 하나는 이거였다. 원주민부동산 왼편 골목을 따라 백여 미터 가면 제방에 이르는데, 거기에는 폐가 한채가 있고 제방과 폐가 사이에는 아무도 경작하지 않는 오십평 정도의 텃밭이 있다. 텃밭은 겨울철만 제외하고는 무성하게 자란 잡풀로 뒤덮인다. 나는 그에게 물었다. 그게 보통 폐가거나 보통 텃밭은 아니겠죠? 그가 흔흔하게 웃었다. 그 집은 연원이 깊다네. 일제강점기에 이 지역 면장을 지냈던 사람의 집이었다네. 해방이 된 뒤 적산가옥으로 몰수되었다가 어느 핸가 국방경비대 소유로 넘어갔지. 그쯤에서 내가 끼어들어 일식 건물이 아니었다고 말했다. 당연하지. 국방경비대 소유 시절에 그 집에서 숱한 사람이 죽어나갔으니까. 이 지역 공산주의자는 말할 것도 없이 국방경비대 눈 밖에 난 지주부터 머슴까지 숱하게 죽었지. 그런 게 역사니까. 다 알면서도 쉬쉬하고 쉬쉬하다보면 쉬쉬하던 사람마저 다 죽고 아무것도 모르는 젊은 세대가 다시 숱하게 죽어나가기를 반복하는 게 역사잖나. 지주는 왜 죽였나요? 하고 묻자 그는 지주의 자식들 중에 독립군 출신이 많았거든 하고 대답했다. 귀신이 너무 많이 나와서 전쟁이 끝난 뒤 그 집을 인수했던 사람이 아예 허물고 새로 집을 지었다네. 그 집이 쇠락해서 지금 저 꼴이 되었지. 그 집이 흥성거릴 때가 군부대 하사관들을 하숙생으로 받아들였을 때라네. 그때는 관사가 변변찮았고 턱없이 부족했어. 군부대 지원을 받아 하숙을 하는 집들이 있었는데 그 집도 그중 하나였다네. 그리고 자네 아버지가 거기 하숙생이었지. 박춘자씨는요? 내 누이는 그 집 부엌일을 도왔어. 하숙생이 서른명 남짓이었고 군인뿐만 아니라 근처 공장에 다니던 청년이며 농업학교 학생까지 다양했지. 그 집 주인은 서른명 남짓의 하숙생을 모두 군인이라고 보고한 뒤 지원금을 받았겠군요. 잘 아는군. 그래서 누이도 꽤 벌이가 좋았지. 그 집 주인이 입막음을 위해 월급에 몇푼 더 얹어줬으니까. 그렇게 좋은 일자리를 두고 왜 공장으로 가셨나요? 그건 나도 모르네. 짐작하기로는 그때 나를 임신해서가 아니었을까 하네. 그럼 저희 아버지는 그때 박춘자씨가 임신한 아이가 당신 아이라고 생각하셨겠군요. 아마 그랬을 거네. 그렇다면 저희 아버지와 박춘자씨가 실제로 사귄 게 맞군요. 그건 확신할 수 없다네. 왜죠? 내가 알기로 내 아버지는 자네 아버지가 아니었기 때문이라네. 그럼 누구였죠? 턱수염을 기른 늙은이. 그 늙은이는 당시에는 엘리트라 해도 좋을 작자였다네. 여기 사범학교를 다녔고 나중에는 장교로 임관했으니까. 사범학교 학생들은 은근히 혹은 노골적으로 농업학교 학생들은 물론 하사관들과 공장에 다니는 청년들을 무시했다네. 그럴 만도 했지. 서로의 미래는 전혀 달랐으니까. 그렇다면 그 턱수염을 기른 노인이 저희 아버지의 연적이었군요. 연적이라는 표현은 좀 거창하지.

나는 누나에게 물어본 적이 있다. 누나, 아버지가 연탄 장사 하기 전에 왜 전역했는지 그 사연 자세히 기억해? 물론이지. 아버지가 장교를 죽기 직전까지 꽸잖아. 사범학교 출신 장교랬지. 왜 그랬는데? 눈꼴이 시어서 그랬대. 왜 눈꼴이 시었는데? 그건 몰라. 어쨌든 그 사건으로 남한산성에서 육개월 살았대. 군 교도소 말이지? 거기 나와서 곧바로 전역 신청했다더라.

나는 마지막으로 그에게 박춘자씨의 근황을 물었다. 그는 어깨를 으쓱하며 대답했다. 자네 아버지가 알았던 걸 자네는 모르는군. 아버지가 박춘자씨가 살아 계신 걸 알았단 말씀인가요? 물론이지. 그래서요? 만났지. 그러셨군요. 자네도 만나고 싶은가, 내 누이를? 내 어머니를?

박춘호씨가 내 누이를, 내 어머니를, 이라고 말할 때 그 목소리에서 배어나온 혼돈, 너무 익숙해져서 혼돈이 아니라 처음부터 혼돈이었던 게 당연하다고 강변하는 듯한 목소리 탓에 나는 오래전 누군가 들려주었던 농담이 떠올랐다. 내가 농담 하나 해줄까. 한 사내가 있었어. 그는 아버지를 증오했지. 아버지가 돌아가신 뒤로는 고향집에 들러도 지척에 있는 아버지 묘를 찾지 않았다네. 몇해 뒤 어머니는 유언으로 아버지 옆에 묻어줄 것을 요구했고 그는 마지못해 아버지 옆에 어머니 묏자리를 썼지. 이후 일년에 한번씩은 성묘를 갔으나 아버지 묘 앞에 무릎을 꿇은 적은 없었다네. 형편이 어려웠던 몇해 동안 고향에 내려가지 못했다가 어느날 불현듯 어머니가 그리워서 밤차를 타고 고향에 내려가 산소를 찾았지. 안개가 자욱한 아침이었어. 술잔에 술을 따른 뒤 한동안 가만히 서 있었다네. 이윽고 그는 손에 든 술잔을 입에 대고 벌컥 들이켰지. 알수 없었거든. 어느 쪽이 아버지고 어머니인지. 왼쪽이 어머니인 것 같았는데 금세 오른쪽이 어머니일 거라는 의심이 뒤따랐어. 그러길 반복하자 처음에는 그토록 당연하고 쉬워 보이던 일이 이제는 가장 복잡한 문제가 되어버렸다네. 해는 느리지만 꾸준히 솟아올랐고 그 열기에 어느새 안개마저 걷혀버렸지. 그는 어쩔 수 없이 어머니와 아버지 묘 사이에 술잔을 내려놓고 거기에 대고 절을 올렸다네. 젠장, 어느 쪽이 아버지인지 어머니인지 모르겠지만 어쨌든 절이나 받으십쇼. 우리는 한참을 웃었다. 이거 누구 얘깁니까? 그냥 아는 사람. 저도 아는 사람이죠? 그래. 나는 그의 빈 잔에 술을 따랐다. 그는 조심스럽게 술잔을 비웠고 나는 다시 술을 따랐다. 그는 다시 한번 조심스럽게 술잔을 비웠다. 나는 다시 술을 따르려다 말고 내 잔을 들어 마신 뒤 그의 잔과 내 잔을 한 손에 쥐고 농담을 건넸다. 잔을 구별할 수 있으세요? 그는 내가 탁자 위에 내려놓은 잔을 노려보다 고개를 저었다. 한꺼번에 두잔을 마시란 말이군. 나는 고개를 저었다. 술잔 사이에 물컵으로 쓰는 맥주 컵을 놓았다. 그리고 거기에 소주를 가득 따랐다. 그 잔을 들어 천천히 욕지기를 참아가며 마셨다. 그 농담 혹은 사연을 들려준 이가 누구였는지 정확히 기억나지는 않았다. 처음 자형의 회사에서 직장 생활을 시작할 무렵이었으므로 판매부서 부장이었거나 과장이었으리라. 그러나 이렇게 그 이야기를 떠올리면서 그 불쌍한 사람이 어쩌면 자형이었을지도 모른다는 생각이 들었다. 자형도 조실부모한 사내였으니까.

  박춘호씨가 내게 들려준 다른 이야기는 박춘자씨의 삶이었다. 요약하자면 쓸쓸한 삶이었다. 어디에서나 듣고 볼 수 있는 흔한 사연이었다. 그래서 나는 박춘호씨가 적어도 내게 거짓말을 하지는 않았음을 알았다. 잘못된 기억은 있었을지 몰라도 자신과 자신의 누이 혹은 어머니일지도 모르는 사람이 어떤 사람인지 기억해주는 이가 있다는 사실에 진심으로 기뻐하는 듯했다.

그렇게 사셨군요.

그렇게 살았지.

이 대화는 복기할 필요가 없으므로 언젠가 희미해질 기억이었으나 왠지 이 대화야말로 내가 죽는 날까지 잊지 못할 대화 가운데 하나일 것 같았다. 만약 이 대화를 복기하게 된다면 이런 식 말고는 아닐 것이었다. 그렇게 사셨군요.(박춘자씨를 미워하지 않으세요?) 그렇게 살았지.(미워할 리가 있나. 적어도 나를 죽여 땅에 파묻지는 않았으니까.)

나는 박춘자씨가 산다는 임대아파트를 찾아갔다. 어머니 홀로 사는 복도식 아파트와 비슷했다. 그 아파트 역시 최근의 추세를 따라 도로에 인접한 저층은 상가였고 울타리가 따로 없었다. 복도 쪽으로 난 일련의 창들은 가지런한 치아를 연상시켰고, 거기 작고 단순한 아파트에서 늙고 쇠약한 육신을 구겨넣고 살아가는 사람들의 속내라도 되듯 파리하게 빛났다.

나는 편의점 앞 파라솔 의자에 앉아 아버지의 수첩을 펼치고 약도를 들여다보았다. 어머니는 내 맞은편에 앉아 지나가는 사람을 물끄러미 바라보았다. 아버지는 아파트라는 글자에 동그라미를 쳤고 거기서부터 시작된 선은 구불구불 이어지다가 다시 아파트로 돌아와 끝났다. 나는 아파트 주변에 가상의 선을 그려보았다. 아마도 산책로를 따라 이어진 선인 듯했다. 아파트 이름이 없었던 터라 박춘호씨가 아니었다면 나는 여기에 오지 못했을 것이다. 어머니가 짧은 한숨을 내쉬었다. 나는 고개를 돌려 정문 쪽을 보았다. 어머니 연배의 노부인이 지팡이도 없이 천천히 걸어왔다. 그 노부인은 나와 어머니가 앉은 파라솔 앞으로 다가왔다. 나는 그이를 물끄러미 바라보았고 그이도 나를 물끄러미 보았다. 그이의 하얗게 센 머리카락이 바람에 건듯 날렸다. 어머니와 비슷한 체구였고 평범한 얼굴이었다. 어머니보다 곱게 늙은 것도 사납게 늙은 것도 아닌, 그저 어디서나 볼 수 있을 법한 평범한 늙은이의 얼굴이었다. 노부인은 걸음을 멈추고 어머니를 바라보았다. 나는 두 시선이 허공에서 투명한 두개의 혀처럼 서로에게 휘감기며 흐르는 걸 보았다. 그러나 그런 느낌은 잠시였다. 차라리 수십년의 세월이 증발된 시선에 가까웠다. 어머니의 시선에는 증오나 질투가 없었고 박춘자 여사의 시선에는 당혹과 경악이 없었다. 물론 나는 그 노부인이 박춘자씨라는 걸 알았다. 다만 사진으로 보아 익숙했던 젊은 시절의 얼굴과 일상의 결이 역력한 노년의 실물 사이에서 차이를 지워버리는 데 시간이 약간 필요했을 뿐이다. 노부인이 어머니에게 말했다. 오랜만이네요. 자주 안부를 나누는 사람처럼 스스럼없는 말투였다. 나는 어머니에게 물었다. 알고 계셨어요? 알다마다. 저분이 깡통 주스도 주셨다. 어머니는 환히 웃었고 노부인도 그렇게 웃었다. 기이한 일이었다. 눈이 침침해진 어머니가 박춘자씨를 단번에 알아보았다는 게. 어쩌면 어머니는 눈이 아니라 귀에 의지해서 그럴 수 있었는지도 모른다. 나는 노부인이 편히 앉을 수 있게 빈 의자를 조금 당겼다. 그들은 한때, 아주 먼 과거이기는 하지만 한 남자를 사랑했던 경쟁자였다. 서로를 의식했을 수도 있고 의식하지 않았을 수도 있다. 그 시대 사람들답게 알아도 모른 척했거나 전혀 몰랐을 가능성도 있다. 설령 그때는 심각했다 할지라도 세월과 더불어 마모되어 그때 어떤 기분이었는지를 간신히 떠올릴 수 있게 되었거나 혹은 아예 기억에서 사라졌거나 다른 기억으로 대체되어 무의미해진 일에 불과할지도 모른다. 그리고 오랜 세월이 흘러 이렇게 마주 보게 되어도 아무런 감흥도 없이 스쳐지나는 사이로, 아무런 인연 없이 살았던 사람들과 다름없이 무심해졌다. 적어도 아버지가 박춘자씨를 다시 보게 되기 전까지는 그랬으리라. 뒤늦은 근심과 질투 등도 어머니를 완벽히 깨우지는 못했을 테고 어쩌면 아버지는 그 사실에 더 조바심이 났을지도 모른다.

나는 아버지가 된 심정으로 두 여인을 지켜보았다. 내가 아내와 이혼하지 않고 함께 살아 아버지만큼 늙었을 때 옛사랑을 만난다면 어떤 기분일까. 두 여인은 오랜 세월 각자의 삶을 살아왔음에도 서로의 얼굴에 서로를 조금씩은 새겨넣은 것 같았다. 같은 시대를 같은 나이로 견디며 살아왔기 때문이거나 비슷한 가난과 비슷한 생활을 영위하며 살아왔기 때문이거나 한 남자를 사랑한 이력이 있는지라 서로도 알지 못하는 기질상의 공통점을 지녔기 때문이거

나. 아주 오랜 세월은 각기 다른 사람을 똑같이 주름지고 서글프고 맥 빠지게 만드는 모양이다. 나는 편의점에 들어가 깡통 주스를 하나 샀다. 다시 파라솔 테이블로 돌아와보니 두 노인은 서로의 손을 쓰다듬고 있었다.

갔어요. 아주 갔어요.

가셨군요. 정말 가셨군요.

나만 두고 갔어요.

이녁만 두고 가셨구려.

어머니의 눈가에 눈물이 비쳤다. 박춘자 여사는 어머니 쪽으로 몸을 기울였다. 여전히 검고 가늘고 뻣뻣한 두 손을 맞잡은 채였다. 박춘자 여사가 다른 손으로 어머니의 어깨를 감쌌다. 어머니는 생전의 아버지에게 그랬듯이 박춘자 여사의 어깨에 머리를 기댔다. 나는 고개를 들어 길 건너편을 보았다. 하오의 햇살이 가로수에 부딪히며 가루로 부서져내렸다.

너 원룸 정리하고 집에 들어가서 엄마랑 살아라.

생각해볼게.

일 다시 시작할 거지?

알아보고 있어.

네 자형이…… 빈자리 있대.

생각해볼게.

기다리겠대.

……

나는 휴대폰을 바지 주머니에 넣었다. 내가 아직 사랑이니 결혼이니 따위를 먼일로 여기던 시절, 누나는 남편 될 사람이 고아나 마찬가지라서 더 마음에 든다고 말한 적이 있다. 그 불쌍한 사내가 정말 자형이었다면, 자형은 이제 분간할 수 있게 되었을까. 어느 쪽이 아버지 묘이고 어머니 묘인지를. 아니면 자형도 누구나 그렇듯이 어느 쪽인지 깨닫게 되었으면서도 아버지를 용서했다는 사실을 들키기 싫어 모른 척했을까. 처음부터 헷갈린 적 없는데 헷갈린 척했을지도. 만약 그렇다면 그 불쌍한 사내가 술잔에 술을 따른 뒤 생각에 잠겼던 이유는 아버지와 어머니가 헷갈려서가 아니라 자신의 인생에서 최초로 찾아온 중대한 결심의 순간이 정말로 그런 순간인지 확신하기 위한 시간이 필요해서였겠지. 사내는 불현듯 어머니가 보고 싶어 서울역으로 달려가 밤기차에 올랐고 고향 역에 도착한 새벽녘까지 자문했을 것이다. 어머니가 보고 싶은 건지 아버지가 그리운 건지. 나를 사로잡는 이 격정의 정체는 무엇인지. 마음속에 그리움이 가득한데 왜 서러운지를 묻고 또 물었을 것이다. 그런 질문은 인간이란 무엇인가, 삶이란 무엇인가, 대체 나는 왜 이 세상에 태어났는가라는 질문을 불러오게 마련이고, 그런 질문에 대답할 수 있는 사람은 없으므로 차창에 비친 고통스러운 얼굴을 하나의 대답처럼 받아들였을 것이다. 모든 대답은 이처럼 일그러진 은유로만 말해질 수밖에 없다는 깨달음 같은 것 말이다.

나는 옛 군인극장 터를 찾았다. 아버지도 여기에 온 적이 있다.

당신은 군인이던 시절 여기에서 보았던 영화를 수첩에 기록해놓았다. 군인극장에서는 「5인의 해병」 「돌아오지 않는 해병」 「빨간 마후라」 같은 반공영화를 주로 상영했지만 이따금 「성춘향」 「쌀」 「또순이」 같은 영화도 상영했고 아주 드물게는 서부영화도 상영했다. 영화라면 무엇이든 환영을 받았지만 아무래도 젊은 군인들은 서부영화와 같은 외화에 더 열광적이었다. 물론 어떤 영화도 당시 「맨발의 청춘」을 능가할 수는 없었을 것이다. 아버지도 사복을 입을 때면 다른 사내들처럼 청바지에 스웨터를 입고 하모니카를 뒷주머니에 꽂고 다녔으니까. 그러나 그런 영화들이 아무리 그럴듯해도 박춘자씨와 같은 여공들을 사로잡은 건 「저 하늘에도 슬픔이」였다. 여기까지는 아버지의 수첩에서 확인할 수 있는 내용이었다. 나는 의심스러운 부분이 있어서 「미워도 다시 한번」의 개봉 연도를 인터넷으로 확인했다. 1969년이었다. 그때라면 이미 박춘자씨는 아버지의 삶에서 지워진 시기였다. 군인극장이 개봉관도 아니고 재탕 상영을 일삼았음을 고려한다면 1970년대에 들어서고 나서야 상영되었을 것이다. 조금 혼란스러웠다. 「맨발의 청춘」은 1964년에 개봉했고 「저 하늘에도 슬픔이」는 1965년에 개봉했다. 이 영화들을 시내 영화관에서 본 게 아니라면 1960년대 후반에야 보았을 텐데, 그때면 아버지와 어머니는 오랜 세월 이미 부부였다. 군인극장이 있었다고 여겨지는 자리에는 커다란 조립식 창고가 있었다. 자형의 회사에도 저런 창고가 몇군데 있다. 신혼 시절, 파주의 한 창고에서 불이 난 적이 있었다. 서둘러 도착해보니 이미 화재는 진

압되었으나 당직을 서던 경비가 온몸에 화상을 입어 병원에 실려가고 없었다. 경비는 그때 사십대였고 인근 마을 토박이였다. 딸린 식구가 여럿이었다. 경비는 무사할 수도 있었지만 불을 꺼보겠다고 시도한 탓에 중증 화상 환자가 되었다. 내가 기억하기로 경비는 넉달 가까이 중환자실에 있다가 끝내 숨지고 말았다. 아마 그때부터였을 것이다. 자형과의 사이에 틈이 생겨난 것도. 물론 자형 탓만은 아니었다. 아내와의 사이도 점차 벌어지는 중이었다. 우리는 아이를 원했다. 내 정자와 아내의 난자에는 아무런 이상이 없었는데 의사는 아내의 난자가 내 정자를 피해 다닌다고 했다. 우리는 그걸 농담 삼아 이야기하며 잘 지내는 편이었다. 당신이 날 피해 다닌대. 당신이 잽싸지 못해서 그런 거야. 그런 농담을 할 때 이미 나는 내 정자가 아닌 다른 남자의 정자라면 받아줄 수도 있다는 걸 깨달았을 것이며 그런 결심을 해야 하는 순간이 온다면 아내를 보내줘야 할지도 모른다는 생각을 했던 듯하다.

조립식 창고를 둘러싼 철조망을 따라 걸었다. 질퍽한 길이었다. 군인극장의 흔적은 전혀 없었다. 철조망 안쪽 개집에서 백구가 나오더니 나를 보고 짖었다. 나는 갔던 길을 되돌아 길가로 나왔다. 이곳을 찾았던 아버지는 어느 쪽 길을 걸었을지 가늠해보았다. 아마 아버지도 나처럼 철조망을 따라갔다가 개 짖는 소리에 놀라 돌아왔을 것 같았다.

버스를 기다리는 동안 나는 상상 속에서 조립식 창고를 지우고 군인극장을 세웠다. 육공 트럭이 줄줄이 극장 앞에 도착하고 군인

들이 우르르 내린 뒤 줄을 맞춰 씩씩하게 극장으로 들어간다. 가설
극장이라 쾅쾅거리는 소리가 들리고 무슨 장면인지 몰라도 감탄이
나 환호성도 들린다. 관객들이 조용할 때에는 배우들의 음성도 들
리고 차가 지나는 소리, 수도꼭지에서 물이 졸졸졸 흐르는 소리, 창
호문이 열리는 드르륵 소리, 다급한 구두 소리…… 어머니의 기억
이 정확하다면 인사과에서 군인극장을 담당했던 아버지는 일년에
한번쯤 극장을 통째로 비워놓고 어머니와 단둘이 영화를 보곤 했
다. 어머니는 마음껏 울기도 했을 테고 입을 가리고 웃지 않아도
되었으리라. 그리고 아마도 작년 이맘때 군인극장이 있던 이곳을
찾아왔던 아버지도 그때의 일을 떠올렸을 것이다. 그러고서 생각
에 잠겼겠지. 여기에서 흥행했던 영화를 함께 관람했던 사람이 누
구였는지를. 아버지는 당연하게도 박춘자씨와 함께였다고 믿었을
테고 찬찬히 그때의 일을 헤아리다가 어머니였을지도 모른다는 생
각을 했을 테다. 전후 사정을 따져보았을 때 이 극장에서 아버지가
누군가와 영화를 본 적이 있다면 어머니가 틀림없었다. 아버지가
이 자리에서 느꼈을 혼란이 손에 잡히는 듯했다.

　나는 아버지의 수첩에 약도로 표시된 곳을 대부분 들러보았다.
그곳들을 하나하나 거치는 동안 아버지가 느낀 상심과 혼란을 나
도 느꼈다. 아버지는 과거의 추억이 깃든 장소를 찾아다니면서 단
순하게는 그 장소가 전혀 다른 곳으로 바뀌었다는 사실에서 슬픔
을 느꼈다. 복잡하게는 추억들이 뒤섞여 정확히 그곳이 어떤 의미

의 장소였는지를 알 수 없어서 슬픔을 느꼈다. 그랬던 게 분명했다. 그곳들은 박춘자 여사였다가 어머니였다가 둘 모두가 얽힌 곳이었다가 전혀 상관없는 곳이 되기도 했다. 뜻밖의 곳 가운데 하나는 전쟁 기념비가 선 지역이었는데 딱히 아버지가 추억할 만한 장소가 아니었다. 인근 주민들에게 물어서 알게 된 건 예전에 그 지역에 유원지가 있었고 근방 사람들뿐만 아니라 서울에서도 주말이면 사람이 많이 찾아왔다는 거였다. 나는 누나에게 그 유원지에 대해 아는 게 있느냐 물었고 누나는 내가 서너살일 때 그런 유원지에 우리 식구가 놀러 간 적이 있다고 말했다. 그때 누나는 예닐곱살이었을 테니 전혀 틀린 기억은 아닐 거였다.

　나는 익숙한 길을 따라 걸어 올라갔다. 아파트 단지는 조용했다. 아이 서넛이 그네와 미끄럼틀을 타는 놀이터를 지나 동과 동 사이로 난 길을 걸었다. 아내와 내가 살던 아파트는 공동 현관이 공지를 사이에 둔 산업도로 쪽을 향해 나 있어 조용한 편이었다. 산업도로를 지나는 차들의 소음도 방음벽 덕분에 거의 들리지 않았다. 나는 지나는 사람이 적은 그곳 벤치에 앉아 기다렸다. 이윽고 아내가 저 멀리 쪽문 쪽에서 걸어왔다. 아내는 혼자가 아니었다. 나는 아내가 가까이 오기 전에 벤치에서 일어나 다시 동과 동 사이로 난 길을 지나 단지 안쪽으로 빠져나갔다. 아내가 나를 보았을 수도 있지만 상관은 없었다. 내가 궁금한 건 왜 아버지가 여기에 왔는가였고, 그 질문의 대답은 지금까지의 장소들과는 달리 너무나 명백해 보여서 싱거웠으며 싱거운 탓에 화가 치밀었다. 아버지는 며느리가 보고 싶었고 내가 아내와 살던 시절을 되새겨보고 싶었을 테지만 아내가 혼자가 아니라는 것을 알게 되었을지 모른다. 그게 아버지를 얼마나 아프게 했을지는 모른다. 당신은 조용히 수긍했을 수도 있고 나의 어리석음을 홀로 곱씹었을 수도 있다. 아니면 아무렇지도 않게 며느리의 손을 한번 붙잡고 고개를 끄덕였을지도.

슈퍼의 노인은 여전했다. 그이는 오래전 한번 늙은 뒤로 더는 늙지 않게 된 것 같았다. 그래봐야 불과 대여섯달 전이었지만 그새 계절이 바뀌어 하오의 햇살은 차가웠다. 아버지가 앉았던 플라스틱 의자도 차가웠고 길 건너 느티나무도 으스스했다. 나는 다시 거기에 앉아 장례식 내내 사로잡혔던 질문을 떠올렸다. 유산과도 같던 그 얼굴. 얼굴에 남은 고통스러운 표정. 아버지의 직접적인 사인은 심근경색으로 인한 급성호흡부전이었다. 그렇다면 아버지는 가슴을 움켜쥐며 괴로워했을 것이고 통증에 대한 당연한 반응으로 고통스러운 표정을 지었으리라. 설령 어머니가 저 슈퍼 앞 의자에 앉은 형체가 아버지임을 확신하지 못했다 해도 아버지의 신음을 들은 순간마저 그랬을 리는 없었다. 어머니를 아버지에게 다가가지 못하게 한 힘. 그건 증오이거나 질투이거나 원망이었을 수도 있다. 어머니는 길 건너편 슈퍼 앞 의자에 귀신처럼 앉아 죽어가는 아버지를 보았을 것이다. 모든 사랑이 옛사랑인 이유는 뒤돌아보고 나서야 사랑인 줄 알기 때문이라고 말해주기라도 하듯.
언젠가 알려지겠지만 우리는 이혼을 숨겼다. 직계가족 외에는 아무도 몰랐다. 그런 이유 때문만은 아니었겠지만 아버지의 부음을 전하자 아내는 곧바로 장례식장에 왔다. 그리고 시아버지를 여읜 며느리 노릇을 해주었다. 나는 정말로 아버지의 얼굴 탓에 장례를 치르는 내내 혼란스러웠던가. 아니면 싯검은 상복을 입은 채 고즈넉이 앉아 빈소의 한구석을 바라보던 아내 탓에 그러했던가. 어둡고 짙어 싯검다고밖에는 달리 표현할 수 없는 상복 탓에 더욱 창백하고 더없이 아름답던 아내의 얼굴을 한번 쓰다듬고 싶어서, 그 손을 한번 잡고 싶어서 허둥댔던가. 이제는 알 수 없게 되었다.

출상을 앞둔 새벽이었다. 아내는 유족대기실에서 잠을 청했다. 나는 문을 열고 들어가 잠든 아내와 조금 떨어져 누웠다. 익숙한 아내의 숨소리를 들으며 잠이 들었다. 옛사랑이 되어버린 아내 옆에서 이룬 마지막 단잠이었다.

:

노 파사란

:

아내가 집을 나가기 전에 경찰이 두번 왔다. 두번 모두 새벽 두 어시쯤이었다. 아내가 처음 경찰에 신고했던 날은 그의 부서에서 회식이 있던 날이었다. 지난해 실적이 좋지 않아 회사 분위기는 연 초인데도 무겁게 가라앉았다. 날마다 올려다보아야 하는 잿빛 하 늘은, 눈은 내리지 않고 흐리기만 한 겨울 날씨처럼 음산하기까지 했다. 일찍 들어가봐야 하지 않느냐는 상사와 동료의 권유를 못 들 은 척하며 이차, 삼차까지 따라다녔다. 어느 골목에서 오줌을 누고 돌아서니 아무도 없기에 그는 택시를 타고 집으로 돌아갔다.

스물네평 아파트는 관리비 절약을 위해 거실 난방을 꺼두었던 터라 냉랭하기 짝이 없었고 그 어둡고 차가운 거실의 이인용 소파 에 앉아 그를 기다리던 아내는 볼품이 없었다. 아내는 평소에 말다

툼을 할 때처럼 그가 듣기에 거슬리는 이야기들 ──주로 시어머니의 무정함과 그의 무능력 등등을 언급하며 힐난했을 뿐인데, 술기운 탓이었는지 혹은 그동안 쌓인 아내에 대한 불만이 한계에 이른 탓이었는지 그 역시 아내가 듣기에 거슬릴 말을 내뱉고 말았다. 아내는 놀란 게 분명했다. 어디선가…… 아이 우는 소리가 들려왔다. 분을 못 이긴 아내가 그의 가슴팍을 떠밀었고 그는 떠밀리지 않기 위해 팔을 내저으면서 손바닥으로 아내의 얼굴을 쓸었는데 그게 아내의 뺨을 때린 꼴이 되었다. 감히 네가 나를 때려! 아내는 이렇게 소리를 지른 뒤 안방으로 들어가 문을 잠갔다. 그는 소파에 편하게 기대앉아 넥타이를 풀었다. 냉수를 한잔 마신 뒤 다시 소파에 앉았을 때 초인종이 울렸다. 문을 열어보니 경찰관 두명이 서 있었다. 십분 뒤 그는 아파트 단지 입구에서 경위 계급장을 단 늙수그레한 사내와 함께 담배를 피웠다. 경위는 결혼 생활과 가장의 의무에 대해 몇마디를 했다. 반발심이 생기지 않은 건 아마도 그의 처지와 심정을 공감한다는 듯한 경위의 말투와 태도가 부드럽고 다정해서인 듯했다. 그 말투와 태도만 보자면 경찰은 그를 달랜다기보다 이를 빌미로 자신의 처지와 억울함을 토로하며 스스로를 위로하는 게 아닐까 싶을 정도였다. 순찰차가 떠난 뒤 집으로 돌아간 그는 안방 문손잡이를 잡고 돌려보았다. 문은 잠겼고 아내는 잠들었는지 혹은 잠든 척하는지 알 수 없었으나 아무 소리도 들리지 않았다. 그는 소파에 누워 잠을 청했으나 새벽 다섯시가 가까워서야 겨우 잠들 수 있었다.

한달이 채 못 되어 이월 어느날, 그와 아내는 사소한 문제로 말다툼을 했고 결국에는 서로의 흠을 들추어 비난하기에 이르렀다. 그는 집을 뛰쳐나가 근처 순댓국집에 처박혀 혼자 소주를 두병 마신 뒤 돌아갔다. 그는 기분이 훨씬 나아졌기에 아내에게 먼저 화해를 청할 생각이 들었으나 몇마디 나누다 다시 언쟁을 벌이고 말았다. 마구 날뛰는 아내의 팔을 그가 잡아채자 아내의 입에서 신음이 흘러나왔다. 이번에도 아내는 감히 네가 나를 때려!라고 외친 뒤 안방으로 들어가 문을 잠갔다. 십오분쯤 흐른 뒤 초인종이 울렸고 예의 경찰관 두명이 거실로 들어왔다. 그는 눈길로 안방 쪽을 가리켰고 두 경찰관 가운데 나이 든 쪽이 안방 문을 조심스럽게 두드렸다. 가세요, 그냥 가세요. 아내의 울음 섞인 목소리가 들렸다. 그는 경찰의 시선을 피해 고개를 돌렸다. 이윽고 안방 문이 열렸다. 경위는 아내와 나지막한 목소리로 이야기를 나누었고 조금 뒤 그를 데리고 밖으로 나갔다. 두번째로 신고가 들어온 터라 경위서를 써야 한다 했고 그는 벤치 앞에 쭈그리고 앉아 젊은 쪽이 손가락으로 짚어주는 빈칸에 사유를 쓰고 서명을 했다. 경위는 그를 순찰차 뒷좌석에 태웠다. 순찰차는 근처 찜질방 앞에 그를 내려주었다. 그는 경위와 함께 건물 앞에서 담배를 한대 피웠다. 여기서 쉬다 아침에 집으로 돌아가세요. 아내분께도 그렇게 하겠다고 말했습니다. ······약속한 겁니다. 그는 고개를 끄덕였다. 순찰차는 조금 전진하다가 멈추었다. 조수석 차창이 열리더니 경위가 고개를 내밀었다. 세번째로 신고가 들어오면 무조건 입건이에요. 그는 남탕에서 샤

워를 한 뒤 찜질방 상호가 프린트된 반바지와 반팔을 입고서 수면실로 갔다. 커다란 창밖으로 고개를 돌리니 눈이 내리는 게 보였다. 그리고 이제 더는 이런 식으로는 살 수 없다고 중얼거렸다. 어쩌면 같은 시간에 아내 역시 거실 소파에 앉아 베란다 창을 통해 눈이 내리는 걸 보면서 그와 같은 심정으로 비슷한 말을 중얼거렸을지도 모른다.

새벽에 잠깐 눈을 붙였다가 탕에 몸을 담근 뒤 집에 돌아갔을 때는 오전 열시쯤이었다. 거리는 한층 눈부셨는데 인도와 차도가 눈 녹은 물에 젖어 있어서였다. 엘리베이터 바닥과 아파트 복도 역시 오가는 이들의 신발 바닥에서 흘러나온 눈 녹은 물이 흥건했다.

현관문을 열고 들어서는 순간 그는 아내가 집을 나갔다는 사실을 깨달았다. 집 안 공기는 여전히 싸늘했으나 흥분한 자가 오래 머물렀던 공간에서처럼 그이의 날숨에서 비롯되었을 법한 미묘한 끈적임이 섞여 있었다. 안방에는 별다른 흔적이 없었다. 대신 서재 겸 옷방으로 쓰는 작은방에는 명함 크기의 샛노란 포스트잇이 여기저기에 잔뜩 붙어 있었다. 거기에는 한결같이 '씨발'이라고 쓰여 있었다. 그는 잠시 가만히 섰다가 이윽고 조심스럽게 포스트잇을 한장 한장 떼어 손안에서 천천히 구긴 뒤 쓰레기통에 버렸다.

그의 일상은 그에게만 적대적이었다. 아침에 눈을 뜨면 그는 자신에게만 눈을 부라리고 있는 하루를 넌지시 바라보았다. 회사에서 업무가 끝나면 동료의 팔을 붙잡고 술집으로 이끌었다. 목요일 저녁에는 아무도 그와 동행하지 않아 혼자 술잔을 기울이다 왠지 기분이 더러워져서 밤 열시쯤 집으로 돌아가고 말았다. 샤워를 마친 뒤 침대에 누웠으나 잠이 오지 않아 오래전 읽다가 그만둔 소설책을 작은방에서 가지고 나와 거실 소파에 앉았다. 책갈피를 끼워둔 곳을 펼치니 씨발이라는 커다란 글자가 눈에 들어왔다. 그는 포스트잇을 떼어 손바닥 위에 올려놓고 지그시 들여다보았다. 어디선가…… 자장가 소리가 들려왔다. 그는 아내에게 전화를 걸었다. 신호는 갔지만 받지는 않았다. 문자메시지를 남겨볼까 하다가 그만두었다. 책을 읽어보려 했으나 모든 단어가 씨발로 보였고 모든 문장이 그를 야유하는 것만 같았다. 맨 첫장으로 돌아가 저자의 사진과 약력을 유심히 들여다보았다. 그가 알지 못하는 사람이 틀림없었다. 그는 아내의 친구에게 전화를 걸었다. 오랫동안 기다렸다. 이윽고 주저하는 목소리가 들렸다.

……접니다. 거기 있죠.

……아니에요.

함께 있는 거 압니다.

……

무사하면 된 겁니다.

……

잘 지내라고…… 전해주세요.

그는 어디서부터 잘못되었는지를 돌아보았다. 시작은 모호했다. 그와 아내는 저마다 꿈꾸는 미래가 있었을 테고 두 사람이 결혼하여 한집에서 생활하게 된 뒤로 각자의 기대에서 조금씩 어긋나는 상황에 맞닥뜨리게 되었으리라. 이해가 부족해서도 사랑이 식어서도 아니었다. 그들은 여느 부부처럼 거의 날마다 잠자리를 가졌고 저녁 외식을 즐겼으며 갑자기 생각난 일을 해치우듯 심야 영화를 보러 가기도 했다. 그러나 기대한 것만큼 행복하지 않다는 생각이 천천히 자라나더니 어느새 무성해져 그 사이로는 햇살조차 스며들지 못하게 되었다. 누구의 잘못도 아니었다. 두 사람 모두 서로에게 지울 수 없는 상처를 줄 만큼 커다란 과오를 저지르지도 않았다. 그들이 저지른 가장 큰 잘못은 결혼할 무렵까지 삼십년 가까이 세상을 살아오면서 이런저런 일로 받았던 상처가 단번에 치유되기를 바랐다는 점일 거였다.

　다음 날 그는 퇴근하자마자 집으로 돌아왔다. 청소기와 세탁기를 돌리고 냉장고를 정리했다. 라면을 끓여 먹고 쓰레기봉투를 버리러 나갔다 온 뒤에는 소파에 앉아 소설책을 펼쳤다. 조금 뒤 그는 책을 덮고 작은방으로 들어가 책상 앞에 앉았다. 책상 앞에 앉을 때면 잠든 아내의 얼굴을 가만히 내려다보는 듯한 기분이 드는 건 어쩔 수 없었다. 아내의 말에 따르면 유서 깊은 책상이었다. 리폼을 했던 터라 처음과 같은 상태라 할 수는 없으나 누가 보더라도 본래 재봉틀 책상이었음을 알 수 있다. 책상의 상판은 세로 삼십 센티에 가로 길이는 일 미터에서 조금 모자랐으나 재봉틀 부착틀을 가려주는 덮개를 열어 옆으로 펼치면 삼십 센티쯤이 늘어났다.

상판 양쪽 아래에는 늘어뜨린 날개처럼 이단 서랍이 달려 있어 상판만 따로 떼어놓으면 서랍이 다리 구실을 해줄 것이니 좌식책상으로 사용해도 괜찮을 듯했다. 서랍 손잡이는 황동이었으나 잔금하나 없이 매끈할 걸로 보아 도색을 했거나 새로 부착한 것인 듯했다. 쇠로 된 주물 다리는 사다리꼴이었고 오른쪽 다리에는 발판과 연결된 커다란 바퀴가 달려 있었다. 바퀴가 고정되어 있는 탓에 발판 역시 움직이지 않았다. 아내는 그 발판 위에 두꺼운 펠트 깔개를 깔아두었다. 그는 발아래로 부드러운 깔개의 감촉을 느꼈다. 두 무릎을 살짝만 벌려도 주물 다리에 닿아 그 책상 앞에 앉으면 어딘가에 갇혀버린 듯한 기분이었다. 그러니까 아내의 얼굴을 내려다보며 어딘가에 꼼짝없이 억류당한 듯한 기분이 들었다.

아내가 한사코 이 오래된 물건을, 그와 아내의 나이를 더한 것보다 오래되어 어쩌면 삶의 난관을 그들보다 노련하게 헤쳐나갈 수도 있을 법한 재봉틀 책상을 신혼집에 들여놓으려 하면서 그와 결혼한 것이 아니라 책상과 결혼한 것처럼 굴었음에도 그가 불만을 드러내지 않았던 이유는 그것이 아내의 할머니가 넘겨준 것이었기 때문이다. 결혼 전에 아내는 자신의 할머니를 가리켜 손에 쥔 것이라면 아무것도 내놓지 않으려 하는 드세고 몰인정한 노인네라고 여러차례 그에게 말했다. 그러니 이 오래된 물건이 아내의 손으로 넘어오게 된 것이야말로 아내의 가족사에 어떤 비약적인 변화가 생겼음을 증명해주는 것이며, 그렇게 된 결정적인 이유는 그와의 결혼이었다. 그는 서로 다투고 난 뒤나 혹은 거실 소파에서 불편한 자세로 낮잠을 자다 깬 휴일 오후 ─ 그럴 때마다 아내가 어디로 사라져버린 게 아닌가 하는 불안이 엄습하곤 했는데, 몇번인가 아내가 그 책상 앞에서 두 손을 차분하게 허벅지에 올려놓고 무언가에 골몰하는 듯 앉아 있는 걸 보았다. 아내는 상상 속에서 재봉틀을 돌리는 것만 같았다. 아내의 귓가에는 발판을 구르는 소리며 노루발 아래 놓인 옷감들에 섬세한 구멍을 내며 실을 꿰는 바늘의 날카로운 박음질 소리와 실패가 풀리는 소리 등이 맴돌고 있을 듯했다. 실제로 아내가 재봉틀을 돌린 적은 없을 거였다. 아마도 아내의 할머니는 거기에서 재봉틀을 돌린 적이 있었을 테고 어쩌면 겨우 쉰살 무렵에 암으로 돌아가셨다는 아내의 어머니도 그 앞에 앉아본 적이 있었겠지만, 아내는 분명 아니었다. 아내가 비록 좁은 어깨를 더욱 좁아 보이게 웅송그린 채 그로서는 알 수 없는 상념에 빠져 있다 해도 아내의 운명이 오래된 재봉틀 책상에 비끄러매어져 있을 거라는 생각은 들지 않았다. 만약 누군가의 운명이 재봉틀 책상과 뗄 수 없는 관계라면 서랍이 서랍틀에 딱 들어맞듯이 그 앞에 앉은 이는 책상의 부속품처럼 책상에 딱 들어맞을 것이다. 아내의 몸은 그 책상다리 사이에 딱 들어맞기는 했으되 차라리 그건 어딘가에 박혀 그 자리에서부터 천천히 균열을 일으키다가 결국에는 산산이 부숴버리겠다는 의지를 지닌 쐐기에 가까웠다.

그는 아내에게 전화를 걸었다. 여전히 받지 않았다. 앉았던 의자를 뒤로 밀어낸 그는 재봉틀 책상을 두 손으로 쥐고 들어올리려 했으나 헛심만 쓰고 말았다. 그가 들기에는 버거울 만큼 무거웠다. 그는 한참 씨름을 한 뒤에야 간신히 책상을 현관 쪽으로 옮길 수 있었다. 그러자 아내를 그처럼 현관에 팽개쳐둔 기분이 들었고 제법 통쾌하기까지 했다. 그는 즐거운 마음으로 집을 나서서 순댓국집에 서너 시간 처박혔다가 자정이 넘어서야 돌아왔고 현관문을 열었을 때 아내가 그를 노려보고 있는 듯한 기분이 들어 섬뜩했으나 이내 그것이 아내가 아니라 책상임을 깨닫고 가슴을 쓸어내렸다. 조금 뒤 그는 아내 없는 침대에서 이리저리 뒹굴다 잠이 들었다.

아침 일찍 산책을 나갔다 돌아온 그는 아파트 현관문 앞에 선 노인을 보았다. 노인의 얼굴이 반쯤 목도리에 가려진 탓에 한눈에 알아보지는 못했다. 노인은 아이보리빛 스웨터에 꽃무늬 치마를 입었는데, 치마 끝은 단화를 신은 발등 위에서 흔들거렸고 몸을 돌릴 때 올이 촘촘한 모직 스타킹을 신은 발목이 드러났다. 노인의 몸짓과 행동에는 오랜 세월을 혼자 살아온 사람들이 그렇듯이 과장이나 군더더기가 없어서 사소한 움직임 하나에도 절제가 밴 듯한 느낌을 불러일으켰다.

노인은 그를 향해 다정하게 손짓을 했다. 그는 성큼성큼 다가가 노인의 손을 잡았다. 노인의 손은 차가웠다. 유난히 마디가 불거지고 커다란 손가락이었다. 그가 처음 인사를 드리기 위해 찾아갔던 날 노인은 바로 그 손으로 그의 손을 붙잡고 쓰다듬으며 중얼거리듯 말했다. 고마워요…… 정말로 고마워요. 그때는 낯설고 긴장했던 터라 노인의 목소리가 어떻게 떨렸는지, 그 몇마디 말에 담긴

84

진심이 무엇인지 헤아릴 수 없었다. 손녀사위가 될 젊은이의 손을 거친 손으로 부드럽게 쓰다듬으며 보통 할 법한 덕담 ── 잘 살라거나 행복하라거나 아끼고 보살펴주라는 등의 흔히 인사치레로 건넬 법한 말이 아니었던 탓에 어리둥절하기도 했거니와 그에게 공대하듯 말을 놓지 않는 태도에 어떻게 응대해야 할지 몰라 마땅히 대꾸조차 하지 못했다. 노인은 오랫동안 그의 손을 쓰다듬다가 앉았던 이부자리에 그대로 누워 잠들었다. 빙그레 웃는 듯한 입모양이었다. 노인이 가볍게 코를 골며 잠에 빠져들고 나서야 그는 노인의 손에서 자신의 손을 뺄 수 있었다. 그는 아내에게 비난이라도 하듯 물었다. 사납고 고집스러운 분인 줄만 알았어. 아내는 말없이 사진첩을 가져와 그의 앞에 펼치고는 나란히 선 세 젊은이가 환하게 웃는 흑백사진을 가리켰다. 아내의 손가락이 오른쪽 사내의 얼굴을 톡톡 두드렸다. 그가 고개를 들고 바라보자 아내가 말했다. 닮았지? ……할아버지야. 할머니랑 함께 찍은 사진은 없어. 이게 남은 유일한 사진이야. 할아버지를 닮아서 그러는 거야. 그는 사진을 오랫동안 들여다보았다. 닮은 것도 같았고 아닌 것도 같았다. 언제 돌아가셨지? 육십년도 넘었어. 재혼은 안 하셨고? 안 하셨지. 세 젊은이 모두 눈초리가 날카로운 외꺼풀 눈이었고 눈썹이 짙었으며 코가 뭉툭하고 입술이 얇았다. 세쌍둥이라 해도 될 만큼 서로를 닮았는데 어쩌면 그건 개성이 드러나기 힘들 정도로 사진이 선명하지 않아서일 수도 있었다. 그는 왼쪽 젊은이를 가리키며 이쪽이 더 닮은 것 같다고 말했다. 아내는 코웃음을 치며 어림없는 소리라 했다. 오른쪽의 할아버지가 환생한 거라 해도 될 정도라고 장담했다. 잠든 노인을 남겨두고 돌아오는 길에 그는 아내에게 물었다. 육십여 년이란 세월을 홀몸으로 견디면서 외아들과 두 딸을 기르셨는데…… 왜 미워해? 할머니가…… 엄마를 죽였거든. 고모들도 한몫을 했지만. 그게 말이 돼? 말이 돼. 아내가 그 말을 한 뒤 그대로 쪼그리고 앉아 울었기에 그는 더이상 아무 말도 하지 못했다.

그는 노인의 손가방 입구에 걸쳐진 가죽장갑을 보았다. 장갑을 끼고 온 손치고는 너무나 차가웠기에 그는 자신도 모르게 손에 힘을 주었다. 불현듯 서늘한 예감이 그의 가슴을 베고 지나갔다. 물론 그 순간에는 예감의 정체를 알지 못했으나 노인이 치매에 걸리고 그로부터 얼마 안 되어 세상을 떠난 뒤 돌아보았을 때 노인의 차가운 손을 만졌던 아파트 복도에서 이미 그렇게 될 줄 알았음을 깨달았다. 현관문을 열자 책상이 그들을 맞았다. 그는 치부를 들킨 듯 얼굴이 달아올랐다. 노인은 손바닥으로 재봉틀 책상을 쓸어보고는 별다른 말이 없었다.

이건 다시 들여놓을 겁니다.

알아요. 괜찮아요.

노인은 비틀거린다 싶게 소파로 걸어갔다. 그가 노인의 손을 소파 쪽으로 이끌자 그 손에 완강한 저항이 느껴졌다.

괜찮아요. 바닥이 더 편해요.

바닥이 차가워서요.

그는 거실에 보일러를 켰다. 전기 주전자에 물을 끓이고 찻잔을 준비했다. 그사이에 노인은 목도리를 풀어 곱게 접어 소파 팔걸이에 올려놓았다. 그는 찻잔에 뜨거운 물을 부어 데워지기를 기다렸다가 그 물을 개수대에 부신 뒤 새 물을 따랐다. 거기에 녹차 티백을 넣고 쟁반에 받쳐 노인에게 다가갔다. 노인의 두 눈에 뭐라 말하기 힘든 빛이 떠올랐다. 노인을 잘 모르는 사람이라면 삶에 달관한 듯한 눈빛이라고 일컬을 법한 눈빛이었다. 그러나 삶에 달관했다는 건 오랜 세월 시달려 더는 삶에 흥미를 느끼지 못하거나 증오가 깊어 무심해진 상태를 완곡하게 표현한 말일지도 모른다. 그는 이동식 탁자를 노인 앞으로 끌어다주었다. 그 위에 쟁반을 내려놓았다. 찻잔에서 피어오르는 김이 보였다. 그는 소파 맞은편 바닥에 앉아 차를 마시는 노인을 바라보았다. 찻잔을 쥔 노인의 손이 가느다랗게 떨렸다. 노인은 차가운 새벽에 길을 나섰을 테고 어쩌면 여기까지 오는 동안 여러차례 지나는 사람을 붙잡고 길을 물었을지도 모른다. 필시 노인에게는 힘에 부치고 고달픈 길이었으련만 그럼에도 불구하고 나서지 않으면 안 될 이유가 있었을 테고, 그 이유를 가늠하느라 그는 노인에 대해 알고 있는 모든 것들을—사실은 그의 머릿속에서 이미 뒤죽박죽이 되었거나 아예 처음부터 노인에 관해서라면 서로 연관이 없어 보이는 단편들만 들어 알았던 탓에 본래 뒤죽박죽이었을 것들을 떠올렸다.

그가 알기로 노인은 열여섯살에 국군에게 끌려가 강간을 당했다. 빨치산 토벌을 위해 주둔 중이던 부대였다. 노인은 절뚝거리며 걸었다. 사타구니에서 흘러내린 피로 속곳이 흥건히 젖었다. 몇가

닥의 핏줄기가 종아리를 타고 발목까지 흘러내렸다가 말라붙었다. 군화에 밟힌 오른쪽 종아리에는 찢어져 아가미를 닮은 상처가 있었고 훗날 흉터로 남았다. 고꾸라졌다 일어나기를 되풀이하며 집에 돌아오자마자 노인의 부모는 목욕을 시키고 가장 좋은 옷을 입혀 노인을 옆 동네 사내에게 시집을 보냈다. 상처가 난 종아리는 더러운 천 조각으로 동였고 입던 옷 몇벌을 싼 보따리를 가슴에 안았다. 식구 가운데 누구도 노인을 배웅하지 않았다. 달도 없는 깊은 밤이었으나 노인은 동네 어귀에서 기다리던 사내를 알아보았다. 노인은 사내에게 다가갔으나 몇걸음 앞두고는 한걸음도 움직일 수 없었다. 사내도 노인에게 다가오지 못했다. 노인은 슬픔과 고통과 죄책감 때문이었고 사내는 분노와 사랑과 배신감 때문이었다. 그들은 오래전부터 알고 지내던 사이였고, 알고 지낸 만큼 서로에게 호감을 지닌 사이이기도 했다. 여자는 군인에게 강간을 당한 몸으로 남자 앞에 섰고 남자는 분노에 이글이글 타오르는 몸으로 여자 앞에 섰다. 아내는 그날의 장면을 묘사하면서 냉소적으로 덧붙였다. 오래된 사랑을 불문에 부치고 이제 스스로 고통을 획책해야 할 순간임을 두 사람 모두 알았던 거야. 노인은 그 사내와의 사이에서 남자아이 하나와 여자아이 둘을 얻었다. 전쟁이 끝나고 몇해 지나지 않아 그 사내가 죽었고 노인은 홀몸으로 자식들을 건사하며 살아남았다.

아내는 이런 이야기를 동정이나 연민이 담기지 않은 어조로 그에게 들려주었다. 아내가 상상으로 덧붙인 대목도 있을 테지만 그가 반추하면서 덧붙이거나 수정한 대목도 있을 거였다. 노인이 비록 중고이기는 해도 책상이 딸린 재봉틀을 들여놓게 된 건 한참 뒤의 일이라고 했다. 그뒤로는 근근하나마 살림을 꾸려나갈 수 있었다고 했다. 그는 이런 이야기를 들려줄 때의 아내에게 서운함마저 느꼈다. 아내는 노인의 삶을 좀더 잔인하게 각색하지 못해 아쉬운 것처럼 보일 정도였다. 그가 보기에 아내는 불필요하게 냉소적이었다. 동정과 연민을 감추기 위해 일부러 냉소적인 척할 가능성도 없지 않았으나 그게 다른 누구도 아닌 친할머니와 관련된 것이라면 예의를 지켜야 했다. 당신은…… 너무한다고 생각하지 않아? 할머니는 엄마를 죽였어. 직접 손을 쓰지 않았을 뿐이지 죽인 거나 다름이 없어. 좋아…… 당신이 정말로 할머니를 끔찍한 슬픔에 빠뜨리고 싶다면 아주 간단한 방법이 있어. ……할머니에게 꿈이 무엇이냐고 물으면 돼. ……그러나 오래지 않아 당신 역시 그와 똑같은 슬픔에 빠질 수밖에 없다는 사실은 잊지 말아야 해. 그때 아내와 나눈 대화를 떠올리면 그는 좀 치졸했다는 생각이 들었다. 아내는 아마도 그의 말을 노인이 아닌 자신을 겨냥한 말로 이해했을 테고 아내가 노인에게 품을 수밖에 없는 반감 혹은 증오를 어루만져줄 생각이 전혀 없는 그에게 깊이 실망했을지도 모른다.

노인은 찻잔을 내려놓고 고개를 두리번거렸다. 거실을 둘러보려는 고갯짓이 아니라 손녀딸이 어디에 있는지를 묻는 고갯짓으로 여겨졌다. 그가 무슨 말이라도 해주기를 기다리는 것처럼 노인은 두 손을 가지런히 모은 채 가만히 앉아 있었다. 그럼에도 여전히 눈빛만은 다정했다. 잠깐 의혹이 서리기는 했으나 모든 걸 알고 이해한다는 듯한 눈빛에 그는 기가 죽었다. 노인의 태도는 자연스러웠다. 자연스러움이 각별하게 다가왔던 이유는 그가 노인을 마주 보고 불편하게 앉아 전혀 불편하지 않은 척하기 위해 안간힘을 쓰고 있어서였다. 그는 노인과 시선이 마주칠 때마다 자신과 무관한 어떤 이의 참혹한 시신을 목격한 듯 불편했다. 그는 단편적이나마 노인의 사연을 알았고 노인은 그가 어떻게 살아왔는지 거의 몰랐다. 그는 노인을 알고 노인은 그를 몰랐다. 그가 아는 노인은 아내의 할머니인 동시에 아내에게 깊은 원한을 심어준 사람이었고, 그가 육십년도 더 전에 죽은 남편을 닮았다는 이유로 과분한 애정이 담긴 눈길로 바라봐주는 사람이었다. 이러한 관계에는 어딘지 모르게 외설적인 면이 있다. 그는 노인을 관음증 환자의 눈길로 관찰한다는 기분이 들었다. 타인의 이력이란 언제나 관음의 대상으로써만 존재하는 것일지도 모른다는 생각 탓이었다.

그들이 별말 없이 시간을 흘려보내는 동안 눈이 흩날렸다. 노인이 고개를 돌려 베란다 창밖을 바라봤고 그도 따라서 고개를 돌렸다가 눈이 내리는 걸 알았다. 노인은 그 일을 하기 위해 손녀딸의 집을 찾아왔다는 듯 눈 내리는 바깥을 하염없이 바라보았다. 노인은 작은 몸집이었지만 누구보다 슬픔을 견디는 일에 노련해서 웬만한 일로는 꿈쩍도 하지 않을 듯했다. 수십년 동안 재봉틀을 돌리느라 침침해졌을 눈을, 마찬가지로 재봉틀을 돌리느라 거칠어지고 커다래진 손으로 비볐다. 물론 훗날 그는 그 순간 노인이 자신

의 의지에 반해 흘러나오는 눈물을 감추기 위해 그랬을지도 모른
다고 생각하기는 했다. 노인이 들키고 싶어하지 않는 탄식처럼 한
숨을 가느다랗게 내쉬었으나 그게 정말 한숨이었는지도 장담하기
는 어려웠다. 노인이 떠나기 전까지 그는 노인과 많은 대화를 나누
었으나 직접 소리 내어 말한 건 아니었다. 그는 아내가 일방적으로
가출해버린 상황을 납득할 수 없다는 것과 아내와의 사이에서 생
겨난 갈등이 어떻게 스스로 몸집을 부풀려 이 지경에 이르게 되었
는가를 설명하려 애썼다. 그가 알지 못하는 걸 설명하려 애쓴 탓에
그의 말도 이리저리 흩날렸다. 비록 소리 내어 말하지 않았음에도
무수히 많은 말을 할 수 있다는 사실에 가벼운 흥분을 느끼는 동
시에 점점 더 확신에 사로잡히며 말하는 동안, 노인이 이처럼 불쑥
나타난 것 역시 오래전부터 예정되었던 일인 것만 같았다.

　그가 택시를 잡아주겠노라 말했으나 노인은 고개를 저었다. 노
인을 부축하려 했으나 노인은 손사래를 쳤다. 그러면서도 노인은
미소를 잃지 않았다. 보드라운 함박눈이 쏟아졌다. 풀풀거리며 날
리는 눈송이가 그의 머리와 노인의 머리에도 내려앉았다. 아파트
단지 입구에서 마을버스에 오르기 전에 노인은 장갑을 낀 손으로
그의 손을 잡았다.

　부탁이 있어요.

　말씀하세요.

　미안하다고……

　……

정말로 미안하다고……

……

전해주세요.

그는 고개를 끄덕였다. 눈에 서린 분노의 기미를 노인이 알아챌
까봐 얼굴을 살짝 돌리기는 했으나.

그는 현관문을 열고 말굽 모양 도어 스토퍼를 고정했다. 재봉틀
책상을 복도에 내놓고 휴대폰으로 사진을 몇장 찍었다. 그는 거실
소파에 앉아 인터넷 중고 까페의 게시판을 검색하여 적정 가격을
확인한 뒤 중고 매물로 올렸다. 조금 뒤 초인종이 울렸다. 아파트
경비가 서 있었다. 경비는 복도에 책상을 내놓으면 소방법에 저촉
된다고 말했다. 그는 복도에 세발자전거나 재활용품 정리함을 내
놓은 다른 집들을 가리켰다. 경비는 자전거는 수시로 타고 다니는
거라 상관없고 재활용 쓰레기도 날마다 수거하니 괜찮다고 했다.
그러곤 단지 앞 슈퍼에서 분리수거용 스티커를 구입해 붙여서 재
활용장에 내놓으라고 친절하게 일러주기까지 했다. 그는 하루 정
도면 괜찮지 않느냐고 물었고 경비는 지금까지 한 말을 그가 모두
귓등으로 흘려들었다는 듯이 화를 냈다. 경비는 어차피 하루 정도
내놓을 거면 하루 정도 집 안에 들여놔도 되는 거 아니냐고 타당한
이유를 들어 따졌다. 그는 눈을 맞으며 슈퍼로 달려가 스티커를 샀
다. 돌아오는 도중에 눈길에 미끄러져 한번 넘어졌다. 집에 도착한
그는 엉덩이가 축축해진 바지를 갈아입었다. 그는 장갑을 찾아 끼

고 재봉틀 책상을 엘리베이터로 옮겼다. 그가 책상을 끌고 가는 바람에 기분 나쁜 끽끽 소리가 울렸다. 엘리베이터 앞에 이르자 두 팔이 부들부들 떨렸다. 일층에 내려 현관까지 끌고 갈 때도 소리가 울렸다. 경비실에서 나온 경비가 끌탕을 했다.

그거 정말 버리는 거요?

정말 버리는 겁니다.

쓸 만해 보이는데.

쓸 만하니까요.

재활용장까지 가는 길은 울퉁불퉁한 보도가 있고 턱도 있어서 까다로웠다. 눈을 맞으며 땀을 흘렸다. 주머니에서 스티커를 꺼내 붙이려다 발판에 얹혀 있는 깔개를 보았다. 깔개를 손에 든 그가 책상 앞에 쭈그리고 앉았다. 오래된 재봉틀 책상에는 싱거SINGER, 아이디얼IDEAL, 드레스DRESS와 같은 제조 회사 영문명이 주물로 찍혀 함께 달려 있게 마련이었다. 아내의 책상 뒤쪽에는 양쪽 다리에 연결된 지지대가 있었고 그 한가운데에 IDEAL이라는 영문자도 달려 있었다. 그러나 깔개를 치운 발판에는 다른 글자가 있었다. 노 파사란. 음을 그대로 새겨 읽는다면 그렇게 읽을 수 있는 글자였다. 아이디얼에 비해 크기가 작았고 어딘지 모르게 투박했다. 자세히 보면 연결 부위가 매끄럽지 않고 땜질 자국마저 도드라져서 처음부터 한꺼번에 찍혀 나온 주물 제품이 아님을 알 수 있었다. 그는 눈을 맞으며 휴대폰으로 노 파사란을 검색했다. ……너희는 여기를 지나가지 못한다. 그는 노인의 알려진 이력과 알려지지 않은 이

력 사이의 심연을 느꼈다. 여기까지 힘들여 책상을 끌고 나오게 할
만큼 그를 사로잡았던 기이한 분노가 그의 머리, 어깨, 팔뚝에 잠깐
머물렀다가 녹아버리는 눈송이처럼 스르르 사라졌다.

그가 다시 재봉틀 책상을 끌고 경비실 앞을 지나자 경비가 물었다.

마음이 바뀌었소?

……

마음이 바뀌었군.

……

그는 등 뒤에서 중얼거리는 경비의 목소리를 들었는데 그렇다고
사내자식이 질질 짤 것까지야,라고 한 것 같았다. 재활용장에 책상
을 그대로 내버려두면 경비가 스티커도 떼고 책상도 가져갈 게 틀
림없었다.

그는 재봉틀 책상을 원래 놓였던 자리로 옮겨둔 뒤 상판의 덮개
를 열었다. 그의 휴대폰에는 동일한 사람이 보낸 여러통의 문자메
시지가 와 있었다. 그가 올린 사진을 보고 구매 의향이 있음을 알
리는 것이었다. 그가 답을 하지 않자 마음이 급했는지 연달아서 여
러통의 문자메시지를 보냈는데 재봉틀은 없느냐, 속덮개도 완전
히 부착되었느냐 등등 재봉틀 책상의 상태를 묻는 내용이었다. 그
는 안 팝니다,라고 답신을 보냈다. 곧이어 아쉽네요,라는 문자메시
지가 왔다. 그리고 조금 뒤 잘 생각하셨어요,라는 문자메시지가 왔
다. 그는 고맙습니다,라고 답했다. 덮개를 연 책상은 한결 책상다웠
다. 여러차례 니스를 칠한 표면은 상기된 사람의 얼굴처럼 부셨다.

문자메시지를 보낸 사람이 가리키는 속덮개가 무언지는 알 수 없었다. 다시 찬찬히 들여다보던 그는 신발장에서 공구함을 뒤져 일자 드라이버를 찾아 가져왔다. 미세하게 보이는 선을 따라 드라이버를 쑤셔넣고 조금씩 들춰보았다. 끼끽거리더니 나무판에 금이 가는 소리가 났다. 아마도 속덮개라는 게 방금 그가 떼어낸 가로 육십 센티, 세로 이십 센티쯤의 나무판인 듯했다. 그 안에 재봉틀이 있었다. 책상이 괜히 무거운 게 아니었다. 재봉틀 바닥과 부착틀을 잇는 경첩은 녹이 슬기는커녕 방금 사포질이라도 한 듯 매끈하게 반짝거렸다. 그는 재봉틀을 구십도 각도로 돌려 세워 꺼냈다. 살짝 앞으로 잡아당기니 부착틀에 바닥이 딱 들어맞으며 똑바로 섰다. 그는 재봉틀에 눈을 가까이 갖다 댔다. 몸통에 새겨진 이니셜을 한 글자 한 글자 새겨 보았다. 이 재봉틀이 본래 누구의 것이었는지 알 듯했다.

그는 버스를 타고 아내의 친구를 찾아갔다. 중학교 선생인 아내의 친구는 그들의 집과 비슷한 크기의 아파트에서 혼자 살았다. 그는 현관문 앞에 쭈그리고 앉아 기다렸다. 오후가 깊었고 눈구름 탓에 저녁처럼 어둑했으나 쌓여가는 눈 덕분에 새로운 빛이 더해져 아주 깜깜해지지는 않았다. 엘리베이터 알림음이 울렸다. 문이 열렸다. 걸어나오던 아내와 아내의 친구가 멈칫했다. 그는 아내를 지나쳐 엘리베이터에 올랐다. 아내가 오르자 문 열림 버튼에서 손가락을 뗐다. 그는 처음 눈에 띈 까페에 들어갔다. 아내는 의자에 앉아 윗몸을 살짝 옆으로 돌려 창밖을 바라보았다. 그는 뜨거운 커피 두잔을 받아와 탁자에 내려놓고 한모금 삼켰다.

당신…… 할머님께서 다녀가셨어.

……

노…… 파사란 알아?

……알아.

노 파사란이 어떤 의미인지 어디에서 연유한 말인지 그도 알았고 아내도 알았다. 그리고 노인도 아는 게 분명했다. 아내는 식어버린 커피를 한모금 마셨다. 그는 천천히 입을 뗐다. 할머님은 이렇게 말씀하셨어. ……당신 며느리가 암에 걸려 세상을 떠난 건 당신 탓이라고. 그는 아내가 무슨 말을 할지 잠시 기다렸다. 아내의 입가에 비웃는 듯한 미소가 떠올랐다. 할 말 없어? 그가 다그치자 아내가 그를 한심하다는 듯이 바라보았다. 내가 고등학생 때 가출했던 건 엄마 때문이 아니라 할머니 때문이었어. 가소로운 건 나를 찾아온 게 엄마가 아니라 할머니였다는 거야. 할머니는 아무 말도 하지 않았어. 미안하다는 말도 없었고 위로의 말도 없었어. 할머니가 나를 찾아온 이유는 마치 엄마가 암에 걸려 돌아가실 걸 예감이라도 한 듯이, 그래서 엄마가 그런 몹쓸 병에 걸리게 되면 당신 탓이 아니라 내 탓임을 확실히 하기 위해서였어. 앞으로 무슨 일이 벌어지든 모두 내 탓이라는 걸 내게 말해주고 싶었던 거야. 그는 고개를 끄덕이고 나서 식은 커피를 한모금 마셨다. 그런데도 몰랐구나. 당신이 가출할 무렵 이미 당신 어머님의 암은 진행 중이었고 그 병을 고쳐보기 위해 당신 할머님은 유명한 한의원을 찾아다니셨어. 할머님이 당신을 찾아간 이유는 어머님이 그럴 수 없어서였고 무엇보다 가장 껄끄러운 사실, 그러니까 당신 어머님이 곧 돌아가실 수도 있다는 사실을 말해줘야 하는 내키지 않는 일을 맡을 수밖에 없어서였어. 하지만 할머님은 막상 당신의 얼굴을 보자 이 서글픈 사실을 일러줄 엄두가 나지 않아서 침묵을 지켰던 거야. 아내는 차마 소리를 지르지는 못했으나 으르렁거렸다. 사실이 아니야. 할머니가 거짓말한 거야. 그럼 정말로 나 때문에 엄마가 돌아가신 거라는 얘기잖아. 여보…… 당신도 알잖아. 당신 어머님이 돌아가신 건 할머님 때문이 아니라…… 굳이 따지자면 당신 아버님 때문이라는 걸. 아내는 입을 다물었다. 울지는 않았다. 그는 차분하게 말을 이었다. 재봉틀 책상은 당신 할머님 게 아니야. 당신 어머님 거야. 어머님과 아버님이 결혼하실 무렵 어머님은 방직공장에 다니셨고 아버님은 냄비공장에 다니셨지. 방직공장이 파업에 들어갔고 먼저 파업 중이었던 냄비공장 사내들이 연대하러 찾아갔지. 두분은 거기에서 만났어. 두분은 농성장을 빠져나와 철조망이 쳐진 벽돌담 아래서 사랑을 나누었지. 그렇게 사랑을 나누고 난 뒤에 으레 사내라면 목숨을 버려도 아깝지 않다는 생각을 하게 마련이고 여자라면 이제 목숨을 가벼이 여겨서는 안 된다는 생각을 하게 마련이지. 미래도 없이 과거도 없이 오직 그 순간에만 몰두할 수 있는 순수한 남녀 간의 결합은 단 한번이야. 그뒤에 남자와 여자는 생각이 다르기 때문에 사소한 문제에서 중대한 문제에 이르기까지 다투게 되는 거야. 나도…… 알지는 못해. 노 파사란이 누구의 말이었는지. 누구를 겨냥해 외친 말이었는지. 그건 어머님일 수도 있고 아버님일 수도 있고 두분 모두 아닐 수도 있지. 내가 알 수 있는 건 단지 그게 누구의 말이었든, 당신들은 결코 용납할 수 없는 어떤 상황에 맞닥뜨렸던 거고 이제 우리 모두가 알아. 그렇게 외칠 수밖에 없었던 건 언제나 그 일은 벌어지고야 말기 때문이라는 걸. 인간으로서 용납할 수 없고 일어나서는 안 되는 일은 항상 일어났고 인간을 찢어버리며 통과해갔지.

　그와 아내는 오래도록 이야기를 나누었다. 주로 그가 이야기를 했고 아내는 듣는 쪽이었다. 노인이 재봉틀 책상을 애지중지했던 건 며느리에 대한 안타까움의 표현이었으리라는 말도 했다. 아내는 그의 말을 용납하지 않으려 했고 그는 아내의 거부를 용납하지 않으려 했다. 그와 아내는 서로의 가슴을 억지로 통과하려 애쓰는 동시에 자신들의 시도가 무위로 돌아가기를 바랐다. 서로에게 상처를 주는 말을 내뱉고 그런 행동을 하면서도 상대가 진정으로 상처받기를 원하지는 않았다. 그들이 바라는 건 자신을 이해해주는 것이었다. 불가능하게 보이는 만큼이나 간절할 수밖에 없었고 간절히 원하는 만큼 더욱 어려워졌으므로, 그는 까페에 아내를 남겨둔 채 혼자 돌아갈 수밖에 없음을 알았다. 거리에는 시나브로 눈이 쌓였다. 하늘은 어두웠으나 지상은 한결 포근한 느낌으로 부풀어올랐다. 그는 고개를 돌려 아내를 보았다.

　당신…… 할머님께서 다녀가셨어.

......

처음으로 우리를 찾아오셨어.

......

앞으로 더는 안 올 것처럼.

......

앞으로 더는 못 올 것처럼.

……우리는.

우리는……

당신은……

......

그날 노인은 집으로 무사히 돌아가기는 했으나 밤부터 이상한 행동을 했다. 치매가 찾아왔다. 아내의 식구들은 노인을 요양원에 모시기로 결정했다. 노인은 요양원이라는 말을 알아들었고 고개를 저었다. 설 연휴 마지막 날 아내에게 연락이 왔다.

할머니가…… 사라지셨어.

......

혹시나 하고.

......

요즘 부쩍 할아버지를 찾았거든.

……찾아는 봤어.

찾는 중이야.

알았어.

일단 집으로 가줘.

아내의 식구들이 집 근처를 헤매는 동안 그는 노인의 임종을 지켜보았다. 노인은 방금 외출했다가 돌아온 것처럼 대문 앞에 서 있었고 고개를 돌려 그를 바라보더니 환하게 웃었다. 그는 노인을 부축해 안으로 들어갔고 노인은 마치 기력이 다해 잠이 든 것처럼 눈을 감더니 얼마 뒤 세상을 떠났다. 아내의 식구들이 돌아왔을 때 그는 고개를 저었다. 장례식장을 잡고 시신을 안치한 뒤 조문객을 받았다. 그는 장례식 내내 빈소를 지켰고 부의금 계산까지 도왔다. 상주인 장인은 과묵하게 자리를 지켰으나 발인을 하던 새벽부터는 울상이더니 기어이 화장터에서 통곡을 터뜨렸다. 그는 주차장 근처의 쉼터에서 담배를 피웠다. 화장장 건물에서 상복을 입은 아내가 핼쑥한 얼굴로 나왔다. 아내는 그의 옆에 앉아 담배를 피웠다.

언제부터 피웠어.

사흘 전부터.

피곤해 보여.

피곤해.

잠깐 누워.

다리 빌려주면.

아내는 담배를 다 피운 뒤 그의 허벅지를 베고 누웠다. 그는 늦겨울의 시린 하늘을 올려다보았다.

할머니도……이렇게 누웠던 거야?

이렇게 누워 계셨지.

무슨 이야기 했어.

많은 이야기를.

……어디쯤 갔을까, 우리 할머니.

노 파사란.

……노 파사란.

그가 노인을 부축해 방에 데리고 들어갔을 때 노인은 정신이 멀쩡한 사람처럼 굴었다. 그는 하마터면 노인이 아무런 문제가 없고 정말로 잠깐 집 앞 슈퍼나 세탁소에 다녀온 거라고 믿을 뻔했다. 노인은 이부자리에 앉아 그의 손을 잡아끌었다. 그는 노인 앞에 앉아 노인이 손을 어루만지는 대로 내버려두었다. 노인은 소녀처럼 굴었고 그는 노인이 잃어버렸거나 혹은 한번도 소유한 적이 없던 아니, 소유한 적은 있으나 발휘해본 적 없던 감정의 떨림을 고스란히 느꼈다. 아주 오래전에 무언가 잔인한 바람이 노인의 가슴을 관통해버렸고, 노인은 그것이 어떤 의미인지 알지도 못한 채 혹은 너무 잘 알기에 모른 척할 수밖에 없었던 그것을 향해 결코 나를 짓밟고 갈 수 없노라고 읊조렸을 거였다. 그는 손을 슬쩍 빼냈다. 노인의 얼굴에 당황하는 기색이 역력했다. 그는 노인의 앙상한 어깨를 토닥인 뒤 언젠가 아내가 보여주었던 사진첩을 찾아내 노인 앞에서 펼쳤다. 그는 손가락으로 세 젊은이를 가리켰다. 노인이 배시시 웃었다. 그가 오른쪽 젊은이를 가리키자 고개를 저었다. 왼쪽 젊은이를 가리키자 고개를 끄덕였다. 그가 닮았느냐고 묻자 노인이 대문 앞에서 그랬던 것보다 더욱 환한 얼굴로 고개를 끄덕였다. 이 분이 할아버지신가요. 그가 묻자 노인은 그렇다 아니다 대신에 노 파사란이라고 대답했다. 노인의 웃는 얼굴이 징그러워 보였다. 차 라리 그 얼굴을 가리켜 모진 말을 했더라면 한결 나았으련만. 노인 은 이제 기운이 다한 듯 그의 손을 잡은 채 꾸벅꾸벅 졸았다. 노인 의 몸이 스르르 기울자 그는 얼른 한쪽 다리를 펴서 노인의 머리를 허벅지에 가만히 내려놓았다. 노인은 잠든 것 같았다. 그는 다리가 저렸고 이제 다리를 빼볼까 싶어 노인의 얼굴을 들여다보다 숨이 그친 걸 알았다. 곧이어 장인이 들어왔다. 장인은 그의 옆에 무릎을 꿇고 앉았다. 그는 고개를 저었다. 장인이 붉게 충혈된 눈으로 그를 보았다. 그가 말했다. 잠이 들었고 그보다 깊은 잠에 빠져드는 것처 럼 편안하게 가셨습니다.

:
:

눈동자 노동자

:
:

어느날 눈을 떠보니 늙은이가 된 걸 알았지. 사람은 천천히 나이를 먹으며 늙는 줄 알았는데 하루아침에 노인이 되어버렸어. 윤호는 그의 말을 곱씹기라도 하듯 말이 없었다. 늘 손에서 놓지 않는 작은 디지털카메라를 만지작거릴 뿐이었다. 한눈에 보아도 고급스러운 카메라는 아니었다. 윤호는 지난해 여름 전역하자마자 패스트푸드점에서 아르바이트를 해서 모은 돈으로 카메라를 샀다고 했다.

그들이 앉은 자리에서는 현장이 훤히 내려다보였다. 바람이 그들을 스치고 지나갔다. 어느날이 언제죠. 사람마다 다르겠지. 아저씨는요. 오늘 아침이었다. 그렇게 말해놓고 보니 정말로 그런 것만 같았다. 작업반장이 그와 윤호 쪽으로 다가왔다. 작업반장하고는

104

어떤 관계세요. 잘 몰라. 원래 싹수가 노랬다는 것만 안다. 윤호가 웃었다. 작업반장은 오후 작업을 준비하라고 말한 뒤 사무실 쪽으로 내려갔다.

　그는 모자를 쓰고 일어나 엉덩이를 툭툭 털었다. 윤호는 디지털카메라를 조끼 주머니에 쑤셔넣었다. 한쪽 다리를 살짝 절며 걷는 윤호를 지그시 바라보았다. 한달 전 윤호가 처음 현장에 나타났을 때 그는 바로 알아보았다. 왜 그런 거냐는 물음에 윤호는 별거 아니라고 했지만 발목 인대를 다친 게 분명했다. 윤호는 손이 느린 편이어서 작업반장에게 일쑤 욕을 얻어먹곤 했다. 다른 인부들이야 그런 일쯤에는 꿈쩍도 하지 않았다. 일당 사만오천원만 꼬박꼬박 받을 수 있다면 하늘이 무너져도 현장을 지킬 사람들이었으니까. 발굴 현장에 다시 모여든 인부들은 호미와 괭이를 쥐고 각자 맡은 구역에서 작업을 시작했다. 현장에서 일하는 발굴 인부는 보통 일고여덟이었고 윤호를 제외하고는 모두 육칠십대의 사내들이었다. 발굴한 유물을 정리하고 금이 가거나 깨진 도자기를 접착제로 붙이는 작업은 오륙십대의 여자 서넛이 맡았으며 조립식 패널로 지은 사무실이 작업장이기도 했다. 발굴 작업은 도로공사가 예정된 지역을 따라 옮겨다녔다. 유물 발굴이 모두 끝나야 도로공사가 시작되었다. 지난봄 들판을 따라 이동하던 발굴 현장은 공사가 시작된다면 터널이 뚫리게 될 산의 기슭을 더듬어 오르는 중이었다. 초여름이었으니 가을부터는 도계를 넘어선 곳으로 현장이 옮겨갈 터였다.

오후 세시 무렵 그는 호미를 놓고 괭이로 비탈 아래 흙막이 말뚝 주변을 긁었다. 사면에서 흙이 흘러내렸다. 괭잇날 끝에서 딱딱한 게 부딪히는 소리가 났다. 그는 괭이를 놓고 다시 호미를 쥐었다. 누군가가 윤호에게 호통을 치기에 돌아보니 김씨였다. 그보다 다섯살 많은 김씨는 유난히 윤호에게 매정하게 굴었다. 언젠가 김씨에게 왜 그러느냐고 물었더니 윤호만 보면 까닭 없이 부아가 난다고 했다. 대충 무슨 말인지 알 것 같아 수긍하기는 했으나 김씨가 윤호에게 그럴 때마다 불편하지 않은 건 아니었다. 그는 방금 괭이로 헤집어놓은 곳을 호미로 살살 긁어냈다. 아무 데나 파도 한줌씩은 건질 수 있는 질그릇 파편들에 불과했다. 조금 뒤 파편들 사이에서 한뼘 크기의 쇠붙이를 발견했다. 그는 목장갑을 낀 손으로 조심스레 문질러 쇠붙이에 들러붙은 흙을 털어냈다. 어느 시대 유물인지는 알 수 없으나 창날인 것만은 분명했다. 가운데 길게 파인 홈도 선명했다. 주위가 소란스러워졌다. 그는 벌떡 일어나 사람들이 모인 쪽으로 달려갔다. 김씨가 비탈에서 굴러떨어진 바위에 다리를 다쳤다. 포클레인 기사 정씨가 마른세수를 했다. 그는 무릎을 꿇고 앉아 김씨의 바지 자락을 조심스레 걷어올렸다. 앙상한 발목과 정강이가 드러났다. 김씨의 무릎 바로 아래 찢긴 상처가 있었다. 상처 부위가 기이하게 불거져 있었다. 정강이와 종아리를 타고 피가 흘러내렸다. 김씨가 신음을 참기 위해서인 듯 입술을 꽉 깨물었다. 잘린 건 아니지? 호들갑 좀 떨지 마쇼. 꼭 잘린 것만 같아. 금이 가거나 부러진 것 같으니 가만히 계세요. 구급차는 좀처럼 오지 않았다. 그동안 사람들은 이따금 발작적으로 터지는 김씨의 비명 같은 신음을 못 들은 척해야 했다. 조바심이 났는지 윤호가 언덕에 올랐다. 진입로 쪽을 살피려는 것 같았다. 역광 탓에 손 그늘을 만들어도 윤호는 실루엣으로만 보였다. 아주 느리게 펄럭이는 깃발 같았다.

김씨는 119 구급대원의 들것에 실려 갔다. 중단되었던 작업이 재개되었다. 그는 자리에서 일어나 엉덩이를 털었다. 일할 마음이 없었지만 하지 않을 수도 없었다. 그는 김씨의 피가 스며든 자리를 삽으로 갈아엎었다. 다음 날에도 그다음 날에도 김씨는 오지 않았다. 사흘째 되는 날 그보다 두살 많은 박씨라는 사내가 현장에 합류했다. 나흘째 되는 날 그는 작업을 마친 뒤 출퇴근 승합차를 운전하는 최씨에게 시내에 데려다달라고 부탁했다. 최씨는 김씨가 입원한 병원 앞까지 그를 데려다주었다. 부러진 오른쪽 다리에 깁스를 한 김씨는 목발을 짚고 돌아다녔다. 그는 김씨와 함께 병원 근처 통닭집에서 프라이드와 양념을 반반 시켜 생맥주를 마셨다. 그들이 나눈 대화라고는 이런 게 전부였다. 수술은 안 해도 된대. 얼마나 걸린답니까. 서너달. 생각보다 오래 걸리네요. 뼈도 늙어서 잘 안 붙어. 치료비는요. 그건 해결됐어. 형님…… 왜. ……죄송해요. 자네가 왜. 그냥요. 싱겁긴. 아주머니랑 애들은요. 집사람은 식당에 일하러 갔고 애들한테는 연락도 안 했어. 어차피 올 수도 없을 거고. ……정씨가 어제 왔다 갔어. 그랬군요. 자네랑 똑같아. 뭐가요. 죄송하대. ……병남 아우. 예, 형님. 왜 잘못한 게 없는 놈들만 죄송하다고 하지. 글쎄요. 두잔째의 생맥주를 비운 그는 김씨의 이마에 맺힌 식은땀을 보았다. 일어나기 전에 김씨가 주머니에서 손바닥만 한 봉투를 꺼냈다. 사실은 어제…… 윤호도 왔다 갔어. 이걸 주고 가더라고. 그게 뭔데요. 사진이야. 내 사진을 찍어서 현상을 했대. 사진기 들고 돌아다니는 건 봤어도 나를 찍은 줄은 몰랐는데. 사진관에서 증명사진 박아본 게 전부라 잘 찍은 건지 어떤 건지 모르겠지만…… 보다가 안 보면 다시 보고 싶어지더라고. 근데 영 나같지가 않아. 이거 봐. 작업 끝나고 내가 쉴 때 찍은 거라는데 이게 사람이야 허깨비야. 통닭집을 나온 그들은 병원 입구에서 헤어졌다. 병남 아우…… 어제는 정신이 없어서 이 말을 못했네. 윤호한테 말야…… 미안하다고 전해주게. 김씨는 병원 현관에서 손을 흔들었다. 그도 손을 흔들었다.

저녁은 먹었느냐는 아내의 말에 손사래를 쳤다. 아내는 식은 밥을 몇술 뜨다 말고 그릇들을 싱크대에 함부로 던져넣었다. 설거지를 하는 건지 분풀이를 하는 건지 모를 정도로 우악스러웠다. 아내는 드라마를 보는 도중에 잠들었다. 그는 텔레비전을 껐다. 아내 옆에 누워 잠을 청했다. 아내의 코 고는 소리만 흐드러졌다. 십분이 지나고 이십분이 지났다. 그는 누운 자리에서 귀신처럼 부스스 일어나 앉았다. 잠시 멍하니 앉았던 그는 잠든 아내를 내려다보았다. 이 사람은 늙지도 않아. 그렇게 중얼거리고 거실로 나가 소주를 마셨다. 반병쯤 비웠을 때 안방 문이 열렸다. 아내는 잠이 덜 깬 채였지만 달걀을 세알씩이나 깨뜨려 기름을 두른 프라이팬에 부쳐 곱게 말아서 썰어놓고 다시 안방으로 들어갔다. 안주도 없이 술만 처먹다가는 눈 깜빡할 새 골로 간다는 힐난을 남겨두고서였다. 자정 무렵까지 그는 소주 두병을 비웠다. 그는 집 밖으로 나갔다. 술기운을 몰아내기 위해 깊이 숨을 들이쉬었다가 내쉬면서 골목을 천천히 걸어갔다. 골목 끝 도로가의 슈퍼에서 입가심으로 캔맥주를 마셨다. 정신이 조금 들었다. 그는 옛 노래를 흥얼거리며 골목길을 되짚어갔다. 오줌이 마려웠다. 집 근처에 이른 그는 공터 앞 전봇대에 다가갔다. 원래 그의 집과 똑같은 단독주택이 세채나 섰던 자리였다. 빌라업자에게 팔려 헐린 뒤 방치된 채로 오년 가까이 흘렀다. 근처에 농공 단지인지 산업 단지인지가 조성된다는 소문이 돌 때였다. 그는 비틀거리면서 바지 지퍼를 내렸다. 전봇대 밑동을 겨냥했다. 시큼한 오줌 냄새가 피어올랐다. 그는 눈을 감은 채 계속해서 흥얼거렸다. 오줌 냄새와는 다른 들큼한 입김이 얼굴에 끼쳤다. 게슴츠레 뜬 눈으로 앞을 보니 낯익은 얼굴이 있었다. 사람인 줄 알았는데 송아지였다. 눈을 감았다가 떠보았지만 그대로였다. 젠장, 술이 취하니까 헛것까지 뵈네. 저기 어디 허공에서 떨어진 게 아닌가 싶어 밤하늘을 올려다보기까지 했다. 별은 하나도 뜨지 않은 하늘에 달무리만 졌다. 전립선이 좋지 않은 그는 오줌을 오래도록 누었다. 그동안 그와 송아지는 서로의 얼굴을 지그시 들여다보았다. 지퍼를 올리고 바지춤도 추어올렸다. 그는 손을 뻗어 송아지의 콧잔등을 만졌다. 축축했다. 엄지를 검지에 대고 비볐다. 미끈거렸다. 헛것이 아니라 진짜였다. 송아지는 그에게 할 말이라도 있다는 듯

입을 씨우적거리다 콧방귀를 몇번 뀐 뒤 머리를 그의 품으로 들이
밀었다. 그가 제때 한걸음 물러서지 못했다면 엉덩방아를 찧을 뻔
했다. 이놈의 송아지가 시비를 거나. 그가 오른쪽으로 한걸음 옮
기면 송아지가 그쪽으로 목을 늘였고 왼쪽으로 움직이면 그쪽으
로 목을 늘였다. 공터를 크게 빙 둘러 가보려 했으나 송아지도 그
를 따라 공터로 느릿느릿 걸어들어왔다. 그는 남의 집 담벼락에 딱
붙어 섰다. 송아지도 그를 흉내 내기라도 하듯 담벼락에 바투 붙어
섰다. 시비 거는 게 맞네. 고삐나 굴레도 없고 목줄도 없는 송아지
라 마땅히 잡아 세울 방도가 없었다. 그는 반대쪽으로 잽싸게 뛰어
갔다. 송아지는 즐거운 놀이라도 하듯 껑충껑충 뛰며 따라와 그의
앞을 막아섰다. 송아지는 다시 고개를 숙이고 그의 가슴팍으로 다
가왔다. 가볍게 떠밀린 그는 다리에 힘이 풀린 것처럼 털썩 주저앉
았다. 말문이 막혀 그냥 어어 하고 말았다. 송아지는 위에서 그를
내려다보았고 그는 아래에서 송아지를 올려다보았다. 송아지는 그
를 빤히 바라보다 몸을 돌리더니 어두운 골목을 늙은 황소처럼 타
박타박 걸어 사라졌다. 그는 주저앉은 채로 송아지가 사라진 쪽을
노려보았다. 방금 일어난 일이 현실 같지가 않아서 도무지 무슨 일
이 벌어진 건지 알 수 없었지만 송아지의 콧잔등을 슬쩍 문질렀을
때의 감촉이며 머리를 들이밀 때의 부드러운 떠밀림이며 들큼한
숨 냄새며 오래된 쇠똥 냄새 같은 것들이 생생했다. 거짓말 같은
사실이었다. 어차피 진실로 밝혀진 일들도 얼마쯤은 거짓 같지 않
던가.

아내 옆에 눕기는 했지만 잠이 오질 않았다. 자네, 자는가. 그의 물음에 아내가 끙 소리를 내며 돌아누웠다. 잠에서 깬 게 분명했다. 집 앞 골목에서 송아지를 보았네. 아내가 한숨을 내쉬었다. 술 처먹으면 뭔들 못 봐. 진짜 송아지라니깐. 여기 소 키우는 집이 어디 있다고. 그렇긴 하지. 그게 참말이라면 당신 아버지가 오셨네. 그건 또 무슨 지랄 맞은 말인가. 아버님이 그랬다면서요. 소로 환생해서 돌아와 당신을 아주 맷돌로 갈아버리듯 두고두고 씹어먹어버리겠다고. ……조만간 저세상으로 갈 것 같은 예감이 들면 우리 앞으로 생명보험이나 들어놓고 가시우. 이번에는 그가 아내에게서 돌아누웠다. 까맣게 잊은 줄 알았던 일이 떠올랐다.

그날은 밤새 눈이 내렸다. 새벽에 그는 눈을 비비며 마당에 나섰다. 발이 푹푹 빠질 만큼 쌓였건만 여전히 함박눈이 쏟아졌다. 마당을 가로지른 아버지의 발자국을 보았다. 그는 아버지의 발자국을 골라 디뎠다. 아버지는 머뭇거리거나 한눈을 팔지 않은 게 분명했다. 정강이와 발끝에 쏠린 자국이 그리 깊지 않았다. 그렇다고 해서 서두르는 걸음도 아니었다. 혼신의 힘을 다해 한 발자국 한 발자국 가볍게 걸으며 집에서 멀어져간 것 같았다. 아버지의 발자국은 골목을 따라 이어졌다. 그는 고개를 들어 아버지가 걸어간 쪽을 보았다. 시야가 뿌옜다. 마을회관 앞에 이르니 그동안 내린 눈 탓에 발끝이 스친 자국부터 희미해졌다. 마을 공동 창고의 양철문짝이 삐걱거렸다. 그는 머리와 어깨에 내려앉은 눈을 털어냈다. 발자국은 마을 정자까지 이어졌다. 거기에서 아버지가 공중으로 사라져버리기라도 한 것처럼 발자국이 뚝 끊겼다. 대신 아버지의 보폭만큼 떨어진 곳에 황소 발자국이 있었다. 그는 최후의 발자국을 차마 겹쳐딛지 못한 채 그 앞에 쭈그리고 앉아 오래도록 지켜보았다. 불가능한 일이었지만 바로 그 자리에서 아버지가 소가 되어 가던 길을 계속해서 간 것이라고밖에는 생각할 수가 없었다. 가장 현실적인 추측은 황소가 그 자리에서 눈을 맞으며 아버지를 기다렸고 그곳에 도착한 아버지가 사뿐히 잔등에 올라앉아 황소를 몰고 가버렸으리라는 거였다. 하지만 그럴 리가 없었다. 아버지는 내켜 하지는 않았지만 그가 우시장에 황소를 내다 파는 걸 눈감아주었다. 황소를 사간 사람은 서울에서 온 도축업자였고 이미 일주일이나 지난 일이었다. 해가 나고 눈이 그친 뒤에야 공동 창고에서 아버지를 발견했다. 다음 날 오후 아버지는 끝내 숨을 거두었다. 그 일이 아니라 해도 어차피 하루 이틀 안에 돌아가실 아버지였다. 그 시절에는 대개 손쓸 수 없을 만큼 여기저기로 전이된 뒤에야 암에 걸린 줄을 알았기 때문이다. 일찍 알았다 해도 별 가망이 없는 건 마찬가지였겠지만. 아버지의 장례를 치르는 동안에도, 사십구재를 치르는 동안에도, 그러고도 한참이 지날 때까지도 그는 여전히 퍼붓는 눈을 맞으며 아버지와 황소의 발자국을 들여다보던 순간으로 되돌아갔다.

그의 등 뒤에서 아내가 부스럭거렸다. 당신은 배알도 없는 사람이오. 아내는 그렇게 말한 뒤 코를 골았지만 잠꼬대 같지는 않았다. 그는 다시 수십년 저쪽으로 내던져져 고향 마을 정자 옆에 쭈그리고 앉아 눈길에 찍힌 발자국을 들여다보던 시절로 돌아가고야 말왔다. 인생의 비밀을 보고 있으면서도 의미를 알 수 없어 어리둥절하기만 했던 스무살 무렵으로. 그가 기억하기에 아버지가 소로 환생해서 돌아오겠다는 식의 말을 한 적은 없었다. 아마도 아버지의 시선에 담긴 경멸이 불러일으킨 그의 두려움이 만들어낸 말일 거였다. 허풍을 떨면 덜 무섭고 덜 미안한 법이니까. 그나저나 그놈의 송아지는 대체 어디서 온 건지. 그가 간신히 잠들었을 무렵 빗방울이 떨어졌다.

윤호가 죽던 날은 화창했다. 그는 사고가 난 뒤 그 일에 대해 작업반장과 하청업체 대표를 비롯해 경찰에게 되풀이해서 진술해야 했다. 어쨌든 그는 살아 나왔기 때문에 사고 경위를 충실히 보고할 의무가 있는 것 같았다. 되풀이해서 말할수록 사고가 너무 오래전에 일어나서 이제 그와는 무관한 일처럼 여겨지기까지 했다. 산재 신청을 한 뒤 산재 조사관 앞에서 다시 한번 진술할 때는 아예 다른 사람의 사연을 말하는 기분이었다. 공식적인 조사가 끝난 뒤에는 침묵을 지켰다. 침묵은 그를 호위하듯 둘러싼 채 조용히 그의 곁에 머물렀다. 한 계절이 지나자 누구도 더는 그에게 진술을 요구하지 않았다.

아무도 묻지 않게 된 뒤로 사고는 그의 기억 속에서 되풀이해 재현됐다. 그날 아침 하늘에는 구름 한점 없었다. 출퇴근 승합차가 새로운 현장 진입로에서 구덩이에 빠졌다. 인부들은 포클레인 궤도가 지나간 자리를 따라 걸었다. 작업화가 푹푹 빠지는 진창길이었다. 포클레인 기사 정씨가 차가운 커피를 쭉 들이켜더니 작업을 시작했다. 산그늘이 점차 물러났다. 둔덕에 앉아 포클레인의 작업을 지켜보던 이들 사이로 햇살이 비껴 흘렀다. 이번에는 깊이가 이 미터쯤에 폭이 좁았다. 작업반장은 흙막이 공사를 하는 사람들의 차가 지난번 현장에서 빠져나오질 못했다고 했다. 이 정도면 그냥 슬슬 해도 될 것 같은데. 작업반장이 인부들을 돌아보며 말했다. 여긴 금방 끝내고 저쪽 방죽으로 옮길 테니까 빨리 해치우고 옮깁시다. 경사면이 가팔라서 사다리를 설치하기는 했지만 다들 편한 쪽을 골라 미끄러지듯 구덩이 속으로 들어갔다. 오전 작업이 끝난 뒤에야 작업 차량들이 하나둘 도착했다. 인부들은 점심 도시락을 먹으면서 사무실이 조립되는 걸 지켜보았다. 지난 현장보다 한동이 더 들어서는 걸로 보아 역사학과 대학생들이 실습을 나오게 될 모양이었다. 아마도 그들은 저 위쪽 방죽의 물을 양수기로 다 퍼낼 즈음에야 나타날 거였다. 오후 작업이 시작되고 얼마 지나지 않아 사무실 조립이 끝났다. 양수기 모터 돌아가는 소리가 났다. 작업반장은 둔덕 위에 선 채 사무실 집기를 옮겨야 하니 모두 올라오라고 소리쳤다. 인부들은 사다리를 이용하거나 조금 덜 가파른 곳을 골라 구덩이를 빠져나갔다. 그는 호미를 놓고 사다리 쪽으로 걸어갔다. 윤호가 비탈면 아래에서 여전히 호미로 땅을 긁어내고 있었다. 뭐 좀 찾았냐. 윤호가 그를 돌아보며 손에 쥔 걸 내밀었다. 비녀였다. 사무실에 갖다줘라. 그들은 사다리를 타고 올라갔다. 윤호가 조끼 주머니를 더듬더니 카메라를 흘린 것 같다고 했다. 구덩이로 돌

114

아가던 윤호는 눈에 띄게 절룩거렸다. 둔덕 위에 올라선 윤호가 뒤를 돌아보았다. 그때 눈이 마주친 것도 같았지만 확실하지는 않았다. 그가 둔덕에 올랐을 때 윤호는 어디에서도 보이지 않았다. 윤호야. 발아래 흙무더기가 스르르 무너져내리는 중이었다. 그는 중심을 잃으면서 앞으로 고꾸라졌다. 순식간에 흙더미가 쏠려내려왔다. 어깨가 무언가에 부딪쳤다. 나중에야 그게 사다리라는 걸 알았지만 그 순간에는 무슨 일이 벌어졌는지 헤아려볼 생각이 들지 않았다. 이렇게 죽는구나 싶었고 이렇게 죽을 수는 없다는 생각뿐이었다. 사다리에 비스듬히 걸친 탓에 흙더미의 압력이 더해가고 숨쉬기가 어려웠지만 팔을 움직일 수 있었다. 숨을 쉬기 위해 입안으로 들어온 흙을 뱉었다. 침이 섞인 흙은 그의 얼굴 쪽으로 떨어지지 않았다. 그러니까 그가 얼굴을 향한 곳이 아래쪽인 거였다. 그는 팔을 뻗었다. 손에 물컹한 게 만져졌다. 윤호의 얼굴일 수도 있다는 생각은 들었으나 아무래도 상관없었다. 그는 무릎을 굽히기 위해 안간힘을 썼다. 몸을 최대한 둥글게 말면서 무릎을 굽혀 아래쪽이라고 짐작되는 곳으로 발을 내디뎠다. 발바닥에 단단한 게 닿았다. 그는 필사적으로 그걸 딛고 위쪽을 향해 몸을 뻗었다. 그의 얼굴이 흙무더기 위로 솟아올랐다. 사람들이 내려와 그를 끌어올려주었다. 누군가가 그의 팔다리를 주물러주었다. 한참 뒤 흙더미를 헤치고 윤호를 끄집어냈다. 그가 누운 쪽으로 네 사람이 윤호의 사지를 붙잡고 다가오는 게 보였다. 그들은 윤호를 그의 옆에 가만히 내려놓았다. 햇살에 눈이 부셨다. 그는 눈을 감았다. 눈가로 흙물이 흘러내렸다.

　그의 진술은 매번 바로 그 장면, 잠깐 눈을 떴을 때 와락 덤벼들며 산산이 부서지던 햇살을 묘사하는 걸로 끝났지만 그의 기억에서 재현되던 장면은 단단한 걸 딛고 흙더미 위로 솟구치려 할 때 발목을 붙잡았던 서늘한 손길에서 끝났다. 그의 발목을 우악스럽게 움켜쥐던 손은 윤호의 것일 수밖에 없었다. 그는 저 땅속 깊숙이 끌려들어갈지도 모른다는 두려움에 몸이 굳었다. 아주 잠깐이지만 발목을 움켜쥐었던 손의 힘이 느슨해지는 듯했고 그 순간 발에 힘을 주고 몸을 일으킬 수 있었다. 누구에게도 하지 못한 이야기였고 할 수 없는 이야기였다.

　그는 이주 만에 퇴원했다. 무더운 여름 내내 물리치료를 받으러 통원했다. 작업반장과 업체 대표는 윤호의 과실로 진술해주길 바랐다. 윤호가 어떻게 매몰되었는지 직접 목격하지는 않았으니 뭐라고 진술하든 상관은 없었다. 그러나 사고가 윤호의 과실이 아니라는 건 그뿐만 아니라 다른 인부들도 알았다. 그런 일은 보아야만 알 수 있는 게 아니었다. 처음에는 언론에서도 관심을 가졌지만 그가 퇴원할 즈음에는 아무도 그 일을 언급하지 않았다. 아내는 여전했다. 아니 외려 그가 입원해 있는 동안 혈색이 좋아진 듯했다. 그가 아들과 딸에게는 아무 말도 하지 말라고 당부하자 아내는 당신 때문에 뒤숭숭한 건 나 하나로 족하니 그런 걱정일랑 하지 말라며 혀를 찼다. 말은 그렇게 했어도 아내가 전화를 넣었는지 뉴스를 보고 알았는지 어쨌든 아들과 며느리가 한번 다녀갔고 딸과 사위 될 사람도 한번 다녀갔다. 문병을 와서 아무것도 묻지 않은 사람은 포클레인 기사 정씨와 아직도 깁스를 한 채 목발을 짚고 다니는 김씨뿐이었다. 퇴원하던 날 아내가 생각났다는 듯 봉투를 꺼냈다. 그게 뭐냐고 묻자 당신이 자는 동안 웬 여자애가 와서 이걸 두고 갔다고 했다. 그가 어떻게 생겼느냐고 묻자 아내가 이러저러했노라고 설명했다. 시내에서 학원도 다니고 커피숍에서 아르바이트도 한다는 윤호의 여동생인 듯했다. 윤호가 점심 도시락을 가져오지 않았던 어느날 윤호의 여동생이 자전거를 타고 현장에 온 적이 있었다. 도시락만 건네주고 갔던 터라 잠깐 보았을 뿐이지만 분명히 기억했다. 아내가 설명한 생김새 그대로였다. 그는 봉투에서 사진을 꺼냈다.

통원치료를 받는 동안 여름이 저물었다. 여름 내내 그는 낮이면 거실에서 선풍기를 켜놓고 땀을 뻘뻘 흘리며 잤고, 조금 시원해진 밤이면 소주를 마셨다. 한병이 두병이 되고 두병이 세병이 되었다. 술주정을 부리지는 않았지만 아내도 더는 안주를 만들어주지 않았다. 저녁이면 밖으로 나가 술을 마셨다. 술을 마시고 돌아오는 길에는 아무 데나 오줌을 싸질렀고 트럭 밑이나 제방 근처에 쓰러져 잠들기까지 했다. 팔뚝이며 목덜미며 정강이에 모기 뜯긴 자국이 늘어갔다. 햇볕에 그을린 것과는 다르게 정말 얼굴이 시커멓게 탔다. 물크러지고 썩은 과일 같았다. 얼굴을 쥐어짜면 더러운 구정물이 흘러내릴 것 같았다. 정신이 멀쩡할 때면 윤호가 찍은 사진을 들여다보았다. 사진에 찍힌 목장갑이며 모자며 작업화를 첫눈에 알아보았다. 그의 것이었으니까. 자꾸 들여다볼수록 누구의 소유물인지는 중요하지 않아 보였다. 흙물이 든 장갑과 구겨지고 색 바랜 모자와 주름진 자리가 허옇게 일어난 낡은 작업화 따위는 어디에서나 볼 수 있었고, 그걸 끼고 쓰고 신는 사람이 누구든지 간에 별 상관이 없을 듯했다. 거대한 폐허를 축소한다면 그런 사진이 될 것 같았다. 점심 도시락을 먹거나 구부정하게 선 채 어딘가를 바라보는 그를 찍은 사진도 있었는데 역광을 안고 찍은 터라 그가 아닌 다른 사람 같았다. 그 외에도 그가 사용하던 호미와 괭이 사진도 있었고 그의 뒷모습을 찍은 사진도 있었다. 그가 발굴했던 조선시대 백자며 창날 그리고 선사시대에 만들어진 돌도끼 같은 것도 있었다. 그는 이 사진들을 윤호가 언제 찍었는지 가늠해보았으나 기억이 나지 않았다. 도무지 알 수 없는 사진도 한장 있었다. 이마와 콧등 한가운데가 위아래로 잘려 두 눈만 크게 찍힌 사진이었다. 그는 사진을 보고 거울을 보았다. 자기 눈이라는 확신이 생기지 않았다. 윤호의 여동생이 실수로 넣었을 수도 있고 진짜 그의 눈일 수도 있다.

가을로 접어들었을 무렵 산재 조사관에게 연락이 왔다. 업체에서 이의서를 제출했다기에 무슨 내용이냐고 묻자 그가 기재한 상해 종류와 상해 부위 등의 사항이 기왕의 병력에 해당된다고 했다. 좀더 쉽게 말해달라고 하자 십여년 전에 허리 디스크 수술을 받은 사실이 있는지를 물었고 그는 그런 적이 있다고 답했다. 때때로 허리가 아파서 통원치료를 받기도 하셨지요. 그는 조사관이 무슨 말을 하는지 이해할 수 있었다.

아내가 식당을 쉬던 날 그는 아내의 마티즈를 몰고 사고가 일어났던 현장으로 갔다. 서너달 사이에 계절이 두번이나 바뀌었다. 발굴 현장은 산을 넘고 도계를 넘은 곳으로 옮겨간 지 오래였기에 별다른 흔적이 없었다. 바닥이 드러날 때까지 물을 뺐을 게 분명한 방죽도 언제 그랬느냐는 듯 그득 차올라 있었다. 양수기로 자아낸 방죽 물이 새로이 물골을 만들며 흘러갔을 길을 마음속에서 선으로 그으며 걸었다. 사고가 났던 곳에 이른 그는 가만히 선 채 주위를 둘러보았다. 저 앞에서 가파르게 기어오르는 산비탈과 능선 위로 나타났다가 사라지는 새떼를 보았다. 그는 가볍게 한쪽 발을 굴러보았다. 저 아래에는 메워지지 않는 텅 빈 공간이 있어서 텅텅 울리는 소리가 들릴 것만 같았다. 그는 무릎을 굽히고 고개를 갸웃 기울였다. 아무 소리도 들리지 않았다. 아예 엎드려 귀를 대고 주먹으로 땅바닥을 탕탕 두드렸다. 물론 거기에 윤호는 없었다. 아무도 없었다. 그러니까 왠지 거기에 모두가 있을 듯했다. 아무도 없는 곳에만 존재할 수 있는 모든 것들. 그가 울고 웃고 기뻐하고 슬퍼하며 간신히 쌓아온 삶의 이력이 창날이나 비녀와 같은 단단하고 작은 유물로 매장되어 있을 것 같았다. 쓸모없는 유물을 발굴하기 위해 호미와 괭이로 바닥을 긁어대는 동안 삶의 기억들이 한톨씩 그의 몸에서 떨어져나가 파종된 것 같았다. 윤호는 매장해버릴 기억이 더이상 남지 않아 스스로를 매장해버린 것일지도 몰랐다.

집으로 돌아가는 길에 작은 마을을 지나치지 못하고 슈퍼에 들렸다. 슈퍼 앞 평상에 앉아 해 질 무렵까지 소주를 세병이나 마셨다. 운이 나빴던 거지. 달리 보면 억세게 운이 좋은 거야. 죄책감 같은 거 갖지 말게…… 그는 위로의 말을 하던 사람들에게 묻고 싶었다. 그에게 책임이 없다는 사실은 누구보다 그가 잘 알았다. 그런 사고를 겪었으니 운이 나빴다는 것도, 그런 사고에서도 살아 나왔으니 운이 좋았다는 것도 잘 알았다. 죄책감 같은 건 가져본 적도 없었다. 그가 잘 아는 사실들이 그에게는 전혀 위로가 될 수 없었다. 아니 처음부터 위로 따위는 필요하지 않았다. 윤호의 죽음에 그는 아무런 책임이 없었다. 현장의 안전을 보장할 책임도 없었다. 그는 일당 사만오천원짜리 인부일 뿐이었다. 일주일 동안 결근하지 않으면 하루치 일당을 더 쳐주기 때문에 꾸역꾸역 새벽에 일어나 아내가 싸준 도시락 가방을 들고 십이인승 승합차를 기다리던 늙은이일 뿐이었다. 그런데도 묻고 싶었다. 그는 윤호를 죽이지 않았지만 윤호를 구원하지도 않았다. 스물다섯살 젊은이를 죽음으로 몰아넣은 건 그가 아니었지만 스물다섯살 젊은이가 죽을 수밖에 없는 세상을 죽지도 않고 살아온 건 그였다. 이게 죄인지 아닌지 대답해줄 수 있느냐고 묻고 싶었다.

슈퍼 주인이 붙드는 걸 뿌리치고 운전석에 오른 그는 단번에 슈퍼 앞 개천에 차를 처박고 말았다. 삼십분 뒤에 아내가 택시를 타고 왔다. 아내는 보험회사에 전화를 걸었다. 조금 뒤에 견인차가 왔다. 삼십대 후반의 견인차 기사가 깔깔깔 웃었다. 슈퍼 주인도 웃었다. 구경하러 나온 동네 사람 몇도 웃었다. 차를 끄집어내니 거의 통째로 떨어져나간 앞 범퍼가 먹살이라도 잡힌 것처럼 질질 끌려왔다. 그동안 그는 젖은 바지를 무릎까지 걷어올리고 평상에 반쯤 드러누워 맥주를 마셨다. 아내는 혀를 차기는 했지만 그를 귀찮게 하지는 않았다. 그곳이 어디인지 잘 알기 때문인 듯했다. 견인차가 마티즈를 끌고 정비소로 가버린 뒤 아내가 그에게 물었다. 여기는 왜 왔어요. 그냥. 죄지은 거 있어요? 없어. 그런데 왜 왔어요. 오면 안 되나. 죄지은 놈은 꼭 죄지은 곳에 다시 온다잖아요. 아내가 기분 나쁘게 웃었다. 그는 아내의 말을 곰곰이 생각해보았다. 그의 질문에 대한 대답 같기도 했다. 이봐, 자네. 나랑 함께 산 지 얼마나 됐지. 수천년이오, 수천년. 힘들었는가. 힘들었지. 애썼네. 말로만. 그 세월이 오죽이나 형벌 같았겠는가. 다시 태어나면 나랑은 만나지 말게. 염병 지랄은. 좋게 말하면 안 되나. 좋게 말해야 좋게 말하지. 안 좋은 건 또 뭔데. …… 슈퍼 주인이 말참례를 했다. 아저씨가 술도 잘 자시고 차도 잘 꼬라박으시고 못하는 게 없으신데 여자 맘은 쥐꼬리만큼도 모르시네. 징글징글해서 꼴 뵈기 싫어도 다시 태어나면 이생에서 못한 거 다 해준다고 폼을 잡아야 아줌마가 좋아하시죠. 그가 아내에게 물었다. 다시 태어나면 술은 한모금도 안 마실 테니 나랑 살아줄 텐가. 조금 뒤 택시 한대가 길가에 섰다. 아내가 엉덩이를 일으켰다. 아내는 그를 내려다보았고 그는 아내를 올려다보았다. 저거 타고 갑시다. 나…… 사는 게 재미가 없네. 철 드셨구려. 언젠지 기억도 안 나는 까마득한 옛날부터 사는 게 재미가 없었소. ……그랬는가. 그랬지요. 욕보셨네. 재미도 없는 세상 여태 살아오느라고 참말로 욕보셨어.

    그는 정비가 끝난 차를 찾으러 갔다. 토요일 오전이었다. 시동을 켜놓은 채 오래도록 멍하니 앉아 있었다. 아내에게 전화가 왔지만 받지는 않았다. 그는 지방도를 따라 달렸다. 헐벗은 들판 사이로 난 길이었다. 그는 출퇴근 승합차가 매일 섰던 자리에 마티즈를 세웠다. 거기에서 마을로 통하는 농로가 이어졌다. 마을은 지방도에서 백여 미터 쑥 물러난 곳에 산을 등지고 있었다. 윤호는 출근 시간에 늦은 적이 없었다. 언제나 제시간에 그 자리에 서 있었다. 퇴근할 때에도 승합차가 보이지 않을 때까지 그 자리에 서 있었다. 그가 집이 어디냐고 물었을 때 윤호가 손가락으로 가리켜 알려준 적은 있었다. 그는 천천히 차를 몰아 농로로 들어섰다. 커다란 느티나무 한그루가 선 갈림길에서 잠시 멈추었다. 오른쪽은 마을로 이어졌다. 왼쪽 길 끝에는 외떨어진 축사가 있었다. 그는 왼쪽으로 접어들었다. 경사가 급하지 않은 오르막이었다. 오르막을 오르니 평탄한 길이 이어졌고 오른쪽으로 굽었다. 그 길을 따라가니 산 아래 아담하게 들어앉은 마을이 한눈에 내려다보였다. 늙고 헐벗은 사과나무와 복숭아나무들이 줄지어 선 과수원과 폐가를 지났다. 저 앞에 슬레이트 지붕을 인 커다란 축사가 보였고, 과수원의 탱자나무 울을 지나 다시 오른쪽으로 꺾어들었을 때 차를 세웠다. 길 한가운데 송아지 한마리가 버티고 선 채 그를 노려보았다. 송아지는 자동차 범퍼에 코를 대고 쿵쿵거리다 운전석 쪽으로 다가와 차창을 혀로 한번 핥았다. 차 뒤쪽을 돌아 조수석 창 쪽으로 다가온 송아지는 안을 들여다보려는 듯 창에 눈을 가까이 댔다. 기시감 탓에 약간 혼란스러워진 그는 잠시 차에 그대로 앉아 있었다. 그는 이마를 핸들에 대고 어느날 밤 골목에서 마주쳤던 송아지를 떠올렸다. 이윽고 차에서 내린 그가 송아지에게 다가갔다. 송아지는 한걸음 뒤로 물러섰다. 아저씨, 그놈의 송아지를 이쪽으로 좀 몰아주세요. 그는 여자애의 말을 따라 송아지를 앞으로 몰았다. 송아지는 껑충 뛰면서 축사 쪽으로 달려갔다. 여자애가 송아지 옆을 따라 달렸다. 그도 송아지 뒤를 따라 달렸다. 마당에 들어선 송아지는 축사가 아니라 반대편 수돗가로 뛰어갔다. 그와 여자애는 오분쯤 실랑이 끝에 송아지를 축사로 몰아넣을 수 있었다. 그의 이마에 땀이 맺혔다. 축사는 휑뎅그렁했다. 사오십마리의 소를 키울 수 있을 만한 크기였다. 커다란 축사 한가운데 우두커니 선 송아지는 제 몸에 비해 너무 큰 외투를 걸친 아이 같았다. 축사의 높은 지붕 위로 정오의 햇살이 쏟아졌다. 유괴된 줄 모른 채 해맑게 웃는 아이처럼 햇살은 지붕 위에서 통통거렸다. 살림집도 축사처럼 슬레이트 지붕을 얹은 흙집이었다. 입식으로 개조된 부엌 오른쪽으로 방이 두개 있었다. 마루 밑에서는 누런 개가 엎드린 채 꼬리를 흔들었다. 수돗가 옆에 세워진 자전거의 후사경이 번득였다. 그는 토방에 올라 마루에 엉덩이를 걸쳤다. 윤호의 동생이 차가운 식혜를 그에게 건넸다. 그는 식혜를 천천히 마셨다. 살얼음이 입속에서 스르르 녹았다. 축사에서 송아지가 울었다. 그는 간신히 입을 뗐다. 윤혜라고 했던가.

예, 맞아요. ……화장했겠지. 예. 사십구재는 잘 치렀고. 예. ……고맙네. 사진 갖다줘서 고마웠네. 윤혜도 사고에 대해서는 아무것도 묻지 않았다. 대화를 나누는 동안 그가 짐작했던 대로 지난해 가을 윤호가 벌초 아르바이트를 하다가 예초기의 날이 부러지면서 발목의 인대를 다친 적이 있다는 사실을 알게 되었다. 윤혜는 오빠가 즐거울 때 어떤 표정을 지었는지 잠버릇은 어땠는지 유물을 발굴할 때 어떤 기분이었다고 했는지 등을 조곤조곤 이야기했다. 오랜만에 만난 아빠에게 말하는 딸처럼 다정하고 스스럼없는 태도였다. 요새 힘든 게 있느냐는 그의 질문에 윤혜는 송아지가 자꾸 축사 밖으로 뛰쳐나오는 것 말고는 없다면서 웃었다. 송아지가 다 그렇죠 뭐. 이렇게 말하고 윤혜는 축사 쪽을 돌아보았다. 팔려고 알아봤는데 너무 헐값에 데려가려 해서 그냥 키워볼까 해요. 왼쪽 방문이 열렸다. 졸린 얼굴의 노부인이 고개를 내밀었다. 노부인은 그의 얼굴을 빤히 바라보았다. 윤호냐. 그는 고개를 저었다. 윤호는? 그는 윤혜를 바라보았다. 윤혜는 마루에 올라가 노부인의 손을 잡았다. 할머니, 윤호 오빠는 자요. 그놈은 맨날 자. 추우니까 문 닫고 들어가세요. 자, 어서요.

마티즈 운전석에 앉은 그는 후진을 하려다 그만두었다. 길이 굽은데다 내리막길을 무사히 내려갈 자신이 없었다. 아무래도 윤호의 집 앞에서 차를 돌리거나 축사 뒤쪽으로 난 길을 따라 마을로 들어갔다가 나오는 편이 나을 듯했다. 그는 조심스럽게 차를 몰았다. 고개를 숙인 채 마루 끝에 앉은 윤혜가 보였다. 조수석 창을 내렸던 그는 다시 올렸다. 윤혜는 한 손에 봉투를 꼭 쥐고 있었다. 그가 건넨 조의금 봉투였다. 무언가를 은닉한 햇살이 하염없이 쏟아졌다.

　그는 새벽에 눈을 떴다. 여섯시였다. 시내로 가는 첫차를 타려면 서둘러야 했다. 양복을 입고 구두를 신고 집을 나섰다. 입김이 휙휙 날리며 아직 어두운 허공으로 스며들었다. 여섯시 이십분 버스를 탔다. 일요일이라 그런지 승객은 그보다 훨씬 나이가 많아 보이는 노부인 한명밖에 없었다. 그가 고개를 꾸벅 숙이자 노부인이 어디 가느냐고 물었다. 상견례에 간다고 하자 아들이우 딸이우 하고 다시 물었다. 딸이라고 답했다. 여덟시에 출발하는 대전행 고속버스 표를 끊고 대합실의 시계를 보았다. 일곱시 십분이었다. 잠시 망설이던 그는 버스터미널 맞은편 구시장 입구의 해장국집에 들어갔다. 밥은 한술도 뜨지 않고 국물을 안주 삼아 소주 한병을 마셨다. 주인 사내가 어디 가느냐고 물었다. 상견례를 하러 대전에 간다고 했다. 사돈 될 집이 대전이냐고 묻기에 양가가 모이기 편한 중간쯤으로 장소를 잡았다고 답했다. 계산을 할 때 주인 사내가 술값은 받지 않았다. 서비스라고 했다. 버스가 고속도로에 들어선 뒤로도 잠이 오지는 않았다. 외려 정신이 또렷했다. 상견례 장소는 대전 고속버스터미널에서 그리 멀지 않은 중국집이었다. 중국집은 오래된 상가 빌딩 일층에 있었다. 그는 모텔이 즐비한 골목을 따라 걷다가 순댓국집 앞에 멈췄다. 약속 시간인 열두시까지는 한시간 반 정도

남았다. 그는 순댓국 한그릇과 소주 한병을 시켰다. 천천히 마셨지만 한병을 다 비웠을 때 겨우 삼십분이 지나 있었다. 그는 소주 한병을 더 시켰다. 아주 느리게 마셨지만 두번째 병을 비웠을 때는 열한시 삼십분이었다. 그는 계산을 치르고 편의점에 가서 일회용 칫솔과 치약을 샀다. 가까운 상가 화장실에 들어가 오래도록 이를 닦았다. 거울을 들여다보았다. 얼굴이 조금 달아오르긴 했지만 적어도 그가 보기에는 멀쩡한 것 같았다. 열두시 오분에 중국집이 있는 상가 빌딩 앞에 섰다. 십분을 기다렸다. 다시 십분을 기다렸다. 전화는 오지 않았다. 아내는 그가 상견례에 참석할 수 없는 사정이 있다고 사돈이 될 사람들에게 미리 말해두었는지도 모른다. 아내와 딸 그리고 아들과 며느리는 그가 상견례에 오지 않을 거라고 생각한 게 분명했다. 그는 중국집 카운터에서 계산을 치렀다. 상가 빌딩이 맞바라보이는 곳에 자리를 잡고 딸에게 전화를 걸었다. 딸이 전화를 받았다. 아무 말이 없었다. 이윽고 중국집 밖으로 나오는 딸이 보였다. ……어디야, 아빠. 그는 딸의 눈에 띌 염려가 없는 쪽으로 걸어갔다. 걸어가면서 이야기했다. 계산은 했으니까 엄마에게는 말하지 말고 네가 계산한 것처럼 해라, 사돈 될 어른들께 잘 말씀드려라, 늬 엄마는 입만 다물고 있으면 아주 조신한 부인네처럼 보일 테니 너무 걱정 말아라. 그가 무슨 말을 하든 딸은 지금 어디냐고만 물었다. 그는 돌아가는 고속버스에 이미 올랐다고 대답했다. 딸은 화를 냈다. 그럼 대체 뭐 하러 여기까지 온 건데. 그냥…… 너 보고 싶어서. 그럼 왜 안 들어왔는데. ……면목이 없어서. 아빠,

술 마셨지. 응. 그는 한시에 출발하는 고속버스에 올랐다. 눈을 감고 차창에 머리를 기댔다. 차창 밖으로 그가 살아온 생이 흘러갔다.

상견례 이후 아내는 방구석에 자리를 잡고 앉아 텔레비전만 보았다. 그가 무슨 말을 해도 못 들은 척했고 조금 목소리를 높이기라도 할라치면 경악이라고 해야 할지 경멸이라고 해야 할지 묘한 눈빛으로 돌아보는 거였다. 자네 대체 왜 그러는가? 그가 물어도 아내는 대답이 없었다. 대답을 기대한 건 아니었다. 아내가 어떤 기분일지 몰라서 묻는 것도 아니었다. 그가 하고 싶은 말은 그래봐야 아무 소용 없다는 말이었고 아내도 그가 무슨 말을 하고 싶은지 잘 알 거였다. 술에 취해 설핏 잠이 들었다가 깬 그는 구부정하게 앉은 아내를 보았다. 뭐 하는가. 당신이 왜 이놈의 것들을 허구한 날 들여다보나 궁금해서 나도 좀 봅니다. 보면 아나. ……근데 대체 이건 어느 놈을 찍었대요. 아내는 두 눈만 크게 찍힌 사진을 들고 그에게 보여줬다. 왜. 무서워라. 뭐가 무서워. 어떤 놈인지 성질 더러운 놈이 분명해. …… 이 눈깔 좀 봐요. 살기가 서렸어. 참말로 그렇게 보이는가. 당신은 안 무섭소? 난 모르겠네. 왜 몰라요. 평생을 그 눈깔 뒤에 숨어서 살아왔으니 뭘 알겠는가.

그날 밤 아내는 딸에게 걸려온 전화를 받았다. 아내는 밤새 뒤척이다 새벽 첫차를 타러 나갔다. 아내는 차가운 대합실의 의자에 앉아 멍하니 버스 시간표만 바라보았다. 아내가 타야 할 서울행 버스가 시동을 걸었다. 아내가 그를 올려다보았다. 지금까지 살아오면서 남들한테 싫은 소리 한번 안 했고 남들한테 손가락질받지 않으려고 신세 지지 않으려고 발버둥 쳤는데 왜…… 그는 아내를 태운 고속버스가 터미널을 빠져나가는 걸 보고는 구시장 입구의 해장국집에 갔다. 소주를 한병 비웠을 때 딸에게 전화가 왔다. 엄마…… 버스 탔어? 탔다. 아빠…… 아가…… 예쁜 우리 딸. 술 마셨구나. 그래 마셨다. 아니 마시고 있다. 미안하다는 말은 하지 마라. 너 잘못한 거 없다. 잘한 거야. 왜 이놈의 세상은 잘못한 게 없는 녀석들만 미안하다고 하는지 모르겠지만…… 너 잘못한 거 없어. 전화를 끊은 뒤에도 그는 딸에게 이야기하듯 읊조렸다. 사내 둘이 해장국집에 들어섰다. 앞서 들어온 사내가 뒤에 들어오는 사내에게 말했다. 추우니까 얼른 문 닫고 들어와.

그와 윤호는 언덕에 앉아 김씨를 싣고 가는 구급차를 바라보았다. 윤호는 어린 시절부터 아버지처럼 의지하며 살아왔던 할아버지 이야기를 꺼냈다.

문 닫고 나가렴.

그래서.

방을 나간 뒤 문을 닫았지요.

그다음엔.

돌아와서 방문을 열어보니까.

그러니까.

오래전에 할아버지가 돌아가신 걸 알았어요.

그 말이 왜 마음에 걸리는데.

문을 닫고 나갈 수는 없잖아요.

……

이미 문을 닫았는데 무슨 수로 나가요.

나갔잖아.

나갈 수 없는 문을 나가버렸죠.

윤호야…… 잊어버려.

……잊고 싶어요.

윤호가 할아버지에게 들은 마지막 말은 '문 닫고 나가렴'이라고 했다. 그런 이유로 윤호는 이 말을 할아버지의 유언이라도 되듯 가슴에 품고 살 수밖에 없었다. 윤호도 처음에는 아무렇지 않았다. 여느 때와 마찬가지로 이런 말에 헛된 의문을 품지 않았다. 문 닫고 나가라는 말이 그런 의미가 아닌 줄 잘 알았지만 집에서 한걸음 한 걸음 멀어질수록 할아버지의 목소리가 선명해졌고 대신 그 말의 의미가 모호해졌다. 문을 닫고도 나갈 수 있다면 나가라, 다시 말해 너는 결코 나갈 수 없다는 뜻인 듯했다. 아니, 문을 닫는 행위와 나간다는 행위는 일치하되 문이 완벽하게 닫혔다 해도 그래서 비록 네가 문밖에 있다 해도 내 마음속에서 너를 내보내지 않았으므로 너는 나간 동시에 나가지 않은 것이라는 뜻이기도 했다. 윤호는 지극히 단순하고 평범한 한마디가 어떻게 무한한 의미를 지닌 특별한 말로 바뀌는지를 두려워하며 지켜보았다. 너는 나갔다. 그리고 문을 닫았다. 너는 문밖에 있다. 그러나 문을 닫는 순간 거기가 문

밖이다. 나는 문을 닫지 않을 것이다. 나는 너를 보내지 않을 것이다. 나는 너를 보내지 않을 것이다. 나는 너를 보내지 않을 것이다. 그는 자리에서 일어나 엉덩이를 털었다.

．
．
．

무너지다 만 사람

．
．
．

그는 낡은 집이 사라지는 걸 지켜보았다. 한나절도 걸리지 않았다. 젊은 굴착기 기사는 고개를 푹 숙인 채 말하는 습관이 있었고 고개를 든다 해도 눈을 마주치는 법이 없었다. 그렇다고 해서 불손해 보이지는 않았다. 다만 이상한 일은 기사의 태도에 익숙해지면서 그 역시 기사처럼 고개를 숙인 채 말하거나 기사의 눈을 똑바로 바라보며 말할 수 없게 되었다는 거였다.

　새벽같이 일어나 밥 한술 뜨고 서둘러 나섰는데 굴착기 기사는 이미 빈집 앞에 도착해서는 담배를 피우고 있었다. 자신을 알아보고 행여 피우던 담배를 비벼 끌까봐 먼발치에서 지켜보기만 했다. 그가 오래전부터 알고 지냈던 중장비 기사들은 대체로 거칠고 막돼먹은 녀석들이었다. 중장비를 운전하다보면 기계를 닮아가는 건지 아니면 원래 기계를 다룰 만큼 거칠어서 그런 일을 하게 된 건지 알 수 없지만 대부분 덩치도 크고 목소리도 크고 술도 잘 마시고 지저분한 농담도 즐기는 무지막지한 녀석들이었다. 물론 보통 사람들의 눈에는 그런 면모만 보이고 섬세하달 수 있는 의외의 면모는 잘 모를 수 있었다. 전자의 특징은 나이를 먹어갈수록 후자의 특징에 가려져 나이 지긋한 중장비 기사들에게서는 낡은 기계들처럼 어딘지 모르게 소멸을 앞둔 존재들이 보여줄 법한 관록 있는 체념의 기미가 한결같이 엿보였다. 어쨌거나 젊은 기사는 그가 지금까지 알던 기사들과는 좀 달랐다. 이미 모든 걸 체념한 사람이라고나 할까. 이따금 승용차 운전석에 앉은 채로 대체 이건 어떻게 움직여야 하는 거지, 하며 멍하니 앞만 바라본다던 김 사장도 젊은 시절에는 그렇지 않았다. 젊은 사람이 대체 무슨 일이 있었기에…… 굴착기업자인 김 사장과는 어떤 관계냐고 묻자 젊은 기사는 친구의 아버지라고 답했다. 그는 고개를 끄덕였다. 김 사장은 작업은 하지 않고 업체 운영만 한다고 했다. 그 말은 곧 그냥 놀고 있다는 말이기도 했다. 이제 김 사장의 아들이 직접 운영도 하고 직원도 부리게 된 모양이었다. 김 사장의 아들과는 나이 차이가 있는 듯해 다시 물으니 친구 되는 사람은 그 아들이 아닌 김 사장의 막내아들이라고 했다. 지금 사장 노릇을 하는 김 사장의 아들은 친구의 형인 셈이었다. 아는 사람이 전혀 모르는 사람보다 못한 경우가 많으므로 그 말을 할 때 젊은 기사의 얼굴에 그늘이 드리워지는 까닭을 짐작할 수 있을 듯했다.

그 집은 빈집으로 이년 정도 있었다. 양촌 아주머니가 세상을 떠난 지도 이년이 되었다. 아주머니는 그의 집안과는 각별하게 지내던 사이였다. 집성촌은 아니지만 김씨와 이씨가 대부분이며 서로가 친인척 관계로 맺어진 마을에서 한씨 성의 집안은 그와 아주머니댁밖에 없었다. 타성바지라고 해서 따돌리는 고약한 풍습은 없었지만 오랜 세월 함께 살다보면 소소한 은원관계가 생기게 마련이었고 더군다나 남편이 일찍 죽어 홀로 사남매를 키워야 했던 아주머니로서는 아무래도 마음을 의지할 누군가가 필요했는데 그게 바로 그의 어머니였다. 그 역시 양촌 아주머니를 아짐이라 부르면서 혈육이라도 되듯 그 집의 대소사에 신경을 써주었다. 양촌 아주머니는 끝까지 요양원에 가기를 거부했다. 마을 사람들은 죽은 이가 생전에 얼마나 손끝이 야무지고 깔끔했는지를, 집 안 구석구석 그이의 손길이 미치지 않는 곳이 없어 그늘진 뒤란마저 여느 집과 달리 화사하기 이를 데 없었다는 사실을 잘 알았다. 담장을 따라 가꾸어진 화단은 집채와 묘한 대비를 이루어 마당이 작은데도 답답함 대신 아늑한 공간에 들어선 느낌을 불러일으켰다. 화단에서는 집주인의 넉넉한 심성을 닮기라도 한 듯 철마다 나고 자란 꽃들이 빽빽하지도 성글지도 않게 피고 졌다. 그런 집이었기에 마당가에 풀이 돋는 것으로도 부족해 무성하게 자라도록 내버려두는 양촌 아주머니를 보면서 그이의 죽음이 머지않았음을 누구라도 짐작할 수 있었다.

사람이 살지 않게 된 집은 눈에 띄게 삭막해졌다. 구겨지고 비틀린 자국은 있어도 눈이 부실 만큼 깨끗하던 양철 대문이 못 박힌 자리부터 녹이 슬더니 차츰 주위로 번져가면서 삭아 떨어져나가는 동안, 슬레이트 지붕을 이고 기역자로 붙은 두 채의 흙집도 스르르 무너져갔다. 새삼스러운 일은 아니었다. 마을에만도 빈집이 여러 채였고 오랜 세월 빈집이 어떻게 무너지는지를 똑똑히 지켜보았다. 양촌 아주머니 집도 흙마루가 먼저 허물어졌고 허물어진 자리와 가장 가까운 곳에 있던 주춧돌이 기어이 마당으로 굴러내려오더니 거기에 박혀 있던 기둥이 쓰러졌다. 기둥이 떠받든 쪽의 처마가 기울면서 지붕 전체가 바람만 불면 신음하다가 슬레이트 지붕에 금이 가고 금 간 틈으로 빗물이 새어들고 새어든 빗물이 마침내 들보와 벽을 타고 흘러내리며 방에 고였다. 곰팡이 슨 벽지가 들뜨며 떨어져나갔고, 합판으로 된 반자가 와르르 무너지면서 지붕의 갈비뼈인 옛 천장의 앙상한 서까래들이 드러났다. 천천히 도살되는 순한 짐승 같았다.

전날 김 사장이 알선한 철거업체 사람들이 와서 소각과 매립이 금지된 슬레이트 지붕만 먼저 수거해간 터라 빈집은 한층 더 을씨년스러웠다. 철거 비용의 대부분은 슬레이트 지붕이 차지했다고 해도 과언이 아니었다. 한 달 전 양촌 아주머니의 큰아들에게 연락이 왔다. 다주택자로 규제를 받게 되어 세금과 대출 문제가 까다로워졌으니 가능한 한 빨리 집을 철거해야 한다며 조바심을 냈다. "제가 그쪽 근처 업자들한테 전화로 알아보니까 적게는 육백에서 많게는 팔백까지 부르네요." "그렇게 많이 들지는 않을 텐데……

내가 한번 알아보겠네." 그는 김 사장에게 문의해서 사백 정도면 충분하다는 대답을 들었다. 양촌 아주머니의 큰아들에게 그대로 전했다. "형님께서 좀 맡아주시면 안 될까요?" "그렇게 하세." 굴착기가 집채를 부수기 시작했다. 처음이 좀 더뎠을 뿐 기둥 몇개가 쓰러지자 집이 폭삭 주저앉았고 그뒤로는 순조로웠다. 젊은 기사의 일머리가 제법이어서 믿음이 갔다.

아무리 오래되고 낡은 집이라 해도 막상 눈앞에서 허무하게 쓰러지는 꼴을 보니 마음 한구석이 허우룩해졌다. 집이 지어진 정확한 연도는 알 수 없으나 그보다 나이가 많다는 건 확실했다. 굴착기는 잔해들을 대기 중이던 폐기물 트럭에 부렸다. 시멘트로 마감했던 일부 벽체와 바닥을 비롯해 담장에 사용했던 시멘트 블록 등은 파쇄기로 깨뜨렸다. 물을 뿌려가며 작업을 진행해서 먼지는 별로 날리지 않았지만 땅을 적실 만큼 비가 내린 날이면 으레 맡을수 있는 오래 묵은 흙내가 자욱하게 퍼져갔다. 헤아려보니 폐기물은 일 톤 트럭 석대 분량이었다. 이 집에서 나고 자란 사람이 몇이나 되었던가 세어보다 까맣게 잊었던 일이 떠올랐다. 양촌 아주머니네는 마을 한가운데 있던 터도 넓고 집채가 크고 칸수도 훨씬 많은 집에 살았다. 한씨 아저씨가 도박으로 집을 날리는 바람에 마을에서 조금 떨어진 외딴곳에 있던 이 집으로 식구를 모두 옮겨와야했고, 그때부터 아저씨가 술독에 빠져 살다가 세상을 떠났다. 그때가 언제였는지 불분명한 것처럼 직접 보았던 일인지 누구에게 들어 알았던 일인지도 불분명했다. "어르신!" 그는 굴착기 기사 쪽을 보는 대신 산그늘이 걷힌 언덕 쪽을 보았다. "방바닥은 어떻게 할까요?" 잔해를 걷어낸 방바닥 자리를 말하는 것 같았다. "구들장은 되도록 조심스럽게 들어내주게." 오랜 세월 불에 그을려 아랫부분이 까맣게 변한 구들장이 차곡차곡 한쪽에 쌓였다. 구들장은 시와 도에서 주관하는 한옥마을 조성사업에도 참여한 적 있는 전통가옥 건축업자가 가져가기로 했다. 그자는 옛 민가의 구들장을 최고로 쳐주었다. 햇살은 처음으로 아무런 방해물 없이 빈집이 사라진 자리에 내려앉았다. 구들장을 들어내니 형태가 무너지기는 했어도 방고래임을 알 수 있는 구덩이가 있었고, 아궁이가 있던 자리며 굴뚝이 있던 자리까지 가늠할 수 있었다. 나머지 잔해물은 흙무더기와 함께 매립하면 될 테고 바닥까지 편평하게 고르면 끝날 일이었다. 헛간이 있던 자리에서 웬만한 액자 크기의 철판을 발견한 그는 발끝으로 그걸 뒤집어보았다. 낯은 익었는데 뭔지 떠오르지 않았다. "이게 뭐지?" 이윽고 그는 철판이 무언지 기억해냈다. 그는 조심스레 철판을 집터 바깥쪽으로 끌고 갔다. 굴착기 기사의 눈길이 느껴졌다. 굴착기는 안방이 아닌 작은방이었을 방고래부터 메웠다. 두개골을 닮은 뭔가가 굴러떨어졌다. 그는 찌그러진 밥주발쯤이려니 싶어 발끝으로 툭툭 건드렸다. 표면에 붙었던 흙이 떨어지면서 일부가 드러났는데 두개골이든 뭐든 뼈인 게 분명해 보였다. "아유 씨발!" 그를 지켜보던 굴착기 기사가 소리쳤다. 굴착기의 그르렁거리는 엔진 소리를 뚫고 날아온 욕설은 바로 옆에서 들리는 것처럼 선명했다. 그는 고개를 돌려 굴착기 기사를 보았다. 그날 처음으로 기사와 눈을 마주친 것 같았다. 평범한 눈이었다. 굴착기 기사가 고개를 숙였다. "죄송해요. 놀라면 저도 모르게 욕을 하는 습관이 있어서." 그는 고개를 끄덕였다. "그냥 함께 파묻지." 굴착기 기사도 고개를 끄덕였다. 건축업자가 보낸 트럭이 구들장을 싣고 떠났다. 그는 구들장을 처분하고 생긴 돈 삼십만원 가운데 십만원을 굴착기 기사에게 건네줬다. 받지 않으려고 이리저리 몸을 비틀어대는 바람에 잠시 실랑이를 벌이는 꼴이 되었다. 마침내 기사가 체념한 듯 말했다. "사실 이 짓을 하다보면 깜짝 놀랄 때가 있어요. 버킷으로 땅을 파다가 바위를 만나면 금방 느껴지듯이 뭔가 다른 게 걸리면 제 이에 마주친 것처럼 분명하게 느껴지거든요. 사람은 아니겠지 하며 기도하는 심정이 되기도 해요." 그는 잠시 기사의 말뜻을 짚어보았다. "……그런 적이 실제로 있었나?" 기사가 고개를 끄덕였다. "있었죠." "나중에 맞을 뺨 미리 맞았다고 생각하게." "나중에 다시 맞지 말란 법은 없잖아요." "그것도 그렇군." 기사가 담배를 물려다 멈칫거리자 그는 철판 쪽으로 걸어갔다. "그건 뭡니까?" 기사의 물음에 바로 대답하지 못한 이유는 철판을 설명할 적당한 말이 떠오르지 않아서였다. "글쎄…… 자네 나이대의 젊은이들은 모를 거야. 이게 범죄 없는 마을이라는 걸 알리는 표지판이었거든." "그런 시절도 있었나보네요." "있었지." 그는 기사와 헤어지기 전에 속엣말을 꺼냈다. "그거 말이야, 놀라면 욕하게 된다는 버릇……" 기사의 두 볼에 쑥스러워하는 빛이 감돌았다. "좀 됐어요. 고등학생때부터 그랬으니까요. 공병대로 복무하면서 고쳤다 싶었는데 제대하고 사회생활 하다보니 도지더라구요.” “그러니까 그거 말일세. 굳이 고쳐야 하나? 그렇게라도 욕 좀 하고 살면 갑갑한 속도 트이고…… 듣는 나는 아무렇지도 않았으니까 그렇게 고개 숙이지 않아도 되겠다 싶어서 말일세. 그냥 늙은이의 군소리라고 생각하게.” “아닙니다, 어르신. 그렇게 말씀해주셔서 고맙습니다.” 젊은 기사는 고개를 꾸벅 숙였다.

겨우 오후로 접어든 시간이었건만 아침까지도 그 자리에 섰던 집은 거짓말처럼 사라졌다. 그는 양촌 아주머니의 큰아들에게 전화를 걸어 일이 잘 마무리되었음을 알렸다. 철거 신고는 빠뜨리지 않고 이미 해놨으니 남은 일은 등기 말소 신청뿐이었다. “한달 안으로만 하면 되네. 그리고 구들장 넘기고 받은 이십만원은 자네 계좌로 부쳐주겠네.” “삼십만원이 아니고요?” “트집을 좀 잡으면서 깎더군.” “그자들이 호락호락할 리가 없지요. 그건 형님 수고비로 생각하시고 넣어두세요.” “그럴 순 없네.” “제가 미안해서 그렇죠.” 그는 피곤했고 이야기가 길어지는 게 싫었다. “염치없지만 그렇게 알고 있겠네.”

그날 밤 그는 잠자리에 누워서도 잠들지 못한 채 뒤척였다. 그는 이 말을 꺼내봐야 아내에게 좋은 소리를 들을 수 없다는 걸 알았지만 언제가 됐든 결국 아내에게 말하지 않을 수 없다는 것도 알았다.

“양촌 아짐네 방고래에서 해골을 보았네.”

“무슨 해골요?”

"작았네. 아기 해골 같았지."

"당신이 양촌 아짐하고 뒷산에 가서 묻어주지 않았수?"

"혼자서는 못할 일이다 싶어 내가 함께 가췄지. 그걸 다시 파왔던가보네."

"수십년 세월 동안 그걸 방바닥 아래 두고 살았단 말이오?"

"안방은 아니고 작은방이었어."

"차마 어쩌지 못해 품고 살던 사람 마음이야 오죽했겠수."

"그랬겠지…… 그랬을 거야. 그 일로 우릴 원망했을 거라는 생각이 들었네."

"원망했겠지요."

"자네는 그게 마음에 안 걸리나?"

"걸리지요."

"전혀 안 그래 뵈네."

"그 아이가 양촌 아재 씨가 아닐지도 모른다고 수군대던 사람들, 사산한 게 아니라 낳자마자 죽였을 거라 손가락질하던 사람들……"

"까마귀 날자 배 떨어졌으니 의심할 수밖에 없었겠지."

"사람을 보아야지 다른 걸 보니까 믿지 못한 거죠."

"자네는 그게 되나?"

"다른 이라면 몰라도 양촌 아짐이라면요."

"나는 어떤가. 나를 볼 때도 사람만 보이는가?"

"내일도 일찍 어디 간다는 사람이…… 얼른 주무시우."

이윽고 아내의 코 고는 소리가 들려왔다. 괜히 말했다는 생각이 들었지만 아내의 무심하고 초연한 듯한 태도는 그가 흉내 내기 어려운 아내만의 것이었고 그 사실이 묘하게 위로가 되었다. 그에게 없는 것이 그를 위로하는 순간이 있었다. 그에게는 허락되지 않는 것을 구하려 애써봐야 소용없으니 단념하라며 부드럽게 타이르는 듯해서였다.

그는 삼층 민원인 대기실에 앉아 있었다. 사건팀에서 근무하는 아들의 친구에게 물어보았을 때 단순한 참고인 조사이니 걱정하지 않아도 된다는 말을 듣긴 했으나 참고인일지라도 이렇게 불려와 조사를 받는 게 처음인 그로서는 긴장이 되지 않을 수 없었다. 그는 집을 나서는 순간부터, 아니 어쩌면 사무장의 전화를 받았던 닷새 전부터 살아오는 동안 어떤 죄를 저질렀는지 돌아보지 않을 수 없었다. 누가 시켜서가 아니라 저절로 그렇게 되었다. 드러났다면 벌금형이든 뭐든 처벌을 받을 수도 있는 사뭇 위태로운 일들도 없지 않았다. 그러나 대개는 범법 행위라고 보기에도 뭣하고 그저 사람들이 혀를 차거나 손가락질 한두번 하고는 까맣게 잊을 일이었다. 그러다 양촌 아주머니의 집을 철거하면서 그가 잊었던 몇몇 일이 떠올랐다. 만약 밖으로 드러났다면 추문으로 떠돌 수도 있는 일들이었다. 사실…… 추문보다 무서운 게 어디 있을까. 이런 시골에서는 한번이라도 추문을 일으키면 죽을 때까지 거기에서 벗어나지 못했다. 추문에 시달리다 일가족이 밤 보따리를 싸서 도망가거나 그럴 수도 없다면 없는 사람처럼 처신하며 살던 시절이 있었다. 그런 시절만큼은 아니라 해도 여전히 추문은 당사자에게 치명적이었다. 꽤 오래전 일이긴 하지만 큰딸이 대학 시절에 구속되어 감옥에 갔던 일도 마을 사람들은 아무도 몰랐다. 보안수사대 대원들이 찾아와 당신 큰딸이 수배자이니 연락이 오거나 소재를 알게 되면 연락하라고 했을 때도 그는 자기 집에 경찰이 찾아온 걸 본 사람이 있는지 없는지를 걱정스러워했다. 아내는 큰딸이 자수하면 선처해주겠다는 말을 철석같이 믿고 큰딸이 있을 만한 곳을 수소문하러 다녔는데, 누군가 그에게 아내의 행방을 물으면 친척이 운영하는 옷공장에 한 계절만 일해주러 갔노라고 낯빛 하나 바꾸지 않은 채 거짓말로 눙치곤 했다. 그러고 보면 아내가 양촌 아주머니에게만은 사실을 말해줬을지도 모른다. 아내가 없는 동안 양촌 아주머니가 반찬거리를 들고 오거나 살림하는 사람의 손이 필요한 일들을 거들어주었으니 어쩌면 양촌 아주머니야말로 모든 걸 알면서도 그런 내색을 비치지 않기 위해 애썼을지도 모른다. 분명하게 복기하기에는 너무 오래된 일이었기에 정말로 그때 어떤 상황이었는지 알 수 없지만 왠지 양촌 아주머니라면 그랬을 수도 있겠다는 생각이 들었다. 이처럼 잡다한 생각에 깊이 잠길수록 외려 생각은 그에게서 도망이라도 가듯 질정 없이 뻗어나갔다. 그의 비겁함을 말없이 비난하고 원망하는 아주머니, 그를 배려하고 보살피는 아주머니, 그중 어디에 진실이 있는지는 알 수 없었다.

"한만수 님 계세요?" 대기실 입구에서 젊은 사무관이 그의 이름을 불렀다. 갑자기 이름이 불린 탓에 살짝 놀라기는 했지만 예상한 것처럼 와락 겁이 들지는 않았다. 대신 화가 솟으며 욕설이 치밀다가 말았다. 이름을 대놓고 부르는 무신경이 섭섭했다. 젊은 사무관은 그를 301호 검사실로 안내했다. 검사실에는 검사가 없었다. 사무장 책상 왼편에 문이 있었고 그 문 안쪽에 검사의 책상이 있을 거였다. 검사가 그 안에 있는지 없는지도 알 수 없었다. 창을 통해 쏟아져들어오는 햇살이 검사실 절반을 문질러놔서 눈이 부실 지경이었다. 사무장 책상 앞에 앉은 그는 훨씬 차분해져서 마음이 봉돌을 매단 듯 천천히 가라앉았다. 이제 그는 낚싯대를 어르듯 줄을 당겼다 놓았다 하면서 원하는 곳에 마음을 안착시킬 수도 있었다. 사무장의 이야기에 귀를 기울였다. 대강은 알았다. 지방선거가 치러지기 전 이장단 회의가 열린 자리에 당시 시장이 와서 격려를 하고 돌아갔다. 그는 시장의 발언이 선거법 위반인지를 판단하기 위해 참고인으로 불려왔다는 걸 정확하게 이해했다. 그는 할 말이 많아서 무슨 말부터 해야 할지 몰라 아무 말도 하지 못했다. 사무장은 그가 말할 수 없어서라고 생각한 듯 자꾸만 별일 아님을 강조했다. "어차피 전임 시장은 낙선했고 신임 시장은 관심이 없어요. 선관위 측에서 고발한 사안이라 조사는 해야 하니까 참고인으로 오시라고 했으니 부담 갖지 않으셔도 됩니다. 전임 시장이 무슨 말을 했는지 기억이 나지 않으시면 적당히 격려하고 돌아갔다고 하셔도 됩니다." 사무장은 친절하고 예의가 발랐다. 그는 호의에 보답하듯 몇마디 말을 했지만 별 쓸모없는 말이라는 걸 누구보다 잘 알았다.

사무장이 다시 물었다. "혹시 돈을 주거나 하지는 않았나요?" "무슨 돈?" "아무 돈이라도요. 격려금이니 금일봉이니 하며 주는 돈 있잖아요." 그는 곰곰이 생각해보았다. 전임 시장의 비서가 안 회장에게 봉투를 건네는 걸 보았던 기억이 났다. 그때는 무심히 보았는데 사무장의 말을 듣고 보니 그게 금일봉이었던가 싶고, 그날 회식 자리에서 그런 말을 들었던 것도 같았다. "잘 몰라서 그러는데, 회식비로 쓰라고 주고 간 돈이 문제가 될 수 있나?" "문제가 될 수 있죠. 그런데 저희가 조사한 참고인 중에 그날 회식했다고 하신 분은 없었어요. 그날은 다들 회의 끝나고 해산했다고 하던데요." 사무장의 말을 듣는 순간 그날 회식은 없었다는 사실이 불현듯 떠올랐다. 회의가 끝나고 서둘러서 농약상에 들렀던 일까지도. "이건 노파심에 하는 말이지만 시장 비서가 돈을 줬는지 뭘 줬는지는 잘 모르겠네. 봉투라고 해서 다 돈 봉투인 건 아닐 테니까." 사무장은 고개를 끄덕였다. 그는 자신의 말을 정확히 알아들었다는 표시를 해주길 바랐으나 사무장은 그 말을 대수롭지 않게 여기는 듯했다. 사무장은 필요하면 다시 연락하겠다고 했지만 다시 연락하지 않으리라는 걸 알았다.

그는 면사무소에 들러 범죄 없는 마을 표지판을 새로 만들어줄 수 있는지를 물었다. 낯익은 사십대의 주무관은 고개를 갸웃 기울였다. "그게 원래 검찰 쪽 사업이었는데 폐지된 지 꽤 됐어요. 자치단체나 경찰서 등이 협의해서 자체적으로 선정하는 경우는 최근까지 더러 있었지만요." "그럴 거라 나도 짐작했네. 이 표지판을 새로 세울 때 면사무소에서 지원해줄 수 있는지가 궁금하네." "알아보고 연락드리겠습니다." "급한 건 아니니 서두르지 않아도 되네."

그는 김 사장에게 전화를 할까 하다가 코앞에 사무실이 있으니 들러보기로 했다. 큼지막하게 업체명을 써놓은 간판을 지붕에 이고 있는 컨테이너가 사무실이었고 그 뒤로는 제법 너른 터가 있었다. 소형 굴착기가 석대 있었고 중형과 대형도 한대씩 있었으며 트럭도 두대였으니 밤이 되면 그 터가 꽉 찰 터였다. 도로, 교량 등 각종 보수작업, 묘지, 터파기, 철거 등등 작업 종류를 알리는 색바랜 현수막이 수령이 백년에 가까운 두그루의 느티나무 사이에 걸려 있어서 자연스럽게 외부와 내부가 구분되었다. 시늉이라 해도 김 사장이 사무실을 차린 이유는 인력사무소를 겸해 토목건설과 관련된 여러 업무를 처리하기 위해서였다. 그 역시 오십대 무렵에 김 사장이 알선한 조경업체들과 십여년 가까이 일했다. 그와 김 사장은 동창이긴 했지만 비슷한 점도 없고 자주 볼 일도 없는 사이였다. 김 사장과 가까워진 계기는 어느 조경업체가 석달 치의 임금을 지급하지 않아 인부들과 함께 임금을 받아내려 안양으로 갔을 때였다. 그가 운전하던 승합차에 인부들과 함께 김 사장이 올랐다. 굳이 동행하지 않아도 되련만 김 사장은 자기가 소개해준 곳이니 끝까지 책임지겠다고 했다. 그때부터 사람이 달라 보였다. 공무원을 구워삶아 공사를 따내고 인건비나 소개비를 아껴서 자기 주머니나 채우는 흔한 업자로만 알았는데 조금씩이나마 사업체의 몸집을 불리며 견실하게 키워올 수 있었던 숨겨진 이유를 엿본 듯한 기분이었다. 사람을 보아야지 다른 걸 보니까 믿지 못한다던 아내의 말이 떠올라 피식 웃음이 나왔다. 기대하지 않았건만 사무실에는 김 사장이 소파에 앉아 졸고 있었다. 그는 맞은편 소파에 앉아 기다렸다. 잠든 김 사장의 얼굴은 평온해 보이지가 않았다. 뒤숭숭한 꿈이라도 꾸는지 눈두덩이 불룩거렸고 알 수 없는 말을 중얼거리며 몸을 떨기도 했다. 추석도 넘긴 가을이지만 한낮의 기세 오른 햇볕에 달아오른 컨테이너 사무실의 공기는 잠든 이를 무지근하게 짓누를 만큼 고약했다. 창을 열고 환기를 시켰다. 십여분이 지나자 김 사장이 눈을 뜨고 부스스 일어났다. "자네 왔는가." "참 달게도 자네." "그런 소리 말게." "왜?" "선잠 들었다 깨면 꼭 죽었다가 살아난 기분이야." "죽기 직전까지 갔다가 되돌아온 기분이라는 거겠지." "내 말이 바로 그거야." 그와 김 사장은 정수기에서 받은 찬물을 한잔씩 마셨다. "철거는 괜찮았지?" "젊은 기사가 일머리가 제법이었어. 거기가 좀 비탈진 곳인데 한번 미끄러지지도 않고 헛손질도 없이 야무지더군." "상우 그 녀석은 우리 막내 친구인데 공병대에서도 장비를 몰았던 모양이야. 이쪽에서야 아직 애송이지만 성실하니까 믿음이 가네." "논다고 들었는데 사무실에서 자고 있을 줄은 몰랐네." "이게 노는 거지. 골프네 여행이네 흔전만전 사는 치들하고는 다르니 별수 있나." "자네 입에서 돈 없다는 소리가 나오기도 하네." "우리 중장비가 다 나처럼 낡았어. 툭하면 고장 나고 말썽이 잦아. 새로 장만하려면 어마어마하게 대출을 받아야 해. 그 일로 큰놈이 골머리를 앓는다네." 김 사장은 담담하게 말했지만 그는 김 사장이 곤란을 겪고 있다는 걸 알 수 있었다. 위기에 처할수록 차분하고 침착해지는 사람이 있는데 김 사장은 그런 유형이었다. 그런 사람이 너스레를 떨면 별일 아니란 뜻으로, 담담하면 심각하다는 뜻으로 헤아리면 얼추 맞았다. 사무실의 전화기가 울렸다. 김 사장은 투덜거리면서 전화를 받은 뒤 소파로 돌아왔다. "상우야. 장비를 현장에 놔두겠다고 해서 그러라고 했어." "장비도 괜찮아 보이던데." "그게 녀석의 특별한 점이지. 그 늙은이도 상우가 올라타면 얌전해지거든. 욕만 좀 안 하면 좋겠지만." "자네만 하겠어." "나야 정말 욕을 한 거지만 상우 사정 알면 뭐라 못하지." "무슨 사연이 있길래?" "사연이라 하긴 좀 거창하고. 제대한 뒤에 강원도 원주 어디에서 잠깐 장비에 올라탔던 모양인데 거기서 산 사람처럼 멀쩡한 걸 하나 파냈나봐." "그 일로 군대에서 다 고친 습관이 살아났단 말인가?" "그런 셈이지. 상우는 보기와는 달리 심성이 고운 녀석이야." "보기에도 그렇네." "자네가 그렇다니 마음이 놓이네. 사람 보는 눈은 자네만 한 이가 없으니." "잘못 아는 거야." "이 누추한 곳에 몸소 찾아오신 이유는 뭔가?" 그는 창밖을 바라보았다. 그보다 나이가 많은 두그루의 느티나무가 드리운 그늘이 공터를 거의 뒤덮고 있었다. 하늘은 높푸르렀고 저 먼 곳의 구름은 너무 하얘서 구름 같지가 않았다. "해 넘기고 봄이 오면 교장 선생댁네 빈집을 철거하려네."

그는 김 사장과 사전 점검, 비용 등의 이야기를 나눈 뒤 사무실을 나왔다. 초등학교를 지나 농협 앞에 이르자 누군가가 그를 부르

며 손짓을 했다. 그는 식당 앞으로 가서 담배를 피우는 안 회장 옆
에 섰다. 단곡리 이장인 안 회장과의 인연은 한참을 거슬러올라갔
다. 젊은 시절 영농후계자로 활동할 때 후계자들끼리 친목회를 만
들었는데 안 회장이 초대 회장을 맡은 뒤로 그 호칭이 아예 이름처
럼 굳어버린 거였다. 친목회는 나중에 흐지부지되긴 했지만 이장
단을 하면서 다시 자주 보게 되었고 주민자치위원까지 겸직하면서
대소사들을 머리 맞대고 의논하느라 친근한 사이가 되었다. 그와
안 회장은 의견이 맞는 편이어서 얼굴 붉히며 다툴 일이 없었다.
최근의 일들만 아니었다면 말이다. 면내 미혼의 젊은이, 아니 사실
은 아직 결혼하지 못한 노총각들의 국제결혼을 지원하기 위해 자
치위원회가 직접 결혼업체와 교섭을 하기로 했다. 무허가 업체들
이 난립해서 사기를 당하는 등 피해를 보는 사례가 생겨나고 사실
상 매매혼이라는 이유로 사회적으로 지탄을 받게 되자 아예 결혼
을 포기하는 사람들도 있었다. 자치위원회가 보증을 서고 다리를
놓아주면 공신력도 있어 이용하려는 사람들이 늘어날 거라는 이유
에서였다. 여자 쇼핑이라는 비판을 고려해 사내들을 외국으로 보
내어 신부를 선택하게 하는 방식이 아니라 여자들을 초대해 관광
을 시켜주고 개선된 농촌생활상을 보여주고 지원 정책을 설명해
주는 식으로 진행한다면 부작용을 최소화할 수 있으리라 여겼다.
안 회장은 이 사업을 지지하는 쪽이었고 그는 반대하는 쪽이었다.
그는 안 회장에게 다른 속셈이 없다는 걸 잘 알았지만 아무리 의
도가 좋다 해도 결국 업체 선정과 관련해서 이득을 취하려는 자들

이 나오게 될 거였다. 자칫하면 자치위원회가 공중분해될 수도 있었다. 어쩌면 안 회장은 이 사업이 옳다고 믿어서가 아니라 영장류자원지원센터라는 거창한 이름을 갖고 있긴 하지만 원숭이 사육장에 불과한 국책사업의 유치를 두고 그와 대립했던 기억 때문에 어깃장을 부렸을지도 모른다. 사육장 유치는 자치위원들이 반대한다고 해서 좌초될 성질의 사업이 아니었다. 엄청난 예산이 들어가는 국책사업인 터라 이장부터 시장, 국회의원에 이르기까지 하나같이 유치해야 한다고 강조하던 일이었다. 안 회장만이 뒤에서 불평을 늘어놓았다. 원숭이들을 키워서 약 먹이고 주사 맞히고 결국 죽이게 될 걸 뻔히 아는데 어떻게 그런 시설을 우리 고향에 짓도록 허가할 수 있느냐는 거였다. 그는 국책사업 자체가 폐지될 수는 없으니 좋은 조건으로 허가해주는 게 실리적이라고 생각했다. 그는 안 회장을 진정시키려 애썼다. 십오년 전 방사선연구소가 들어올 때에도 수많은 사람이 거부하고 저항했지만 막아내지 못했다. 지금도 땅을 치고 후회하는 건 어차피 그렇게 될 일이었다면 보상금이라도 더 많이 받았어야 했다는 거였다. 그의 말에 안 회장은 콧방귀를 뀌었다. 몇푼 더 못 받아낸 게 그토록 억울한가. 그때 난생처음으로 깊은 모욕감을 느끼기는 했으나 안 회장에게 원한을 품은 건 아니었다.

"낮부터 웬 술이야?" "안 마시면 돌아버릴 것 같아서 그래." "마님께서 아시면 좋아하겠군." "좋아하겠지. 술 처마시고 하루라도 일찍 골로 가면 덩실덩실 춤이라도 추겠지." "시답잖은 농은 그만

하고 들어가세." 그는 안 회장의 등을 떠밀어 식당에 들어갔다. 주인과 인사를 나눈 뒤 안 회장 홀로 자작하던 탁자에 마주 보고 앉았다. 그는 사무장에게 말했던 것들이 마음에 걸렸지만 차마 묻지는 못하고 안 회장이 입을 열 때까지 기다렸다. "왜 우거지상인지 말해보게." "어제 전임 시장 건으로 참고인 조사를 받아야 한다고 해서 지청에 다녀왔어." "그랬군." "어떤 놈이 내가 돈 봉투를 받았다고 진술했나봐." "……" "비서 하던 녀석이 질부의 친정 쪽 사람인데 내가 뭘 부탁하든 선선히 들어주곤 했어. 필요한 서류가 있어서 부탁한 걸 그날 주더라고. 그걸 보고 돈 봉투라고 생각했던 모양이야." 그는 안 회장이 자신의 눈치를 살핀다는 느낌이 들었다. 그는 고개를 끄덕이며 오해였군, 하며 맞장구를 쳐주었다. 돌아보니 사무장은 이미 알고 있었기에 그의 해명에 무심했던 거라는 생각이 들었다. 조금은 안심이 되었다. "만수 자네는 안 부르던가?" "안 부르긴. 그렇지 않아도 아까 지청에 갔다 오는 길이네." 안 회장이 그를 물끄러미 바라보다가 한숨을 내쉬었다. "오해가 아니라 작정한 거지. 아마도 신임 시장 쪽 선거운동원들이 선관위에 정보를 제공했을 테고 여차저차해서 결국 참고인 조사를 받게 된 거지." "그래서 청승맞게 혼자 술이었나? 그냥 똥 밟았다고 생각하게." 안 회장은 고개를 저었다. "그래서가 아니야. 자네도 연월리 박씨 형님 알잖나. 박영호 형님 말이야." "알지. 그 양반이 왜?" "암이래. 위암인데 말기래." 그는 고개를 주억거렸다. 연월리 박씨는 수십년 동안 이장을 하면서 판공비며 지원비 등을 너무 많이 빼돌린 탓에 그와 안 회장 또래의 사람들에게 오래전부터 따돌림을 당했다. 안 회장이 그동안의 비위를 눈감아주는 조건으로 이장 선거에 나오지 말 것을 종용했고 박씨가 순순히 제안을 받아들여 좀더 젊은 사람에게 자리를 넘겨주고 물러앉았다. "여기서는 수술도 안 된대서 서울의 암센터로 갔다네.""나이가 팔십이니 그럴 수도 있지.""그래, 그럴 수도 있지. 한데 여태 멀쩡하다 갑자기 왜 쓰러진단 말인가.""무슨 일이든 그 일에서 놓여나면 병이 나는 사람들이 있지 않던가.""나도 아네. 그러니까 그 일을 정말 좋아했다면 그럴 수도 있는 거겠지. 그 형님은 이장 노릇을 정말 좋아서 했던 모양이야.""한두푼이 아니었네. 수천만원이었어.""그거야 오랜 세월 누적돼서 그런 거지 따지고 보면 매번 푼돈에 지나지 않았네." "그걸 눈감아준 것만으로도 자네는 도리를 다했어." 안 회장의 두 눈은 이글이글 타오르는 불길을 응시한 것처럼 열기가 가득했다. "정말 몰라서 그러나, 알면서도 감추는 건가?""그게 무슨 말이야?" 안 회장은 고개를 저었다. "몰라서 그러는 거라 믿겠네. 우리야 그렇게 넘겼지만 다른 이장단들이 이 사실을 알고 그동안 횡령했던 돈을 토해내라고 했다네. 대략 삼천만원으로 계산해서 너그럽게 반은 탕감해줄 테니 천오백만원을 내지 않으면 형사고발하겠다고 으름장을 놓았어. 형님이 쓰러지기 전에 길에서 마주친 적이 있는데 내게 이렇게 묻더군. 함구하겠다고 약속하더니 자네가 뒤에서 다른 사람들을 들쑤셨나? 그때는 무슨 말인지 몰라 버럭 화를 냈는데 형님 쓰러진 뒤 사정을 알고 나서는 부끄럽다 못해 비참했지." "그렇다 해도 자네 잘못은 아니잖아." "내 잘못이 아니라는 말이 나를 질책하는 말로 들려." 그는 안 회장의 빈 잔에 술을 따랐다. 안 회장은 독약이라도 되듯 천천히 잔을 기울였다. "그렇지 않아도 연락하려고 했어." 그는 가슴이 뜨끔했다. "무슨 일로?" "저기 군령마을에 농장 있잖나." 그는 고개를 끄덕였다. 안 회장은 몇해 전부터 군령 마을 근처에 묵은 땅을 빌려 축사를 지은 뒤 축협에서 위탁받은 오십여두의 비육우를 기르고 있었다. "그거 자네한테 넘기고 싶네. 한우마을 장사치들이 미국산을 한우라고 속여 팔았다가 난리가 난 뒤로 시세가 좀 물러지긴 했지만 은행에 넣어두는 것보다는 쏠쏠해." "내가 무슨 돈이 있다고." "다 사라는 게 아니야. 내 지분만 가져가라는 거지. 내 지분을 반으로 나누는 것도 괜찮아. 다른 투자자는 모두 네명인데 두 손 들고 환영할 거야." "쏠쏠하다면 껴안고 가지 왜 넘기려 하나?" "송아지 한마리에 삼백씩 쳐서 열마리에 삼천을 재투자해야 하는데 그만한 돈이 다른 일에 좀 필요해서 그래." 안 회장이 그의 빈 잔에 술을 따랐다. 그는 술잔을 내려다보기만 했다. "이건 혼자 결정하기 어려운 일이니 상의해보고 이야기하지." "당연하지. 그리고 부탁이 있네만…… 이 일은 함구해주면 좋겠네. 이런저런 뒷말을 듣기가 싫어서 말야." 그는 안 회장을 놔둔 채 자리에서 일어났다. "가던 길 다시 가겠네. 자치위원회 회의에서 보자고." 안 회장이 고개를 들었다. "나, 그 회의 이제 안 가려네."

그는 빈집이 내려다보이는 언덕에 앉았다. 그 자리에 무성했던 대나무는 오래전에 다 베어졌다. 마을 사람들은 바람만 불면 대숲에서 귀신 우는 소리가 들린다며 싫어했다. 대숲에서 들리는 소리가 처연하기는 했다. 헤아릴 수 없을 만큼 많은 쌀알이 가파르고 평평한 바위 위에서 끝도 없이 굴러가는 소리 같았다. 면사무소 주무관에게 전화가 왔다. 그 주무관은 일을 미루는 사람이 아니었다. "지원이 가능할 것 같습니다. 늘 하시던 대로 한도 내에서 영수증 처리만 잘 해주시면 됩니다." "마을 회의에 기록도 남겨야겠지?" "그럼요. 그런데 그걸 굳이 다시 세우려는 특별한 이유라도?" "타지 사람이라면 지나치면서 보더라도 한번 더 돌아보지 않을까, 우리 마을을 말일세." 사무관은 알겠다며 전화를 끊었다. 사십여년 전 그 집에는 은퇴한 교장 선생 부부가 살았다. 시내에 있던 집을 정리하고, 말하자면 전원생활을 누리기 위해 그 집에 들어온 거였다. 노부부는 벌을 치며 소일했고 그는 경운기로 벌통을 싣고 나르는 일 등을 도와주었다. 몇해 뒤에는 그 집에 그보다 서너살 많았던 노부부의 며느리가 어린 자녀를 데리고 들어와 함께 살았다. 노부부가 세상을 떠나고 일년쯤 지나 집의 관리를 그에게 맡긴 뒤 노부부의 며느리도 떠났다. 두어 가족이 그 집에 세를 내고 들어와 살다가 나갔다. 마지막으로 사람이 살던 게 오륙년 전이었고 그 이후로는 빈집으로 남았다. 플라스틱 기와로 지붕을 개량해둔 터라 쉬이 낡지는 않았다. 그는 종종 빈집에 들어가 마당의 풀을 뽑거나 부서진 곳을 손보았고 주로 누에를 치는 잠실로 쓰던 작은방에 들어가 우두커니 앉았다 나오곤 했다. 어느날인가는 그 방에서 깜빡 잠이 들기도 했는데 눈을 떠보니 하늘에 뜬 별들처럼 서까래에 드문드문 박힌 하얀 애자들이 어룽거렸다. 그 방은 그의 삶에서 유일한 비밀이었다. 그 방에서 있었던 일은 아내에게 말할 수 없는 일이었고 잊으려 해도 잊히지 않는 일이었으며 다시 재현될 수 없는 일이기도 했다. 그날 이후 그는 비가 내릴 때면 빗소리에서 누에들이 뽕잎을 갉아 먹는 소리를 알아들을 수 있었다. 그러나 언제부턴가 정말 그런 일이 있었던가 싶어졌고 가슴이 저리지도 뭉클한 감상에 빠지지도 않게 된 지 오래였음을 깨달았다. 그의 마음속에서 이미 빈집은 무너져내렸고 무너지다 만 그 사람의 잔상을 붙든 채 홀로 괴로워했음을, 그는 이해했다.

그는 잠자리에 누워서도 잠을 이루지 못했다. 이러다 불면증이라도 생기는 건 아닌지 걱정이 되었다. 안 회장의 제안을 아내에게 말하지는 못했다. 사실 소용이 없었다. 당장에 그만한 돈이 어디에서 나온단 말인가. 지금 상황을 뻔히 알면서도 안 회장 앞에서 단호하게 고개를 젓지 못한 이유는 무언가를 유예하고 싶은 마음 탓이었다. 안 회장과 헤어져 집으로 돌아오는 길에 그는 씁쓸해졌다. 안 회장이 대화 내용을 함구해주면 좋겠다는 식의 부탁을 한 적이 이전에는 한번도 없었다는 생각이 들었다. 안 회장은 뭔가 달라졌다. 박씨의 근황을 전할 때의 감상적인 태도도 낯설었지만 농장의 지분을 가져가라고 할 때의 말투가 서투른 사기꾼이 어수룩한 사람을 속여 넘기려 할 때처럼 약삭빠르게 들려 정말 눈앞에서 말하는 사람이 안 회장이 맞는지 의심이 들 정도였다. 그가 알고 지낸 사람들이 그리 많다고 할 수는 없었지만 세상 혼자 살듯이 대충 안면만 익히며 살아온 것도 아니었다. 저마다 사는 형편은 달랐지만 한 시대를 더불어 살아가는 사람들만이 이해할 수 있는 공통된 어려움이 있었다. 굳이 설명하지 않아도 어떤 상황일지 짐작할 수 있다는 것이야말로 동년배만이 누릴 수 있는 호의 같은 게 아니던가. 그러나 이제 그는 안 회장이 어떤 어려움을 겪는지 그런 어려움을 뭐라고 일컬어야 하는지 알지 못했다.

잠은 오지 않는데 잠자리에 누워 있노라니 그가 살아오면서 보았던 숱한 죽음이 떠올랐다. 그보다 한 세대 앞선 어른들은 전쟁을 떠올리면 말부터 더듬었다. 그때는 사람 목숨이 파리 목숨만도 못했다며 치를 떨었지만 그는 어린 시절의 일이라 별로 기억에도 없었고 공감도 하지 못했다. 어차피 전쟁이 아닌데도 사람들은 속절없이 죽어나갔으니까. 저 아래 살구나무집 노부인. 아마도 대한제국보다 앞선 조선시대에 태어났을 게 분명했던 그 노부인은 아궁이에서 기어나온 불길이 치마에 옮겨붙어 온몸에 화상을 입고 끔찍한 비명을 지르다 끝내 죽고 말았다. 사오십년 전이었나. 동네 어르신 한분은 서낭당 고개를 넘어오다 잠들어서 그만 얼어 죽고 말았다. 얼마 뒤에는 어느 댁이었더라. 구암어른댁. 그 집 딸이 우물에 뛰어들어 죽었다. 그의 동창이었던 현수네 부인은 쥐약을 먹고 죽었다. 그보다 열살 많았던 김씨 형님 한분은 경운기가 뒤집어져서 깔려 죽었다. 그러고 보니 그도 경운기가 뒤집어져서 죽을 뻔한 적이 있었다. 어느 집 아이였던가. 독사에 물려서 몸이 퉁퉁 불어 죽었던 녀석. 스무해쯤 되었나. 군대에서 휴가를 나왔던 이평댁네 작은아들은 그라목손을 마시고 죽었다. 그뒤 봉양댁네 큰아들은 신작로에서 차에 치여 죽었다. 불치병으로 죽거나 노환으로 죽은 사람은 헤아릴 수도 없을 정도였다. 자연스럽게 이런 생각이 떠올랐다. 나는 대체 얼마나 운이 좋았기에 그 오랜 세월 동안 죽지 않고 살아남을 수 있었던가. 따지고 보면 참 기이한 일이야. 그는 아내 쪽을 보았다. 어둠에 눈이 익은 터라 아내 몸의 익숙한 윤곽을 알아볼 수 있었다. 둘 중에 누가 먼저 세상을 떠날지는 알 수 없었다. 별일 없다면 그가 먼저 죽을 테고 한 십년쯤 지나 아내가 그의 뒤를 따라올 가능성이 컸지만 사람 일이란 알 수 없었다. 그가 죽으면 아내는 그의 장례를 치러야 할 테고 두어해는 즐겁게 살 수 있을지 몰라도…… 누가 아내의 말년을 책임질 것인가. 자식들도 서로에게 책임을 떠넘길 테고 적당한 요양원에 처넣은 뒤 도리를 다했다며 홀가분해하겠지. 아내는 먼저 떠난 그를 떠올리며 생전에도 늘 그랬듯이 모든 걸 그의 탓으로 돌리며 푸념하고 원망할 거였다. 원망할 대상이 눈앞에 없어 찔끔 눈물도 흘리겠지. 공허했다. 만약 아내가 먼저 세상을 떠난다면…… 그런 사내들을 더러 봤는데 사는 꼴이 말이 아니었다. 그는 마음속으로 고개를 저었다. 이런저런 걱정에서 풀려나려면 결국 한날한시에 죽는 수밖에 없겠구나. 한날한시에 떠나고 싶다는 말이 지고한 사랑의 표현인 줄 알았는데 귀찮은 문제들을 더는 생각하기 싫어 찾아낸 묘수일 수도 있겠구나 싶었다. 자는 줄 알았던 아내가 안 자고 뭐 하느냐고 묻는 바람에 깜짝 놀란 그는 자신도 모르게 욕설을 내뱉었다.

"안 하던 욕지거리도 하고. 시방 미쳤수?"

"귀신 목소리 같았어. 미안하네."

"세상에 놀랄 일이 그렇게 없소."

"왜 없겠는가. 그나저나 교장 선생댁 빈집 철거하려네."

"이제 와서,"

"이제라도."

"당신 알아서 하시오."

"그나저나 손주 녀석들 대학 등록금이라며 부은 적금 통장은?"

"죽어도 못 깨요."

"그 돈으로 누굴 살릴 수 있다면."

"돈으로 못 살릴 사람이 어디 있습디까?"

"하긴, 그러면 죽은 사람도 없었겠지."

"교장 선생댁 그렇게 된 것도 결국은 돈 때문이지 않았소."

그는 고개를 저었지만 아내가 알아챘는지 어땠는지는 알 수 없었다. 그는 아내 몰래 가용할 수 있는 돈이 얼마나 되는지 헤아려 보았다. 기껏해야 삼백 정도였다. 그 돈을 잃는 셈치고 빌려줄 수는 있었지만 안 회장에게 정말 도움이 되기나 할지는 알 수 없었다. 대체 무슨 일이 있었기에……

여느 장례식장과는 달랐다. 그냥 모든 게 끝장난 분위기였다. 그는 휠체어를 타고 온 박씨를 보았다. 박씨는 영정 사진 앞으로 다가가 안 회장의 얼굴을 손으로 어루만졌다. 이윽고 고개를 떨군 채 어깨를 들썩였다. 옆 탁자에 앉은 사람들이 목소리를 죽여 말했지만 그의 귀에는 다 들렸다. "위암 말기라더니 수술이 잘됐나보네." "안 회장이 착복했다고 투서를 넣은 사람이라던데." "설마. 그랬다면 여긴 못 오겠지." "휠체어 신세인데 굳이 여기까지 왔다는 게 더 이상하네." "그게 사실이라면 내일은 걸어서 다니겠군." 그는 귀가 아플 지경이어서 슬그머니 자리에서 일어나 밖으로 나갔다. 그는 불빛이 없는 건물 귀퉁이 의자에 앉아 밤하늘을 올려다보았다. 가로등 빛이 비치는 흡연 구역에는 젊은이들이 모여 있었다. 상우의 이름이 들린 탓에 귀를 기울일 수밖에 없었다. 젊은이들이 목소리를 낮춰 이야기하는 바람에 무슨 말인지 알아들을 수는 없었다. 잠시 후 왁자한 웃음이 터져나왔다. 듣는 이를 우울하게 하는 웃음이었다. 누군가가 꽥꽥 소리를 내는 걸로 보아 그날 오후에 사육장에서 탈출한 원숭이 이야기를 하는 듯했다. 원숭이가 도망갔다는 소식은 금세 번져서 저녁 뉴스가 나오기도 전에 대부분 알고 있었다. 서까래에 박힌 애자 같은 별들이 하늘에서 깜박거렸다.

그가 은행에서 찾아둔 삼백만원은 쓸모가 없게 되었다. 그날 아침 군령의 축사에 작업이 있어 굴착기를 몰고 간 젊은 기사는 천장에서 늘어뜨린 줄에 매달려 대롱거리는 안 회장을 발견했다. 김 사장에게 그 이야기를 들었을 때 그는 혀를 찰 수밖에 없었다. "하필이면 그걸 상우가 보았단 말인가?""그래, 하필이면 그 녀석이 보았지.""무척 놀랐겠군.""놀랐지. 얼마나 놀랐는지 아예 입을 꾹 다문 채 아무 말도 안 한다네." 그는 고개를 끄덕였다. 상우가 욕설을 뱉었을지 혹은 삼켰을지 알 수 없지만 그런 일은 욕설로 감당하거나 갚음할 수 있는 게 아니었다. "아무도 안 회장이 그럴 줄은 몰랐네. 사실 지금도 몰라. 아는 게 있다면 상우가 국제결혼을 주선해줄 업체에 보내야 할 돈을 안 회장에게 보냈다는 거네.""안 회장과 친척이었군.""상우가 연애에 몇번 실패하고, 그놈의 욕하는 버릇 탓이겠지, 그걸 안타까워하던 안 회장이 주선을 해줬다네. 돈을 유용할 사람이 아닌데, 대체 왜 그랬는지.""이 일로 상우가 가장 힘들어하겠군.""그렇겠지. 상우는 돈이야 아무렇지도 않다고 했는데."

아련하게 들리는 통곡 소리. 안 회장의 아내인 듯했다. 누군가는 죽고 누군가는 살아가고 누군가는 태어나고 누군가는…… 이곳을 알지 못하겠지. 이런 곳이 있다는 사실조차 모르겠지.

양촌 아주머니의 큰아들은 집이 사라진 빈터를 오래도록 바라보았다. 법원에 들렀다 가겠다고 했다. 배웅하는 그에게 미소를 지었지만 그 얼굴에는 뜻밖의 상실감에 당황하는 속내가 고스란히 드러났다. 오후가 되자 바람이 제법 거세게 불었다. 나뭇잎들이 허공을 날아다녔다. 면사무소에 가던 그는 마을 들머리에서 오토바이를 세웠다. 김 사장의 승용차가 차선 바깥쪽에 거꾸로 돌아간 채 서 있었다. 그는 운전석 문을 열었다. 그를 바라보는 김 사장의 눈빛은 차분했다. "내리게." 운전석에서 내린 김 사장은 보닛 쪽을 돌아 옆자리에 올라탔다. 그는 천천히 차를 몰았다. "자네도 죽을 때가 다 됐나보네." 김 사장은 웃지 않았다. "진즉에 죽었어야 했지." 무슨 말인지 알 것도 같았다. 김 사장을 옆자리에 태우고 가니 오래전 그날이 떠올랐다. 그가 운전하던 승합차에 김 사장이 올랐던 그날 그와 김 사장의 진정한 인연도 시작되었으니까. "늙은이들의 흰소리는 지겹네." "흰소리가 아니야." "진즉이라면 언제란 말인가?" "자네가 저 산 아래 밭에서 미친놈처럼 뽕나무 뿌리를 캐던 날 말일세." "그게 무슨 말인가?" "자네는 기억이 안 나나?" "난 모르겠네." "자네나 나나 동창이라지만 초등학교 몇년 다닌 게 무슨 대단한 인연이겠는가. 있는 집안 놈들이나 읍내의 중학교에 다녔지 우리 같은 놈들이야 뼈도 여물기 전부터 삽질이나 하지 않았는가." "그랬지." "삼십년도 더 되었네. 그때 난 죽고 싶었는데 죽을 수가 없었어. 용기도 없었고 그냥 죽기에는 억울하기도 했으니까. 심란한 상태로 저 산 아래를 지나가는데 자네가 웃통까지 벗어부친 채 괭이로 뽕나무 뿌리를 파내고 있더군." "속으로 저건 어떤 미친놈인가 했겠군." "바로 그랬네. 낯이 익은 동창이라 장비를 세우고 대체 왜 그러느냐고 물었더니 대답은 해주더군." "뭐라고 했단 말인가?" "어머니가 누에를 치느라 한시도 쉴 못해 죽게 생겼으니 뿌리째 캐서 불을 싸질러버리겠다고 하더군." "……" "장비를 몰아 밭으로 들어가서 남은 뿌리를 다 뒤집어주고 돌아가는데 어찌나 속이 시원하던지. 그때부터 자네를 다시 보게 되었네. 그러고도 십년이 더 지나서야 진짜 인연을 맺게 되었지만 말이야."“그 말을 들으니 기억이 나네. 내 꼴이 좀 우스웠지.”“우습긴. 자네는 울지만 않았을 뿐 거의 울고 있었어. 그런 건 처음 보았네…… 그러니까 저런 게 바로 사람이구나…… 죄다 남을 속이고 등쳐먹고 을러대지 못해 안달인데 뽕나무와 싸워대는 미친놈이라니…… 사람이란 저런 게 아닌가 싶었네.”

　아내는 불만 끈 채 밤늦도록 텔레비전을 보았다. 음량을 줄여놓긴 했으나 여간 거슬리는 게 아니었다. 눈을 감고 있어도 뭔가가 휙휙 지나가는 것 같았다. 방금 해가 지면서 어둠이 와락 덤벼들기 직전, 잔광만이 머무는 그 짧은 순간 지면 위로 낮게 날던 박쥐들처럼 검고 재빠르고 작은 형체들이 그의 눈동자와 눈꺼풀 사이를 날아다니는 것 같았다. “주무시오?”“안 자네.”“당신이 늦도록 안 오길래 나섰다가 빈집을 지나는데…… 이상한 소리가 들립디다.”“그래서?”“들창을 넘어 들어왔는지 작은방에 원숭이가 있습디다. 사육장에서 탈출했다는 녀석이구나 싶어 저 아래 순경 하는 찬호네로 갔는데……”그는 이제 윗몸을 일으킨 채 아내의 목소리에 귀를 기울였다. 아내의 눈길은 여전히 텔레비전을 향한 채였다. “가는 길에 마음이 바뀌어서 집으로 돌아와 사과를 좀 갖다주었지요.”“잘했네.”“그 눈…… 꼭 그애 눈처럼 작고 동그랗고……”“어떤 애?”“양촌 아짐 아기 말이오.”“그게 기억이 나나?”“당신이 산에 갈 때 뒤따라간 건 모르지요?”“당신은 자는 줄 알았는데.”“안

잤지. 욕 나올 만큼 무서운 길을 어찌 그리도 씩씩하게 잘 가던지."
"왜 따라왔나?""뭐 하나 보려고.""뭘 보았는데?""아무것도 못 보
았소. 정말 봤는지 어땠는지도 모르겠소. 그 아기 눈만 여태도 잊
히지 않고 가끔 떠오릅디다.""자네가 그 아기를 받아줬던 거로군.
……잘했네.""뭘요?""기억에 담아둔 거 말일세.""기억할 만한 게
별로 없으니 어쩌겠소.""기억하면 그게 기억할 만한 일이 되는 거
겠지.""잡시다." 텔레비전을 끄고 누운 아내는 금세 코를 골았다.
그는 눈을 질끈 감았다 떴다. 그는 아내에 대해 아는 게 없었다. 오
십년 넘게 함께 살아온 아내가 바로 옆에 누워 잠을 자는데…… 처
음인 듯 아내가 그립고 무서웠다. 그는 돌아누운 아내의 등에 귀를
댔다.

·
·
·

기찻길 아이들

·
·
·

어두운 밤 마루 끝에 앉은 수는 마을 앞을 지나는 상행선 기차를 바라보았다. 창마다 불빛이 환한 여객열차였다. 등을 살짝 굽히면 앞집 지붕의 용마루 위를 달려가는 것 같았고 허리를 곧추세우면 허공을 달리는 것처럼 보였다. 막차는 아니었다. 막차는 자정이 다 되어서야 지나갔으니까. 어머니가 있는 큰방에서는 아무 소리도 나지 않았다. 아버지는 여전히 돌아오지 않았고 작은방에서는 누나가 볼륨을 줄인 채 라디오를 듣고 있을 거였다.

교실 앞뒤로 미닫이문이 있었다. 미닫이문 위쪽 반은 격자 창문처럼 사등분 되어 불투명한 간유리가 끼워져 있었는데, 아래쪽 귀퉁이에 화투장만 한 크기의 투명한 부분이 있었다. 선생들은 그걸 교감 선생의 감시 구멍이라 불렀고 학생들은 교감 선생 눈깔이라 불렀다. 담임인 체육 선생은 미닫이문을 원수라도 되듯 세게 열었는데 그 소리만 듣고도 누구인지 알 수 있을 정도였다. 오래지 않아 그 반의 앞문은 아이들의 자랑거리가 되었다. 다른 선생들이 열 때는 아무렇지도 않던 문이 담임이 열기만 하면 레일에서 벗어나 한뼘쯤 열리다가 멈추곤 했다. 담임이 온 힘을 다해야만 끽끽 소리를 내면서 조금씩 열렸는데 그것도 겨우 담임이 통과할 수 있을 만큼만 열렸다. 어느날인가는 문과 싸우는 데 지친 담임이 한뼘쯤 열린 틈으로 얼굴만 들이민 채 조례와 종례를 마친 적도 있었다. 뒷문은 그런 말썽을 부리지 않았지만 담임은 뒷문으로 드나들면 권위에 심각한 손상을 입는다고 생각하는 듯했다. 그렇다고 해서 아무 때나 권위를 내세우며 학생에게 윽박지르지는 않았다. 큰 도시에서 학교를 다니며 축구 선수로 활동했다는 담임은 대학 졸업 후 이런저런 자리를 전전하다가 독하게 마음먹고 공부를 해서 교사가 되었다고 했다. 그래서인지 담임한테서는 자수성가한 사람 특유의 자부심만이 아니라 갑자기 공부를 너무 많이 해서 약간 머리가 이상해진 사람에게서 볼 수 있을 법한 유별난 구석들이 있었다. 예를 들면 욕을 할 때 무척 다정하고 상냥하게 하는 바람에 욕인지 아닌지 구분이 안 되었다. 부임한 지 일년밖에 안 된 터라 담임에 관해 알려진 사실은 많지 않았다. 아시안게임에서 금메달을 세개씩이나 딴 순간부터 임춘애를 우상으로 삼아버렸다는 것과 누구에게 어떤 훈계를 하든 임춘애를 본받아야 한다는 식으로 끝맺는다는 사실만은 모두 잘 알았다. 그뒤로 좋아진 점은 학교 뒤 매점에서 라면을 사 먹어도 눈을 부라리지 않는다는 거였고 나빠진 점은 체육 시간에 학생들이 졸도하거나 헛구역질을 할 때까지 달리기 시합을 시킨다는 거였다. 담임은 체육 시간에 쓰러지거나 발작하는 아이들에게는 전혀 동정심을 보이지 않았다. 오히려 이렇게 힐난했다. "임춘애만도 못한 녀석들!" 임춘애만도 못한 게 당연했지만 담임은 누구나 임춘애가 될 수 있다는 선량한 신념을 가지고 있었다. "너희는 재능이 없는 게 아냐. 너희가 라면을 못 먹냐, 뛰지를 못하냐? 게을러서 그런 거야. 체력은 국력이다!" 대충 이런 말들을 하면서 양호실로 보내면 얼마 안 가 양호실 창문이 열리면서 양호선생이 애들을 다 잡아 죽일 거냐고 외치는 소리가 들렸다. 그러면 담임은 손을 흔들고 인사를 했는데 정말로 무슨 말인지 몰라서 그러는 것 같았다. 담임은 듣기 싫은 소리는 듣지 못하는 재주가 있었다.

어쨌거나 중학교 일학년 교실은 활기가 넘쳤다. 초등학교를 졸업하고 중학생이 되었다는 건 더이상 어린애 취급을 받지 않아도 된다는 뜻이었다. 사실이야 어떻든 그렇다고 믿었다. 일학년 교실에는 이미 다 큰 어른이라도 된 것처럼 흥분한 학생들로 가득했고 그 탓에 거들먹거리는 분위기가 팽배했다. 남학생 반에서는 콧수염, 겨드랑 털, 가슴 털, 정강이 털, 음모 등이 얼마나 나고 자랐는지를 자랑하느라 정신이 없었고 여학생 반에서는 학교에 재임 중인 세명의 총각 선생이 누구한테 눈길을 줬는지, 누구의 머리를 쓰다

듣었는지를 까발리고 질투하며 매주 한번씩 은밀하게 인기 투표를 하느라 바빴다. 남학생 반의 경우 활기가 가득할 수밖에 없는 진짜 이유는 다른 데 있었다. 중학교에 모인 학생들은 세군데의 초등학교에서 왔다. 같은 초등학교를 다니며 육년 동안 싸우느라 지쳐버린 아이들에게 생전 처음 보는 다른 초등학교 졸업생들은 신선한 자극이었다. 다른 초등학교 출신의 같은 반 친구에게 부탁해서 여학생을 소개받아 교제하는 재미를 누릴 수 있어서였다. 어느날 수가 윤에게 물었다. "쟤, 너희 동네 살지?" 윤이 고개를 끄덕였다. "쟤 좀 사귀게 도와주라." 윤은 잠시 머뭇거렸다. "왜, 싫어?" "아, 아니야." "근데 왜?" "너, 너 지, 진짜 몰라?" 윤은 평소보다 더 더듬거리면서 이렇게 설명했다. 그 여자애는 아버지가 일찍 돌아가셨는데 어머니의 기가 세서 그런 거라는 소문이 파다하다고 했다. 그러니까 남편 잡아먹은 과부댁이라는 거였고 그 여자애도 제 어머니를 닮아 남자 잡아먹을 상이라는 거였다. 수는 환히 웃었다. "잘됐네." "뭐, 뭐가?" "난 항상 사랑하는 여자 품에서 죽고 싶었거든."

윤의 마을은 외지고 깊은 곳에 있었다. 그 마을에 가려면 철로 아래로 난 좁은 굴을 통과해야 했다. 거의 구십년이 된 가톨릭 공소도 있었다. 가톨릭 신자들이 모여도 좋을 만큼 외진 곳이어서였다. 물론 그때쯤에는 교회가 한 마을 건너 하나씩은 생겨났던 터라 공소는 쓸쓸해졌다. 수의 마을과 윤의 마을은 직선거리로는 그리 멀지 않았다. 그러나 수의 마을에서는 윤의 마을이 보이지 않았고 그건 윤의 마을 쪽에서도 마찬가지였다. 제법 높은 산자락이 두 마을을 가로막아 섰고 기차는 터널을 통해 오갔다. 터널의 길이는 백 미터 정도에 불과했지만 그 터널로 지나다니는 사람은 아무도 없었다. 그러니까 수의 마을과 윤의 마을을 잇는 길이란 없었다. 산자락이 끝나는 곳에는 마을도 논도 없었다. 저수지가 있을 뿐이었다. 두 마을은 각각 다른 초등학교에 아이들을 보냈고 서로를 잘 알지 못했다. 면에 하나뿐인 중학교는 생겨날 때부터 부지 선정을 두고 마을 이장들끼리 엄청나게 싸워댔다. 결국 면 한가운데를 관통하는 국도변의 작은 야산에 지어졌다. 그 탓에 수나 윤이나 공평하게 멀었다. 국도변에 사는 학생들은 버스를 타고 등하교를 할 수 있었지만 그 외 지역의 학생들은 대부분 자전거를 타고 다녔다. 삼층짜리 교사 뒤편의 자전거 보관소에는 날마다 삼백여대의 자전거가 즐비하게 들어섰다.

삼월이 반도 지나지 않은 어느날 평소보다 조금 늦게 담임이 조례를 하기 위해 교실로 들어왔다. 아니 들어오지는 못했다. 한뼘쯤 열린 문이 더는 열리지 않자 그때만 해도 포기를 모르던 담임은 앞문과의 기나긴 싸움을 시작했다. 한참을 실랑이하던 담임은 문틈 사이로 한 아이를 먼저 들여보냈다. 그 아이가 윤이었다. 첫날부터 문틈으로 등교한 최초의 학생이기도 했다. 학기 초부터 전학생이라니 교실의 모든 눈길이 윤을 향했다. 담임은 왼쪽 눈과 오른쪽 눈으로 번갈아가며 교실 내부를 들여다보았다. "서울에서 온 전학생이니까 잘 대해줘라. 이정윤, 너는 교단 올라가서 자기소개 해."
아이들은 벌써 호기심을 잃고 있었다. 서울에서 왔다는 녀석이 촌
놈과 다름없이 새까맣고 작아서였다. 그 사실이 불러일으키는 호
기심은 기껏해야 대체 얼마나 폭삭 망했기에 이런 촌구석으로 들
어왔느냐는 것뿐이었다. 자기소개를 하는 윤은 말을 더듬기까지
했다. 순식간에 모든 호기심이 사라져버렸다. 담임은 윤을 수의 앞
자리에 앉혔다. 수는 윤의 뒤통수를 보았다. 어깨에 비듬이 가득 내
려앉았고 머리칼 사이로도 희끗희끗한 비듬들이 보였다. 그건 비
듬이 아니라 서캐일 수도 있었다. 쉬는 시간마다 몇몇이 윤에게 이
런저런 질문을 해댔고 수는 윤에 대해 몇가지를 알게 되었다. 부
모는 이곳에 함께 살지 않고 할아버지 할머니와 살며 자전거를 타
본 적이 없어 그 먼 길을 걸어서 왔다는 것 등등. 알아도 그만 몰라
도 그만인 것들이었다. 그러나 윤이 어느 마을에 사는지 알게 되었
을 때는 귀가 번쩍 뜨였다. 현의 마을이었다. 그 마을에 사는 다른
아이들은 본 적도 없고 알지도 못했다. 수는 윤의 어깨를 두드렸다.
윤이 돌아보았다. "너 진짜 거기 살아?"

　수의 아버지는 말이 없는 사람이었다. 전혀 말을 하지 않는 건
아니었지만 말을 하는 동안에도 말을 하지 않는 것처럼 느껴질 정
도였다. 목소리나 어조 때문은 아니었다. 워낙 말이 없기에 아버지
가 말을 할 수 있다는 사실을 잊어서였다. 이따금 아버지가 말을
하고 있구나,라는 생각이 들 때도 있지만 입김이 허공에서 사라지

듯 아버지의 말은 금세 어디론가 사라져버리기 일쑤였다. 그렇다고 해서 아버지와 의사소통이 불가능한 건 아니었다. 아버지가 하려는 말은 말이 아니어도 상관없는 것들이어서 무슨 말인지 알아듣지 못하는 경우란 거의 없었다. 그러나 어머니는 좀 다른 듯했다. 어머니는 아버지의 말을 좀처럼 알아듣지 못했다. 수는 그런 사실이 이상하기만 했다. 아버지는 투명한 사람이어서 설령 말이 없다 해도 무슨 생각을 하는지 눈에 다 보였다. 단풍으로 물든 산을 뒤로하고 아버지는 바닷가 도시로 혼자 떠났다. 어머니의 사촌 오빠가 운영하는 대형 의류 매장에서 일하기 위해서였다. 수는 아버지가 타고 가는 하행선 열차가 시야에서 사라질 때까지 지켜보았다. 아버지가 탄 기차는 뭔가 좀 다를 줄 알았는데 평소에 보던 그 기차 그대로였다. 어머니는 아버지를 보내놓고 안절부절못했다. 사촌 오빠라는 작자가 놈팡이라는 말만 했다. 순진한 아버지를 꼬드겨 무슨 짓을 할지 모른다며 불안해했다. 수와 수의 누나인 정은 어머니의 말을 믿지 않았지만 아버지가 이미 무슨 짓을 벌이기라도 한 것처럼 어머니가 울화를 터뜨릴 때마다 동감한다는 뜻으로 고개를 끄덕였다. 아버지가 없는 집은 동네 아주머니들의 차지가 되었다. 밤마다 근처 공장에서 가져온 구슬을 꿰어 방석을 만들었다. 아주머니들은 구슬 만개를 꿰면 천원을 벌 수 있다고 했다. 천원과 만개의 구슬을 머릿속에서 헤아리다보면 한치 앞도 보이지 않을 만큼 눈이 펑펑 내리는 날이 떠올랐다. 그 겨울 내내 어머니는 화가 난 채로 잠들었고 잠에서 깨자마자 다시 화내기 시작했다.

어쩌면 잠든 동안에도 화가 나 있었는지 모른다. 어머니의 화를 불러일으키는 일은 너무 많아서 어떤 게 진짜인지 알 수 없었다. 어느날은 수의 누나 때문이었고 어느날은 수 때문이었다. 어느날은 누렁이 때문이기도 했고 어느날은 그냥 날씨가 좋아서였다. 어머니는 티 없이 맑고 푸른 하늘을 보면서도 신세 한탄을 할 수 있는 사람이었다.

수는 종종 산밭이 있는 산마루에 올라 연을 날렸다. 다른 아이들은 여간해서 거기까지 올라가지 않았다. 그곳에는 불길한 소문이 많았다. 오래전부터 돌보는 이 없는 무덤이 두기나 있어서 더욱 그러했다. 수는 마을을 파종한 산밭이 있어 익숙한데다 누구의 간섭도 받지 않고 연을 날릴 수 있어 그곳을 자주 찾았다. 사실 왜 그곳에 끌리는지는 수도 몰랐다. 아니 알지만 인정하고 싶지 않았다. 언젠가 수는 산밭 아래 무밭에서 한 아이를 보았다. 수 또래의 여자애였다. 수는 단번에 무를 도둑질하는 거라는 걸 알았다. 그 아이는 자기네 밭이라도 되듯 태연했다. 바구니 가득 무를 담은 뒤 일어선 아이는 어른들처럼 머릿수건을 매만지며 저 아래 기찻길을 바라보았다. 남쪽 터널을 빠져나온 기차가 길게 호를 그리며 이어진 길을 따라 달려갔다. 아이는 기차가 북쪽 산모롱이를 돌아 보이지 않을 때까지 그 자리에 서 있었다. 아이가 고개를 돌려 수를 보았다. 오래전부터 수가 그 자리에 있었음을 안다는 듯 서로 오랜 시간 이야기를 나눈 사이라도 된다는 듯 고개를 살짝 까닥거렸다. 수는 자기도 모르게 손을 번쩍 들었고 아이는 살풋 웃었다.

밥상 앞에 앉은 수는 어머니와 누나를 번갈아 보며 저녁밥을 먹었다. 왜 정신 사납게 두리번거리며 밥을 처먹는 거냐는 지청구도 먹었다. 수는 어머니와 누나가 누군가에게 그런 미소를 지어 보일 수 있는 사람일 거라고는 생각할 수 없었다. 누나는 수를 비웃기 위해서가 아니라면 웃는 법이 없었고 어머니는 텔레비전을 볼 때와 동네 아주머니들과 우스갯소리를 나눌 때가 아니라면 웃지를 않았다. 그해 겨울에 한 젊은 대학생이 고문을 받다가 죽었다. "고생고생해서 그 좋은 대학에 보냈는데 덜컥 죽어버렸으니 저 학생의 어미 되는 이는 얼마나 원통할까." 어머니가 수와 수의 누나를 돌아보았다. 죽은 대학생의 어머니보다 더 비통해하는 것처럼 느껴졌다. "너희는 대학생 되더라도 절대 데모는 하지 마라, 알았지?" 수의 누나는 얼른 고개를 끄덕였고 딴생각을 하던 수는 조금 늦게 끄덕였다. 봄이 되기 전에 아버지가 돌아왔다. 아버지는 종합선물 세트를 가지고 왔다. 몇벌의 옷가지도 함께 갖고 왔다. 수의 누나는 원피스와 치마를 수는 점퍼와 청바지를 받았다. 아버지는 떠나기 전과 똑같아 보였다. 여전히 말이 없었고 말을 해도 들리지 않았다. 그러나 아버지는 이상하게도 방금 형기를 마치고 출소한 사람의 분위기를 풍겼다. 집을 떠난 아버지가 바닷가 도시에 머문 건 겨우 석달 남짓이었는데 아버지의 숨결에는 바닷바람이 섞여 있었다. 내륙에서 나고 자란 수에게는 낯선 냄새였다. 그건 집을 떠나 있는 동안 아버지가 바닷바람과 이야기를 나누고 식사를 하고 함께 누워 잠들었다는 뜻인 듯했다. 아버지는 수와 수의 누나를 한참 동안 껴안고 있다가 놓아주었다. 아버지는 여느 농민들과 마찬가지로 겨우살이를 매듭짓고 봄맞이 준비를 했다. 주로 하는 일은 객토였다. 논밭에 거름을 주고 경운기로 다 갈아엎은 뒤 어딘가에서 새로운 황토를 가져와 흩뿌렸다. 계절은 아직도 삭막한데 마늘밭과 보리밭은 푸르게 싱그러웠고 쨍한 하늘 아래 불어오는 차가운 바람 속에는 몇가닥 털실 같은 온기가 실려 있었다. 고요한 들판은 하루하루 지날수록 수런거림이 커져갔고 먼 곳에서 닥쳐오는 소나기처럼 봄이 오고 있었다. 그리고 수는 학교에서 그 아이를 보았다. 평소 수는 누구보다 빨리 학교에 도착했다. 동급생은 물론 상급생 중에도 수보다 일찍 등교하는 학생은 없었다. 학교 소사인 명수의 아버지 말고는 아무도 없었다. 수는 보관소에 자전거를 놔두고 수돗가로 갔다. 수도꼭지에 입을 대고 벌컥벌컥 물을 마셨다. 고개를 들어보니 맞은편에 그 아이가 있었다. 단발머리 아이는 소매로 입가를 쓱 닦았다. "너, 박진수지? 난 채우현이야. 그냥 현이라고 불러." 그때부터 수는 스스로를 수라고 불렀다. 담임이 조례 시간에 물었다. "우리 반에서 누가 글씨를 가장 예쁘게 쓰지?" 학생들이 수를 가리켰다. 담임은 수의 머리를 쓰다듬으며 칭찬인지 욕인지 모를 말을 했다. "글씨는 잘 쓸지 몰라도 잘생기지는 않았구나. 사내답게 생겨서 맘에 든다." 수는 학급일지를 가지고 교무실에 들렀다. 현도 두 팔을 엇갈려 학급일지를 가슴에 안은 채 영어 선생 앞에 서 있었다. 담임이 학급일지를 살폈다. "잘 쓰네. 일년 동

안 부탁한다." 담임은 이 글씨를 쓴 사람이 수라는 사실을 믿을 수
없다는 듯 학급일지와 수를 번갈아 보았다. 그제야 수는 밥상머리
에서 그런 식으로 바라볼 때 어머니와 누나가 왜 불쾌해했는지를
이해할 수 있었다. 현의 담임인 영어 선생이 수의 담임 쪽을 넘겨
다보았다. "명필이 따로 없네. 그래도 우현이가 좀더 나은걸." 그
말이 체육 선생의 심기를 건드렸다. "김 선생님, 어딜 봐서 그게 진
수 필체보다 낫다는 겁니까? 진수 별명이 뭔지 아십니까? 석봉입
니다, 석봉이. 한석봉 말고 박석봉!" 아마도 이런 욱하는 성질 탓에
여학생들의 인기 투표에서 체육 선생이 매번 꼴찌를 하게 되었을
것이다. 덕분에 수는 졸업할 때까지 석봉이라는 별명을 달고 살 운
명이었다. 수업 시간에 영어 선생이 수를 가리키며 이 단락은 석봉
이가 읽어보라고 말한 뒤부터. 수와 현은 중앙 계단을 따라 삼층으
로 올라갔다. 다른 학년처럼 일학년 남학생 반과 여학생 반 교실도
동쪽과 서쪽으로 나뉘어 있었다. 평소에는 복도 양쪽 끝 계단을 이
용하는 터라 마주칠 일이 드물었다. 수는 복도를 따라 걷다가 뒤를
돌아보았다. 저만치 복도를 따라 걷던 현도 뒤를 돌아보았다. 수는
자신도 모르게 손을 번쩍 들었다. 이주 동안 수와 현은 그런 식으
로 마주쳤으나 윤이 전학 온 즈음부터는 교무실에서 현을 볼 수 없
었다. 영어 선생 앞에는 다른 여학생이 학급일지를 안고 서 있었다.
다음 날 아침 수는 수돗가에서 현에게 물었다. "학급일지 안 써?"
"응, 그렇게 됐어." 현의 입가에 부드러운 미소가 떠올랐다. "교감
선생님이 내 글씨체가 마음에 안 든다고 했나봐." 말투도 부드러웠

다. 수는 기시감을 느꼈다. 왠지 아버지를 떠올리게 하는 미소이고 목소리였다. 이런 표현이 가능하다면 현은 한평생 자신을 예의 바르게 조롱하는 사람들에 둘러싸여 살아온 아이 같았다. 화를 내고 있어도 아무도 그렇다는 사실을 알지 못해 화를 내지 못하는 사람이라 치부되는 그런 사람이 떠올랐다. "화나면 화내도 돼. 나한테는 그래도 돼." 수는 기어드는 목소리로 간신히 말했다. 현은 수를 물끄러미 바라보았다. "나, 화 안 났어. 너 참 싱겁구나."

어머니도 그랬다. 어머니는 화를 내면서도 결코 화를 내는 게 아니라고 했다. 어느정도는 이해할 수 있었다. 기뻐도 화를 내고 슬퍼도 화를 내는 사람들은 정작 화를 내야 할 때는 어떻게 해야 할지 몰라 당황하는 경우가 많았다. 어머니는 아버지에게 화가 났지만 화를 내지 못했다. 아버지가 무서운 사람이어서가 아니었다. 수의 아버지는 여느 아버지들과는 달랐다. 수에게도 수의 누나에게도 손을 댄 적이 한번도 없었고 험한 말을 한 적도 없었다. 노름도 할 줄 몰랐고 술을 마실 줄도 몰랐다. 예의를 차리기 위해 마실 때도 있지만 한두잔이면 얼굴이 활활 타올라 이러다 사람 하나 죽이겠구나 싶어 누구도 더는 권하지 않았다. 그러므로 어머니가 화가 난건 아버지가 아니라 아버지의 가난이었다. 어머니가 아버지에게 화가 났음에도 화를 내지 못한 이유는 어머니도 정말로 무엇에 화가 났는지 알기 때문이었다. 가난에 대고 화를 내봐야 아무 소용이 없다는 걸 알아서였다. 바닷가 도시에서 돌아온 뒤로 아버지의 귀가 시간은 조금씩 늦어졌다. 일을 마치면 다른 볼일이 있다며 저녁밥도 마다하고 집을 나갔다. 어느날은 이장 회의라 했고 어느날은 영농후계자 모임이라고 했다. 어느날은…… 아무런 변명도 없었다. 귀가할 때는 옅은 술 냄새를 풍기기도 했다. 수는 잠든 아버지 옆에서 아버지의 옷자락에 코를 대고 냄새를 맡는 어머니를 본 적이 있었다. 왜 그러는지는 알 수 없었으나 기분이 이상했다. 아버지가 의류 매장에서 벌어온 돈은 빚을 갚는 데 쓰였다. 그래도 여전히 빚은 어마어마했다. 어머니는 한푼도 손에 쥐어보지 못했다. 아버지도 잠깐 손에 쥐어보았던 게 다일 거였다. 수의 누나는 시내의 여고를 다녔다. 첫차는 다섯시 사십오분이었다. 그걸 놓치면 학교에 갈 수 없었다. 수의 누나는 날마다 학교에 너무 일찍 도착했다. 돌아오는 막차는 학교 앞에서 밤 아홉시 십분에 있었다. 그걸 놓치면 집에 올 수 없었다. 그래서 점점 얼굴이 하얗게 질려갔다. 어머니는 아버지가 바닷가 도시에서 나쁜 물이 든 게 틀림없다며 놈팡이인 사촌 오빠를 욕했다. 어느날 아버지는 들일을 마치고도 집으로 돌아오지 않았다. 밤이 깊도록 돌아오지 않았다. 집에 들러 옷이라도 갈아입고 외출을 하던 아버지였기에 수도 걱정이 되었다. 아버지가 돌아왔을 때 마지막 하행선 기차가 지나갔다. 한시간쯤 지나면 서울로 가는 막차가 지나갈 거였다. 그러니까 열한시쯤이었다. 수는 누렁이가 낑낑대는 소리를 듣고 아버지가 온 걸 알았다. 수는 아랫방 방문을 열고 나갔다. 수의 누나도 작은방에서 나왔다. 술 냄새는 전혀 나지 않았다. 걸음걸이도 반듯했다. 마루 위 알전구가 켜졌다. 싯누런 불빛이 드리워졌는데도 아버지의 얼굴은 창백했다. 만취한 사람처럼 눈에 초점이 없었다. 어딘가에 넋을 두고 온 사람 같았다. 깊은 슬픔에 빠졌으되 그곳이 어디인지 몰라 허둥대는 사람 같았다. 수는 죽기 직전의 사람이라면 그런 눈빛일 거라는 생각이 들었다. 아버지는 뭔지 몰라도 죽음과 비슷한 어떤 상황에 처했다가 간신히 살아 돌아온 사람 같았다. 수는 누나와 눈이 마주쳤다. 수가 느낀 걸 누나도 느끼는 것 같았다. 수는 누나의 얼굴에 서린 두려움을 보며 제 얼굴에 깃든 표정을 찾아냈다.

윤이 점점 혼자가 되어가는 게 보였다. 대놓고 무시하거나 따돌리지는 않았지만 아이들은 사소한 일이라 해도 윤과 함께하기를 꺼렸다. 윤은 야외 화장실에서 창문 너머로 오줌발을 넘길 수 있다고 우겼다. 야외 화장실 창문은 키가 큰 담임의 얼굴 높이쯤에 있었다. 그 창문은 언제나 열려 있었고 밖에서도 오줌을 누는 담임의 묘한 표정을 볼 수 있었다. 자책골을 넣은 축구 선수의 얼굴이라고나 할까. 창문 아래쪽에는 그동안 이 학교를 거쳐간 남학생들이 누가 더 높이 오줌을 쌀 수 있는지를 겨룬 흔적이 역력했지만 누구도 창문을 넘긴 적은 없었다. 윤은 허풍쟁이 취급을 받았다. 철로변 마을에 사는 아이들은 철교를 건넌 아이를 가장 용감한 아이로 손꼽았다. 물론 윤의 마을 쪽으로 난 터널을 지나는 일이야말로 가장 용감한 일이겠지만 그건 상상도 해본 적이 없어 아예 입에 올리지 않을 뿐이었다. 수도 철교를 건너려고 시도한 적이 있었다. 길이는 사오십 미터 정도였고 높이는 십오 미터 정도였다. 아래에서 올려다보면 별거 아닌 것처럼 여겨졌다. 막상 철둑을 올라 철교 앞에 서면 오금이 저렸다. 침목과 침목 사이 빈 공간 하나하나가 괴물의 아가리 같아 오싹했다. 철교를 건너다가 상행선이든 하행선이든 기차를 만나게 될까 두려웠다. 수가 건너기를 기다렸다는 듯 기차가 나타날 것만 같았다. 저 멀리 수의 마을이 보였다. 물론 그곳에서도 윤의 마을은 보이지 않았다. 기찻길은 길게 휘어져 남쪽으로 이어졌고 산자락 아래 터널 앞에서 사라졌다. 수는 그 일을 포기한 다른 아이들처럼 무모하고 어리석고 쓸모없는 짓이라고 스스로를 달래며 내려왔다. 소문은 무성했지만 정말로 철교를 건넌 아이를 본 적은 없었다. 점심시간이면 몇몇씩 한 책상에 둘러앉아 도시락을 먹었다. 윤은 뒤돌아 앉아 수의 책상에 도시락을 놓고 먹었다. 다른 아이들은 책상 옆으로 의자를 끌고 와 함께 먹었다. 철교 이야기가 나오자 윤이 또 허풍을 쳤다. 하나도 무섭지 않다고 했다. 지난겨울 여러차례 건넜다고 했다. 수는 고개를 끄덕였지만 그 말을 믿지는 않았다. 오후 수업이 시작되기 전에 윤이 말했다. "너, 너도 아, 안 믿지?" 수는 고개를 저었다. 윤도 수를 믿지 않는 것 같았다.

그 주말에 장에 가려던 어머니는 버스를 놓쳐 간이역으로 가야 했다. 시내 기차역은 어머니가 가야 하는 구시장과는 먼 편이어서 장에 갈 때는 버스를 이용하는 게 나았다. 수는 쌀을 지고 어머니보다 먼저 역에 도착했다. 자전거를 타고 가지 않은 건 힘이 들더라도 기찻길을 따라가는 게 훨씬 빨라서였다. 승강장에는 지붕이 없었다. 시내로 가는 완행열차를 타려는 사람들은 역 대합실에서 기다렸다가 역무원이 모자를 쓰고 나서면 따라나갔다. 어머니도 머리에 쌀을 이고 승강장으로 갔다. 어머니를 태운 기차가 떠난 뒤 수는 역 앞으로 나왔다. 역 앞은 작은 광장이었고 술집을 겸하는 식당이 하나 있었다. 역 주변은 늘 어두침침한 분위기였다. 연탄공장 때문이었다. 작은 시골 역인데도 연탄공장으로 통하는 측선이 여럿이어서 역 자체는 무척이나 큰 편이었다. 측선의 선로에는 언제나 스무 량에서 서른 량 정도의 무개화차가 서 있었다. 역 서편 노천의 저탄장에는 탄가루가 웬만한 야산 높이로 쌓여 있어 바람이 불면 공기 중에 섞인 탄가루를 느낄 수 있었다. 그 너머에 공장 건물이 있었다. 휴식 시간인지 연탄 윤전기가 돌아가는 소리는 들리지 않았다. 역을 지나는 길은 검은 탄가루로 포장이라도 한 것처럼 일년 내내 더러웠고 그 길을 지나다니는 연탄 트럭이며 연탄공장의 인부들도 똑같이 새까맸다. 그곳에서는 하늘조차 회색으로 보였다. 철로 복선화 공사가 끝나면 윤의 마을 근처에 새로운 역이 생기는데 연탄공장도 그쪽으로 이전한다고 했다. 수는 연탄공장을 에둘러 간 다음 다시 기찻길로 올라섰다. 기찻길 위로 아지랑이가 피어올랐다. 침목을 건너뛰어 자갈만 골라 디디면서 걸었다. 기름때에 더러워진 얼룩덜룩한 자갈들이 수의 발아래서 달그락거렸다. 수는 맞은편에서 기찻길을 따라 걸어오는 윤을 보았다. 두 팔을 날개처럼 펼치기는커녕 바지 주머니에 두 손을 찌른 채 평지라도 되는 것처럼 레일 위를 걸어오고 있었다. "역에 가?" 수가 묻자 윤이 고개를 끄덕였다. "누구 마중 나왔어? 하행선 오려면 한참 남았는데." 윤은 침목 위로 사뿐 뛰어내렸다. "아, 알아." 윤은 나쁜 짓을 하다 들킨 것처럼 수와 눈을 마주치지 못했다. 윤의 얼굴이 퍽 낯설었다. 수심에 잠긴 어른의 얼굴 같았다. "그, 그냥 혹시나 시, 싶어서." "아무 연락도 없었는데 매번 여기까지 와서 기다렸단 말야?" "매, 매번은 아, 아니고……" "……부모님?" "아, 아니야. 사, 사실은 우, 우리 누나." "누나가 있어?" "고, 고등학생인데 서, 성격이 뭐, 뭣 같아서 나 보, 보고 싶다고 아, 아무 때나 와, 와버릴까봐." 윤의 얼굴이 달아올랐다. "이, 이따 해, 해 질 참에 우, 우리 동네 오, 올래?" "가도 돼?" "우, 우현이, 마, 만날 수 이, 있을 거야." 수는 고개를 끄덕였다.

해가 설핏 기울 때부터 수는 초조해졌다. 신작로를 지나는 버스 소리를 듣고 한달음에 달려가보았으나 장바구니를 들고 내려야 할 어머니는 보이지 않았다. 아버지도 감감무소식이었다. 거기다 누나까지 오지 않았다. 집을 비울 수 없는 이유는 외양간의 소들 때문이었다. 닭과 개는 아무 때나 먹이를 줘도 됐지만 외양간의 소들은 시간을 지켜서 여물을 줘야 했다. 아랫방 부엌의 커다란 솥이 걸린 아궁이에 불을 때 여물을 쑤고 그걸 적당히 식혀 구유에 담아준 뒤 서로 싸우지 못하게 지키고 서서 다 먹기를 기다렸다가 뜨물에 음식 찌꺼기가 섞인 구정물을 부어주어야 했다. 구정물을 먹고 나면 볏짚까지 두어다발을 골고루 풀어주어야 비로소 끝이 났다. 해거름에 불을 때기 시작했는데 어느새 사위가 깜깜해져 짚을 풀어줄 때는 외양간 처마에 달린 전등을 켜야 했다. 손에 물기가 남았던 탓인지 소켓에 달린 스위치를 돌릴 때는 전기가 올라 망치로 얻어맞은 것처럼 먹먹한 통증에 절로 눈물이 찔끔 났다. 예전부터 윤과 약속한 일이었다. 수가 윤의 동네에 가면 윤이 현을 불러내기로 했다. 그러면 수는 현과 우연인 듯 마주치게 될 테고 둘은 어른들의 눈에 띌 염려도 없이 기찻길과 터널은 물론이고 저 멀리 실바람에 몸을 뒤채며 빛나는 저수지가 한눈에 내려다보이는 적송 아래 오붓하게 앉아 이야기를 나누게 될 거였다. 그런 장소가 있다는 건 윤이 알려주었다. 어쩌면 마음속 깊은 곳에 있는 이야기를 할 수 있을지도 몰랐다. 그러나 이 모든 가능성을 저 소들에게 빼앗기고 말았다. 원수 같은 소들. 그제야 집에 돌아온 누나는 소 밥은 줬느냐고 물었고 수는 대답하는 대신 누나를 노려보았다. 어머니는 막차를 타고 돌아왔다. 장바구니 가득 생활용품과 반찬거리가 들어 있었다. 어머니는 먼 길을 갔다 온 사람처럼 지친 기색이었다. 아버지 왔었느냐는 물음에 수는 고개를 저었다. 어머니는 그럴 줄 알았다는 듯 별말도 없이 한참 늦은 저녁 밥상을 차려주더니 어디론가 밤마실을 가버렸다. 상행선 막차가 지나기 전에 아버지가 돌아왔다. 막차가 지나갔지만 아직 어머니는 돌아오지 않았다. 다음 날 새벽 살강 아래서 그릇 부시는 소리가 들려왔다. 어머니가 돌아왔구나. 수는 어머니가 언제 돌아왔는지 정확한 시간은 알지 못했다. 칼날이 도마에 딱딱 부딪는 소리가 여느 때와 달리 고집스럽게 들린다는 것만 알았다.

운동장에서 열린 전체 조회 시간에 출장 중인 교장 선생을 대신해 교감 선생이 훈시를 했다. 불온한 삐라를 발견하면 즉시 신고해야 한다는 말을 그토록 지루하고 어렵게 할 수 있는 사람은 교감 선생뿐이었다. 대량의 삐라를 발견했음에도 집에 은닉했다가 발각되어 경찰서에 끌려간 사례를 말하면서 윤의 이름도 언급했다. 윤이 신고를 한 덕분에 불온한 삐라를 무사히 수거할 수 있었다면서. 수의 앞에 서 있던 윤이 어깨를 움츠렸다. 윤의 옆에 섰던 아이가 윤의 옆구리를 쿡쿡 찔렀고 다들 한번씩 윤의 얼굴을 보려고 움직여대는 통에 담임이 소리를 지르며 단속을 해야 했다. 점심시간이었다. 역 근처 마을에 사는 어떤 아이가 윤에게 다가가 그 사건의 속사정을 안다면서 다 들으라는 듯 큰 소리로 말했다. 팔십이 다 된 할머니 한분이 불쏘시개로 쓰려고 갖다 둔 것뿐인데 괜히 신고하는 바람에 그 할머니가 곤욕을 치렀다는 거였다. 윤은 자기가 신고한 게 아니라고 변명했다. 그럼 누가 했느냐고 물었지만 윤은 대답하지 않았다. "이 새끼 정말 재수 없네. 야, 니네 아버지가 형사라며? 대학생들 잡아다가 몽둥이로 때리고 고문하겠네?" "우, 우리 아버지는 그, 그런 짓은 아, 안 해." "그걸 니가 어떻게 알아?" "다, 당연히 아, 알지." "그런 식으로 고자질이나 하라고 니네 아버지가 가르쳐주더냐?" "아, 아니라니깐." "이 새끼는 철교를 건넜다고 하질 않나, 터널을 혼자 걸어서 지나갔다고 하질 않나, 입만 열면 순 거짓말이야. 믿을 수가 없어." 수가 그 아이를 막아섰다. "아니라는데 왜 자꾸 그래." "석봉이 너도 이 새끼 안 믿잖아." "누가 안 믿는다고 그래?" "그럼 봤어?" "봤어. 봤으니까 그만해." 그때 앞문이 열리면서 교감 선생이 들어와 수와 그 아이를 교장실로 데리고 갔다. 교감은 교장이 출장 중인 동안 교장실을 자기 방이라도 되듯 드나들었다. 교감은 중학생의 본분과 학생다움을 운운하며 훈시를 늘어놓은 뒤 한숨을 내쉬었다. 수와 그 아이를 번갈아 보며 혼잣말이라도 하듯 한탄했다. "하여튼 이놈의 시골구석은 끔찍하다니까." 교감이 생각났다는 듯 교장실을 나가던 수를 불러 세웠다. "내가 담임 선생님께 말할 테니까 앞으로 교무실에 드나드는 일이 없도록 해라." 수는 무슨 말인지 몰라 머뭇거렸다. "학급일지 쓰지 말라고. 다른 학생한테 넘기도록 할 테니. 알았지?"

마지막 수업이 끝난 뒤 수는 윤과 함께 자전거 보관소로 갔다. 학교 소사인 명수네 아버지가 연장통을 들고 중앙 현관 뒷문에서 나오는 게 보였다. 담임이 망가뜨린 문을 고치고 가는 중인 듯했다. 점심시간이 끝날 무렵 교실에 들렀던 담임은 수와 그 아이에게 자초지종을 듣고 부리나케 교장실로 달려갔다. 교장실의 여닫이문을 너무 세게 열어젖히는 바람에 경첩 하나가 뜯겨나가 문짝이 덜렁거렸다. 교장실에 아무도 없는 걸 확인한 담임은 이번에는 교무실로 달려갔다. 교무실의 미닫이문 문짝은 레일에서 이탈해 떨어져 나가고 말았다. 그 소리를 일층 교실에 있던 삼학년 학생들 모두가 들었고, 그게 어떤 상황인지 안 보고도 알았다. 담임은 순식간에 문짝 두 개를 망가뜨린 탓에 스스로도 당황해서 다른 선생들에게 사과하고 문짝을 안전한 곳에 기대어놓는 식으로 수습을 하는 동안 왜 갑자기 분이 솟아 그토록 허겁지겁했는지를 잊고 말았다. 교감이 혀를 차면서 "하여튼 체육 선생님은 힘이 장사셔!" 하자 담임이 "제가 좀 그렇죠" 하며 배시시 웃었다는 이야기는 수업이 다 끝나기도 전에 전교생이 알게 되었다. 어쨌거나 그날 오후에 체육 수업이 있던 반은 고생 좀 할 수밖에 없는 처지였다.

수는 자전거 뒤에 윤을 태우고 교문 앞 내리막길을 달려갔다. 국도를 따라가는 동안 둘은 아무 말도 하지 않았다. 면사무소가 있는 마을의 골목길을 지나 개천의 다리를 건널 때까지도. 이윽고 저 위 저수지로 접어드는 갈림길에 이르렀다. 수가 자전거를 멈추었다. 뒤를 돌아보며 이쪽으로 가는 거냐고 눈빛으로 물었다. "이, 이쪽으로 가면 빠, 빠져나오는 다, 다른 길이 어, 없어." 둘은 자전거를 세워놓고 커다란 바위 위에 앉았다. 먼 곳에서 보니 윤의 마을과 수의 마을이 한눈에 들어왔다. 두 마을을 굽어보는 입암산 꼭대기의 거북바위도 뚜렷하게 보였다. 윤의 마을 아래 기찻길에는 서른 량 정도의 화차를 단 기차가 느릿느릿 지나고 있었다. 기관차가 터널을 빠져나왔는데도 꼬리 부분은 아직 터널에 들어가지도 못했을 만큼 기다렸다. "아, 아까 개가 때, 때리려고 며, 멱살 잡았을 때 왜, 가, 가만히 있었어?" 수는 고개를 돌려 윤을 보았다. 어디서부터 설명해야 할지 가늠하기가 쉽지 않았다. 수는 그 아이와 같은 초등학교를 다녔고 그 아이가 후문 담벼락에 쭈그리고 앉아 우는 걸 본 적이 있었다. 일년 전의 일이지만 어제 일처럼 생생했다. "내가 다닌 초등학교가 있는 동네 알지? 방직공장 많은 동네. 걔가 거기 살거든. 큰형이 서울에서 대학을 다녔는데 경찰에 끌려가서 고문을 당했대. 정신이 이상해졌는데 군대까지 끌려갔다고 하더라. 걔네어머니도 쓰러지셔서 편찮으시대. 그러니까…… 걔 너무 미워하지 마." "아, 안 미워해. 하, 하지만 저, 정말 우리 아, 아버지는 그, 그런짓은 아, 안 하셔." 수는 고개를 끄덕였다. 수는 윤과 헤어지기 전에 부탁했다. "나 거짓말쟁이 만들지 않을 거지? 그러면 약속해줘. 내 앞에서 꼭 한번 철교를 건너고 터널을 지나가겠다고." 윤이 눈부시게 웃으며 고개를 끄덕였다. "이, 이거 혀, 현이 보내는 다, 답장이야." 수는 현의 편지를 가슴에 품고 집으로 돌아갔다.

수는 현의 편지를 읽고 또 읽었다. 수를 어떻게 생각한다는 식의 내용은 전혀 없었지만 모든 문장이 그런 의미를 품은 것처럼 보였다. 현의 글씨체는 단정하고 고왔다. 어디에 내놓아도 손색없는 글씨체였다. 전체적으로 둥근 형태였지만 과도하다는 느낌은 들지 않았다. 작고 부드러웠다. 글자 하나하나가 지퍼를 내린 점퍼의 앞섶을 두 손으로 잡고 지금 막 벗으려고 하는 순간을 떠올리게 했다. 반쯤 틔운 봉오리처럼 내부에 갇혀 있지도 않고 그렇다고 해서 완전하게 제 의미를 드러내지는 않은 글자 하나하나마다 현이 아로새겨진 듯한 기분이었다. 한달 동안 수와 현은 많은 편지를 교환했다. 윤은 수의 편지를 현에게 건네고 현의 편지를 수에게 건네는 일을 성실하게 수행했다. 현은 영어 시간에 아무도 모르게 쓸쓸해했던 기억을 알려줬다. 현은 Nobody loves you라는 문장을 곱씹을수록 서글퍼진다고 했다. 아무도 당신을 사랑하지 않는다는 이 말이 형태적으로 부정문이 아니라는 사실 때문이라고 했다. 아무렇지도 않게 누군가를 조롱하는 사람들, 겉과 속이 다른 사람들이 떠오른다고 했다. 수는 그런 말을 하는 현을 곱씹을수록 기분이 이상해졌다. 학교에서 마주칠 때면 수는 손을 번쩍 들려다 멈칫하는 게 고작이었고 현은 보일락 말락 고개를 끄덕이는 게 다였지만 그 짧은 순간에도 수와 현 사이에는 무수한 말이 오갔다. 어느날 윤은 수에게 철교를 건너는 걸 보여주겠다고 했다. "그, 그냥 너, 너희 동네 아, 앞에서 봐. 소, 손을 흔들면 나, 난 줄 알아." 수는 해 질 무렵 마을 들머리에 나가 철교 쪽을 바라보았다. 철교 북쪽의 철둑 위로 사람의 형상 하나가 불쑥 튀어나왔다. 실루엣뿐이었지만 윤이라는 걸 알 수 있었다. 그림자 같은 윤은 그 자리에 가만히 있더니 준비운동이라도 하는지 앉았다 일어섰다 하다가 팔을 휘휘 돌리기도 했다. "아, 젠장. 무서우면 하지를 말지!" 수는 혼잣말을 했다. 벌벌 떨고 있을 윤을 생각하니 웃음이 나왔다. 조금 뒤 윤의 그림자는 철교로 한걸음 들어섰다. 문득 기차가 오면 어쩌나 걱정이 들어 철교에서 뜸을 들이는 윤에게 화가 났다. 바보처럼 머뭇거리지 말고 얼른 건너란 말야! 그 말을 듣기라도 한 것처럼 윤의 그림자는 순식간에 철교 중간까지 달려가더니 우뚝 멈춰 섰다. 그리고 두 팔을 들고 흔들었다. 수도 두 팔을 들고 휘저었다. 철교를 다 건넌 윤은 한 손을 들어 흔든 뒤 철둑 너머로 사라졌다.

수는 현에게 다음 주말에 기차를 타고 시내에 나가 영화를 보자는 편지를 보냈다. 처음으로 데이트다운 데이트를 신청한 셈이었다. 현은 기대가 된다고 했다. 수가 잠자리에 들었을 때 방문이 조용히 열렸다. 수는 어머니에게 이끌려 집을 나섰다. 커다란 손전등을 쥐고 앞장을 섰지만 어디로 가는지는 알 수 없었다. 어머니는 아무 말이 없었다. 그냥 앞으로 가라고 손짓만 할 뿐이었다. 신작로를 따라 걸었다. 어디선가 몰려온 구름 탓에 어두워서 바로 머리 위까지 하늘이 내려와 있는 듯한 기분이었다. 조금 있으면 하행선 막차가 지날 시간이었다. 가로등도 없는 시골길은 손전등 하나로 무서움을 떨쳐버리기에는 너무나 두텁고 깊은 어둠에 담겨 있어 어디선가 바스락거리는 소리만 들려도 긴장이 되었다. 그러나 수는 이 어둠보다 동행하는 어머니가 더 무서웠다. 어머니는 여전히 아무 말이 없었고 어딜 가는 거냐는 질문에도 물론 답해주지 않았다. 술을 마신 것도 아닌데 만취한 상태로 돌아왔던 어느날의 아버지처럼 어머니의 얼굴도 창백할 게 분명했다. 수와 어머니는 오래도록 걸었다. 길이라고 할 수도 없고 아니라고 할 수도 없는 소로를 따라 걷고 또 걸었다. 수가 도착한 곳은 윤의 마을이었다. 수는 어머니가 왜 이 밤중에 한번도 와본 적 없는 낯선 마을을 찾아야 했는지 짐작도 할 수 없었다. 어머니는 익숙한 듯 골목길로 그를 몰아댔다. 이윽고 수와 어머니는 어느 집 뒷담에 섰다. 멀리서 개 짖는 소리가 났다. 그 집 뒷담은 수의 얼굴 높이여서 까치발을 하면 불빛이 훤한 봉창을 볼 수 있었다. 늦은 시간인데도 불이 켜진 채였다. 봉창에 그림자가 잠깐 어른거리기도 했다. 그러나 사람의 목소리가 흘러나오지는 않았다. 어머니는 그 자리에 선 채 꼼짝도 하지 않았다. 어머니의 눈길은 봉창을 향해 고정되었고 수는 시간이 어떻게 흘러가는지도 모를 지경이었다. 무시무시한 고요가 흘러갔다. 점점 모든 게 분명해졌다. 어머니가 왜 이 시간에 자신을 앞세워 밤길을 걸어 여기까지 왔는지. 어머니가 왜 이 낯선 집 뒷담에 선 채 누군가의 목소리가 들리기를 기다리고 있는지. 그리고…… 이 집이 누구의 집인지. 따뜻한 불빛에 젖은 봉창 너머 조붓한 방안에 앉아 있는 사람이 누구인지. 서서히 수의 내부에서 모멸감이 솟아올랐다. 삼십분 가까이 숨죽인 채 남의 집을 염탐해야 하는 상황에 처한 스스로에게. 아니, 이런 상황으로 수를 밀어넣은 아버지와 어머니에게. 남편 잡아먹은 것으로도 부족해 다른 남자까지 잡아먹으려 하는 현의 어머니에게. 어쩌면 이 모든 사실을 이미 알았음에도 모른 척했을 현에게 분노를 느꼈다. 수가 돌아섰다. 어머니가 수의 뒤를 따라갔다. 이제 누구를 향한 분노인지 수도 알수 없었다. 이런 일을 겪게 되리라고는 상상도 못했기에 과연 이게 현실인지조차 의심스러웠다. 현실이 아닌 것 같은 현실. 결코 일어나서는 안 될 일이 일어나버린 현실. 집으로 돌아가는 길은 너무나 어두워서 길이 아닌 것만 같았다. 수의 어머니는 모를 거였다. 당신이 수에게 무슨 짓을 한 건지.

약속한 주말이 다가왔다. 수는 학교에서 현을 마주쳤을 때 아무 말도 하지 못했다. 주말의 영화 관람을 취소하겠다는 말을 해야 했다. 한편으로는 무슨 소용인가 싶었다. 약속 따위야 지키든 말든 아무 상관이 없었다. 수는 지금 자신의 마음을 들여다보는 것만으로도 충분히 괴로웠다. 앞자리의 윤조차 눈에 들어오지 않았다. 윤은 수에게 말을 걸고 싶어하는 눈치였지만 수는 아무하고도 말을 나누지 않았다. 아무도 수의 마음을 알지 못했다. 아무도. Nobody. 수도 몰랐다. 딴사람의 마음속을 보는 것처럼 낯설었다. 괜히 몸이 으스스 떨리고 입을 열면 윤처럼 말을 더듬게 될 것 같았다. 경시대회를 준비해야 한다면서 주말인데도 누나는 첫 버스를 타고 시내의 학교에 갔다. 간밤에 자정을 넘겨 귀가한 아버지는 하루 놀기로 작정한 사람처럼 느긋했다. 가장 늦게 일어나 어머니가 차려준 밥을 먹고 외양간의 소를 돌보더니 결혼식장에라도 가듯 오래된 양복을 꺼내 입고 외출을 했다. 아버지가 나간 지 얼마 안 되어 어머니도 외출을 했다. 수는 마루 끝에 앉아 앞집 용마루 너머의 기찻길을 지켜보았다. 삼십분쯤 뒤에 상행선 완행열차가 지날 테고 주말이니 그 기차를 타려는 사람들로 간이역은 북적댈 거였다. 다음 기차는 두시간 뒤에나 있고 시내에서 하루를 온전히 즐기고 싶은 사람이라면 이 기차를 놓치면 안 되었다. 어쩌면 지금쯤 현도 집을 나와 기차역으로 향하고 있을지도 몰랐다. 수는 자전거를 타고 갈까 하다가 기찻길로 걷는 게 낫겠다 싶어 그냥 집을 나섰다. 기찻길을 따라 걷는 사람들이 보였다. 아버지는 보이지 않았지만 저 앞에 혼자 뚝 떨어져 걷는 사람은 어머니가 분명해 보였다. 어머니는 측선이 연결되는 곳에 이르자 기찻길을 빠져나와 철둑을 내려갔다. 수가 달려갔을 때 어머니는 이미 사라지고 보이지 않았다. 아마도 역 아래 굴을 통해 역전 쪽으로 간 듯했다. 수는 현의 집을 찾아 걸었던 밤길이 떠올라 가슴이 답답했다. 어머니는 지금도 아버지를 미행하는 거였다. 수는 연탄공장 담장을 따라 기차역 맞은편으로 갔다. 대합실 입구 근처에 선 채 그 안쪽을 노려보는 어머니가 보였다. 대합실에도 사람이 가득했지만 이미 많은 사람이 승강장에 나가 기차를 기다리고 있었다. 멀기는 했지만 수는 아버지를 알아보았다. 수의 아버지는 손목시계를 자주 들여다보았다. 마음이 바쁜 듯했다. 대합실 양쪽으로 사무실과 역무원 휴게실이 있었다. 수는 역무원 휴게실이 있는 쪽으로 가서 창을 통해 안을 보았다. 휴게실 문이 열려 있어서 대합실에 있는 사람들도 보였다. 다행히 현은 보이지 않았다. 수는 벽에 기대어 앉았다. 연착이 아니라면 기차는 곧 도착할 거였다. 기차가 서면 승강장 쪽에서는 대합실 쪽이 보이지 않을 거였다. 그때 철로를 건너 기차에 올라탈 수 있었다. 기차 시간을 간신히 맞춘 사람들이 그렇게 기차에 오르는 건 드문 일이 아니었다. 물론 문이 열린 쪽을 찾아 잠시 헤맬 수도 있었다. 역무원이 호루라기를 불며 달려올 수도 있었다. 어쨌거나 어머니에게는 용기가 필요한 일이었다. 역무원이 대합실을 나서자 사람들도 일제히 일어나 승강장으로 나갔다. 거기에 현이 있었다. 현은 연노란색 원피스를 입고 있었다. 여기에서 수를 만나지 못한다

해도 시내의 기차역이나 극장 앞에서는 볼 수 있을 거라 믿는 듯했다. 수는 지금이라도 승강장으로 달려가 현에게 말하고 싶었다. 무슨 말이든 하고 싶었다.

수가 예상한 대로 어머니는 승강장 쪽이 아니라 철로 쪽에서 기차에 올랐다. 한편으로는 대단하다는 생각이 들었다. 어머니의 집요함이 부러웠다. 질투든 사랑이든 수에게는 절실함이라는 게 없었다. 예전에는 있었는지 몰라도 지금은 없었다. 기차는 잠시 더 머물렀다. 기차가 기적을 울렸다. 열려 있던 모든 문들이 닫혔다. 그제야 수는 쏜살같이 철로를 건넌 뒤 아직도 문이 열린 마지막 칸 쪽으로 달려갔다. 수의 손을 잡아준 사내가 헐떡이는 수의 얼굴 앞에 엄지를 내밀었다. "그러다 골로 간다. 다음부터는 일찍 일어나렴. 이런, 이게 누구야? 석봉이잖아!" 담임이었다. 담임은 전날 숙직을 하고 돌아가는 길이라고 했다. 담임은 주변 사람들을 돌아보면서 임춘애 못지않은 실력이지 않았느냐며 으스댔다. "이 문? 내가 손 좀 댔더니 고장이 나서." 수는 밖을 바라보았다. 뭐라 설명하기 힘든 부드러운 바람이 불어왔다. 하늘은 맑고 푸르렀다. 보리밭들은 누렇게 물들어갔다. 시내 기차역에 도착한 뒤 수는 담임과 악수를 나누었다. 헤어질 때 담임이 은근한 목소리로 말했다. 나중에 숙직일 때 학교에 오렴. 내가 멋진 거 가르쳐줄게. 역 대합실에는 현이 없었다. 역 앞 광장으로 나온 수는 건너편 시외버스 터미널 쪽으로 가는 길을 걷는 어머니를 보았다. 극장도 그쪽으로 가야 했다. 아버지는 보이지 않았지만 저 앞을 걸어가고 있을 테고…… 어쩌다가 이렇게 되었는지 수는 알지 못했다. 어머니는 잠시 걸음을 멈추고 몸을 숨기곤 했다. 그럴 때마다 수도 몸을 숨기고 어머니를 몰래 지켜보았다. 어딘지 모르게 어머니는 넋이 나간 사람처럼 보였다. 어머니는 계속해서 걸어갔다. 한눈을 팔지도 않았고 뒤를 돌아보지도 않았다. 그저 어머니의 뒷모습을 보고 있을 뿐인데 수는 어머니의 마음속에 깃든 두려움을 느낄 수 있었다. 시청 앞 오거리가 가까워졌다. 그때 저 멀리 어딘가에서 마치 하늘에서 내려온 듯한 묵직한 함성이 일어났다. 순식간에 거리가 소란스러워졌다. 갑자기 골목에서 완전무장 한 경찰들이 우르르 몰려나왔다. 경찰들을 피해 달려오던 사람들에 떠밀린 어머니가 중심을 잃고 넘어지는 걸 보았다. 수는 어머니한테 달려가고 싶었으나 차도와 인도 가릴 것 없이 사람들이 우왕좌왕하는 바람에 그럴 수가 없었다. 오거리 쪽에서 자주색 깃발 하나가 높이 올라왔다. 가톨릭 농민회 깃발이었다. 그리고 누군가 확성기를 잡고 외치고 있었다. 종철이를 살려내라! 종철이를 살려내라! 아버지의 목소리였다. 이번에는 수도 아버지가 무슨 말을 하는지 분명히 알아들을 수 있었다. 길가의 상점에 있던 사람들이 몰려나와 떠드는 소리가 들렸다. "저기 새파란 학생들도 나왔네." 천변 쪽에서 오거리로 진입하는 대열은 교복을 입은 고등학생들이었다. 실업계 인문계 가릴 것 없이 시내의 모든 고등학생들이 참여한 듯했다. 경찰들은 지원이 올 때까지 기다리는지 해산을 시도하지 않았다. 수는 어머니 가까이 다가갈 수 있었지만 차마 어머니를 부를 수는 없었다. 어머니는 허공에 나부끼는 깃발을 보고 있었다. 어머니는…… 울고 있었다.

이윽고 천변 쪽에서 굉음이 들려왔다. 최루탄을 쏘아대는 소리였다. 여기저기서 고함과 비명이 터졌다. 피를 흘리는 고등학생 여럿이 수가 있는 쪽으로 달려왔다. 어머니가 지나치는 여학생의 팔을 붙잡았다. 그러고는 그 여학생의 등짝을 손바닥으로 내리쳤다. "미친년아, 여기가 어디라고 왔어, 응?" 수의 누나였다. 이제 수의 어머니는 독기가 올라 있었다. 어떤 새끼가 우리 딸을 겁박하는 거야! 어머니는 학생들을 뒤쫓아온 경찰들을 붙잡고 늘어졌다. 최루연기가 그쪽으로도 밀려왔다. 어머니는 눈물 콧물을 흘리면서도 경찰을 붙잡은 손을 놓아주지 않았다.

수는 극장으로 향했다. 한참을 기다렸지만 현은 오지 않았다. 시내는 여전히 소란스러웠다. 멀리서 노란색만 눈에 띄어도 가슴이 두근거렸다. 수는 오랫동안 시내를 배회했다. 마주치는 모든 사람이 아버지였다가 어머니였다가 누나였다가…… 현이기도 했다. 수는 구시장 골목의 단골 상점에서 주인과 이야기를 나누는 어머니를 보았다. 수는 오후 늦게 기차역으로 돌아갔다. 어머니는 버스를 타고 돌아갈 테니 마주치지 않으려면 완행열차를 타고 가는 편이 나았다. 표를 끊고 대합실을 둘러보던 수는 연노란색 원피스를 보았다. 열을 지어 붙박인 긴 의자들의 맨 앞쪽이었다. 수는 천천히 현을 향해 다가갔다. 현의 옆에는 올림머리를 한 어머니 또래의 여자가 앉아 있었고 아마도 젊은 시절에 입다가 고이 간직해두었을 화사한 꽃무늬 원피스 차림이었다. 현의 머리는 그 여자의 어깨에 살짝 기대어 있었다. 현의 어머니는 당신이 현에게 무슨 짓을 했는지 모를 거였다. 수는 잠자코 지켜보았다. 사내를 잡아먹을 얼굴이라고 보기에는 너무나 평범하고 수수했다. 오히려 누군가에게 죽임을 당한 사람의 얼굴이었다. 죽음 근처에서 간신히 살아 돌아와 어쩔 줄 몰라 하며 하루하루를 견디는 사람의 얼굴이었다. 그리고 현은…… 무엇에도 상처받지 않을 아이 같았다. 수는 개찰구를 지났다. 역 앞 광장을 가로질러 다가오는 아버지가 보였다. 아버지는 대합실 입구에서 멈춰 섰다. 수는 당신들이 먼 곳으로 떠나기 위해 역에서 만나기로 약속했는지 어쨌는지 알 수 없었다. 적어도 아버지라면 당신이 무슨 짓을 하는지 알 거라고 믿을 뿐이었다.

"저거 봐, 윤아. 니가 또 저기를 지나가네." "내, 내가? 나, 난 여기 이, 있는데." "그럼 저건 누구야." 수와 윤은 철교를 건너는 실루엣을 지켜보았다. "우, 우현이잖아." "현이라고?" "저, 저런 애를 누, 누가 사랑하지 아, 않을 수 이, 있겠어." 수는 윤을 돌아보았다. 윤이 현을 마음에 품고도 수를 위해 편지가 오가도록 애써주고 소식을 전해주며 스스로를 다독였을 가능성을 떠올려보았다. 수는 윤을 와락 안고 싶은 충동을 간신히 이겨냈다. 느닷없이 악수를 청하는 것도 어색했다. 그러나 말은 하고 싶었다. 윤이 잊지 못할 말을 해주고 싶었다. "윤아, 고마워. 평생 잊지 않을 거야. 넌 내 친구야. 그렇지?" 윤이 어느날처럼 눈부시게 웃었다. "어, 언제 올래? 터, 터널 지나는 거 보, 보여줄게." "괜찮아. 난 너 믿어." "내, 내가 터, 터널 지나는 거 모, 못 봤잖아." "내가 지나봤거든." 수는 윤에게 그날 밤 집으로 돌아가는 길이 얼마나 캄캄했는지를 말하고 싶었다. "하나만 약속해줘. 다시는 그 위험한 터널을 지나지 않겠다고. 만약…… 정말 터널을 지나야 한다면 나를 생각해야 해. 내가 오기를 기다려야 해. 너 혼자서는 지나게 하지 않을 테니까." 윤은 고개를 끄덕였다. 담임이 주말 숙직을 한 다음 날이었다. 일요일 오전 중학교 운동장은 고즈넉했다. "어이, 석봉!" 수와 윤은 골대 근처에서 담임과 만났다. 담임은 축구공을 들고 있었다. "발등에 얹히도록 차는 거야." 담임은 시범을 보이기 위해 공을 내려놓고 서너걸음 뒤에서 달려오며 멋진 자세로 공을 찼다. 공은 멀리멀리 휘어져 날아갔다. 허공에 기찻길 같은 궤적을 그리며 날아가 교무실 창문을 뚫고 들어갔다. 정확히 교감 선생 자리를 향해. 중앙 현관에서 명수의 아버지가 나오더니 이쪽을 노려보았다. "브, 브라보!" 수와 윤은 담임과 함께 웃었다. 수는 철봉대 근처에 서 있던 현을 향해 손을 번쩍 들었다. 너를 사랑하는 '아무도'라는 사람에 대해 말해줄 생각이었다.

⋮

저녁의 선동가

⋮

비가 내린 어느 일요일 아침 주택가 공원에서 벌거벗은 십대 여자아이가 발견되었다. 선동가가 나타났다는 소문이 들려오기 두어 달 전이었다. 공원 근처 주민들은 그 아이가 아파트 단지 동쪽 오래된 마을에서 왔다는 걸 알게 되었고 그런 마을에 흔한 조손가정의 불량 청소년 가운데 한명일 거라고 짐작했다. 십여년 전 공원이 생긴 뒤로 더러 사건이 있었다. 얼어 죽은 노숙자도 있었고 오래 잊히지 않을 폭력 사건도 있었지만 벌거벗은 십대 여자아이가 발견된 건 처음이었다. 여자아이의 긴 머리칼은 비에 젖은 탓에 어깨에 들러붙어 있었고 흉터 자국인 듯한 손가락 한마디 길이의 하얀 빗금이 왼쪽 턱 아래서 도드라졌다. 두 팔로 가슴께를 가리고 두 다리를 오므린 채 부들부들 떠는 여자아이는 누군가를 찾듯 고개를 돌려 두리번거렸다. 화장기가 없는 얼굴이어서 새빨간 립스틱을 바른 입술이 유독 선명했다. 군데군데 도장이 벗겨지고 녹슨 일 톤 트럭이 공원 옆길로 들어섰다. 트럭이 경적을 울리자 사람들이 길을 내주었다. 이윽고 트럭 운전석에서 허깨비 같은 노인이 내렸다. 비에 젖어 반들거리는 여자아이의 부드러운 갈색 피부가 무두질을 마친 짐승의 가죽처럼 팽팽하게 당겨졌다. 그동안 한마디도 하지 않던 여자아이가 노인을 보자 할아버지! 하더니 왈칵 울음을 터뜨렸다. 쭈그리고 앉은 노인은 손녀의 야위고 검은 등에 팔을 두르고 품 안으로 끌어당겼다. 노인이 머리부터 씌워준 담요의 끝자락이 갓 태어난 송아지처럼 휘청거리며 일어서는 여자아이의 허벅지까지 늘어졌다. 웅크리고 앉았을 때는 몰랐으나 여자아이는 제법 키가 컸다. 가느다랗고 억세 보이는 종아리, 그 위 탈색된 것처럼 희게 보이는 오금을 뭇 사람들의 시선이 쓸고 지나갔다. 여자아이는 맨발이었고, 한걸음 뗄 때마다 희게 질린 발바닥이 조금씩 엿보여서 걸을 때마다 발바닥 아래서 환하게 불이 켜지는 것만 같았다. 노인의 트럭이 떠나자 공원은 물질을 하던 잠녀가 막 수면위로 올라온 것처럼 참았던 숨을 토해냈고, 간밤에 내린 비에 젖어 서늘해진 얼굴을 쳐들며 비로소 잠에서 깨어났다.

그는 여자아이가 노인에게 기대어 트럭에 오른 뒤 사라지는 걸지켜보았다. 그가 여느 구경꾼들과 다른 점이 있다면 여자아이의 신상을 조금 더 정확하게 안다는 것이었다. 구경꾼들이 입으로 옮기는 것과 달리 여자아이는 십대가 아니라 이십대 중반이었다. 외국인의 나이를 가늠하지 못하는 것처럼 혼혈인 여자아이의 나이를 제대로 짚어내지 못한 거였다. 그는 나이뿐만 아니라 이름도 알았고 가족의 내력도 알았다. 잘 안다고 할 수는 없었지만 공식적인 서류에 기록될 만한 인적사항은 알았다. 아마도 여자아이를 처음 발견한 사람도 그였을 것이다. 그는 성당에 가기 위해 집을 나선 참이었고 비는 그쳤지만 들고 나온 장우산을 지팡이 삼아 바닥을 짚어가며 공원 바깥 길을 걷고 있었다. 야트막한 철제 울타리를 따라 구불구불 이어진 오솔길이었다. 진창인데다 웃자란 풀들이 발목에 엉겨붙어 운동화와 바지 자락이 젖었다. 십여년 가까이 아무도 개발하지 않아 버려진 개발구역이 공원 반대편에 펼쳐졌기에 평소에도 사람의 발길이 거의 미치지 않았다. 성당까지 가려면 주택가나 공원을 가로지르는 게 가장 빨랐지만 그는 외려 그 길의 한적함을 즐기는 쪽이었다. 무심코 공원 안쪽으로 눈길을 돌린 그는 느티나무 아래 검붉은 맨땅에 웅크리고 있던 여자아이를 보았다. 여자아이를 처음 본 순간 죽은 사람이 분명하다는 생각이 들었다. 그는 울타리를 따라 여자아이가 좀더 잘 보이는 쪽으로 다가갔다. 한참을 지켜보던 그는 괜한 일에 휘말리고 싶지 않아 그 자리를 떠났다. 몇번 뒤돌아보기는 했지만 되돌아갈 생각은 없었다. 외설스러운 낙서로 뒤덮인 채 녹슬어가는 컨테이너 창고를 지날 때였다. 전에 본 적 없는 커다랗고 새까만 들개 한마리가 창고 뒤쪽에서 어슬렁거리며 걸어나오더니 오솔길로 다가왔다. 이 근처에서 가끔 볼 수 있는 들개들과는 달랐다. 고양이와 개의 잡종이라도 되는 듯 허리가 길어서 한발 내디딜 때마다 온몸의 윤곽이 부드럽게 일렁였다. 들개는 송곳니를 드러내며 나지막하게 으르렁거렸다. 그는 들개의 눈길을 피하지 않았다. 개와 마주 선 순간의 그는 한마디로 인간짐승이었고 그 앞의 개는 짐승인간이었다. 그는 당장이라도 달려들어 들개를 물어뜯을 듯한 기세였고 들개 역시 언제라도 그에게 달려들어 멱살을 잡을 듯한 기세였다. 얼마나 지났을까. 들개는 오솔길을 가로질러 철제 울타리를 훌쩍 뛰어넘더니 공원의 나무 그늘 사이로 사라졌다. 공원 바깥 길이 끝나는 곳에서 도로를 따라 성당 쪽으로 걷던 그는 공원 후문에서 잠시 머뭇거렸다. 그는 한숨을 내쉰 뒤 공원으로 들어갔다. 여자아이를 보았던 곳이 가까워지자 서너명의 늙수그레한 사내가 깔깔대는 소리가 들렸다. 여자아이가 고개를 들었고 잠깐이지만 그와 눈이 마주친 것 같았다. 먼 거리여서 정말 눈이 마주쳤다고 말하기는 어려웠지만 그제야 그는 여자아이가 죽은 게 아니라는 것과 근처의 바, 마사지업소 등에서 일하는 여자가 아니라는 걸 알았다. 생판 모르는 남이라고 하기에도 뭣하고 다가가서 알은체하기에도 뭣한 그저 그런 관계였다. 그는 성당에 가는 것조차 미루고 여자아이의 할아버지가 나타나 트럭에 그 아이를 싣고 사라질 때까지 지켜보았다. 여느 때였다면 오래지 않아 그 일을 까맣게 잊었을 것이다. 그날 여자아이의 것이 분명한 옷가지와 신발이 들어 있는 가방을 발견하지만 않았더라면 말이다.

성당은 조립식 패널로 지어졌다. 내부는 여름이면 푹푹 쪘고 겨울이면 냉기가 목덜미로 스며들었다. 계절에 따라 대형 선풍기와 온풍기가 들어왔다 나갔고 편의점 앞에서나 볼 수 있을 법한 플라스틱 의자들이 신도석이었다. 미사 내내 플라스틱 의자의 다리가 휘어져 넘어지는 사람이 서넛씩은 있었다. 오십대 후반의 주임신부는 볕에 그을린 얼굴로 미사를 집전했다. 성당을 찾은 사람들 가운데 주임신부만이 유일하게 신을 믿지 않는 사람처럼 보였다. 그는 주임신부를 지켜보면서 그런 분위기를 풍기는 사람이야말로 신을 만나본 적이 있는 사람이라는 걸 알게 되었다. 성당은 개발구역의 가장자리인 언덕 아래에 있었기 때문에 평일에는 인적이 드물었다. 언덕을 따라 산책로가 조성되어 있기는 했으나 그 길을 산책하는 사람은 거의 없었다. 성당 주차장에서 언덕으로 이어진 계단을 올라가면 작은 쉼터가 있는데, 그는 미사에 참석하는 대신 종종 그곳에 앉아 저 멀리 아파트 단지와 학교와 시멘트공장 등을 바라보며 시간을 보냈다. 그날 그를 쉼터로 이끈 건 바로 권태였다. 그에게 권태란 아무것도 수행하지 않는 상태가 아니라 권태를 수행하는 상태였다. 그는 권태로워서 성당에 들어가는 대신 쉼터를 선택했고 쉼터에 머무는 동안 더욱 권태로워졌다. 그리고 언제나 그랬듯이 그를 괴롭히는 오래된 기억들에 시달렸고 그 일들이 다시는 재현되지 않을 것임을 잘 알고 있음에도 다시 일어날 것 같은 두려움을 느꼈다. 아무도 다니지 않을 것 같던 산책로를 따라 낯익은 사람이 그가 있는 쪽으로 걸어오는 걸 보았다. 민규였다. 이년 전 죽은 아들과는 어린 시절부터 친분이 있던 민규는 그와 같은 아파트 단지는 아니었지만 가까운 임대아파트에 살았다. 사우나에서 어린 소년을 성추행한 전력이 있어 전자발찌를 차고 다니는 녀석이었다. 그에게 다가온 민규는 꾸벅 인사를 하더니 마른자리를 찾아보지도 않은 채 아직 물기가 가시지 않은 의자에 털썩 주저앉았다. 그는 민규가 무슨 말을 할지 잘 알았다. 아저씨, 현우는 잘 지내죠? 처음 그 질문을 받았을 때 그는 자기도 모르게 고개를 주억거렸다. 죽은 아들의 이름을 아무렇지도 않게 꺼내며, 마치 지금도 물류창고에서 택배 상차를 하다가 잠시 짬을 내어 담배 한대를 피우고 있을 거라는 상상을 하게끔 하는 목소리로 안부를 물었다. 그 뒤로 그는 민규가 그렇게 물을 때마다 의식적으로 고개를 주억거렸다. 그래, 잘 지낸다. 집에는 아주 안 와요? 가끔 오지. 오면 연락 좀 하라고 해주세요. 얼굴이나 좀 보게. 그래, 그러마. 이런 대화들이 이어질 테고 민규는 그의 목소리와 낯빛이 갈라지고 어두워지는 걸 보며 당황하다가 다시 꾸벅 인사를 하고는 가버릴 거였다. 그러나 이번에는 민규를 그냥 보내지 않고 말해줄 거였다. 얼마 전에 이년을 끌어오던 재판이 마침내 끝났어. 창고 관리자는 집행유예로 석방되었고 회사 사장은 고작 벌금형을 받았지. 세명이 죽고 두명이 병신이 되었는데. 다들 현우 또래의 젊은이였어. 그런데 이렇게 끝나고 말았어. 그러나 그가 말을 꺼내보기도 전에 민규가 의자 아래서 가방을 주워들었다. 자주색의 손가방이었다. 민규가 아는 가방이냐며 눈빛으로 물었고 그는 모른다는 의미로 고개를 저었다. 민규는 씨익 웃더니 황동색 지퍼 고리를 당겨 가방을 열었다. 민규는 가방 안에 들어 있는 것들을 하나하나 꺼냈다. 한번도 입은 적 없는 것처럼 깔끔하게 개켜진 청바지, 아이보리색 니트 등이 새 물내를 물씬 풍기며 민규 손에 이끌려 나왔다. 가방 맨 아래에는 깨끗한 흰색 운동화가 있었다. 새 옷가지인 건 분명했지만 가격표가 달리지 않은 걸로 보아 사람의 손을 좀 탄 것 같기도 했다. 가방 안쪽 주머니에는 레이스가 달린 검은색 브래지어와 팬티 그리고 하얀색 양말 한켤레와 립스틱 하나가 있었다. 민규는 꺼냈던 것들을 다시 집어넣었다. 그가 민규의 발목 쪽을 가리키자 민규는 어깨를 으쓱하더니 꾸벅 인사하고는 가버렸다. 이제 쉼터에는 그와 가방만이 덩그러니 남겨졌고 그는 이 가방이 그의 비밀이 될 것임을 예감했다.

미사가 끝나고 사람들이 썰물처럼 빠져나간 성당 앞마당에서 그는 주임신부와 이야기를 나누었다. 그는 자주색 손가방을 든 채 신부가 으레 그에게 해주던 몇마디 위로의 말을 놓치지 않기 위해 귀를 기울였다. 그는 신부에게 아마도 자신이 지금까지 거짓말을 한 것 같다고 말했다. 무엇이 진실이고 거짓인지 구분하기가 모호해졌다는 변명도 덧붙였다. 신부는 고개를 저었다. 거짓말이라고 해도 상관없다고 했다. 왜냐는 물음에 신부는 이렇게 말했다. 거짓말을 하는 사람은…… 진실과 대면한 적이 있는 거니까요.

아내는 그가 식탁 앞에 앉으면 밥그릇, 국그릇을 비롯해 반찬 그릇들을 거의 던지다시피 탁탁 내려놓았다. 먹든 말든 상관할 바 아니라는 속내가 분명히 눈에 보였다. 숟가락을 들기 전에 흘러넘친 국물을 닦는 게 그의 습관이 되었다. 그는 아내의 말 없는 항변에 대응하지 않기로 마음먹었다. 아들이 죽기 전까지만 해도 아내는 그를 어려워하는 편이었다. 속말을 별로 하지 않았으므로 짐작으로 속내를 알아내야 한다는 점만 빼면 그에게는 순조로운 부부생활이었다. 물류창고에서 일하던 아들이 화재 사고로 죽고 난 뒤 아내는 전혀 다른 사람이 되었다. 전보다 야위고 수척해졌지만 옷차림에는 더 신경을 썼다. 아들을 먼저 보낸 어미로 보이는 걸 싫어하는 것 같았다. 지난겨울 결심선고를 유가족들과 함께 법정에서 지켜볼 때도 그를 불편하게 한 건 지나치게 꾸며 입은 아내의 옷차림새였다. 아내는 선고문이 낭독될 때 자리에서 벌떡 일어섰다가 주저앉았다. 아내가 정신을 차릴 때까지 그는 한숨과 통곡과 외침과 흐느낌을 묵묵히 듣고 있었다. 그 모든 소리가 어우러지니 비웃음처럼 들리기도 했다. 어쩌면 아들이 죽은 뒤로 귀가 조금씩 먹어가는 중이라 그럴지도 몰랐다. 간신히 정신을 차린 아내를 부축해 법정을 빠져나온 뒤 그는 다짐했다. 이제 모든 게 끝났으므로 아무것도 기억하지 않겠노라고.

아내는 달랐다. 그날부터 아내의 기억은 새롭게 시작되었다. 모든 게 끝나버린 순간부터 아내는 다시 시작했고 관심사는 점점 더 확대되었다. 아내는 이제 물류창고의 화재 사고만이 아니라 건설 현장의 매몰 사고, 추락 사고와 같은 산업재해부터 이주노동자의 열악한 처우, 알바생의 부당해고에 이르기까지 아들을 연상시키는 것이라면 무엇이든 자신의 수중에 넣으려는 사람처럼 아무리 사소한 일일지라도 주의를 기울였다. 그와 아내는 이런 방식으로 멀어지는 중이었고 그에게는 이 모든 일이 터무니없게 여겨졌다. 아내는 그가 공공근로를 다녔을 때 만났던 여느 여인네들과 별다르지 않았다. 그들은 끈으로 묶은 의자를 엉덩이에 매단 채 잔디를 심고 쓰레기를 주웠다. 쉬고 싶을 때는 그냥 주저앉으면 되었다. 의자를 매달고 다니는 여인네들처럼 아내도 밖에서 일을 할 때나 집안일을 할 때나 팔 토시를 벗어본 적이 없었고 발목에는 고무줄을 걸고 다니다 필요할 때 바지 자락을 여미는 데 썼다. 손등이 갈라터지는 겨울에나 콜드크림을 한통 사서 쓸 뿐, 수십년을 화장품 샘플로 견뎌왔다. 두 딸이 사준 화장품이며 아들이 아직 살아 있을 때 첫 월급으로 사준 화장품도 있었건만 아깝다며 뚜껑도 뜯지 않은 채 모셔둔 아내였다. 이제는 그가 도무지 글자를 읽기조차 어려운 화장품들을 잔뜩 사서 흔전만전 써버렸고 야한 속옷과 화려한 원피스, 굽이 높은 구두 따위를 사들여 한껏 치장을 하지 않고서는 집 밖으로 나갈 생각조차 하지 않았다. 그는 마음속에서 아내를 비난하는 말들이 물 위로 뛰어오르는 고기떼처럼 솟아났지만 꾹 눌러 참았다. 아내의 진심이 어디에 있는지 잘 알 수 없어서이기도 했고 이 모든 변화가 아내 나름의 방식으로 상처를 치유하는 과정일지도 몰라서였다. 삼십여년을 함께 살았는데 이제야 아내가 눈에 보였다. 아내는 언제나 그의 가슴 한구석 사각지대에만 존재했다. 아내가 스스로 걸어나오지 않는 이상 그는 아내를 볼 수 없었다. 이제 아내는 그의 시선에 포착되는 걸 전혀 두려워하지 않으며 스스로 걸어나왔다. 그때부터였다. 그가 성당을 다니게 된 것은. 오래전아내를 따라 두어번 가본 적은 있지만 그곳을 마음에 둔 적은 없었다. 아들의 장례식을 치르며 성당의 도움을 받기도 했지만 그건 형식적이고 의례적인 일일 뿐이었다. 어느날 그는 성당 근처를 지나다 무심코 뒷문을 밀고 그 안으로 들어갔다. 그는 맨 뒤에 남은 플라스틱 의자에 앉아 주임신부의 강론을 들었다. 신부는 듣는 이들이 어떤 반응을 보여야 할지 헷갈리는 이야기들, 그러니까 웃어야할지 울어야 할지 헷갈리는 일화 몇가지를 섞어 이야기했다. 그가알아듣기에는 낯선 화법이었지만 적어도 이런 말은 알아들을 수있었다. 하늘이 우리에게 무심할 수 없는 이유는 우리가 하늘에 무심하지 않기 때문입니다. 그의 가슴속에서 분노가 치솟았고 다시는 성당 같은 곳은 찾지 않겠노라 결심했다. 그러나 성당을 지날때마다 그의 마음은 벌써 그 안으로 걸어들어가버렸고, 그의 몸은마음을 뒤따라가다가 마음이 닫아버린 성당 문을 차마 밀고 들어가지 못한 채 성당 주변을 서성거렸다. 그러다 주임신부와 맞닥뜨리는 경우도 있었다. 신부는 그가 누구인지 알아보았고 그의 아들을 거론하며 위로의 말을 해주었다. 그가 강론에서 들었던 말을 자기 식대로 되풀이하며 무슨 의미인지 자세히 설명해달라고 했을때 신부의 대답은 이러했다. 신이 있느냐 없느냐는 중요하지 않다,

우리가 신에게 무심하지 않다면 신은 응답하지 않을 수 없다, 지금 우리가 간절히 필요로 하는 건 기적이므로 기적은 우리를 내버려둘 수 없다, 다만 자존심 강한 기적은 우리가 예상하지 못한 방식으로 다가올 것이다. 그가 낯설었던 건 신부의 대답 자체가 아니었다. 자기 말을 이어받아 못다 한 문장을 완성해주길 바라는 듯한 신부의 태도였다. 신부와 헤어진 뒤 그는 신부의 말 뒤에 이어질 적절할 문장을 찾아보려 애썼다. 오랜 시간이 지난 뒤에 그가 찾아낸 문장은 겨우 이런 거였다. 이 전쟁 같은 세월 끝에 우리는 너희를 얻었고 이것이야말로 우리에게 허락된 유일한 기적이라 믿었다. 마침내…… 이 기적이 사라져버렸구나. 기적에도 유효기간이 있구나. 기적도 찰나에 불과하구나.

자네, 그 저수지에서 내가 본 것들을 믿을 수 있겠는가? 그의 물음에 아내는 진저리를 치며 대답했다. 벌써 천번째 듣는 그놈의 이야기 이제 그만하시오. 그만할 수 있는 거라면 진즉에 그만뒀겠지. 당신은 현우가 저렇게 되고 현우를 저렇게 만든 자들이 희희낙락하며 사는데도 여태 그 생각뿐이란 말이오? 내 시간은 사실 오십년이 다 되는 그 사건의 기슭에 정박해버렸다네. 한번 난파된 사람은 쉽게 닻을 올릴 수 없으니 말일세. 발밑은 까마득한 심해야. 아무리 발을 저어도 매번 헛발질을 할 뿐이라네.
그는 이 이야기를 꺼낼 때마다 아내가 진저리를 칠 뿐만 아니라 경멸하듯 자신을 본다는 걸 잘 알았다. 그는 만약 아내가 속말을 스스럼없이 꺼내는 사람이라면 무슨 말을 했을지 상상했다. 아내는 아마도 이런 말을 하고 싶을 것 같았다. 당신이 어린 시절에 겪었던 그 일을 되풀이해서 이야기하는 이유는 살아오면서 겪은 모든 일들을 그 사건보다 하찮은 것으로 보이게 하려는 비겁한 시도라고. 그것보다 심각하고 놀랍고 끔찍한 일은 없으므로 내가 무슨 일을 하든 무슨 생각을 하든 상관하지 말아달라 투정하는 거라고. 아마도 그럴 거였다. 아내가 생각하는 게 맞을 테고 그렇게 말한다면 그 역시 인정하지 않을 수 없을 거였다. 그 일은 혼자 겪지 않았다. 동네 친구들과 함께였다. 고등학교에 진학한 친구도 있었고 공장에 다니던 친구도 있었다. 오랜만에 어울려 동네 근처 저수지에서 술을 마셨고, 다들 조금씩은 취한 탓에 함께 목격했음에도 나중에 이야기해보니 서로 다르게 기억하고 있음을 알게 되었다. 서로의 기억에 다른 점이 있다 해도 그날의 상황에 대해서는 일치했다. 저수지의 둑 쪽에 앉았던 그들은 누군가 둑의 저 길 끝에서 달려오는 걸 보았다. 달빛이 흐드러진 늦여름밤이었다. 저수지 위쪽 산 아래에는 두어채의 집이 있었고 그 집에 가려면 저수지를 에두른 산중턱 길을 따라 한참을 가야 했다. 그는 아내가 듣든 말든 계속해서 이야기했다. 달려오던 사람의 실루엣만 보고도 알 수 있었어. 저수지 저 위쪽에 사는 털보영감이었지. 반 미친 딸과 함께 살던, 딸의 말이라면 무엇이든 들어준다 해서 놀림감이 되곤 했던 영감이었어. 나와는 그리 멀지 않은 친척이어서 당숙이라고 불렀던 분이었어. 달려오던 그이가 멈추지 않고 저수지로 뛰어드는 걸 보았지.

정말 몇걸음쯤은 물 위를 달리는 것처럼 보이기도 했는데 이내 물속으로 사라져버렸다네. 우리는 무슨 일이 벌어진 건지 알 수 없어 당황했고 한참 뒤에야 비명을 지르며 발을 구르고 주저앉았어. 술이 확 깨더군. 얼마나 시간이 흘렀을까. 저수지 반대편에 이상한 움직임이 보였어. 어떤 녀석이 손가락으로 그쪽을 가리켰지. 먼 거리였지만 저수지에 뛰어들었던 털보영감인 게 분명한 형체가 불쑥 솟아올랐다네. 천천히 그이의 몸이 드러났고 물에 흠뻑 젖었을 게 분명한 그이가 개처럼 몸을 털더니 비탈을 기어올라 그 너머로 사라졌지. 시간이 흐른 뒤 우리는 털보영감이 저수지에서 익사했고 그이의 영혼인지 뭔지 알 수 없지만 귀신이 된 그이가 저수지를 빠져나와 비탈을 기어올랐다는 걸 알게 되었어. 세월이 흘러 우리가 이십대였을 무렵 한 친구가 이렇게 말했지. 털보영감은 얼마나 절망했을까. 귀신이 되어서까지 달려갔으나 이미 늦었다는 걸 알았을 때, 설령 제시간에 도착했더라도 귀신이 되었으므로 할 수 있는 일이 없다는 걸 알았을 때 얼마나 절망했을까. 그 말이 우리 모두가 느낀 걸 대변하는 말이라고 할 수 있었지. 목매달아 죽은 반 미친 딸의 시신과 저수지에서 익사한 털보영감의 시신을 수습하고 거두는 걸 직접 보았지만 우리는 다른 사람들에게 우리가 본 걸 이야기하지는 않았어. 차라리 그때 다 털어놓았더라면 괜찮았을지도 모르지만, 아무튼 그때 우리는 약속이라도 한 듯 귀신이 되어 비탈을 기어오르던 털보영감에 대해 함구했지. 지금까지 수백수천번 그 장면을 떠올려보았고 왜 그 기억에 사로잡혀야 하는지 알지도 못한 채 세월만 흘려보내면서 털보영감이 죽었을 때의 나이가 되었어. 그이는 하나뿐인 딸을 잃었지만 나는 비록 아들을 잃었다 해도 딸자식이 둘이나 살아 있는데, 털보영감을 생각하면 내가 그이보다 더 서럽고 쓸쓸하다는 느낌을 지울 수가 없다네. 한평생 벗어날 수 없는 누명을 쓰고 살아온 기분이라네. 자네, 자네는 알겠는가. 어떻게 그런 일이 있을 수 있는지 자네는 믿을 수 있겠는가.

그는 아내를 보았다. 그의 예상과 달리 아내는 이글이글 타오르는 눈빛이었다. 아내가 그에게 말했다. 털보영감은 늦었을 테지만 아무것도 하지 못한 건 아니었소. 사람들이 부녀의 시신을 수습하는 걸 봤다고 했지요? 그는 고개를 끄덕였다. 그때 털보영감의 딸은 바닥에 뉘어져 있었고 옷으로 덮여 있었다고 했지요? 그는 다시 고개를 끄덕였다. 그럼 누가 목매단 여자를 바닥에 내려놓고 벌거벗은 몸을 가려주었단 말이오? 이번에는 대꾸했다. 그거야 마을 사람들이…… 마을 사람들? 당신은 지금도 모르겠소? 그게 바로 털보영감이 한 일이라는 걸. 그게 그이가 할 수 있는 유일한 일이었다는 걸. 딸의 죽음을 막지도, 딸을 그 지경으로 만든 녀석을 박살내지도 못했지만, 그이는 할 수 있는 일을 하고야 말았다는 걸, 당신은 정말 모른단 말이오?

그는 자주색 손가방을 그보다 더 큰 가방에 넣고 선화가 사는 마을에 간 적이 있다. 선화라고 했다. 여자친구를 소개시켜주겠다며 저녁 시간을 비워두라는 현우의 연락이 왔을 때만 해도 그와 아내는 얼떨떨해하면서도 기뻤다. 숫기가 없어 연애나 할 수 있을까 걱정스러웠는데, 며느리 될 사람이라는 말을 덧붙이지는 않았지만 덜컥 여자친구를 소개해주겠다니 사뭇 긴장이 되었다. 현우 성격이라면 진지한 만남을 이어온 사이일 게 분명했고, 이런 경우 설령 부부의 마음에 차지 않더라도 자식을 이겨내기가 어렵다는 걸 알기도 해서였다. 여자아이를 처음 본 순간부터 그의 마음은 어지러웠다. 최대한의 인내심을 발휘해 참아내기는 했지만 하필이면 튀기라니!라는 말이 그의 목구멍에서 불쑥불쑥 튀어나오려 했다. 아내도 당황하는 것 같았다. 그가 입을 꾹 다물자 아들은 묻지도 않은 말들을 늘어놓았다. 듣기 싫고 알기 싫어도 아들이 장황하게 떠들어댔던 탓에 여자아이의 신상이 기억에 남을 수밖에 없었다. 아내는 티를 내지는 않았지만 여느 때와 달리 실수를 많이 했다. 물컵을 엎지르고 말을 더듬고 식당을 나올 때는 발목을 삐끗 접질리기까지 했다. 그는 한마디도 하지 않는 걸로 심사를 드러냈다. 여자친구를 바래다주고 오겠다던 아들에게 전화가 걸려왔다. 그예 곧장 회사의 숙소로 가버렸다고 했다. 그는 아들의 심사도 짐작할 수 있었기에 나무라지 않았다. 아들은…… 그를 탓하지 않았다. 부부는 불편한 마음으로 자다 깨다를 반복하며 그날 밤을 보냈다. 아침에 일어났을 때 그는 후회했다. 나중 일이야 어떻든 말이라도 따뜻하게 해줄걸 하는 후회였다. 어머니가 필리핀인이라고 했다. 선화의 얼굴은 모계의 혈통이 역력했고 혼혈이 아니라 순혈 필리핀인이라 해도 될 만큼 이국적인 용모였다. 선화의 입에서 흘러나오는 순박하고 자연스러운 한국어가 이상하게 여겨질 정도였다. 그는 한국어에 능통한 이주노동자를 꽤 알았다. 그러나 아무리 능통해도 그들에게는 모국어가 아니었으므로 부자연스러운 구석들이 있었다. 선화의 말투는 딸들과 똑같았고 그에게는 그 사실이 더욱 이물스러웠다. 아침에 눈을 뜨자마자 아내는 말했다. 부모 없이 할아버지 할머니 아래서 자랐는데 어쩜 그리도 곱고 바르게 컸을까. 그 아이 조부모도 대단하지만 생각할수록 그 아이도 대단한 것 같아요. 그 아이는 혼자서 그런 사람이 되기로 마음먹었을 테고 자기가 마음먹은 대로 살아온 거니깐 말이우. 그는 대꾸하지 않았다. 그 아이를 생각하는 게 쓸모없는 일이라고 여겨서였다. 그로부터 두 달 뒤에 현우가 죽었다. 장례식장에 찾아온 그 아이를 붙들고 아내는 통곡했다. 그 아이는 울지 않았다. 그는 선화의 눈을 똑바로 볼 수 없었다. 아니, 더는 그 아이와 인연을 맺고 싶지 않았다. 조문을 하러 온 것까지야 막을 수 없었지만 다시는 그 아이를 보고 싶지 않았다. 증오 때문이 아니었다. 그 아이는 현우의 죽음이 그의 책임일 수밖에 없다는 걸 증언하는 증인인 것만 같았다. 자주색 가방을 처음 품에 안았을 때 그는 이미 예감했다. 이 가방을 결코 선화에게 가져다주지는 못할 거라고. 가방이 선화의 것이라는 확증은 없었다. 선화가 공원에서 벌거벗은 채 발견되었다는 사실도 가방과 선화를 합리적으로 이어주지는 못했다. 가방에 든 옷가지와 신발이 선화에게 딱 어울릴 법한 사이즈라는 사실도 선화의 입술에서 번득였던 립스틱과 같은 색깔의 립스틱이 있었다는 사실도 결정적인 증거일 수는 없었다. 현우가 선화를 데리고 왔던 날 선화의 옷차림새와 얼굴 화장이 어떠했는지 등을 아내에게 물어볼 수는 없었다. 예민한 아내는 꼬치꼬치 따져 물을 게 뻔했다. 아무리 기억을 더듬어도 불분명했다. 남자친구의 부모를 만나는 날이었으니 단정한 정장 차림이었을 가능성이 컸다. 그랬던 것 같다. 굽이 높지는 않아도 구두를 신었던 것 같고 진하지는 않아도 화장을 했던 것 같다. 평소에 잘 신지 않는 구두라 발목을 삐긋했던 것도 같다. 그러고 보면 그날 식당에서 발목을 접질린 게 아내가 아니라 선화였는지도 모른다. 다시 생각해보면 그날 선화는 하얀 운동화를 신고 청바지와 아이보리색 니트를 입었던 것만 같다. 가장 확실한 방법은 가방을 버리는 거였다. 그가 가장 원하는 방법이기도 했지만 왠지 가방을 버리면 정말 현우의 죽음이 그의 책임이라는 걸 완벽하게 인정하게 되는 것 같았다. 그에게는 아직 도망가서 숨을 곳이 필요했다.

선화가 사는 동네는 아파트 단지 너머에 있었다. 단독주택과 전원주택의 택지로 지정되어 터만 닦인 공터 사이로 옛길이 있고 하천을 건너 구불구불한 그 길을 따라가면 야트막한 구릉과 고속도로에 둘러싸여 어깨를 움츠린 것처럼 보이는 작은 마을이 있었다. 그는 기억을 더듬어 선화가 사는 집을 찾아냈다. 약간 비탈진 길 아래쪽에 자리 잡은 그 집은 작은 마당을 품은 방 두칸짜리 시멘트 집이었다. 현우는 선화의 집 대문이 파란색이라고 했는데 그보다는 대문 앞에 세워진 일 톤 트럭 덕분에 쉽게 찾을 수 있었다. 집에 잇대어 골함석으로 달개지붕을 달아 블록으로 담을 쌓은 화장실과 창고가 있었고 마당 한쪽에는 닭장이 있었다. 그 옆 작은 개집 앞에서 누렁이 한마리가 엎드린 채로 꼬리를 흔들었는데 사람이라면 누구나 따르는 순한 녀석인 것 같았다. 마당에 들어서니 아늑했다. 길차게 자란 오동나무 한그루가 이 집의 연원이 퍽 먼 옛날에 있음을 말해주는 듯했다. 집 주위를 둘러선 울타리와 그 너머 비닐하우스들이 예의 아늑한 분위기를 만들어내는 듯했다. 오래전 그가 나고 자랐던 고향집도 이와 비슷했기에 그는 노인이 마루에 앉으라고 손짓을 했을 때 막 고향집에 도착한 사람처럼 성큼성큼 댓돌 위에 올랐다. 그와 노인은 많은 이야기를 나누지는 않았다. 노인은 그가 누구인지 아는 것 같았고 그가 찾아온 이유도 아는 것 같았다. 언젠가 꼭 한번은 만나야 할 사람을 만난 것처럼 다정하게, 그러나 다시 볼 일은 없을 것이므로 무심하게도 여겨지는 목소리로 그가 묻는 말들에 대답했다. 전혀 알지 못했던 사실도 몇가지 알게 되었다. 선화가 중학생일 때 며느리가 병원의 실수로 다른 혈액형의 피를 수혈 받아 죽었다는 것도, 노인의 아들이 알코올중독으로 요양병원에 있다는 것도. 그러나 노인은 선화에 대한 언급은 애써 피하는 듯한 인상을 주었다. 그는 가방에서 자주색 손가방을 꺼내 노인에게 보여주었고 노인은 고개를 저었다. 그는 다시 가방을 챙긴 뒤 허리를 숙여 인사하고 그 집을 돌아나왔다. 마을을 빠져나온 그는 공터에 앉아 노인의 트럭이 지나가기를 기다렸다. 나무 그늘이 그를 가려줄 것이었으므로 그는 편한 마음으로 기다렸다. 두어 시간 동안 대여섯대의 승용차와 트럭이 오갔다. 이윽고 눈에 익은 일 톤 트럭이 마을 쪽에서 오는 게 보였다. 그는 트럭이 지나갈 때 조수석에 앉은 선화를 보았다. 운전을 하는 사내는 낯이 익었지만 기억이 나지 않았다. 집으로 돌아오는 길에 문득 떠올랐다. 현우의 장례식을 치른 지 얼마 안 되었을 무렵 그는 우연히 산부인과에서 나오는 선화를 보았다. 창백한 얼굴의 선화를 기다리는 한 청년이 있었고 그 청년이 바로 트럭을 운전한 사내였다. 그는 선화와 그 청년에게서 몇걸음 떨어져 걷고 있었는데 말이 어눌한 걸로 보아 베트남인인 것 같았다. 물론 장담할 수는 없었다. 캄보디아나 태국일 수도 있었고 필리핀이나 인도네시아일 수도 있었다. 당사자가 어느 나라 출신인지 말해주지 않는 이상 그 역시 어느 나라 출신이라고 정확히 가늠할 재주는 없었다. 그의 머릿속에서 가능한 상황들이 그려지기는 했지만 아무짝에도 쓸모없는 상상일 뿐이었다. 선화든 베트남 청년이든 그와 생판 모르는 남이나 다름없었다. 그렇다고 해서 정말 아무 관계가 없는 것도 아니었다. 두 손을 들어보았다. 빈손이었다. 가방을 어디쯤에 흘리고 왔는지 기억나지 않았다. 그때부터 그는 선화를 하루라도 생각하지 않는 날이 없게 되었다. 아무것도 해결하지 못해서가 아니라 그냥 자연스럽게 그렇게 되고 말았다. 이제 그와 아무런 관계가 없게 된 순간 선화가 그의 마음 속에 닻을 내려버렸다. 아파트 단지 후문으로 이르는 골목길을 걷다가 깨달았다. 그는 고개를 들었다. 그가 걷는 골목길은 희극에서 비극으로 이르는 어두운 오솔길 같았다.

공원에 대단한 사람이 나타났다는 소문을 가장 먼저 전해준 사람은 후문 앞 골목길에서 철물점을 하는 김씨였다. 다음으로 세탁소를 하는 전씨도 그에게 소문을 일러주었고 이어서 정육점의 청년들도 그렇게 말했다. 초여름 햇살에 눈이 부셨다. 사나흘 감기를 앓다가 모처럼 집을 나선 터라 그의 얼굴은 핼쑥했다. 차갑고 강퍅해 보이는 그의 얼굴에서 미끄러진 햇살들이 발등으로 부서져 흘러내렸다. 골목 초입에서 자전거를 판매하는 중년의 최씨에게 소문을 들었을 때 그는 직접 본 적이 있느냐고 물었다. 최씨는 고개를 저었다. 거기 가볼 시간이 있어야지요. 어떤 사람이냐고 묻자 최씨는 고개를 갸웃 기울이다가 선동가라고 대답했다. 선동가. 그 사람이 그렇게 불러달라 했다던데요. 예언가, 선지자, 예지자, 성인, 혁명가와 같은 멋들어진 말들도 많은데 선동가라니. 우스운 일이었고 그처럼 우스운 일을 심각하게 전하는 사람들도 우스웠다. 그는 여름 내내 시간을 내어 공원을 찾았다. 사람들이 말한 선동가를 본 적은 없었다. 그러나 소문은 끈질겼다. 실체가 없는데도 불구하고 선동가에 대한 소문만 눈덩이처럼 커져갔다. 공원에서 하루 종일 죽치고 기다린 적도 있었다. 선동가는 그가 나타난 걸 알기라도 하는 것처럼 모습을 드러내지 않았다. 민규만 두어번 마주쳤을 뿐이었다. 어느날은 아파트 후문까지 돌아왔을 때 선동가가 나타났다는 말을 듣고 헐레벌떡 다시 공원으로 달려가기까지 했다. 그러나 그런 선동가가 있었다는 흔적은커녕 사람들이 모여들었던 흔적조차 찾을 수 없었다. 여름 끝 무렵에 그는 구토를 하며 혼절했다.

정신을 차렸을 때는 집이었고 아내가 그를 한심하다는 듯한 눈초리로 내려다보고 있었다. 중이염은 아니었지만 한동안 안정이 필요했다. 이태 전 받은 건강검진 결과로 청력이 많이 손상되었다는 걸 알게 되었다. 검사를 하던 담당 간호사는 그의 물음에 당장의 일상생활에는 무리가 없겠지만 시간이 지날수록 귀가 어두워지며 불편해질 거라고 말했다. 간호사의 말대로 생활에 큰 불편은 없었다. 이따금 귓속에 벌레가 들어온 듯한 기분이 들 때가 있거나 고통인지 간지러움인지 구분할 수 없는 느낌이 들 때도 있었지만. 그가 집에서 하릴없이 시간을 축내는 동안 가을이 찾아왔고 아내와 그 사이의 대화는 점점 더 줄어들었다. 아내 역시 선동가에게 관심이 많은 듯했고 그가 그랬던 것처럼 실제로 선동가를 본 적은 없는 듯했다. 아내가 일을 하러 나가고 열다섯평 아파트에 홀로 남겨지면 그는 아내의 말을 곱씹었다. 그이는 할 수 있는 일을 하고야 말았다는 걸, 당신은 정말 모른단 말이오? 가만히 누워 있으면 몸이 아래로 가라앉는 기분이었다. 그러니까 깊은 저수지로 끌려들어가는 기분이었다. 그러다 잠들기도 했고 깨어나보면 온몸이 땀으로 흠뻑 젖어 있었다. 밤이 되면 불을 끈 채 커튼을 젖히고 밤하늘을 비스듬히 올려다보았다. 우주가 보였다. 희미하게 깜빡이는 별들. 시름시름 앓는 별들. 우주도 고단하겠지.

가을이 깊어 공원에 심긴 나무들이 바래갈 무렵 그는 처음으로 선동가를 보았다. 실망하지 않을 수 없었다. 그가 짐작한 것과는 너무나 다른 인상이었다. 그의 상상 속에서 선동가는 주임신부와 비슷했지만 실제의 주임신부보다 열렬한 눈빛이어야 했다. 선동가는 갓 스물을 넘긴 듯한 앳된 청년이었다. 바람이 불었다. 그의 신원을 조회하듯 무례하게 불어왔다. 먼지가 날리고 낙엽이 허공을 맴돌았다. 선동가는 어눌한 목소리로 무언가를 끈질기게 주장했다. 수십명의 사람이 한가롭게 그 주변에 선 채 선동가를 지켜보고 있었다. 민규도 무리의 뒤쪽에서 짝다리를 짚은 채 선동가를 주시하고 있었다. 선동가는 하늘과 구름과 별과 우주에 대해 말하는 것 같았다. 어쩌면 사랑과 우정과 믿음에 대해 말하는지도 몰랐다. 노동과 투쟁과 혁명에 대해 말하는 것일 수도 있었고 고독과 슬픔과 연민에 대해 말하는 것일 수도 있었다. 쓸모없는 이야기였고 아무런 감동도 이끌어낼 수 없는 이야기였다. 비록 선동가의 목소리가 작고 어눌한데다 그의 귀가 먹어 제대로 알아들을 수 없다 해도 이미 다 아는 지겨운 이야기를 듣는 기분이었다. 무엇보다 선동가의 이야기를 들어도 분노를 느낄 수 없었다. 선동가의 분노 그의 분노 사람들의 분노…… 그의 내부에서 언제든 터져나오기만 기다리고 있을 듯한 그 분노는 깊이 잠들어 있었다. 누군가 야유를 퍼부었고 그게 신호라도 되듯 사람들이 여기저기서 아우성을 쳤다. 한편으로 그건 야유라기보다는 환호에 가깝기도 했다. 즐겁게 모욕하고 기꺼이 모욕당하는 관계가 거기에 모인 사람들과 선동가의 관계인 듯했다. 그는 마음속에서 고개를 저었다. 이런 시대에 선동가라니. 가당치도 않지. 아마 어느 대기업의 신입사원 교육의 일환이거나

그냥 반쯤 미친놈의 헛짓에 불과할 거야. 그의 판단을 대변하듯 주
위 사람들도 이런 대화를 나누었다. 그는 공원을 빠져나가려다 은
행나무 아래 몇 사람과 함께 서 있는 아내를 보았다. 아내는 우울
해 보였다. 그날 밤 아내는 술에 취해 집으로 돌아왔다. 만취한 아
내는 처음이었다. 그는 외투를 벗긴 뒤 아내를 침대에 눕히고 이불
을 덮어주었다. 양말을 벗겨주었다. 쭈글쭈글하고 앙상한 발이 이
불 속으로 쓰윽 끌려들어갔다. 아내의 숨결에 묻어나오는 진득한
술내가 방안을 채웠다. 그는 창문을 조금 열었다. 바람이 스며들어
왔다. 그럴 순 없어…… 그럴 순 없어…… 흐느낌에 가까운 아내의
잠꼬대였다. 밤이 깊었고 아내도 곤히 잠들었다.

성당 앞에서 그는 주임신부를 만났다. 신부는 참을성 있게 기다
려주었다. 그는 아무 말도 하지 못했다. 고개를 들어 먼 하늘을 보
았고 마침 하늘을 날아가던 새가 있어 무심코 손을 들어 그 새를
가리켰다. 신부가 고개를 돌려 그가 가리킨 새를 보았다. 신부는 어
깨를 으쓱거리지도 않았고 혀를 차지도 않았다. 신부는 그가 말로
는 드러낼 수 없는 생각을 엿본 것 같았다. 신부는 이렇게 말했다.
인간의 두 팔은 새의 날개가 아니었던가요.

그뒤로 그는 몇차례 더 선동가를 보았다. 사람이 많을 때도 있었
고 적을 때도 있었다. 그가 유일한 청중인 것만 같은 때도 있었다.
아무도 선동하지 못하는 선동가는 늦가을이 될 때까지 공원에 나

타났다. 선동가의 신상에 대한 여러 소문이 돌았지만 믿음이 가는 소문은 없었다. 어느날 저녁 그는 아파트 단지 후문 근처의 길가에 세워진 낯익은 일 톤 트럭을 보았다. 거기에서는 종종 그러듯이 음주운전 검문 중이었고 경찰 두엇이 하천 울타리에 기대어 있었다. 그는 트럭 조수석 쪽으로 다가가 차창을 통해 안을 들여다보았다. 벌거벗은 선화가 거기에 웅크리고 있었다. 그와 눈이 마주치자 선화가 빠른 어조로 무슨 말인가를 했다. 그는 손잡이를 잡고 트럭 문을 열었다. 그가 손을 뻗자 움찔하던 선화가 멍한 눈으로 그를 바라보았다. 이윽고 선화는 다시 빠른 어조로 무슨 말인가를 했고, 그제야 그는 선화의 입에서 나오는 말이 우리말이 아니라는 걸 알았다. 그는 자기도 모르게 선화 쪽으로 바짝 다가갔고 선화도 그에게 몸을 기울였다. 그의 품에 선화가 안겼다. 이 아이는 아픈 거야. 그래, 말로 표현할 수 없을 만큼 아픈 거야. 어찌 아프지 않을 수 있을까. 자기를 있는 그대로 보아주었던 사람이 죽었는데, 자기가 사랑하던 사람의 부모가 자기를 능멸했는데 어찌 아프지 않을 수가 있겠어. 그는 언젠가 노인이 그러했듯이 선화의 등에 팔을 둘렀다. 아가, 아가, 내가 알아들을 수 있게 말해주렴. 우리말로 말해주렴. 응? 그러나 선화는 그가 알아들을 수 없는 언어로만 말했다. 결코 그에게 말할 수 없다는 듯이. 그러나 반드시 그에게 말해야 한다는 듯이. 이 목소리가 네 어미의 목소리였겠구나. 이 말투가 네 어미의 말투였겠구나. 그는 경찰들이 하천 울타리를 따라 천천히 걸어가는 걸 보았다. 경찰들은 하천을 가리키며 소리를 쳤다. 베트남 청년의 머리통이 하천 한가운데 떠 있었다. 저 앞에서 트럭을 세우고 내리더니 하천으로 뛰어들었다고 했다.

그는 물속으로 뛰어들었다. 물이 가슴팍까지 차올랐다. 차갑고 어두운 심연에 내던져진 기분이었으나 하천의 바닥을 딛고 물살을 가르며 청년에게 다가갔다. 얼마나 마셨느냐고 묻자 소주 한잔이라고 답했다. 소주 한잔이면 단속 기준에 미치지 못했다. 훈방으로 풀려날 수 있었다. 베트남 청년은 울음을 터뜨렸다. 쫓겨나면 안 돼요. 돈 없어요. 돈 벌고 가야 해요. 그는 청년을 껴안았다. 청년의 가느다란 어깨가 들썩거렸다. 그의 입속으로 차갑고 더러운 물이 한움큼씩 밀려들어왔다. 여기서 나가자꾸나. 여기서 나가도 괜찮아. 겁먹지 마라, 애야. 아무도 너를 어쩌지 못해. 그러니 걱정하지 말거라. 그는 모든 상황을 이해했다. 청년이 말해주지 않았어도 선화의 말을 알아듣지 못했어도 이해할 수 있었다. 일은 이렇게 되고 말 거였다. 청년은 노인의 부탁을 받았을 테고 술을 한잔 마셨지만 기꺼이 트럭을 몰아 선화를 찾아서 데리고 가는 중이었으리라. 운 나쁘게 검문에 걸렸고 비록 한잔이지만 술을 마셨다는 기억이 났고 도망가야 한다는 생각뿐이었으리라. 그렇게 된 일이었으리라. 그리고 그는 여기 이 자리에 와야만 했고 이처럼 조우해야만 했고 이처럼 그가 두려워하던 물속으로 뛰어들어야 했고 죽은 아들에게도 그래본 적 없지만 이렇게 베트남 청년을 껴안고 체온을 나누어야 했으리라. 이 모든 일이 아주 오래전부터 예정되어 있던 것만 같았다. 아주 오래가 아니라면 아마도 현우가 죽었을 때부터, 아니

현우가 선화를 소개시켜주기 위해 데리고 왔던 그날 저녁, 그가 옹졸하게도 말 한마디 하지 않음으로써 불편한 심사를 드러냈던 그날 저녁부터. 묵묵히 흐르는 물이 그와 청년에 부딪히며 갈라졌다가 다시 합해져 흘렀다. 천개의 별이 수면 위에 어른거렸고 천개의 달이 물속에 잠겼다.

아마 그즈음이었을 것이다. 그는 아내에게 저수지에서 보았던 털보영감 이야기를 했고 그 믿을 수 없는 이야기를 스스로 납득할 수 있게 해달라고 부탁했으며 아내는 그의 부탁을 들어주었다. 그는 말하지 않을 수 없었다. 아들의 장례식에 찾아왔던 선화를. 선화가 멀쩡한 얼굴로 눈물 한방울 흘리지 않았던 일에 대해. 여자아이의 냉정함과 분별력에 대해. 그러자 아내는 측은하다는 듯이 말했다. 당신은 지금도 모르겠소? 그 아이가 울지 않은 건 우리를 위해서였다는 걸. 현우의 죽음에 대한 책임이 오롯이 그 아이에게 있다는 듯이 굴어 우리를 슬픔에서 건져주려 했다는 걸. 당신은 정말 모른단 말이오? 그는 더듬더듬 대답했다. 알지, 알아. 그래, 그럴 거라고 생각했어. 나도 그럴 거라고 생각했어. 그런데 왜 난 그럴 거라고 생각하면서도 믿지를 못했을까. 장례식장에 잠깐 머물렀다 도망치듯 돌아가야 했던 그 아이가, 장례식장을 벗어난 순간부터 얼마나 큰 소리로 그러나 소리는 내지 못하고 울어야 했는지를 모른단 말이오. 그래 알아, 알아. 다 알아. ……그 아이가 홀로 마음속에서만 수천번 수만번 칼을 품고 현우의 회사를 찾아가 사장을 죽였으리라는 것도? ……

이런 계절에 아침은 언제나 밤을 묵살해버리듯 도도하게 찾아왔다. 언제 오려나 싶었는데 눈을 감았다 뜨면 어둠이 희미해지고 다시 눈을 감았다 뜨면 사방이 환해지기 마련이었다. 공원에는 외투 깃을 올린 사람들이 모여 선동가의 말에 귀를 기울이고 있었다. 그도 귀를 기울였지만 여느 때와 다름없이 그가 이해하기에는 어려운 말들이었다. 아무것도 알아듣지 못했는데도 선동가의 말이 귓가를 맴돌았고 깊은 밤에도 그 말을 자기 식대로 이해하기 위해 애쓰느라 쉬이 잠들지 못했다. 다음 날에도 선동가는 공원에 나타났다. 이제 선동가는 자기의 이력을 하나하나 말하기 시작했다. 자기가 살아온 삶과 사연들을 가까운 사람에게 들려주듯 나직한 목소리로 이야기했다. 주위 사람들이 수군거렸다. 모처럼 들어줄 만한 말을 하네그려. 차갑고 쓸쓸한 바람이 공원을 휩쓸고 지나갔다. 어디선가 청바지를 입고 하얀 운동화를 신은 짧은 머리의 건장한 사내들이 우르르 몰려왔다. 그들은 선동가에게 달려들었다. 멱살을 잡고 허리끈을 잡고 머리채를 잡고 팔을 꺾어 잡았다. 경찰입니다, 물러서세요! 그들은 선동가를 질질 끌고 공원 밖으로 나가더니 대기하고 있던 미니버스에 올라탔다. 미니버스가 사라지자 숨죽였던 공원이 다시 수런거렸다. 사람들은 하나둘 흩어졌고 누런 은행잎 하나가 팔랑거리며 떨어졌다. 그는 잡혀간 선동가가 연단으로 삼았던 둥그런 돌 의자에 올라섰다. 텅 빈 공원을 내려다보았다. 고양이를 닮은 개인지 개를 닮은 고양이인지 알 수 없는 새까만 짐승이 무심하게 공원을 가로질러갔다. 그가 무슨 말이든 해주기를 기다리는 사람은 아무도 없었다. 그는 선동가의 말을 이해할 수 없었기 때문에 스스로 고심 끝에 도달한 대답들을 중얼거렸다. 홀로 다다른 결론, 바로 그 생각을 조용히 말했다. ……오랜 시간이 흘렀다. 말을 마친 뒤에도 그는 한동안 그대로 서 있었다. 생각처럼 즐겁지도 않았고 새로운 분노와 용기가 솟아나지도 않았다. 선동가도 외로웠으리라. 아마도 그러했기에 자기 이야기를 시작했으리라. 그의 눈에 눈물이 글썽거렸다. 그는 세상에서 가장 작고 위태로운 연단에서 내려섰다. 공원을 빠져나가기 전에 그는 뒤돌아보았다. 누군가가 간절한 목소리로 그를 불렀다. 둥그런 돌 의자에 한 사람이 올라섰다. 낯익고도 낯선 사람이었다. 그는 멀어가는 귀를 기울였다. 새로 등장한 선동가의 말은 그이의 입에서 나온다기보다 낭떠러지로 굴러떨어진다는 느낌에 가까웠다. 알아들을 수 없는 말이었고 알아듣지 않을 수 없는 말이었다. 선동가의 두 눈이 주먹을 쥐었다. 오후가 저물고 저녁이 왔다. 공원에는 여전히 아무도 없었다. 그러나 선동가는 멈추지 않았다. 그의 가슴속에서 분노가 깨어났다. 그는 간잔지런해진 눈으로 저 멀리 둥그런 돌 의자 위에 선 선동가를 바라보았다. 낯익은 사람인 듯 낯선 사람인 듯 세계를 선동하기 시작한 아내를 바라보았다. 그의 등 뒤에서 발소리가 들렸다. 가을이 깊어가는 소리처럼 자박자박 천개의 발소리가 그를 향해 다가왔다.

····

환멸

···

형과 나는 세살 터울이다. 우리는 초등학교를 함께 다녔다. 나는 누군가에게 언어맞고 울면서 우리 형한테 이를 거야!라고 말하던 녀석들이 부러웠다. 물론 나도 한번은 그랬다. 다른 동네 녀석들과 놀이터에서 싸운 적이 있다. 나는 오락실에 있던 형을 찾아가 징징 댔고 형은 한달음에 놀이터로 달려가 조무래기들을 박살 냈다. 덩치로만 보자면 중학생 혹은 고등학생이라 해도 좋을 법한 인상 더러운 소년이 씹새끼들, 한번만 더 여기서 얼쩡거리면 대그빡을 뽀개버릴 줄 알아!라고 하는데 도망치지 않을 조무래기가 어디 있으랴. 그다음에는 나를 박살 냈다. 형의 훈계를 요약하자면 사내자식이 다른 놈들한테 언어터진 게 첫번째 잘못이고 징징대며 운 게 두번째 잘못이며 형한테 고자질한 게 세번째 잘못이라는 거였다. 네

번째 잘못은 이 모든 걸 엄마한테 일러바칠 거라고 했는데 아직 벌어지지 않은 일이었음에도 불구하고 나란 녀석은 비겁한 놈이니 분명히 그럴 거라는 투였다. 아마도 그 말 때문에 나는 어머니에게 그날의 일을 말하지 못했던 것 같다. 돌아보면 영악한 형의 술수에 넘어간 게 분명하지만 어쨌거나 그 이후로 나는 누군가에게 얻어맞았다고 해서 형에게 쪼르르 달려가지는 않았다.

내가 중학생이 되었을 때 형은 고등학생이 되었고 내가 고등학생이 되었을 때 형은 대학생이 되었다. 그런 이유로 내게 형은 약간이나마 신비로운 존재로 남을 수 있었다. 이제 겨우 『수학의 정석』따위를 들춰보고 있는데 미팅을 간다며 길게 기른 머리에 왁스를 발라대거나, 파란 초크가 묻은 손으로 필터가 누런 담배를 피우거나, 술에 잔뜩 취해 방에다 똥을 싸지르거나, 최루가스를 묻힌 채 돌아와 온 식구를 콜록대게 하는 형을 둔 동생이라면 그렇게 여길 수 있는 것이다. 내가 대학생이 되었을 때 형은 복학생이었다. 나는 항상 형보다 한걸음씩 늦게 세상을 겪는 셈이었다. 처음 겪는 일들조차 이미 겪어본 것만 같아 여간해서는 흥미를 느끼지 못했다. 형에게 물려받은 책을 읽을 때처럼 떨떠름할 뿐이었다. 형이 전역하고 복학을 앞두었던, 내가 대학 합격 통지를 받고 입학을 앞두었던 그해 겨울 우리 형제는 처음으로 단둘이서 코가 비뚤어지도록 술을 마셨다. 내가 어린 시절의 일을 들먹이며 형에게 품었던 불만을 이야기하자 형은 기억이 나지 않는다고 했다. 그러면서도 세상의 모든 아벨은 카인을 죽이고 싶어하는 법이라고 했다. 내가 카인이 형이고 아벨이 동생이라고 지적하자 그게 그거라며 너스레를 떨었다. 어린 시절의 이야기를 계속하던 도중 나는 형의 문학적 취향이 유치하다고 비난했다. 아닌 게 아니라 나는 형이 물려준 책을 읽을 수밖에 없었는데 모험소설, 탐정소설이 대부분이었다. 『해저 삼만 리』 『80일 동안의 세계일주』 『보물섬』 『기암성』 『몬테 크리스토 백작』 등은 형이 어찌나 탐독을 했던지 책장이 너덜너덜할 지경이었다. 내가 그런 책들을 언급하자 형은 잊었던 옛 애인의 이름이라도 들은 것처럼 흥분했다. 비록 우리는 취향이 퍽 다르기는 했으나 「셜록 홈스」가 대단한 소설이라는 점에 의견이 일치했고 결국 「셜록 홈스」의 작가가 누구냐의 문제로 다투고 말았다. 형은 코웃음을 치며 당연히 셜록 홈스가 작가라고 우겼고 나는 존 왓슨이 작가라고 우겼다. 형은 국문과에 입학할 학생이 그것도 모르느냐며 나를 힐난했고 나는 건축공학과인 형이 그런 교묘한 문제를 모르는 건 당연하다고 응수했다. 다음 날 오전 머리가 깨질 것처럼 아픈 상태에서도 술판 막바지에 우리 형제를 흥분시켰던 문제를 상기할 수 있었는데 「셜록 홈스」의 작가는 코넌 도일이라는 사실이 퍼뜩 떠올라 민망하기 그지없었다. 내가 이 사실을 말해준다 해도 형은 그게 그거라고 답할 게 분명했으므로 나는 형이 「셜록 홈스」의 작가는 셜록 홈스 자신이라고 믿도록 내버려두었다.

우리는 굴곡이 별로 없는 유소년 시절을 보냈고 가정도 화목한 편이었다. 형제의 우애가 남달리 깊지는 않았으나 서로 으르렁대지도 않았다. 형에게는 형만의 세계가 있었고 나 역시 그랬다. 우리

는 서로의 은밀한 기쁨을 짐작만 할 수 있을 뿐이었고 고통에 대해
서도 마찬가지였다. 그러나 인간이라면 누구든, 설령 우리처럼 특
별한 사연 없이 청소년기를 보내고 어른이 되었거나 우리와는 달
리 비참한 시절을 견딘 뒤 가까스로 어른이 되었거나 상관없이, 그
때까지의 삶을 송두리째 뒤흔드는 순간을 적어도 한번쯤은 겪게
되리라는 걸 잘 안다. 누군가가 그런 일을 단 한번만 겪었다면 그
는 그 한번의 사건으로 부서져버린 것일 테다. 대개의 경우는 죽는
날까지 그와 같은 일을 서너차례 겪기 마련이니까.

형과 나는 지난밤 부도덕한 일을 함께 저지른 상사와 부하처럼
서로에게 데면데면한 채 밥상에 마주 앉아 어머니가 끓인 해장국
을 먹었다. 형의 얼굴은 상기되어 있었는데 숙취 탓이 아니라 아침
운동 삼아 뒷산 산책로를 한시간가량 뛰어서였다. 친척을 비롯해
주위 사람들이 말하기를 형은 아버지 판박이고 나는 어머니를 닮
았다고 했다. 외모만으로 보면 틀린 말은 아니었다. 형은 아버지처
럼 선이 굵고 각이 진 얼굴인데다 몸집만큼 손발이 크고 여기저기
에 털이 많았다. 중학생 시절 이미 형은 아버지와 나란히 서면 누
가 아버지고 누가 아들인지 헷갈릴 만큼 덩치도 컸다. 하지만 성격
은 달랐다. 아버지는 행동이 굼뜬데다 소심하고 겁이 많았으나 형
은 날렵하고 통이 큰데다 누군가를 위협하기 위해서가 아니라면
거의 화를 내지도 않았다. 어머니는 아버지를 가리켜 덩치만 산만
했지 소갈머리는 그 산에 혼자 굴 파고 사는 토끼만 하다는 말을
입버릇처럼 했는데 그럴 때마다 나를 한번씩 노려본 터라 아, 내

가 아버지의 소갈머리를 물려받았구나라고 생각하지 않을 수 없었다. 어머니는 내게 이기지도 못할 술을 마셨다며 나무랐고 형은 어머니 말씀이 지당하지요 하는 식으로 고개를 주억거렸다. 나는 능청스러운 형에게 좀 쏘아주고 싶었던지라 술 잘 마신다고 젠체하지 마라, 그렇게 마시다 결국 골로 간다, 석유집 아저씨도 말술이었는데 간암으로 죽지 않았냐, 하며 도발을 시도했다. 형은 돼지처럼 웃으면서 주머니에 노끈을 가지고 다니는 사람 이야기를 들려주었다. 그 사람은 지독한 수전증을 앓는 터라 술잔을 들면 반 이상을 흘려버리기 때문에 술자리에 앉으면 우선 노끈으로 손목을 묶고 뒷목에 두른 뒤 반대쪽 손으로 잡아당겼다 놓았다 한다는 거였다. 그럼 한방울도 흘리지 않고 술을 마실 수 있다고 했다. 형은 직접 시범을 보이며 우스갯소리를 했고 어머니와 나는 웃지 않고는 배길 도리가 없었다. 그로부터 채 이십년도 지나지 않아 형이 술 때문에 죽게 되리라고는 상상조차 할 수 없던 날이었다.

이혼한 뒤 형이 힘들어했던 건 사실이다. 형의 이혼 과정을 가까이에서 지켜보는 동안 내가 깨달은 건 이혼은 정말 할 짓이 못 된다는 거였다. 많은 부부가 서로를 경멸하면서도 늙어 죽을 때까지 함께 사는 이유 가운데 하나는 이혼하는 동안 겪어야 하는 끔찍함이 싫어서일 것이다. 이혼소송을 시작한 뒤 형과 형수가 법적으로 완벽하게 남남이 되기까지는 이년이 걸렸다. 그사이에 무수한 일이 벌어졌다. 형은 치유할 수 없는 상처를 입었다. 술버릇은 더 고약해졌고 왕년의 잘나가던 건축업자에서 추락해 공사 현장의 오야지로 버티더니 그마저도 끈이 떨어져 기능공도 아닌 잡부로 공사판을 떠돌았다. 그러나 술에 취해 있지 않을 때의 형은 건축기사 자격증을 취득하고 대형 건설회사에 막 취직했던 무렵 젊은 날의 형과 그다지 달라 보이지 않았다. 생기가 넘쳐흘렀다. 그저 그런 생기가 아니라 심오하다고밖에는 표현할 도리가 없는 생기 말이다. 이십대의 후반을 아파트 공사 현장에서 보낸 형은 입사 삼년 만에 사표를 던지고 규모가 작은 건설회사로 자리를 옮겼다. 형은 언젠가 이렇게 말한 적이 있다. 내 사수는 현장에서 잔뼈가 굵은 사람이야. 유능하지만 마음에 들지는 않아. 한마디로 좆밥 같은 자식이지. 그게 다야. ……솔직히 말하자면 그 새끼 말버릇이 싫어. 아파트 단지나 오피스텔을 가리키면서 저걸 내가 지었지 식으로 말하는 새끼거든. 개집을 짓더라도 그렇게는 말할 수 없는 거야. 하물며 아파트나 오피스텔을 지을 때면 얼마나 많은 사람이 목숨을 걸고 일해야 하는지 너는 모를 거야. ……이 새끼는 협력업체나 하청업체한테 접대를 받아. 그래, 그건 나도 받지. 그렇지만 잡부들한테까지 그러는 건 역겨워. 점심시간이나 야간작업 직전이나 이 새끼가 사라지면 영락없이 어딘가에서 떡을 치는 거야. 떡 몰라? 너 국문과 맞아? 조선족은 말할 것도 없고 중국인 몽골인 네팔인도 있지. 어느날 형은 준공이 임박한 아파트를 둘러보다가 현장 출입구가 잘 보이는 방에 드러누워 쪽잠을 잤다. 가느다란 신음이 형의 귀를 파고들었다. 소리가 난 쪽을 찾아가보니 좆밥의 허연 궁둥이가 보였다. 형은 어린 시절 흘레붙은 개들에게 그랬듯이 삼년 동안 사수로 모셨던 선배 기사의 엉덩이를 발로 찼다. 이 새끼는 이상이 없어, 이상이. 이직한 직장에 형은 만족스러워했다. 규모가 작은 건설회사여서 현장소장이 거의 모든 일을 도맡았고 형은 그 밑에서 마찬가지로 거의 모든 일을 배우고 익혔다. 오십대에 접어든 현장소장은 공사 현장에서 나고 자란 사람인 것만 같았다. 형은 그를 정신적 지주로 섬기며 따랐다. 그제야 형은 공종(空種)의 세부사항에 대해 아는 게 별로 없다는 사실을 깨달았다. 비록 대형 건설사이기는 했으나 지난 삼년을 평가하자면 성실한 체크맨에 불과했던 거였다. 현장소장인 박 부장은 형에게 가설공사부터 준공심사에 이르기까지 건축 현장의 모든 과정에서 세심하게 주의를 기울이고 관리 감독해야 할 사항들을 하나하나 가르쳐주었다. 형은 박 부장에게 건축을 사랑하는 방식을 배웠다고 말한 적이 있다. 형은 어둠이 걷히지 않은 이른 새벽 아직 깨어나지 않은 공사 현장의 침묵을 좋아했다. 작업복을 입고 안전화의 끈을 조이고 안전모의 턱 끈을 똑딱이 단추로 채우는 일은 언제나 즐거웠다. 비산먼지가 섞인 공기가 폐 속 가득 차오를 때의 질감을 좋아했고 컴프레서와 윈치의 윙윙대는 소리며 어딘가에 철근이 부딪히며 텅텅 울리는 소리를 좋아했다. 발음이 빠른데다 더듬거리기까지 하는 인부들의 말하는 방식도 마음에 들었고 살수차가 물을 뿌리고 지나간 자리에서 피어오르는 흙내마저 좋았다. 해 질 무렵 노을이 물든 하늘을 배경으로 선 타워크레인은 장엄하기 이를 데 없었고 깊은 밤 현장에서 빛

나는 작업등을 멀리에서라도 보게 되면 대학 시절 컴컴한 공대 건물 어느 연구실 창에서 새어나오던 불빛을 보았을 때처럼 가슴이 뭉클해졌다. 형도 그 시절 일쑤 설계도면을 그리며 밤을 새곤 했다. 일과가 끝나면 형은 박 부장과 함께 잡부들이 흔히 그러듯이 포장마차에 들러 홍합 국물을 안주 삼아 소주를 마셨다. 맥주잔을 가득 채우면 소주 반병이었다. 형은 그런 식으로 박 부장과 함께 조진 소주병을 일렬로 세우면 대전까지는 갈 거라고 말하곤 했다. 박 부장은 큰스님이 사미승을 가르치는 것처럼 종종 형을 어리둥절하게 하는 질문을 던지곤 했다. 건축의 요체가 뭔지 아나, 최 기사? 답이 있다 해도 몇마디로 요약하기 어려운 질문이었다. 형은 그 질문에 대답하기 위해 몇시간이고 떠들 수 있는 사람이기는 했다. 그리고 박 부장은 현장기사 사년 차에 불과한 이 애송이의 열에 들뜬 말에 귀를 기울일 줄 아는 사람이었다. 형의 장광설이 끝나면 박 부장은 이렇게 말했다. 자네 말이 맞네, 최 기사. 건축의 요체는 사람이야. 사람의 힘으로 하지 못할 일은 없다네. 현장에서 일어나는 모든 사고는 백 프로 인재야. 그런 사고를 극복하고 다시 설 수 있는 것도 사람 덕분이지. 그러면 형은 정말 내가 그런 말을 했던가라는 의심이 들기는 했으나 박 부장의 말이 왠지 멋있어 보였기에 고개를 끄덕일 수밖에 없었다. 어차피 형이 뭐라 말하든 박 부장은 모든 이야기를 사람으로 아퀴를 지어버리곤 했으며, 이런 결론에 다다를 수 있었던 건 최 기사 자네의 진지한 자세 덕분이라며 추켜세운 탓에 마치 형 혼자의 힘으로 그런 철학적인 결론에 이른 듯한 기분이 들게끔 했다. 박 부장의 태도는 형에게 큰 감명을 주었고 형은 박 부장 같은 사람이 되고 싶다는 열망을 품게 되었다. 다른 건 몰라도 박 부장에게 담뱃갑 뜯는 방법은 제대로 배웠다. 최 기사, 왜 현장 사람들이 담뱃갑 밑바닥을 뜯는지 아나? 잘 모르겠습니다. 위를 뜯으면 담배를 꺼낼 때 필터를 만질 수밖에 없기 때문이라네. 손이 마를 날이 없으니 필터가 더러워지겠지. 그래서 아래쪽을 뜯는 거라네. 그러면서 박 부장은 시범을 보였다. 이 사람은 이상이 있어, 이상이. 박 부장이 사랑하는 것들을 형도 사랑하게 되었으며 박 부장의 시선이 닿는 곳이라면 형 역시 어디나 바라보게 되었다. 처음으로 박 부장과 사우나에 갔던 날 박 부장의 몸 곳곳에 난 흉터들을 보고 형의 입이 쩍 벌어졌던 것도 어찌 보면 당연한 일이었다. 형도 공구에 찢거나 자재에 부딪혀 얻은 소소한 상처들이 있었으나 박 부장의 흉터에 비할 바는 아니었으므로 기가 죽었다. 그 시절에 형은 협력업체 관계자였던 김을 알게 되었다. 동년배인데다 걸어온 길이 비슷해서 마음이 맞았다. 내가 보기엔 둘 다 덩치가 크고 험상궂어서 죽이 맞은 것 같지만 말이다. 박 부장이 정리해고를 당해 회사를 나갈 때 형도 그만두려 했다. 그때 처음으로 박 부장이 무섭게 화를 냈다. 아직 공사가 끝나지 않았는데 사표를 던지면 어떡하나! 현장소장 박 부장을 섬긴 지 두해째였고 박 부장의 노한 얼굴을 본 건 그때가 처음이었다. 형은 고개를 조아릴 수밖에 없었다. 형은 현장에서 박 부장을 떠나보냈다. 현장사무소로 사용하던 컨테이너 박스에 들어선 형은 오한이 든 것처럼 몸을 떨었다. 내게 고백하기를 그때 형은 처음으로 순수한 증오를 느꼈다고 했다. 세월이 흘러 그때의 감정을 돌이켜본 뒤에야 그 증오가 정체를 알 수 없는 두려움에서 기인한 것임을 깨달았다고도 했다. 현장소장을 대리해 공사를 마무리한 뒤 사표를 냈다. 입사 동기를 비롯해 몇몇이 작별 술자리를 마련해주었고 형은 주정뱅이처럼 취해 난장판을 만들어버렸다. 마침 김이 동업을 제의했다. 형은 김과 함께 소규모 빌라 단지나 단독주택 건축사업에 뛰어들었고 몇해 동안은 호황을 누렸다. 어느날 형은 박 부장의 아들에게 연락을 받았다. 박 부장이 폐암 말기로 죽어가고 있다는 거였다. 마지막으로 꼭 보고 싶은 사람이 있다면서 형의 연락처를 일러주었다고 했다. 형은 그때 원주에서 한창 빌라를 짓는 중이었고 급한 일들이 있어 곧장 박 부장을 찾아가지는 못했다. 겨우 하루 지체했을 뿐인데 병원에 도착한 형은 박 부장을 만날 수 없었다. 박 부장이 입원했던 중환자실 방문은 반쯤 열려 있었다. 커튼이 걷힌 창으로 눈부신 햇살이 뭉텅뭉텅 쏟아져들어왔다. 박 부장이 그 병실에서 운명한 게 사실이라면 한줌 햇빛으로 기화해버린 게 아닐까라는 생각이 들 만큼 순결하게 일렁거렸다. 공사가 끝난 뒤 결함을 찾아낼 때처럼 날카로운 눈으로 병실을 둘러보았으나 그 빛 외에는 아무것도 찾아볼 수 없었다. 건축 현장에서 나고 자란 사람 같았던 상처투성이 중늙은이가 거기에 누워 최후의 숨을 몰아쉬었다는 흔적은 어디에도 없었다. 그뒤로 형은 완공된 건물 앞에 서서 이 건물이 서기 전에 그곳이 어떤 모습이었는지를 떠올려보는 습관을 갖게 되었다.

  나는 졸업을 앞두었을 때 취업전선에 뛰어들지 않았다. 내가 소
설을 쓰고 싶다고 하자 형은 욕이라도 들은 것처럼 눈만 껌벅였다.
이윽고 그게 무슨 말인지 알아듣게 된 형은 당황했다는 걸 감추려
고 크게 웃으며 내 어깨를 두드려줬다. 기분이 나쁘지는 않았다. 어
차피 형은 내가 소설을 쓴다고 하든 영화를 찍는다고 하든 우주선
을 만들겠다고 하든 똑같이 반응했을 테니까. 나는 충청도 어느 시
골의 암자에 틀어박혔다. 나 외에도 몇명이 더 있었는데 그들은 모
두 고시생이었다. 물론 나는 일년 만에 포기하고 속세로 돌아와 출
판사에 취직했다. 내가 암자에 머무는 동안 형은 한달에 한두번씩
은 꼭 찾아왔다. 암자에 치를 하숙비를 내주기도 했고 용돈을 쥐어
주기도 했다. 돈 몇푼으로는 형 노릇을 제대로 못한다 싶었는지 내
가 어떤 글을 쓰는지 몹시도 궁금하다며 이것저것 묻기도 했다. 형
은 끊임없이 자신이 겪은 일 가운데 특별하다 싶은 이야기를 들려
주려 애썼고 그걸 가리켜 내게 영감을 불러일으키려는 것이라고
설명했다. 물론 형의 이야기에 영감을 받은 적은 없었다. 난 말이
야, 「소나기」나 「운수 좋은 날」 같은 게 참 좋더라. 뭔지 모르게 막
마음이 꼴려. 너도 그런 거 한번 써봐라. 형, 그건 한물간 소설들이
야. 요즘 사람들은 그런 소설 별로 안 좋아해. 탐정소설은 어때? 내
취향은 아니야. 깡패들 나오는 소설도 인기 있잖아? 그것도 내 취
향은 아니야. 무협소설은? ……그나저나 죽여주는 중국 소설 추

천 좀 해주라. 형은『영웅문』같은 거 달달 외울 정도로 읽었잖아. 그런 거 말고, 좀 고상한 소설로. 루쉰은 알아? 너 날 바보로 아냐? 응. ……웬 미친 새끼가 사람 잡아먹고 그런 소설이잖아. 바진은? 몰라. 딩링은? 몰라. 위화는? 몰라. 가오싱젠이나 모옌도 모르겠지. 낙타샹즈는 알아? 사람 이름이 왜 그 모양이야? 주인공 별명이야. 작가 이름은 라오서고. 너한테 형수가 생길 것 같다. ……중국 사람이야. 조선족 아니고 한족. 진짜배기 짱깨. 그러면서 형은 이를 드러내고 웃었는데 참 흉측해 보였다. 형은 중국어 학원에 등록을 했고 두어번 베이징에 다녀오기도 했다. 형수가 될 사람은 유학생이었다. 학업을 마칠 때까지 기다렸다가 식을 올렸고 형수는 아파트를 원했으나 형이 우겨서 단독주택에 신혼살림을 차렸다. 결혼 삼년째 되던 해 가을에 조카 준희가 태어났다. 형의 부탁으로 어머니가 형수의 산후조리를 도왔으나 형수는 좀처럼 기운을 회복하지 못했다. 나는 산후조리원이 훨씬 나을 거라고 충고했으나 형과 어머니는 나와는 생각이 좀 다른 듯했다. 원래 중국 여자들은 아이 낳고도 사흘이면 뜀박질을 한다던데 저애는 왜 저런다니. 어머니는 형수 들으라고 이런 말을 주절거렸고 나는 형수 얼굴조차 똑바로 볼 수가 없었다. 훗날 형수가 형뿐만 아니라 어머니까지 접근금지가처분 대상으로 신청했던 것도 오랫동안 원한이 쌓인 탓이었으리라. 형과 형수는 딱히 금실이 좋은 편도 아니었고 서로를 못잡아먹어 으르렁거리는 편도 아니었다. 그저 무난했다. 내가 보기에는 그랬다. 부부싸움을 하면 형은 휑하니 밖으로 나가 술을 잔뜩 퍼마시고 돌아왔다. 그러나 형수는 갈 곳이 없었다. 어린아이를 품에 안고 소파 깊숙이 앉아 창문 너머로 시선을 던질 뿐이었다. 형은 그럴 때마다 쓸쓸해졌다. 형은 형대로 자신의 슬픔에 몰두해갔고 형수는 형수대로 그러했다. 부부는 각자의 방식으로 서로에게서 멀어지는 중이었고 둘 사이에서 태어난 준희라는 아이만이 두 사람을 이어주는 가냘픈 중개선이었다. 형의 술버릇이 고약해지기 시작한 게 그 무렵이었다. 형은 술고래이기는 했으나 주정뱅이는 아니었다. 직장에서 퇴사할 때 한번 주정을 부린 게 전부였고 그건 결혼 전의 일이었다. 아버지는 형을 두고 저 자식은 내 새끼가 아닌 것 같다는 말을 자주 했는데 그건 형이 우리 식구 가운데 유별나게 술을 잘 마시기 때문이었다. 형수는 여러번 형에게 물었다. 왜 그렇게 술을 마시느냐고. 왜 그렇게 술만 마시면 추해지느냐고. 형은 대답을 하려다 그만두었다. 막상 설명을 하려니 입이 떨어지지 않았다. 형이 대답을 하지 않았으므로 형수는 형이 바람을 피우는 거라고 생각했다. 형은 내게 이렇게 말했다. 그걸 어떻게 내 입으로 말하냐. 난 그럴 수 없다.

그날 형은 점심 식사를 마치고 현장으로 돌아가는 길이었다. 동료들과 뚝 떨어져 뒤처져 걸었는데 모퉁이에서 형의 동료인 김이 기다리고 있었다. 오후의 태양이 만들어낸 크레인의 그림자가 완공된 옆 빌딩 벽체에 드리워져 있었다. 형은 먼저 가라는 의미로 손짓을 했으나 김은 형이 다가오기를 기다렸고 그들 사이가 서너 걸음으로 좁혀졌을 때 가까운 곳에서 기이한 쇳소리가 들렸다. 그들은 고개를 돌려 소리가 난 쪽을 보았다. 이미 타워크레인이 중심을 잃고 가까운 건물 쪽으로 기운 걸 볼 수 있었다. 크레인의 중간쯤 되는 십오 미터 높이의 마스트였는데 사단인 것 같았다. 그때 형과 김의 머릿속으로는 오랜 세월 현장에서 살아온 사람들다운 생각이 스치고 지나갔다. 저치들은 한시도 안 됐는데 벌써부터 작업을 하네. 형과 김은 거기에 사람이 매달린 걸 보았다. 이윽고 고장력강으로 된 마스트가 힘없이 꺾이면서 크레인이 기분 나쁜 소리를 내며 쓰러졌다. 마스트가 부러진 자리에 매달렸던 사람은 똑바로 추락했는데 그 순간 야구공을 닮은 무언가가 허공에 호를 그리며 날아왔다. 야구공이라 여겼던 그 물체는 형과 김 사이에 툭 떨어져서는 비틀비틀 몇바퀴를 굴렀다. 그게 뭔지 알아보기까지는 오랜 시간이 걸리지 않았다. 목에서 잘려나간, 안전모까지 얌전하게 씌워진 머리통이었다. 누가 먼저랄 것도 없이 형과 김은 서로의 눈을 마주 보았고 그 순간 김이 다리가 부러진 사람처럼 털썩 주저앉았다. 형은 축 늘어진 김의 겨드랑이에 손을 넣고 질질 끌어 머리통이 보이지 않는 곳까지 갔다. 형은 구역질을 하는 김의 등을 두드려주었다. 채 소화되지 못한 음식물이 와르르 쏟아져나와 길바닥을 더럽혔다. 형은 머리통이 있는 곳으로 되돌아갔다. 점퍼를 벗어 머리통을 쌌다. 난 그냥 그 머리통을 더는 보고 싶지 않아서 그랬던 거야. 형은 이렇게 말했지만 그 순간 형이 정말로 어떤 생각을 했는지는 아마 형도 모를 것이다. 김에게 돌아간 형은 주절주절 아무 말이나 늘어놓았다. 현장에선 하루 평균 일곱명씩 뒈져나간다네. 그 두배쯤 되는 작자들이 병신이 되어 나가지. 자네나 나나 공구리 인생인데 언젠가 우리도 저렇게 뒈지거나 병신이 되거나 둘 중에 하나가 되겠지. 그래도 모가지가 잘린 건 좀 힘했어. 김이 처연한 눈빛으로 형을 바라보았다. 형은 입을 꾹 다물었다. 김이 형에게 물었다. 그 사람…… 살았는가 죽었는가? 형은 기가 막혔다. 이게 대체 무슨 말도 안 되는 질문이란 말인가. 모가지가 잘렸는데! 그러나 형은 이렇게 대답할 수 없었다. 정신 차리라고 윽박지를 수도 없었고 곧 괜찮아질 거라고 거짓을 말할 수도 없었다. 그뒤로도 몇해 동안은 호황을 누렸던 터라 형은 그 일을 모두 잊었다고 생각했다. 그러나 형은 잘 알고 있었다. 크레인 설치공의 잘린 머리가 형과 김 사이에 툭 떨어진 순간 형의 내면에서 형을 지탱해주던 신념에도 금이 갔다는 사실을.

공사장 인부들이 밥을 대어놓고 먹는 분식집이었다. 형은 오랜 동료인 김과 함께 아침을 먹으러 들어갔다. 형은 라면을 김은 순두부찌개를 주문했다. 주문을 하는 형의 목소리는 유난히 들떠 있었다. 형은 젓가락을 내려놓은 뒤 김이 식사를 끝낼 때까지 기다렸다. 김은 부서진 바지락 껍데기를 밥뚜껑에 뱉고 인상을 찌푸렸다. 김이 숟가락을 내려놓자 형이 김의 얼굴을 지그시 바라보았다. 나, 이틀만 쉬겠네. 가보려나? 가봐야지. 이틀이면 충분한가? 이틀이면 충분하지. 그들은 아파트 공사 현장을 지나 몇몇 빌딩을 건설 중인 상업 지구를 돌아 도로를 건넌 뒤 단독주택 지구로 들어섰다.

드문드문 들어선 건물들 사이를 빠져나온 바람이 공터를 누볐다. 가로등이 꺼졌다. 김이 생각났다는 듯 형에게 물었다. 올해 몇살이지? 열둘이야. 다 컸군. 한참 커야지. 하루 종일 형은 안면이 있는 사람들에게 베이징에 갈 거라고 자랑했다. 모두들 형을 축하해줬다. 그날 작업이 끝난 뒤 형은 김의 승합차를 가림막 삼아 옷을 갈아입고 공터에 오줌을 누었다. 해는 번연히 서쪽 하늘에 떠 있어 한낮의 열기가 한풀 꺾였대도 폐 속 깊이 뜨듯한 공기가 밀려들어왔다. 형은 김에게 술 한잔 하자고 말했다. 김은 고개를 저었다. 자네, 정말 술 마시려나? 농담일세. 이틀만 참아보도록 하게. 이틀만 참도록 하지. 김은 지하철역 근처에 차를 세웠다. 형은 김과 눈을 마주쳤다. 김의 얼굴은 피곤에 절어 있었으나 형은 피곤을 모르는 얼굴이었다. 짐칸에서 가방 가져가게나. 무슨 가방? 보면 아네. 형은 승합차 뒷문을 열고 종이가방을 끌어냈다. 네모난 상자가 알록달록하게 포장되어 있었다. 봐도 모르겠는걸. 레고야. 레고? '스타워즈 임페리얼 스타디스트로이어'라고 하네. 자네가 영어를 이렇게 잘하는 줄 몰랐네. 외우느라 대가리 깨지는 줄 알았어. 고맙네. 고맙긴.

집에 돌아온 형은 아무리 애써도 잠에 들 수가 없었다. 일어나서 담배 한대 피우고 잠을 청했다가 다시 일어나서 담배 한대 피우기를 여러차례 반복하다보니 어느덧 밤이 깊었다. 형은 냉장고를 열었다 닫았다 하다가 한병쯤이야 어쩌랴 싶어 소주를 꺼내 마셨다. 한병이 두병이 되고 두병이 세병이 되었다. 형은 예정보다 일찍 집을 나섰다. 그때는 형의 붉은 얼굴이 거무튀튀해져 있었다. 심장이 달음질을 치듯 뛰었으나 정신은 멀쩡했다. 근처 편의점에서 맥주를 두 캔 마신 뒤 기내용 캐리어를 덜그럭거리며 공항버스 정류장으로 향했다. 캐리어에는 김이 준희의 생일 선물로 주라던 레고와 형이 직접 준비한 노트북이 들어 있었다. 공항에 도착한 뒤 오분 만에 발권을 했다. 지하 일층 식당가로 내려가 설렁탕을 시켜 편의점에서 사온 소주 한병을 마셨다. 출국 수속을 마치니 비행기 출발 시간까지는 두시간 남짓 남았기에 형은 항공사 라운지에 들러 맥주 다섯 캔을 마셨다. 탑승 이십분을 남겨두고 흡연실에서 담배를 한대 피우고 화장실에 들러 오줌을 콸콸콸 누었다. 형이 기내로 들어설 때 승무원이 살짝 미간을 찌푸렸다. 형은 불쾌했으나 모른 척했다. 승객은 한국인과 중국인이 반씩인 듯했다. 비행기가 이륙한 뒤 순항고도에 이르자 형은 승무원을 불러 맥주를 부탁했다. 땅콩 과자를 안주 삼아 맥주 한 캔을 눈 깜빡할 새 해치운 뒤 방금 통로를 따라 지나간 승무원을 불렀다. 승무원은 듣지 못했는지 그대로 가버렸고 일부러 못 들은 척한 거라고 여긴 형은 다시 승무원을 불렀다. 목소리가 컸던 모양인지 혹은 목소리에 담긴 노기를 느껴서였는지 몇몇 승객이 고개를 돌려 형을 바라보았다. 옆 좌석의 오십대 중국인 사내는 노골적인 눈빛으로 형을 훑어보았다. 형이 활짝 웃자 중국인 사내는 고개를 돌렸다. 형은 맥주 두 캔을 더 마셨다. 까닭 모를 불안이 비행기 동체의 떨림처럼 형을 잘게 뒤흔들었다. 형은 잠시 지난밤으로 되돌아가고 싶다는 생각을 했다. 한방울의 술도 마시지 않았던 지난밤으로 돌아갈 수만 있다면 가슴을 죄어오는 불안도 깨끗이 사라질 것 같았다. 그러나 그럴 수 없음을 알기에 형의 불안은 더욱 커질 수밖에 없었다. 형은 기내식도 마다하고 맥주 한 캔을 더 마셨다. 기내식으로 제공된 빵 봉지를 여기저기서 뜯어대느라 부스럭거리는 소리를 들으며 눈을 감았다. 감긴 형의 눈꺼풀이 바르르 떨렸다. 형이 처한 상황은 끔찍한 공포를 느끼면서도 공포를 불러일으키는 대상에서 눈을 뗄 수 없는 순간과 비슷했다. 가느다랗고 질긴 줄에 온몸을 촘촘하게 결박당한 것 같았으나 주량이 한계에 도달할 때면 종종 겪었던 터라 견딜 수 있으리라 믿었다. 형은 깜빡 정신을 놓쳤고 경련을 하듯 몸을 떨면서 팔을 내젓다가 좌석 트레이에 올려둔 맥주 캔을 쓰러뜨렸다. 캔에 남은 두어 모금 분량의 맥주가 중국인 사내에게 흩뿌려졌다. 형은 고개를 좌우로 흔들며 정신을 차리려 애썼고 발음이 좋은 편은 아니었지만 중국어로 미안하다는 말을 되풀이했다. 뚜이부치, 뚜이부치. 중국인 사내는 승무원을 호출한 뒤 침착하게 항의했다. 그들이 중국어로 대화를 나누었던 터라 온전히 알아들을 수는 없었다. 베이징 서우두 국제공항에 도착한 뒤 탑승구와 연결된 통로에서 대기 중이던 공안에 연행되었다. 통역이 구금, 추방 등을 입에 올리자 정신이 번쩍 들었다. 형은 아들의 생일을 축하하기 위해 왔으며 아내와 아들이 기다리고 있을 것이라고 거의 울먹이며 하소연했으나 통역은 형이 선택할 수 있는 건 두 가지 가운데 하나라고 말했다. 기내에서 난동을 부린 혐의로 구금되어 저녁 뉴스에 얼굴만 모자이크 처리되어 나오거나 곧장 인천행 비행기를 타고 돌아가거나. 술기운이 가시자 손이 떨렸다. 형은 공안 사무실 탁자 위에 널브러진 소지품을 챙겨 캐리어에 넣었다. 레고 포장지가 너덜거렸다. 노트북 상판에는 열쇠나 동전 따위로 망설임 없이 쭉 그어서 생긴 듯한 흠이 길게 나 있었다. 그걸 본 순간 왈칵 눈물을 쏟을 뻔했노라고 형은 말했다. 어쨌든 형은 인천행 비행기를 기다리는 동안 휴대폰을 만지작거렸다. 탑승 시간에 임박해서야 이혼한 형수의 전화번호를 눌렀다. ……빠오치엔. 교통사고가 났어. 이와이…… 찌아오통…… 쉬구. 비행기를 타지 못했어…… 괜찮아. 준희한테는…… 그래 알았어. 형은 중국에 도착하자마자 추방당했다는 이야기를 할 수는 없어 하루를 그냥 보낸 뒤 다음 날 현장으로 나갔다. 보는 사람마다 중국에 잘 다녀왔느냐 물었고 그때마다 형은 고개를 크게 끄덕였다. 그날 이후로 형은 현장에서 마주치는 이방인들에게, 그게 딱히 중국인이 아니어도 조선족이거나 몽골인이거나 베트남인이거나 상관없이 무례하게 굴었다.

형은 이혼할 무렵 오야지 노릇마저 더는 할 수 없게 되었는데 그것 역시 술 탓이었다. 현장에서 인연을 맺은 사람들은 형의 능력을 높이 쳐주었고 믿을 만한 사람이라고 평가했다. 형과 김이 동업을 했던 건축사업이 내리막길을 걷다가 끝내 도산했을 때에도 형은 별 걱정이 없는 사람 같아 보였다. 그즈음 이혼소송이 끝났고 재산 분할과 위자료, 양육비 등으로 형의 손에 남은 돈은 얼마 되지 않왔다. 파산한 것이나 마찬가지였지만 외려 형은 이제 누구도 신경 쓸 필요 없이 술을 마실 수 있게 된 걸 기꺼워하는 듯했다. 형이 술에 취해 사고를 칠 때마다 인연도 하나씩 끊어졌다. 형은 직접 도급을 받아 계약을 체결하고 기능공을 비롯해 인부를 끌어모아 공사에 뛰어들기도 했으나 보통 한달도 지나지 않아 반드시 사고를 쳤고 인부들은 뿔뿔이 흩어져버리고 말았다. 결국 이번에도 형은 김이 내민 손을 잡았다. 김은 이전만큼은 아니더라도 이런저런 작은 공사에 도급을 받아 일했다. 형은 김의 데모도 신세이기는 했으나 둘 사이가 막역했기 때문에 모르는 사람들은 형과 김이 동업자인 줄 알 정도였다. 김과 함께 다니기 전에 형은 두어달 정도 강원도의 송전탑 가설 현장에서 잡부로 살았다. 하루 종일 구덩이를 파면서 형은 스스로 무덤을 파고 있다는 생각이 들었다고 했다. 난 왜 이놈의 공사판에 죽치고 있는 인간의 면상들이 죄다 삽처럼 생겼는지 항상 궁금했는데 해보니까 알겠더라. 언젠가 한번은 삽을 놓쳤는데 그것도 모르고 손으로 땅을 파고 있더라니깐. ……동생, 넌 어떻게 생각해? 뒈진다는 거 말야. 눈을 감았다 떠보니 저세상인 거겠지? 아, 씨발 저세상엔 공구리들이 있을까 없을까. 한평생 땅만 파다 갔는데 또 땅 파라고 하면 어떡하지?

나는 형의 원룸에서 노트를 발견했다. 공사 단가를 계산하거나 일정을 적어놓은 것도 있었고 로또 번호일 거라 여겨지는 숫자도 잔뜩 있었다. 인터넷 도박 사이트를 애용했던 모양인지 축구와 야구 승무패를 예상한 내용도 빼곡했다. 아마 부치지는 못했겠지만 형수와 준희를 그리워하는 마음이 담긴 편지글도 있었다. 물론 유서는 없었으나 굳이 글의 내용으로 보자면 유서라 해도 좋을 만한 글도 있었는데 내용은 이러했다.

　나는 증오라는 감정 혹은 신념을 오랜 세월 숙고해왔다. 그 이유는 내 안에서 이 괴물 같은 녀석이 오랜 세월 똬리를 튼 채 나를 괴롭혀왔기 때문이다. 여전히 증오를 내 안에서 몰아내지 못한 이유는 아마도 무엇을 증오하는지 사실은 나 자신조차 확신하지 못해서일 것이다. 증오의 기원을 더듬다보면 여러 생각이 일어났다 사라지곤 한다. 이 증오가 나와 더불어 태어난 것이 아니라 선조들에게 물려받은 게 아닐까 싶을 만큼 유서가 깊다는 생각이 들 때도 있고 본래 증오란 존재하지 않는 것인데 사람이라면 누구나 가지고 있다는 착각 때문에 나한테도 이게 있다고 항변하기 위해 선택한 하나의 신념일지도 모른다는 생각이 들 때도 있다. 나의 증오는 박 부장이 정리해고를 당하던 이십대의 막바지에 생겨났을지도 모르며 가난하기에 일상적으로 치욕을 느껴야 했던 청소년 시절에 생겨났을지도 모른다. 어쩌면 아주 어린 시절 기억할 수 없는 어떤 일을 계기로 내 안에 처음 들어왔을지도 모른다. 이런 생각을 거듭할수록 오히려 증오의 기원은 모호해졌다. 실재하거나 혹은 허상에 불과하거나 상관없이 증오를 인식한다는 사실만이 명백해질 뿐이었다. 기이하지 않은가. 증오는 이토록 새파랗게 살아 있는데 대체 어디에서 이 증오가 유래했는지, 진정으로 무엇을 증오하는지 알 수 없다는 사실이 말이다. 나는 증오라는 감정 혹은 신념을 오랜 세월 어루만져왔다. 증오도 오래 사귀면 친근해진다. 나는 그걸 빼앗기고 싶지 않았다. 단 한번 사제폭탄 따위를 던져 내 증오가 세상에 적나라하게 노출되기를 바라지 않았고 내 행동 탓에 내 증오가 손가락질 받기를 바라지 않았다. 나는 다만 오래도록 바라보고 싶었다. 내가 무엇을 증오하는지를 혹은 진정으로 무엇을 증오해야 하는지를 알게 되기까지는 내 증오를 보호하고 싶었다.

　형의 글을 읽으니 언젠가 형과 나누었던 대화가 떠올랐다. 너 기억나? 뭐가. 어린 시절 살던 데 말야. 어디? 영등포. 그래. 우리가 어린 시절 살던 동네는 미로처럼 골목이 사방팔방으로 뻗어 초행자라면 반드시 길을 잃고 마는 곳이었다. 골목은 짐승의 내장처럼 구불구불했으나 어느 곳에 있든 저 멀리 공장지대 위로 우뚝 솟은 거대한 굴뚝을 볼 수 있었다. 굴뚝 끝에서는 불길한 느낌을 불러일으키는 연기가 늘 뿜어져나왔으며 나뿐만 아니라 그 동네 조무래기들은 그걸 다른 형태의 구름으로 여기고 살았다. 형은 그 구름을 사랑했다고 말했다. 사실 그때는 좆나게 싫었는데 나이를 먹으니까 거기가 그리워지더라. 왜? 몰라, 내가 거기서 꿈을 품어서 그런가봐. 그제야 나는 단 한번도 형의 꿈이 무언지, 보통의 경우 형이 이상이라고 표현했던 그 꿈이 무언지 물어본 적이 없다는 걸 깨달았다. 물론 형도 내게 그런 걸 물어본 적은 없으나 돌아보면 형은 내가 무엇을 하든 나를 지지해줄 준비가 되어 있었다. 형이 한결같이 내게 영감을 주기 위해 이런저런 이야기를 해주는 것만 해도 그랬다. 사실 형이 들려준 이야기 가운데 흥미를 끄는 게 하나 있었다. 형은 이혼소송을 하던 중 형수에게 폭력을 행사한 적이 있었고 그 일을 깊이 후회했다. 형수가 접근금지가처분 신청을 하지 않았더라도 형은 자진해서 형수 근처에도 가지 않았을 것이다. 형은 간단히 짐을 꾸려 원룸을 구해 나가 살았고 그곳은 서울 변두리 동네였던지라 요양원이나 요양병원이 많았다. 형이 일을 마치고 돌아와 편의점 앞에 앉아 술을 마시고 있노라면 어느 노부인이 노인을 태운 휠체어를 밀고 지나가는 걸 꼭 한번씩은 볼 수 있었다. 형은 노부인과 인사를 나누는 사이가 되었고 어느날인가는 진심을 담아 두분이 참 곱게 늙으셨다고 말했다. 이혼 과정에 있던 형이었으니 한평생을 해로했다고 여겨지는 노부부를 보며 그런 생각이 들었을 것이고 노부부가 부럽기도 했을 것이다. 노부인이 벌컥 화를 내며 해로는 무슨, 한평생 웬수지!라고 했을 때도 그러려니 웃어넘겼다. 휠체어에 앉은 노인은 수척했는데 그 노인이 눈을 뜨고 있는 걸 형은 본 적이 없었다. 어르신께서 고되신 모양이라고 물으면 노부인은 자는 거야!라고 대답했다. 이혼한 뒤로도 형은 그곳에서 쭉 살았다. 형수는 준희를 데리고 베이징으로 가버렸다. 형은 형수를 증오했고 베이징을 증오했고 중국을 증오했으며 동네 중국집마저 증오했다. 술 상대를 해주는 사람이 점점 줄어들자 형은 홀로 술을 마시고 취해 잠들었다가 새벽이면 유령처럼 일어나 작업복이 든 가방을 메고 일터로 나섰다. 비가 내리고 오늘 하루는 쉬자는 연락이 김에게 왔던 날 형은 오전부터 편의점 앞에 앉아 맥주를 마셨다. 노부인이 우산까지 든 채 휠체어를 밀고 지나갔다. 형은 노부인에게 인사를 했다. 등짝이 흠씬 젖은 노부인은 부들부들 떨었다. 노인은 여전히 잠이 든 건지 어떤 건지 아무튼 눈을 감은 채 휠체어에 앉아 있었다. 자는 거야! 형은 고개를 주억거렸다. 오후에도 노부인이 지나갔다. 그때 노인의 고개는 왼쪽으로 꺾인 채였고 여전히 자고 있었다. 저녁에도 노부인이 지나갔다. 노인은 여전히 자고 있었고 형은 그제야 깨달았다. 노인이 아무리 늦게 잡아도 오후 무렵 이미 숨을 거두었다는 사실을. ……어르신은 여전히 주무시네요. 노부인이 고개를 끄덕였다. 잠만 자. 젊어서 못 잔 거 벌충이라도 하듯 잠만 자. 이 웬수 덩어리! 휠체어가 덜컹거리며 노인이 굴러떨어졌다. 노인은 휠체어에 앉았던 모습 그대로 굳어서 누군가 버리고 간 자루 없는 녹슨 낫 같았다. 노부인은 우산을 든 채 널브러진 노인에게 다가가 혀를 찼다. 괜찮우? 노부인의 목소리에는 힘이 없었다. 노부인이 형을 보고 말했다. 이러고도 자네. 형은 죽은 노인을 업고 요양병원으로 향했다. 노부인은 한참 뒤떨어진 채 텅 빈 휠체어를 밀면서 따라왔다. 형은 요양병원 현관에서 뒤를 돌아보았다. 비에 젖은 바람이 불어와 형의 얼굴을 쓸고 지나갔다. 노부인은 어디에서 우산을 놓쳐버렸는지 하염없이 내리는 비를 맞으며 병원 정문에 서 있었다. 형은 내게 말했다. 노부인은 아는 것 같았어. 당신은 이제 혼자라는 걸. 하나뿐인 동생아, 넌 어떻게 생각하냐? ……형 말이 맞는 것 같아. 나는 레고 상자와 상판에 흠이 있는 노트북을 챙겨 원룸을 나왔다. 조카인 준희의 장래희망은 우주비행사였다.

  김은 인력사무소에 연락해서 잡부 두명을 불렀다. 현장에 나타난 잡부는 스물네살짜리 애송이들이었다. 한명은 한국인 대학생이었고 다른 한명은 중국인 유학생이었다. 친구 사이라고 했다. 형을 아는 사람들은 저 중국인 젊은이가 언제 일을 때려치우고 줄행랑을 칠 거냐로 내기를 걸었다. 형에게 시달려 하루는커녕 한나절도 못 견디고 도망간 사람이 부지기수였으니까. 그날 오후 한국인 대학생은 지하실에서 폐기물 수거를 하다가 발바닥을 못에 찔렸다. 그 학생은 질질 짜면서 가버렸다. 중국인 청년은 묵묵히 일했다. 형은 안전화의 끈을 조이면서 침을 퉤 뱉었다. 야, 쭝궈! 이름이 뭐냐? 장용이에요. 씨발 좆도 작은 게 빤스만 크게 입는다고 쥐톨만한 새끼들이 죄다 이름은 용이야. 다음 날에는 중국인 유학생 혼자 나타났다. 갑작스러운 추위에 얼었던 수도관이 터져 지하실에 물이 고였다. 중국인 청년이 들어가려 하지 않자 형은 그 청년을 거의 집어던지다시피 해서 지하실로 밀어넣었다. 어영부영하면서 일당만 챙기면 껍질을 발라버린다! 오후 네시가 채 못 되어 김이 작업을 중단시켰다. 형이 투덜대자 김이 소리쳤다. 젊은 애를 잡을 건가! 중국인 청년이 오한에 든 것처럼 떨면서 주저앉아 장화를 벗자 물이 주르륵 흘러내렸다. 형은 그 옆에 새 양말 한켤레를 던졌다. 중국인 청년이 형을 올려다보았다. 하마터면 형은 주먹질을 할 뻔했다. 그때 청년의 눈빛은 형수의 눈빛과 똑같았다. 씨발놈이 어딜 꼬라봐! 중국인 청년은 김이 술 한잔 하고 가라고 하자 선선히 따라왔다. 형과 김 그리고 중국인 청년은 포장마차 앞에 선 채로 소주 두병을 시켜 단번에 반병씩을 마셨다. 남은 반병은 셋이 나누어 마셨다. 그들은 자리를 옮겨 순댓국집에서 술국과 머릿고기 등을 안주 삼아 다시 소주를 마셨다. 이 새끼 술 잘 처먹네. 중국인 청년이 배시시 웃었다. 너 고향이 어디야? 북경요. 부잣집 도련님이셨구만. 아니에요, 가난해요. 가난한 새끼가 왜 유학 왔어? 가난하니까요. 씨발놈 말은 잘하네. 너 권주가 알아? 권주가요? 귓구멍에 좆 박았냐? 예? 이 새끼 아직 슬랭은 모르네. 그런 실력으로 어디 가서 조선말 좀 한다고 으스대겠냐? 이런 거 모르냔 말이다. 그러면서 형은 목청을 가다듬고 순댓국집이 떠나가라 고래고래 소리를 질렀다. 그대는 보지 못했는가. 하늘에서 내려온 황하의 물이 흐르고 흘러 바다에 이르면 다시는 되돌아오지 못하는 걸. 술을 마셔라, 쉬지 말고 마셔라! 중국인 청년은 고개를 끄덕였다. 아마도 그 청년은 형이 읊은 시구가 이백의 「장진주(將進酒)」라는 사실을 짐작은 했을 것이다. 그러나 무식한 노가다꾼인 형이 비록 첫 구절에 그치기는 했어도 어떻게 해서 그 시를 알게 되었는지는 결코 모를 것이다. 순댓국집에는 알 만한 사람들도 여러 테이블을 차지하고 있어서 잔칫날처럼 흥겨워졌다. 형은 마시고 또 마셨다. 이윽고 형은 화장실에 가겠다며 나간 중국인 청년이 한참이 지났는데도 돌아오지 않는다는 걸 알았다. 겁쟁이 자식, 도망쳤어! 형은 비틀거리며 밖으로 나가 골목에 대고 기운차게 오줌을 누었다. 허연 김이 모락모락 피어올랐다. 골목에는 한 무리의 사내들이 있었는데 얼핏 보니 천장 작업을 하는 덴조들이었다. 형은 그들 사이에 도망간 줄 알았던 좆만 한 용이 끼어 있는 걸 보았다. 야, 너 이 새끼 일루 와! 엉? 누구한테 맞았냐? 덴조 가운데 한 사람이 나섰다. 이 새끼가 우리를 밀치고 가잖아. 덴조들이 와자하게 웃었다. 그들은 형이 이방인 특히 중국인이라면 못 잡아먹어 안달이라는 걸 잘 알았다. 그들은 저마다 한마디씩 던졌다. 짱깨 새끼들은 버르장머리를 고쳐놔야 돼. 바퀴벌레 같은 새끼들. 너희 나라로 꺼져라. 형이 평소에 늘 하던 말과 별다르지 않은 말들이었다. 중국인 청년이 나직하게 읊조렸다. 까오리…… 빵즈. 형의 두 눈은 방금 섬광에 덴 용접공의 눈처럼 먹먹해졌다. 형은 중국인 청년에게 저쪽으로 가라고 손짓을 했다. 중국인 청년이 골목을 돌아 사라지자 형은 덴조들에게 다가갔다. 형은 침을 찍 뱉은 뒤 낮게 으르렁거렸다. 덴조 쇼꾸닝, 자네 나랑 인연이 얼마나 됐지? 십년은 됐지? 막 나가는 노가다도 아닌 사람이 애송이 잡부한테 그러면 쓰나? 응? 이 썹새끼야…… 한 번만 더 저 새끼 건들면 대그빡을 뽀개버린다. 누군가가 형에게 대들려고 했으나 다른 이들이 말려서 싸움은 일어나지 않았다. 형은 편의점에 들러 담배를 두갑 샀다. 중국인 청년은 순댓국집 앞에 내놓은 의자에 앉아 있었다. 추위 탓에 어깨를 옹송그린 채였다. 형은 그 옆에 앉아 담뱃갑을 하나 건넸다. 중국인 청년이 고개를 들고 형을 바라보았다. 광대뼈 부근이 새빨갰다. ……미안합니다.

……뭐가? 한국인 욕한 거요. 괜찮아, 짱깨 새끼야! 형이 환하게 웃자 중국인 청년도 활짝 웃었다. 미안하다. 뭐가요? 저 새끼들은 이상이 없는 놈들이거든. 리시앙 말야. 중국인 청년이 담뱃갑을 뜯으려 하자 형이 도로 빼앗았다. 이건 말야, 그렇게 뜯는 게 아냐. 잘봐라. 라이터로 이렇게 밑을 조져버려. 봐, 이렇게 벌어졌지? 그럼 여길 뜯는 거야. 그러면서 형은 담배를 한개비 꺼내 중국인 청년의 입에 물려주고 불을 붙여주었다. 새끼, 좋단다. ……넌 이런 데 오지 마라. 여길 떠나면 잊어버려라. 공부 잘 마치고 고향으로 돌아가라. 네가 처음으로 꿈을 품었던 네 고향으로. 그날 밤 늦도록 형은 김과 중국인 청년과 어깨를 얼싸안고 억병으로 취할 때까지 마셔댔다. 초겨울의 밤은 술에 취하기 좋은 시간이었다.

형은 더이상 그때까지 사랑하던 것들을 사랑할 수 없었다. 형은 공사 현장의 침묵도 그곳을 지나는 바람도 그곳을 채운 먼지도 그곳에서 사리사리 피어올라 가뭇없이 사라져갈 그 모든 소음들도 지겨웠다. 형은 더이상 기꺼워하며 안전모를 쓰지 않았고 인부들의 더듬는 듯한 말투도 듣기 싫어했으며…… 결국 이 모든 것들이 환멸에 다름 아니라는 걸 어렴풋하게나마 깨달았다. 형은 김과 중국인 청년을 택시를 태워 보냈다. 나 멀쩡해! 이게 김과 중국인 청년이 마지막으로 들은 형의 목소리였다. 그날 새벽 나는 형에게 걸려온 전화를 받았다. 술 처먹었어, 형? 그래 처먹었다. 어디야? ……집이야. 그럼 자빠져서 잠이나 자. 동생아…… 왜? 나 멀쩡한 거 맞지? 나 변한 거 없지? 형, 좆나게 변했어. 그러니? 그래. 고 맙다. 뭐가? 그냥 다. 됐어. 그럼 나 잔다. 그래 자. 나는 잠시 휴대 폰에서 귀를 떼지 않고 기다렸다. 그대는 보지 못했는가 어쩌구 하 는 늘어진 목소리를 듣고 안심하며 전화를 끊었다. 그리고 그게 내 가 마지막으로 들은 형의 목소리였다. 형은 원룸이 아니라 형수와 준희와 함께 살았던 그 집 앞에서 내게 전화를 걸었던 거였다. 택 시를 탄 형은 옛집 주소를 일러줬다. 아마 그건 형의 무의식이 시 킨 일이었을 게다. 깊은 밤, 이제는 남의 집이 되어버린 옛집 앞에 이른 형은 더이상 거기에 추억이 없음을 알았을 것이다. 형은 바깥 대문 앞에 쪼그리고 앉았다. 그리고 내게 전화를 걸었다. 형은 노 래를 부르며 잠이 들었고 영영 깨어나지 못했다. 청소부들이 형을 발견했을 때 형은 이미 저체온증으로 죽어 있었다. 죽기 직전에 형 은 어느날인가 이렇게 현관문 앞에 앉아 잠들었음을 떠올렸다. 술 에 취해 돌아온 형은 대문을 쾅쾅 두드렸고 형수는 형의 버릇을 고 치기 위해 문을 열어주지 않고 버텼다. 쾅쾅 소리가 그치고 한참이 지나도록 아무 소리가 없자 덜컥 겁이 난 형수는 종종걸음으로 나 가 대문을 열었다. 형수는 널브러진 형을 흔들어 깨웠다. 벌떡 일어 난 형이 형수에게 와락 안겼다. 형수는 덩치는 커다랗고 입만 열면 상스러운 말을 내뱉지만 가슴속에는 덜 자란 소년이 웅크리고 있 는 듯한 남편을 겨우겨우 끌어다 침대에 눕혔다. 형은 혀 꼬인 소 리로 물었다. 여보, 우리 아들은 잘 자? 여보…… 마누라…… 사랑 해. 내가 술 끊을게. 정말이야…… 술은 끊을 수 있겠는데 이건……

256

이건 대체 어떻게 끊어야 하지? 여보…… 우리 처음 만났을 때 당신이 들려준 노래 있잖아…… 그래,「권주가」말야. 한번 더 불러주겠어? 형수는 술 취해 잠든 형 옆에 앉아 고운 목소리로 노래를 불렀다. 더이상 형은 들을 수 없는 노래를 새벽이 깊도록 불러주었다.

:

꿈을 꾸었다고 말했다

:

1

이윽고 문이 열렸다. 술을 마시던 사람들이 약속이라도 한 듯 일제히 고개를 돌려 출입문 쪽을 바라보았다. 떠들썩하던 술집이 갑자기 조용해졌다. 숨 막힐 듯한 고요였다.

아직 날도 저물지 않았건만 벌써부터 이 술집에 퍼질러 앉아 밤을 기다리는 이들은 대부분 이 동네 토박이였고 젊은 시절부터 불한당으로 불리던 자들이었다. 웃고 떠드는 일에 이골이 났고 툭하면 서로 시비를 걸고 다투었지만 하룻밤만 지나면 언제 그랬느냐는 듯 천연덕스럽게 농을 지껄이고 서로의 얼굴을 가리키며 낄낄대는 작자들이었다. 문을 열고 들어선 이는 스무살도 채 안 되어

보이는 청년이었다. 젊은이의 앳된 얼굴은 창백해서 투명하기까지 했다. 검은색 양복을 입었지만 교복이라도 입은 것처럼 어색해 보였다. 그럼에도 세상 모든 종류의 사람을 만나본 것 같은 인상을 풍겼다. 청년의 어깨에 내려앉았던 늦은 오후의 설핏한 햇살 한줌이 더러운 술집 바닥으로 흘러내렸다. 누군가 헛기침을 했다. 헛기침을 한 오십대의 사내는 불한당 동료들의 질책하는 눈빛에 무르춤해져서는 고개를 푹 숙였다. 청년은 주방이 마주 보이는 탁자 앞에 앉았다. 어차피 빈 탁자는 거기 하나뿐이었다. 청년은 비스듬히 고쳐 앉으면서 오른쪽 어깨를 벽에 기댔다. 머리도 자연스럽게 벽쪽으로 기울어져서 볕 좋은 봄날 마을회관 벽에 기대어놓은 싸리비처럼 한가해 보이기까지 했다. 청년이 고개를 돌려 술집 내부를 둘러보았다. 불한당들은 청년과 시선이 마주칠 때마다 입을 굳게 다문 채 보일락 말락 고개를 끄덕였다. 청년은 답례라도 하듯 술잔을 약간 높이 들어올렸다. 괜찮으니 어서 마시렴. 고맙습니다. 무언의 말들이 청년과 불한당들 사이를 오갔다. 불한당들은 천천히 소주를 들이켜는 청년을 지켜보았다.

불한당들 가운데 청년이 누구인지 아는 사람은 없었다. 청년이 상복을 입고 있으며 상주임을 알리는 상장이 오른팔이 아닌 왼팔에 있고 검은 줄이 두줄이므로 모친상을 당했다는 것만 알았다. 청년은 이따금 고개를 돌려 맞은편 벽 위 높이 달린 창을 바라보곤 했다. 창밖으로는 옆 건물의 어두운 벽면만이 보일 뿐이었다. 한마디로 청년은 가슴속에 슬픔을 매설해둔 사람 같았다. 불한당들은

이 청년이 나타나리라는 걸 예감했던 스스로가 끔찍했다. 그들은 청년의 슬픔이 구체적으로 어디에서 비롯되었는지는 몰랐지만 그 것이 어떤 방식으로 생겨났는지는 잘 알았다. 누군가를 상실한 사람들이 가장 비참하게 돌이켜보는 건, 그이를 상실할 줄 몰랐기 때문에 무심코 떠나보내던 순간의 자신이었다. 갔다 올게 하는 목소리에 응 하고 무심히 대답했던 자신에게 왜 그때 직접 배웅을 해주지 않았는지, 손 한번 잡아보지 않았는지, 미소를 지어 보이지 않았는지, 가볍게 어깨를 두드려주지 않았는지, 그토록 사소하기 짝이 없는 행위를 도대체 무슨 이유로 하지 않았는지를 무섭게 따져보기 마련이었다. 청년의 마음속에서는 이런 후회가 잡초처럼 자라나 무성했을 테고 마음에 드리워진 빽빽한 그늘이 밖으로 빠져나와 주위에 그림자로 드리워진다 해도 이상하지 않을 듯했다.

불한당들은 젊은 시절에 용 문신을 다투어 새겼다. 그들 대부분 생계를 위해 정직한 사업 — 구멍가게, 철물점, 정육점 등등을 하게 된 뒤로는 눈살을 찌푸리는 손님들 탓도 있었지만 무엇보다 딸들이 다섯살쯤 되면 아빠가 괴물 같아서 무섭다며 울어대기 때문에라도 문신을 지워야 했다. 불한당들은 싸구려 업자를 찾아가 문신 제거 시술을 받을 수밖에 없었는데 싸구려답게 완전히 지워지지 않고 외려 덕지덕지 반흔이 생겨 한여름에도 긴팔을 입을 수밖에 없었다. 그러다보니 자연스레 통기성이 좋은 모시옷을 즐겨 입게 되었다. 한여름에 긴팔 모시옷에 반바지 차림이라면 팔뚝까지만 용이 있었던 거지만 위아래 모두 긴팔 긴바지 모시옷 차림이라면 종아리나 허벅지까지 용이 있었던 거다. 한여름에 불한당들이 한자리에 모이면 조선시대 후기, 아니 그렇게 멀리까지는 아니라 해도 칠팔십년대 시골 마을 정자에 모인 노인들을 그대로 옮겨놓은 것처럼 보이게 마련이었고 점잖게 늙은 이들이라면 품위라도 있었으련만 불한당들이었던 탓에 쓸쓸한 패잔병의 분위기를 풍겼다. 불한당들은 각자의 개성을 뽐낼 수 있는 가을이 오기를 손꼽아 기다렸고 이듬해 여름이 올 때까지는 다른 불한당과 조금이라도 비슷해 보이는 옷은 한사코 입지 않으려 했다. 어느덧 가을의 막바지였으므로 이 술집에 모인 불한당들의 옷차림은 그야말로 각양각색이었고 그들이 다른 불한당과 완전히 다르게 보이려 애쓴 결과는 서글프게도 마치 한 사람의 여러 분신이 모인 것처럼 보이게 할 뿐이었다. 그런 탓에 다채로운 옷차림의 불한당들과 검은 상복을 입은 청년의 대비가 더욱 두드러졌다.

헛기침을 하는 바람에 동료의 질책을 받았던 사내가 대범하게 자리에서 일어나 청년에게 다가갔다. 청년은 예의 바른 눈빛으로 그 사내를 바라보았다. 사내는 청년의 어깨를 툭툭 두드리지는 못하고 깃털을 내려놓듯 아주 가볍게 그 어깨 위에 손을 얹었다가 자기 자리로 돌아갔다. 숨을 죽인 채 동료의 행동을 지켜보던 불한당들은 청년을 맨 처음으로 위로할 기회를 빼앗겼다는 생각에 쓸쓸해졌다. 아마 여느 때였다면 그런 생각이 들자마자 고함치고 분개하며 삿대질을 했겠지만 이번에는 그러지 않았다. 그 대신 언제 엉덩이를 털고 일어나 청년에게 다가갈 것인지를 생각했다. 누군가

는 술을 채운 잔을 들고 가 청년에게 건넸고 누군가는 말하는 자신
조차 알아들을 수 없는 나지막한 목소리로 위로의 말을 건네기도
했다. 불한당들은 힘겹게 의무를 수행한 뒤 기진맥진해버렸다. 그
덕분에 새로이 술을 마실 기운을 낼 수 있었다. 그들은 청년이 나
타나기 전처럼 서로의 잔에 술을 따르며 벌컥벌컥 마셔대기는 했
으나 소리를 내지 않으려 애쓰는 바람에 기묘한 무언극을 연출하
고 말았다. 청년이 웃었다. 다정하고 따스한 웃음이었고 듣는 이의
마음을 어루만져주는 웃음이었다. 딱히 누구에게랄 것도 없는, 어
쩌면 그저 즐거웠던 기억이 떠올라 자신도 모르게 흘리는 웃음일
지도 몰랐으나 불한당들은 청년에게 위로를 받은 기분이었다. 술
집 전체가 풋잠에 든 것처럼 차분해졌다. 천장에 매달린 형광등조
차 끄먹끄먹했다. 청년의 소주병이 반쯤 비워졌을 때 문이 열리더
니 쉰살에서 일흔살 사이 어디쯤에 정박했는지 나이를 가늠하기
어려운 사내가 술집 안으로 들어섰다. 불한당들이 혀를 찼다. 방
금 들어선 사내는 불한당 중에서도 불한당이며 눈을 씻고 찾아봐
도 이 근방에서 다시 볼 수 없을 만큼 무례하기 짝이 없는 작자였
다. 아무 데나 가래를 뱉고 오줌을 갈겨대고 토악질을 해서가 아
니었다. 사사건건 시비를 걸고 멱살부터 잡고 누가 무슨 말을 하
든 귓등으로 흘려듣고 쌍욕을 퍼부어서가 아니었다. 불한당들 가
운데 가장 덩치가 작은데다 비쩍 말라 한주먹감도 안 되었지만 그
들조차 그 사내를 꺼리게 된 건 무엇보다 말이 통하지 않아서였다.
정신은 멀쩡했지만 반쯤 미친놈이었다. 반쯤 미친놈과 시비가 붙

으면 누구라도 반쯤 돌아버리기 때문이었다. 반 미친놈이 열세에 처할 때 가장 자주 써먹는 수법은 상대방의 말을 똑같이 따라 하는 거였다. 두어번 그런 일을 겪어보면 누구라도 그자와 다시는 상대 하고 싶지 않게 마련이었다. 그 사내는 새치가 섞인 짧게 깎은 머리를 두툼한 손으로 이마 쪽에서 뒤통수 쪽으로 쓱 문질렀다. 비듬이 먼지처럼 날렸다. 그 사내는 청년 맞은편에 앉았다. 불한당 가운데 한명이 벌떡 일어나 빈 술병을 쥐었으나 동료들이 조심스레 타이르며 주저앉혔다. 동료들의 만류로 주저앉은 불한당은 나지막하게 으르렁거렸다. 털끝 하나라도 건들면 죽여버린다. 반 미친놈은 코웃음을 치더니 청년의 소주병을 제 것처럼 다루었다. 물컵에 남은 술을 따라 단숨에 들이켜고 오이 한조각을 고추장에 찍어서 우적우적 씹어먹었다. 반 미친놈은 주방 옆 냉장고로 가서는 소주병을 꺼내왔다. 청년의 빈 잔에 술을 따른 뒤 반 미친놈이 물었다. 너 뭐야 인마! 청년은 어깨를 으쓱했다. 나도 내가 누구인지 모른다는 뜻이었겠지만 반 미친놈은 누구인지 잘 알겠다는 듯 고개를 주억거렸다. 그 꼴을 지켜보던 다른 불한당들은 얼굴을 붉혔다. 저 새끼가! 누군가 이렇게 내뱉기는 했지만 그뿐이었다. 반 미친놈은 청년의 술잔에 자신의 술잔을 부딪치려다 멈칫거렸다. 상주하고는 술잔 부딪치는 거 아니지? 반 미친놈이 불한당들을 돌아보며 이렇게 눈으로 물었고 불한당들은 마지못해 고개를 끄덕였다. 안 마셔? 청년의 가느다란 손가락들이 술잔을 부드럽게 감아쥐었다. 청년은 천천히 술잔을 비웠다. 그 모습을 물끄러미 바라보며 자신의 술잔을 비운 반 미친놈은 청년의 빈 잔에 다시 술을 따랐다. 청년은 잠자코 있었다. 반 미친놈이 인상을 쓰며 다그쳤다. 안 마셔? 청년은 다시 천천히 술잔을 비웠다. 그러고는 빈 술잔에 스스로 술을 따랐다. 청년은 술잔을 반 미친놈 앞으로 밀었다. 이제 그만 드세요. 반 미친놈은 고개를 끄덕이더니 청년이 밀어놓은 술잔을 들고 천천히 기울였다. 이 동네 사람이 아닌 삼십대의 사내 둘이 들어왔다가 자리가 없네, 하고는 나가버린 것 외에 별다른 일은 없었다. 그동안 반 미친놈은 청년에게 나지막하게 소곤거렸는데 듣기에 따라 하소연하는 것 같기도 하고 훈계하는 것 같기도 하고 이도 저도 아니라 그냥 혼자서 중얼거리는 것 같기도 했다. 불한당들은 귀를 곤두세워 반 미친놈이 무슨 말을 하는지 알아들으려 애썼으나 얼마 안가 평소와 다름없이 종잡을 수 없는 허튼소리에 불과하다는 걸 깨달았다. 청년은 반 미친놈의 말에 장단을 맞추기라도 하듯 고개를 끄덕이거나 눈살을 찌푸리곤 했다. 반 미친놈이 술잔을 탁 소리가나게 내려놓자 탁자가 들썩였다. 불한당들 가운데 성격 급한 사내가 벌떡 일어났지만 청년 쪽으로 다가가지는 않았다. 청년이 아무렇지도 않은 얼굴로 나지막하게 소곤거렸다. 이제 반 미친놈이 고개를 끄덕이다가 혀를 차다가 눈살을 찌푸리기도 하면서 청년의 말에 장단을 맞추었다. 불한당들은 아무 말도 할 수 없었다. 아무도 청년을 방해하고 싶지 않았기에 이번에는 반 미친놈을 용서해주어야 했다. 사실 반 미친놈은 반쯤 미친 게 아니라 반쯤 정신을 차린 사람인 것 같았다. 어디선가 어린아이들이 웃는 소리가 들려

266

왔다. 뭉개진 노을빛이 문틈으로 들어왔다. 오수에 빠졌다가 너무 깊이 잠드는 바람에 깜짝 놀라며 깨어나 턱까지 흘러내린 침을 손등으로 닦아내는 노인네처럼 저녁이 기지개를 켰다. 주방의 프라이팬 위에서 지글지글 소리를 내며 고기가 익어갔다. 말을 다 마친 청년은 한숨을 길게 내쉰 뒤 고개를 돌려 창문을 보았다. 불한당들은 그때 모두 보았다. 청년의 눈에서 눈물이 흐르고 있었다. 반 미친놈이 도움을 청하듯 불한당들 쪽을 돌아보았다. 반 미친놈의 눈동자가 브라운운동을 하는 것처럼 불규칙하게 흔들렸다. 불한당들은 어찌할 줄 몰라 애꿎은 술병만 만지작거렸다. 반 미친놈이든 나머지 불한당들이든 이런 경우에 무슨 말을 해야 하는지 어떻게 행동해야 하는지 모르기는 마찬가지였다. 그들은 아내나 자식들이 올 때에도 소리치고 윽박지르고 비아냥거리며 살아왔기에 누군가를 위로하는 방법을 아예 몰랐다. 그들이 위로에 서투른 이유는 별로 위로받으며 살아오지 못한 탓도 있지만 그처럼 우는 사람 앞에서 소리치고 윽박지르고 비아냥거리는 게 그들 나름의 위로하는 방식인 탓도 있었다. 누군가가 늘 하던 것처럼 하려다가 금세 제지당했다. 그러자 분을 이기지 못하고 제 가슴팍을 두드려댔다. 불한당들은 모두 비슷한 심정이었으나 청년을 위로하려는 어떤 시도든 청년의 슬픔을 유린하게 될 것만 같아 간신히 스스로를 억제하고 있을 뿐이었다. 조금 뒤 한 사내가 동료들에게 물었다. 그 아이는 어디 갔지? 그 말에 정신이 들었다는 듯 모두 술집 내부를 둘러보았다. 청년은 가버리고 없었다. 청년이 앉았던 탁자 위에 상장만이 얌전히 놓여 있을 뿐이었다. 그 아이가 상장을 잊어버리고 갔어. 저걸 갖다줘야 해. 누군가 말했고 누군가 상장을 집어들었다. 불한당들 가운데 가장 나이가 많은 노인이 나지막한 목소리로 말했다. 아우님들, 소용없는 짓이야. 상장을 쥔 사내가 최고 연장자를 바라보았다. 무슨 말씀이시오, 형님. ……필요가 없으니까 두고 간 거야. 그 아이는 돌아올 수 없는 길을 떠났어. 반 미친놈이 누구보다 먼저 고개를 주억거렸다. 상장을 쥔 사내는 그 말을 인정해야 할지 말아야 할지 잠시 고민하다가 자기 자리로 돌아가 털썩 앉았다. 다시 돌아온다 해도 아주 오랜 세월이 지난 뒤겠지. 우리처럼 늙어서야 돌아오겠지. 돌아오면 또다른 젊은이를 만나게 되겠지. 슬픔과 회한이 가득한 눈으로 제 술잔에 눈물 한방울 섞어 마시며 오늘을 돌이켜보겠지. 노인은 그 말을 끝으로 말없이 술잔을 들이켰다.

불한당들의 머릿속에서는 비슷한 생각이 떠올랐다. 그들 모두 청년을 한때 청년이었던 자신처럼 여겼고 만약 과거로 돌아갈 수 있다면 그 청년으로 돌아가 용기를 내고 싶었다. 그러나 청년은 사라졌다. 그들은 청년이 어디로 갔을까를 생각하다가 한숨을 내쉬어야 했다. 청년이 대체 어디로 갈 수 있단 말인가. 사랑에 실패하고 원한을 품었던, 살아보기도 전에 이미 세상에 절망해버렸던 그 청년은 그들의 내부에서 그들과 함께 늙었다. 그들은 깨달았다. 자기 내부를 헤매는 이 불길한 청년과 때때로 조우하며 수십년을 살아왔음을. 청년과 그들은 헤어진 게 아니라 함께 거주하며 서로를 증오하고 힐난하고 할퀴면서 수십년을 견뎌왔음을.

저마다의 생각에 몰두했던 불한당들은 방금까지 그들을 사로잡았던 열정이 열없어졌다. 청년의 일거수일투족을 놓치지 않기 위해 신경을 곤두세우고 청년의 심기를 거스르지 않으면서 위로하기 위해 최선을 다했던 이유가 모호해서였다. 어차피 그들은 지금까지 살아오면서 이와 비슷한 상황을 숱하게 겪었고 그 청년보다 불운한 사람들도 주위에 흔했다. 그들을 비추는 거울이면서도 그들과는 무관한 타인에 지나지 않는 청년에게 극도의 주의를 기울였던 게 쓸모없는 일처럼 느껴졌다. 주방에서 나온 사내가 여러 탁자에 제육볶음을 한 접시씩 내려놓았다. 불한당들은 김이 무럭무럭 피어나는 안줏감에 젓가락을 댔다. 고기 한점을 집어 방금 떠올린 한점의 추억이라도 되듯 질겅질겅 씹어먹었다. 여전히 청년의 상장을 손에 쥔 채 만지작거리던 사내는 노인과 눈이 마주치자 투덜거렸다. 제기랄! 그 애송이 녀석이 어디로 갔는지 알 게 뭐요. 어디든 가다가 죽어버리거나 말거나 무슨 상관이란 말이오! 노인은 술 한잔을 들이켠 뒤 그 말에 대답하듯 여전히 나지막한 목소리로 말했다. 아무렴, 상관이 없지. 하지만 자네도 인정하겠지. 그 아이가 유례없이 새로운 아이라는 걸. 우리와는 전혀 다른 세상에 속한 것처럼 행동했다는 걸. 상장을 쥔 사내가 버럭 화를 냈다. 대체 그 애송이가 어떤 점에서 특별하다는 겁니까? 노인은 손가락을 들어 자기 가슴팍을 쿡쿡 찔렀다. 여기가 다르지. 누군가를 상실한 사람은 유예기간을 겪어야만 진정한 슬픔에 이르게 되지. 상실한 사람의 부재를 거듭 느끼면서 — 먹을 사람은 없는데 자기도 모르게 밥상 위에 수저 한벌을 올려놓았다가 혹은 방구석에서 그이의 유품이 분명한 잡동사니를 발견했을 때처럼 최초의 상실 이후에 되풀이해서 똑같은 상실을 겪어야 한다는 걸, 한번 상실하게 되면 영원히 상실하게 된다는 걸 깨달으면서 점점 더 깊은 슬픔에 이르게 되니 말일세. 단순하고 우둔한 사람에게도 일정한 시간이 필요하고 섬세하고 예민한 사람이라면 몇년이 걸릴 수도 있다네. 깊은 슬픔은 단번에 그냥 주어지지 않아. 그것은 오히려 고통을 겪은 사람이 획득해야만 하는 것과 같다네. 나도 그렇고 자네들도 그렇고 부모가 돌아가셨을 때 입으로만 곡을 했지 어디 진짜 뜨거운 눈물 한방울 흘려본 적 있던가. 그러나 어느날 문득 방에 누워 천장을 바라보았을 뿐인데 두 눈에서 용암처럼 눈물이 흘러나와 귓속에 고이지 않던가.

불한당들은 저마다 빈 잔에 술을 채워주고 목마른 사람들처럼 마셨다. 노인도 옆 사람이 채워준 잔을 들이켰다. 그 아이는 말이야, 지금 상을 치르는 사람 같지가 않았어. 아이는 이미 오래전에 상을 치렀을 뿐만 아니라 오랜 세월 무엇을 잃어버렸는지를 곱씹으며 노를 젓다가 지금 막 깊은 슬픔의 기슭에 닿은 사공처럼 노를 내려놓았지. 아이는 단번에 깊은 슬픔에 이른 거야. 무언가를 상실한 순간 그것이 어떤 의미인지를 알아버린 거지. 아이의 두 눈에서 용암 같은 눈물이 흐르는 걸 자네들도 보았잖은가. 저 탁자 앞에 앉은 채로 수십년을 살아버렸어. 우리가 수십년 동안 발버둥하다 겨우 알게 된 것을, 아니 그보다 더 많은 것을 아이는 저기 앉은 채

270

로 알아버렸어. 상장을 쥔 사내가 무슨 말인가를 하려다 그만두었다. 나는 자네들이 대견하고 기특해. 자네들은 그 아이가 깊은 슬픔에 이를 수 있도록 지켜주었고 그 아이가 깊은 슬픔에서 벗어나 자기 자신이 되기 위해 떠날 수 있도록 격려해주었지. 자네들이 하지 못한 일을 아이가 할 수 있도록 기회를 주었고 자네들이 저질렀던 실수를 아이가 되풀이하지 않도록 조언해주었어. ……아우님들, 저녁이라네. 밤의 정강이라고도 할 수 있지. 여기 적당히 어둡고 캄캄한 밤의 슬하에서 불 밝힌 주점에 어울려 앉아 술 한잔 기울일 수 있는 자네들이 있어 기쁘다네. 먼 훗날 그 아이가 돌아오면 우리가 되어 여기 이렇게 앉아 술잔에 술을 따르겠지. 어쩌면 이미 돌아와 우리 사이에 앉아 있는지도 모른다네. 그 말을 하고 노인은 실수인 것처럼 고개를 돌려 그와 시선을 마주쳤다. 노인은 청년에게 그랬던 것처럼 입을 꾹 다문 채 고개를 보일락 말락 끄덕였다. 노인은 그가 누구인 줄 아는 것만 같았고 이렇게 말하며 환대하는 것 같았다. 영택이 자네 왔나. 아랫목에 앉아 몸 좀 녹이고 따뜻한 술 한잔 마시게나.

그는 불한당들이 하나둘씩 술에 취해 고개를 푹 꺾은 채 탁자에 이마를 대고 잠들거나 비틀거리다 의자와 함께 넘어지는 걸 지켜보았다. 두 사람이 앉을 수 있는 구석의 작은 탁자에 혼자 앉아 있는 그를 눈여겨보는 사람은 단 한번 그에게 눈길을 주었던 노인 말고는 없었다. 그는 귀신처럼 타인의 시선에서 자유로운 상태로 술

집의 분위기가 어떻게 미묘하게 달라지는지, 불한당들의 얼굴에서 섬광처럼 나타났다 사라지는 표정들이 무얼 의미하는지를 헤아리며 홀로 술잔을 기울였다. 그는 아마도 그 술집에서 주인 사내를 제외하고 청년이 어떻게 사라졌는지를 기억할 수 있는 유일한 사람이었을 것이다. 주먹을 쥔 손으로 눈물을 훔친 청년은 왼쪽 팔뚝에서 상장을 벗겨내 손에 쥔 채 한동안 그것을 물끄러미 내려다보았다. 거기에 해독할 수 없는 운명이 적혀 있기라도 한 듯이. 자리에서 일어난 청년은 주방 앞 카운터로 다가갔다. 고기를 볶던 사내가 앞치마에 두 손을 문지르며 나와 주방과 홀을 구분하는 카운터에 섰다. 청년이 지갑을 꺼내 계산을 치르고 거스름돈을 사양하는 걸 보았다. 청년은 공손하게 인사를 한 뒤 탁자와 탁자 사이를 비틀거리지는 않았으나 위태로워 보이는 걸음걸이로 지나갔다. 청년은 문을 열고 나가기 전에 술집의 불한당들을 향해 조문객에게 답례하는 상주처럼 허리를 깊이 숙여 절을 했다. 뒤돌아서는 청년은 자기 자신이 아니라면 어떤 역할도 떠맡지 않을 사람 같았다. 만약 그런 배우가 있다면 평생 무대에는 한번도 오르지 못하겠지만 그 배우에게는 이 세계 전체가 무대가 될 것이었다. 청년이 문을 열었다. 바깥은 어둑어둑하고 싸늘했다. 청년은 그예 스스로를 세상이라는 거대한 무덤에 매장하기 위해 발인해가듯 바깥으로 한걸음 내디뎠다. 그는 청년을 붙잡고 싶었으나 그게 쓸모없는 일이라는 것도 잘 알았다. 그 순간 청년에게 필요한 건 청년 자신일 거였으므로.

청년을 지켜보던 내내 그도 불한당들처럼 청년 시절의 자신을 만났다. 이 청년은 지금의 그처럼 말수가 적고 눈빛이 탁했는데 청년이 자라고 늙어 지금의 그가 된 것이 아니라 지금의 그가 자라고 늙어 그때의 청년이 된 것 같았다. 한눈에 보아도 청년은 절망하고 있었는데 아마도 사랑에 실패해서였고 실패라는 말이 우스운 이유는 시도조차 해보지 않아서였다. 유감스럽게도 그는 똑똑히 기억했다. 그 실패 이후 모든 일이 뜻대로 되지 않았고 설령 작은 성공을 거두는 경우가 있다 해도 그건 실패를 도드라져 보이게 할 뿐이었다는 걸. 그가 얻은 작은 승리는 오히려 그가 이루지 못한 열망과 재기가 불가능할 만큼 결정적이었던 패배를 상기시키며 그를 괴롭혔다.

청년의 사소한 몸짓마저도 그에게는 익숙했다. 시간을 거슬러올라가 젊은 시절의 자신을 보는 것 같은 기분이 드는 게 하나도 이상하지 않았던 이유도 바로 그래서였다. 청년은 감정 표현이 서툴렀고 지금도 여전히 서투른 그와 비슷해 보였다. 그는 물컵을 만지작거렸다. 이 물컵조차도 순수한 강철은 아니었다. 니켈과 크롬이 포함된 합금이었다. 그의 감정도 언제나 합금이었다. 순수한 감정은 존재하지 않았고 그럴 수도 없었다. 그는 살아야 했고 어떤 감정이 엄습하면 그것에 사로잡히지 않기 위해 전혀 다른 감정을 쥐어짜낸 뒤 엄습하는 감정을 방어했다. 그런 과정에서 감정들은 뒤엉켜 하나가 되는 동시에 전혀 다른 무언가가 되었고, 이렇게 합금처럼 태어난 감정들을 뭐라 불러야 할지 알 수 없었으나 아마도 그것을 가리키는 가장 적절한 말은 괴물일 것이며 이런 방식으로 그는 서서히 괴물이 되어갔다. 그에게도 꿈이 있었다. 그리고 남들처럼 꿈을 꾸지 않으려고 애쓰게 되는 순간이 왔다. 꿈을 이루기 위해 노력하던 시절을 지나니 어느 순간 꿈을 포기하기 위해 애쓰게 되어버렸다.

언젠가 아내가 그에게 당신은 한번도 아이였던 적이 없는 사람 같다고 말한 적이 있다. 그는 기쁘면 웃고 슬프면 울고 화나면 소리치는 사람을 이해할 수 없었다. 어쩌면 그는 감정을 드러내는 일에 서투른 게 아니라 감정을 드러내본 적이 없었던 것인지도 모른다. 그가 살아오는 동안 수많은 일이 그를 흔들었다. 그에게 발을 걸고 그의 팔을 잡아당기고 그의 발목을 옭아매려 했다. 그는 넘어지지 않고 끌려가지 않고 붙들리지 않기 위해 온 힘을 다해 살아왔다. 타인의 눈에 그는 흔들림 없이 자신의 자리를 지키며 살아온 것처럼 보이겠지만 그는 끊임없이 흔들리면서 부동을 고수했을 뿐이다. 그가 소주 한병을 다 비웠을 때 기다렸다는 듯 전화가 걸려왔다. 오빠, 나 거의 다 왔어. 나도 근처다. 이따 봐.

그는 불한당들 사이를 헤치고 카운터로 다가가 술값을 계산한 뒤 청년처럼 공손하게 인사를 하고 술집을 빠져나왔다. 문을 닫기 전에 돌아본 술집 내부 풍경만 두고 보자면 막장에 이른 술꾼들로 가득한 새벽이 떠올랐으나 이제 겨우 저녁 일곱시 무렵이었다. 불한당들은 모두 비슷해 보이지만 하나하나 뜯어보면 저마다의 오랜 습관에 따라 가장 익숙한 자세로 취해 있었고, 그 헝클어지고 꺾이고 어긋난 인간 형태가 각각 하나씩의 상형문자를 가리키는 듯했다. 각자가 하나의 문자체계인 탓에 서로 통역하고 번역하기 어려운 상형문자들. 그 사람의 언어를 기록하는 유일한 문자이기에 오로지 주의 깊게 지켜보아 추측만 할 수 있을 뿐 완벽하게 해독할 수 없고 불한당들을 상징하는 동시에 불한당들 자체인 상형문자들. 그 순간만큼은 이 불한당들조차 신비로운 인간이라 일컬어도 무방할 듯했다.

그는 점퍼의 지퍼를 올리고 옷깃을 세운 뒤 차갑고 어두운 골목으로 나섰다. 여동생은 일정한 직업이 없이 이런저런 일을 하다 그만두고 새로 시작하기를 되풀이했다. 그러기를 벌써 오륙년째였다. 그사이 아래로 일곱살 터울이 지는 여동생이 그만큼의 터울이 지는 누나라 해도 될 만큼 폭삭 늙어버렸다. 안색은 중병을 앓는 환자처럼 누렇게 뜬데다 살이 내려 광대뼈만 도드라졌고 갈수록 숱이 줄어들어 바람만 불어도 싸구려 염색약 탓에 붉거나 희게 뜬 자국이 있는 두피가 엿보였다. 먹고사는 것도 겨우 감당하는 형편인데 부득부득 우겨 어머니를 모시겠다고 데려가는 걸 말리지 않고 내버려둔 건 그의 살림도 기울 대로 기울어서였다. 오륙년 사이에 여동생은 세번 손을 벌렸다. 그는 백만원씩 두번 도와주었고 마지막으로 지난해 가을에 이백만원을 마련해 건네주었다. 지난 추석에 얼굴을 보았으니 그리 오랜만은 아니었으나 그새 여동생은 전혀 모르는 남이라 해도 될 만큼 쪼그라져 있었다. 환갑이 낼모레가 아니라 죽을 날을 받아둔 사람인 것만 같았다. 여동생은 쓰고 뜨거운 커피를 약이라도 되는 듯 인상을 찌푸리며 한모금씩 마셨다. 밥은? 먹었어. 어머니는? 똑같아. 지금은 누구랑? 맨날 보는 분들이지 뭐. 동생은 미간을 찌푸렸다가 아주 모르는 사람의 일을 이야기하듯 덤덤하게 덧붙였다. 며칠 전에는 예전에 친하게 지내던 분이 오셨다는 거야. 그러려니 하며 모른 척했어. 사실 두어달 전에 오빠가 예전에 살던 아파트 단지 쪽을 갈 일이 있었는데 우연히 엄마와 친하게 지냈던 그분의 며느리를 본 거야. 돌아가신 지 두해나 되셨다고 했어. 그걸 안다고 해도 무슨 상관이야. 엄마한테 헛것을 보는 거라고 말한다 해도 무슨 소용이야. 엄마는 보고 싶은 사람을 보고 있는 거니까.

지난 추석에도 어머니는 여전했다. 그가 모시고 살 때에도 어머니는 옆에 누군가 있는 것처럼 소개를 하곤 했다. 아범아, 너도 알지? 모촌 아짐 말이다. 어릴 때 아짐이 널 얼마나 귀여워해줬는지. 그렇죠, 아짐? 그는 어머니 옆 빈자리를 향해 인사를 해야 했고 진짜 거기에 누가 있는 것처럼 행동해야 했다. 보이지 않는 누군가를 건드리지 않기 위해 빙 돌아갔고 차를 대접했다. 고개를 끄덕이며 맞장구를 치거나 안부를 묻고 근황을 나누었으며 손을 내밀면 그역시 허공에 손을 내밀어 잡아주어야 했다. 정말 허공에 차가운 손이 있는 것처럼 섬뜩한 기분이 들 때도 있었다. 진짜 어머니의 손님이 왔는데도 그 손님이 너무나 허깨비 같아서 부주의하게 그 옆을 돌아가다가 손님의 어깨를 친 적도 있었다. 분명히 살아 있는 손님인데 헛것이 눈에 보이는 거라 여겼다. 어머니와 아내가 소파에 나란히 앉아 드라마를 보면 둘 다 넋이 나간 사람 같았고, 혹은 넋만 그 자리에 앉아 있는 것처럼 보이기도 했다. 그때의 아내는 어머니가 불러들인 손님 같았다. 그들은 웃고 떠들며 즐거워하다가 알아버린 사람들 같았다. 삶이란 본질적으로 비극이라는 사실을.

어머니가 알고 지냈던 많은 이가 이처럼 귀신이 되어 방문했지만 아버지가 온 적은 한번도 없었다. 어쩌면 아버지의 방문을 어머니가 알리지 않았을지도 모르지만. 동생은 어머니의 병이 깊어지기만 할 뿐 나아질 기미가 보이지 않는다며 한숨을 쉬었다. 그래도 요양원으로 보내겠다는 말은 결코 하지 않았다. 늙은 어머니를 곁에 두고 싶어하는 동생의 마음에도 언젠가는 균열이 찾아오겠지만.

……술 마셨어? 응, 조금. 안 마시잖아. 조금 마셨다. 그는 반쯤 남았으나 식어버린 커피에서 비린내가 나는 것 같아 더는 입에 대지 않았다. 오빠…… 돈이라면, 없다. ……지난번이 마지막이었어. ……이번 한번만. 지금은 안 돼. 이번만. ……내년까지만 기다려봐라. ……혜경아. ……미안하다. 커피숍을 나왔을 때는 아홉시 즈음이었다. 도시의 불빛들이 하늘에 희미한 빛의 장막을 드리웠고 하늘은 어디선가 몰려온 구름들 탓에 빛바랜 탱화 같았다. 여동생은 오른손을 들었다가 내렸다. 그도 손을 들었다가 내렸다. 횡단보도를 건너는 여동생의 뒷모습을 보며 그는 가볍다고도 무겁다고도 할 수 없는 비애를 느꼈다. 그에게 비애를 불러일으키는 이미지는 무엇보다 어린 시절의 여동생이었다. 어쩌면 그의 기억이 습관처럼 어린 시절로 재빠르게 돌아가기 때문인지도 몰랐다. 언제 어디서 여동생을 마주치더라도 그의 머릿속에는 육십년 가까운 세

월 동안 해마다 변해갔던 여동생의 얼굴들이 중첩되어 떠올랐다. 갓난아기 시절부터 갈래머리 꼬맹이 시절과 사춘기를 지나 완연히 성숙해서 남자인 그가 결코 이해할 수 없을 것 같은 분위기를 풍기던 처녀 시절을 거쳐 결혼하고 아이를 낳고 이혼을 하고 전남편이 죽고 하나뿐인 아들이 사고뭉치로 자라나고 그 녀석이 감옥까지 다녀올 만큼 흉악한 사내가 되고 이미 다 살아버린 듯 늙은이나 다름없이 삭아버리게 된 인생의 행로에서 끄집어낼 수 있는 여동생 가운데 어느 것 하나도 빠뜨리지 않은 채 한꺼번에, 그렇다고 해서 연대기에 의존해서가 아니라 그것들이 뭉뚱그려져 만들어진 하나의 이미지로 떠올랐다. 때때로 그를 찾아오는 평범한 깨달음은 이제 여동생의 유년을 기억하는 이는 여동생 자신과 그뿐이라는 거였다. 아버지는 돌아가셨고 어머니는 살아 계시지만 정신을 놓아버렸으며 다른 형제자매도 없으니 당연한 일이겠지만, 한 사람의 삶이 이처럼 거의 기억되지 못한 채 혹은 기록되지 못한 채 살아 있는 동안에만 유일한 기록으로 남아, 그게 누구든 그이가 죽는 순간 그동안 써왔던 모든 기록마저 멸망하게 된다는 평범한 깨달음에 가슴이 사무치게 될 줄은 그도 몰랐다. 나이를 먹은 탓이다. 누구든 노년에 이르러 자신의 죽음이 먼 일이 아니라 현실적이고 구체적으로 아주 가까운 장래에 벌어지게 될 일이라는 생각이 들면 그제야 허겁지겁 과거를 추억으로 만들려고 하니까. 아무리 지긋지긋한 과거라 해도 추억으로 상기하는 순간 견딜 만하고 참을 만하고 심지어 아름다웠던 것처럼 여겨지기도 하니까. 횡단보도를 다 건넌 여동생이 뒤돌아섰다. 개울을 먼저 건넌 짓궂은 오빠가 동생에게 하듯이 손사래를 쳤다. 아마도 조심히 들어가라는, 잘 들어가라는 손짓이었겠지만 그에게는 마치 오빠도 건너오라고 그리 어렵지 않다고 물살이 제아무리 거세도 우리를 휩쓸어갈 만큼은 아니라고 설령 그렇다 해도 우리를 완벽하게 쓸고 지나갈 만큼 거대한 물살은 이 세상에 없다고 말하는 것만 같았다. 너는 언제부터 내가 오빠임을 알아보았을까. 나는 네가 어머니의 자궁 밖으로 나왔을 때부터 아니 네가 어머니의 배 속에 자리를 잡았을 때부터 아니 어쩌면 어느 늦은 봄밤 정사를 나누던 어머니와 아버지의 열에 들뜬 숨소리를 들었을 때부터 아니 그보다 더 멀리 거슬러올라가 동생이 하나 있으면 좋겠다는 소망을 품었을 때부터 혹은 내가 생각이라는 걸 할 줄 알게 되었을 때부터 너를 동생이라고 알아보았는데. 그의 가슴속에서 동생에 대한 애정과 증오가 밀물과 썰물처럼 갈마들었다. 동생을 등에 업고 포대기의 허리끈을 질끈 동여맨 채 밥을 먹거나 구슬치기를 하다가 동생이 싼 오줌이 새어나와 등짝을 적시면 기저귀를 갈아입힌 다음 좁은 이마에 입을 맞추었고, 까닭 없이 울면 품에 안아 얼렀던, 그의 소년 시절의 대부분을 함께 보냈던 동생은 이제 없었다. 동생은 자기만의 길을 따라 걸어갔고, 그 길은 오솔길 옆의 오솔길과도 같아 무성한 관목과 교목의 틈 사이로 이따금 동생이 비치면 아직 살아 있구나 하고 확인만 할 수 있을 뿐이었다. 동생은 지금 무슨 생각을 할까. 동생의 성격이라면 그가 지금 하고 있는 생각 같은 게 떠올랐다 해도 마음속에서 도리질을 칠 거였다. 동생은 추억을 탕진하지 않기 위해 애쓰는 듯했다. 그렇게 애쓰는 이유는 탕진해도 좋을 만큼 남아도는 추억이 없기 때문이리라. 불현듯 동생과 얽힌 한가지 기억이 떠올랐다. 헤아려보니 벌써 삼십여년 전이었다. 어느 건축업자의 사무실에서 경리를 하던 동생이 선을 보고 결혼을 결심할 무렵이었다. 그는 매제가 될 사람이 마음에 들지 않았지만 내놓고 반대할 뜻도 없었다. 그가 알기에 어린 시절부터 개나 고양이에게 잔정이 많았던 동생은 돈을 모아 대학을 가거나 학원을 다니면서 수의학 공부를 해서 관련 자격증을 취득하고 싶어했다. 조촐한 식당에서 상견례를 마친 뒤 골목 입구에서 담배를 피우던 그는 몇걸음 들어간 어두컴컴한 골목에 쭈그리고 앉은 동생을 뒤늦게 발견했다. 동생이 제근처에서 오줌을 갈기던 백구에게 저리 꺼져! 하면서 돌멩이를 던지지 않았더라면 그는 동생이 거기 있는 줄도 몰랐을 거였다. 돌멩이에 맞은 개가 신음을 내며 골목 깊숙이 달아났지만 동생은 분이 풀리지 않았는지 주위를 더듬어 돌멩이 몇개를 더 찾아 그쪽으로 던졌다. 그는 슬그머니 골목 입구를 벗어났다. 불쑥 그날이 떠올랐던 이유가 무언지는 알 수 없지만 그날처럼 그의 얼굴이 부끄러움으로 달아올랐다. 동생이 그를 향해 돌을 던진 것도 아니었고 그를 향해 욕을 한 것도 아니었건만 그는 부끄러운 짓을 하다 들킨 것처럼 수치스러웠다. 그는 개와 고양이에게 잔정이 많던 동생이 진짜 동생인지 그악스럽고 야멸친 그때의 동생이 진짜 동생인지 헷갈렸고, 잘 안다고 여겼던 동생이 순식간에 낯설어졌기에 수치스러웠다. 내가 알지 못하는 동생의 이면들은 얼마나 많을는지. 물론 회한에 가까운 이런 질문들은 그 당시에 단번에 생겨났다기보다 세월이 흐르는 동안 그와 비슷한 순간들을 겪으면서 하나의 질문으로 굳어졌을 게 분명하지만, 그런 의문이 들 때마다 생겨나는 기이한 수치심만은 더도 덜도 아닌 바로 그때 느꼈던 만큼의 강도와 세기로 다가왔다. 다리 사이에 꼬리를 말고 뒤뚱거리며 도망치던 개가 꼭 그 자신인 것만 같았던 기분을 매번 똑같이 느꼈던 거다. 그렇게 세월이 흐르면서 어쩌면 그때 동생은 골목 입구에 낯선 이가 나타나 담배를 피우는 걸, 담배 피우는 품이 익숙한 걸, 그게 바로 제 오빠라는 걸 알았을지도 모르며, 결혼을 앞두고 당연히 느낄 수밖에 없는 슬픔이든 불안이든 자신만의 감정에 몰두할 수 있는 짧은 순간을 간섭받았다는 기분에 사로잡혔을지도 모르며, 불쑥 솟아난 분노 때문에 마치 오빠를 향하듯 혹은 부모를 향하듯 혹은 이 세상을 향하듯 돌멩이를 던졌는지도 모른다. 동생은 모든 걸 예상했을지도 모른다. 그가 부모의 전 재산이나 마찬가지인 땅을 팔아 사업에 뛰어들었을 때 거기에는 사실 동생의 지분도 포함되어 있었지만 그가 모르는 척하리라는 걸. 사업이 순조로워서 윤택하게 살 때 돈을 빌리러 온 매제를 빈손으로 돌려보내리라는 걸. 어린 아들을 데리고 이혼해 사는데도 형편이 어려워졌다는 이유로 오빠에게 아무런 도움도 받지 못하게 되리라는 걸…… 그와 동생이 걷는 오솔길은 언제까지나 평행선일 수밖에 없다는 것도 이미 알았을지 모른다. 내가 온 힘을 다해 걸어왔던 길고 긴 시간들은 전혀 기억이

나지 않는데 찰나에 가깝게 짧고 허망했던 그 순간들만은 왜 이토록 생생하게 기억나는 것일까. 어쩌면 그 기나긴 시간을 대가로 지불하고 몇 안 되는 그 짧은 순간들을 얻어서였는지도 모르지. 그리고 유감스럽게도 그 순간은 언제 어느 때 찾아올지 알 수 없고, 설령 그 순간을 겪었다 해도 어느 순간이 그 순간인지 모를 경우가 많을 테니까.

그의 발치 앞으로 주먹만 한 돌멩이 하나가 굴러왔다. 얼핏 보아도 벽돌 조각인 걸 알 수 있었다. 몇걸음 앞 전봇대 쪽에서 날아온 돌이었다. 겨우 몇걸음…… 그는 전봇대 아래 널브러져 있는 청년에게 다가갔다. 청년은 또다른 돌멩이를 찾는지 손으로 바닥을 더듬었다. 가까이 다가가보니 얼굴이 피투성이였다. 그는 아무 말 없이 청년의 겨드랑이에 손을 넣고 일으켜 세웠다. 한쪽 다리를 상했는지 청년은 절뚝이며 전봇대에 등을 기대고 힘겹게 섰다. 주택가 위로 우뚝 솟은 대형 병원의 입원 병동 건물이 보였다. 그는 청년에게 등을 돌렸다. 신고를 하는 것보다는 직접 응급실을 찾는 게 빠를 것 같았다. 자, 업혀라. 괜찮아요. 업히래도. ……청년을 업고 무릎에 힘을 주자 허리가 뜨끔했다. 청년의 달뜬 숨이 그의 귓바퀴에 닿았다. 마주 오던 사람들은 곁눈질을 하며 그들을 피해 지나쳐갔다. 성공했니? 아니요. 억울하니? 아니요. 그럼 이제 놓아라. ……그의 발아래로 돌멩이가 툭 떨어졌다. 골목을 빠져나가니 이면도로가 나왔다. 저 앞에 응급실로 가는 출입구가 있었는데 그보다 먼저 눈에 들어온 건 그 너머의 장례식장이었다. 응급실 현관에 이르자 청년이 혼절했는지 몸이 스르르 미끄러져내렸다. 응급실 침대에 청년을 눕혀놓고 서류에 사인을 한 그는 화장실에서 목덜미와 턱에 묻은 청년의 피를 닦아냈다. 점퍼에 묻은 피는 완전히 지워지지 않았지만 탈탈 털어 물기를 없앤 뒤 다시 입었다. 거울에 비친 그는 어디에서나 흔히 볼 수 있는 늙은이에 지나지 않았다. 응급실로 돌아가 청년을 잠깐 내려다보았다. 상복을 입은 채 누군가에게 두들겨 맞아 피투성이가 되어 응급실 침대에 누워 있는 청년이 부러웠다. 그의 삶에서 진짜 사건이라고 할 만한 일은 한번도 벌어진 적이 없었다. 내게도 이런 일이 일어났어,라고 할 만한 사건은 없었지. 그 일이 무슨 일이든 내게도 한번쯤 일어나면 좋겠어. 그리고 이 청년은 이미 그런 일을 겪었지. 나보다 정직하고 단순하게 세상과 부딪혔고 비록 쓰러지기는 했지만, 어쩌면 목숨이 위태로울지도 모르지만 정말 세상을 살아본 적이 있다고 말할 자격은 이런 청년에게만 허락되는 걸 거야. 그러니까 내게도 이런 일이 일어났어,라고 말할 수 있는 날은 영영 오지 않을 거야. 나도 이런 일을 해냈어,라고 말하지 않고서는 말이야. 아무것도 감행하지 않고서는 말이야. 무언가를 저지를 수 있는 능력이 나한테는 없어. 그는 집에 돌아가고 싶지 않았다. 집은 텅 비어 있을 거였다. 아내는 오늘 농성장에서 밤샘을 한다고 했고 싸구려 원룸을 얻어 집을 나간 딸은 전화도 자주 하지 않았다. 아들은…… 어딘가에 있겠지만 그가 결코 찾을 수 없는 곳일 거였다. 아파트를 팔아 빚을 청산하고 남은 돈으로 얻어들어간 방 두칸짜리 빌라가 있는 동네는 벌써 오년째 살고 있지만 여전히 낯설었다. 동네보다 낯선 건 집 자체였다. 아내가 요리를 하지 않게 된 뒤로 가끔 출몰하던 벌레들조차 보기 힘들 지경이었다. 냉장고는 상한 음식들을 한번 정리한 뒤로는 텅 비어 있는 것이나 마찬가지였고 김치냉장고는 아예 코드를 뽑아둔 지 오래였다. 그의 주식은 봉지라면에 물리면 컵라면으로 갔다가 컵라면에 물리면 봉지라면으로 돌아오기를 되풀이했는데 언제부턴가 아예 집에서 뭘 끓여먹은 기억이 없을 정도가 되었다.

지금 사는 집으로 이사 온 지 얼마 안 되어서였다. 아내는 오랫동안 주방 보조로 다니던 식당을 그만두고 병원 급식 조리원으로 자리를 옮겼다. 사년씩이나 다닌 식당을 그만둔 이유를 그가 물었을 때 아내는 그냥 멀기도 하고라고 답했다. 그럴 때의 아내는 자기 생각에서 한걸음 떨어져 지내는 것처럼 보였다. 아내는 언제나 다른 생각에 몰두한 것 같았고 어떤 생각을 하자마자 그 생각에서 벗어나기 위해 애쓰는 것 같았다. 아내는…… 지긋지긋하고 비참한 현실을 견디다 못해 미래로 퇴각해버린 사람 같았다. 그는 병원 옆 이면도로를 따라 걷다가 편의점에 들어갔다. 담배 한갑과 라이터 하나. 옆 골목에 들어가 담에 기대어 담배 한대를 물었다. 이십여년 만인 것 같았다. 첫 모금에 머리가 울렸다. 텅 빈 가슴에 담배 연기가 차올랐다. 구역질도 아니고 재채기도 아닌 뭐라 말로 표현하기 어려운 무언가가 그의 목젖을 건들며 튀어나올 것만 같았다. 딸이 태어나고 난 뒤 아직 아들이 태어나지 않았을 무렵인 것 같다. 퍽 이른 나이로 아버지가 돌아가셨다. 상을 치른 뒤 담배를 끊었다. 아내가 무척 좋아했다는 기억이 났다. 아내는 무슨 담배를 피울까. 그가 피우는 담배는 디스플러스였다. 아마 아내는 가느다란 에쎄를 피울 거였다.

집은 썰렁했다. 문을 열자 사람이 살지 않는 빈집에서나 날 법한 매캐한 냄새가 났다. 아직은 한밤중에도 보일러를 켜지 않고 전기장판만 사용하는 터라 집을 채운 공기도 싸늘했다. 혹시 아들이 돌아왔을까 싶어 숨을 죽이고 귀를 기울였지만 인기척은 전혀 들리지 않았다. 단화를 벗고 거실에 들어섰다. 바로 거기에서 그는 아들의 뺨을 때렸다. 때리고 또 때렸다. 때릴수록 아들의 뺨이 부풀어오르는 게 느껴졌다. 때릴수록 단단해지는 게 아니라 물컹물컹해졌다. 아들은 그가 때리는 대로 맞았다. 그의 손을 피하지 않았다. 아들은 그를 노려보았다. 그도 아들을 노려보았다. 아들의 뺨을 때리면서 그는 알았다. 이제 모든 게 끝장났음을. 이렇게 한다 해도 아무 소용이 없음을. 아들을 구하려면 아들이 하려고 했던 일을 자신이 대신 짊어져야 한다는 사실을. 이렇게 한생을 바쳐 이룩했던 모든 것들이 무너져가고 있음을. 윤수야, 내 아들아, 너는 정직하기 때문에 정직한 척할 수 없고 네가 정직한 척하지 않기 때문에 사람들은 너를 정직하지 못한 사람으로 간주한단다. 정직한 네가 절망스러운 상황에 이르렀을 때 그 모든 걸 네 탓으로 여길까봐 두려웠단다. 그리고 그렇게 되어버렸구나.

가슴을 쥐어짜는 듯한 통증이 찾아왔다. 참을 만한 통증이었지만 겁이 더럭 났다. 그는 발을 끌며 걸어가 거실 소파에 앉았다. 잠시 그대로 앉아 기다렸지만 수술용 칼로 내리긋는 듯한 통증이 가시질 않았다. 흉통은 천천히 일어나는 파문처럼 둔하게 퍼져갔고 이제 가슴부터 등과 양쪽 겨드랑이 아래까지 번졌다. 숨 쉬기가 곤란해졌고 숨이 막힐 것 같은 두려움이 생겼다. 그러나 오래가지는 않았다. 조금 뒤 그는 안정적으로 숨을 쉴 수 있게 되었다. 젊은 시절에도 가끔 찾아오던 흉통이라 크게 신경 쓰지는 않았다. 그가 신경 쓰이는 건 가끔씩 찾아오는 흉통이 아니라 아내였다. 얼마 전에도 그는 요 위에 누워 자다가 가슴의 통증을 느끼며 깨어났다. 그때는 배까지 아팠다. 그는 몸을 일으켜 세우려다 그대로 허리를 꺾은 채 통증이 사라지길 기다렸다. 이마에 식은땀이 맺힐 만큼의 시간이 흐른 뒤 호흡도 거의 정상으로 돌아왔고 통증도 많이 가라앉았다. 현관문 열리는 소리가 났다. 좀 이른 시간이지만 아내가 분명했다. 아내는 결코 쿵쿵 소리를 내며 걷는 법이 없었다. 아내의 몸에 밴 발소리. 거의 소리가 없으나 부드러운 천끼리 비벼대는 듯한 사락사락 소리가 난다면 아내일 수밖에 없었다. 그는 움직이지 않고 그대로 있었다. 눈물이 찔끔 났다. 아파서 나는 눈물은 아니었다. 이런 일은 앞으로 더 자주 반복될 테고 그만큼 죽음도 가까워진다는 뜻일 거였다. 불현듯 지난 세월이 수천수만장의 사진을 겹친 것처럼 어두운 이미지로 떠올랐고 이렇게 죽음과 순식간에 가까워진 자신을 아내가 보게 되기를 바랐다. 당황한 꿩이 머리를 처박고 벌벌 떨고 있는 것과 다름없는 꼴을 보게 되기를 바랐다. 값싼 동정을 바란 건 아니었다. 아내가 슬퍼하기를 바랐다. 그러면 그는 아내의 슬픔을 조롱할 수 있을 테니까.

안방 문이 비긋이 열렸고 아내가 멈칫하는 게 느껴졌다. 여
보…… 그는 대답하지 않았다. 여보…… 아내의 목소리에 약간의
두려움이 실려 있었지만 그는 대답하지 않았다. ……여보. 그는 대
답하지 않았다. 아내가 다가와 그를 부축해 똑바로 뉘어주기를 바
라면서. 방문이 닫혔다. 사락사락 소리가 났고 현관문이 열렸다가
닫히는 소리가 났다. 그는 오랫동안 기다렸다. 집 안은 괴괴했다.
십분이 흐르고 이십분이 흘렀다. 아내는 돌아오지 않았다. 그는 방
바닥에 처박힌 자세를 고쳐 똑바로 앉았다. 아내가 왜 그냥 가버렸
는지 알 수 없었다. 오래도록 그 자리에 앉은 채 그는 아내의 분노
와 살의를 생각했다. 나는 진실을 알아. 내 가슴에는 진실이 있어.
내 가슴속에 진실이 있다는 건 내 가슴이야말로…… 진실을 은폐
한 곳이라는 뜻이기도 하지.

2

그는 텅 빈 직원식당을 가로질러갔다. 식당의 공기는 방금 누군
가의 입에서 나온 숨처럼 눅진했다. 날마다 물청소를 하고 정기적
으로 소독을 해도 식당에 밴 음식 냄새는 사라지지 않았다. 그는
아들에게 전화를 걸었다. 아들은 받지 않았다. 아들 이름 옆 숫자
가 35에서 36으로 바뀌었다. 아들이 보낸 문자를 다시 확인해보았

다. 잘 있으니 걱정하지 말라는 문자, 때가 되면 돌아가겠다는 문자, 지금 어디라는 문자, 다시 지금은 어디라는 문자 그리고 어디로 갈 예정이라는 문자…… 직원용 휴게실 옆 쪽문으로 나가자 알싸한 담배 냄새가 났다. 거기는 화장실 바깥쪽이었고 조리원들 가운데 흡연자들이 즐겨 찾는 곳이었다. 의자도 두어개 있고 재떨이도 있었으며 화장실 외벽에 등도 하나 달려 있었다. 그늘진 곳이라 숙자 언니가 뻐끔거릴 때마다 담뱃불이 환해졌다가 사그라졌다. 너도 앉아서 한대 피워. 숙자 언니가 담배를 건넸다. 그는 은박지에 싸인 김밥 두줄을 빈 의자 위에 올려놓았다. 그가 첫 모금을 깊이 빨아들인 뒤 한숨을 쉬듯 담배 연기를 내뿜자 숙자 언니가 혀를 찼다. 한 삼십년 피운 것처럼 잘 빤다. 기억나니? 너 처음 담배 피울 때 얼굴 시뻘개져서 목젖이 튀어나오도록 기침해대던 게 엊그제 같다야. ……그랬어? 그랬다 이년아. 담배 한대를 다 피울 때까지 숙자 언니는 더이상 말이 없었다. 괜찮아? 괜찮아. 언니는? 괜찮아, 하여튼 그 개새끼들. 그가 고개를 돌려 숙자 언니를 보았다. 숙자 언니의 고르지 못한 잇바디가 보였다. 배시시 웃는 것 같았다. 미안하다, 내 입이 원래 좀 더럽잖아. 괜찮아, 그래서 언니가 좋아. 싱거운 년. 그는 무의식적으로 왼쪽 발목을 쓰다듬었다. 오년 전에 화상을 입은 자리였다. 이도 화상이라 한동안 수포가 생기고 통증이 심했지만 이제는 기억도 나지 않는 통증이었다. 그러나 붉은 화상 자국이 남아 문득 거기로 눈길이 갈 때면 마음이 흔들렸다. 사년째 다니던 식당이었다. 아침 아홉시부터 저녁 아홉시까지 열두

시간을 일하고 돌아가면 집안일이 기다리고 있었다. 그가 식당을 다니기 시작할 무렵 치매기가 있던 시어머니는 이미 반쯤 딴 세상에 건너가버린 사람이나 마찬가지였다. 시어머니는 돌아가신 친척들이나 가까웠던 지인들을 귀신이나 환영으로 보고 있는 듯했고 남편은 그때만 해도 별 소득도 없이 과거에 사업을 하면서 알고 지내던 사람들을 찾아다녔다. 남편이 일당 사오만원에 공사 현장의 교통정리와 같은 일을 하게 된 건 이제 겨우 이년 남짓이었으니까. 초겨울 어느 늦은 오후였다. 설거지한 수저를 소독하기 위해 뜨거운 물을 붓다가 그만 냄비를 놓치고 말았다. 펄펄 끓는 물이 그의 왼쪽 장화 속으로 쏟아져들어갔다. 한치수 큰 장화라서 덧버선을 껴 신은 탓에 벗겨내기가 힘들었다. 그가 주저앉은 채 장화를 벗겨내기 위해 안간힘을 썼던 짧지도 길지도 않았던 그 순간에 그는 지독히 외로웠다. 조금만 빨리 장화를 벗겨낼 수 있었더라면 어땠을까. 모든 게 달라졌을까. 그건 알 수 없는 일이었다. 전문 병원에는 못 가고 가까운 피부과에서 치료를 받았다. 수포가 터지고 너덜거리는 살갗을 걷어내고도 한참이 지나서야 불그스레하게 살이 올랐다. 이사를 하는 바람에 거리가 멀어지기도 했던 터라 그는 식당을 그만두기로 했다. 식당 사장은 산재 신청을 하지 않는 조건으로 치료비를 정산해주었고 위로금으로 오십만원을 봉투에 넣어 주면서 하지 않아도 될 말을 했다. 많지는 않지만 서운하게 생각하지는 마세요. 노무사무실에 알아보니까 개인 과실을 고려하면 이 정도도 약소한 건 아니라고 하더군요. 위로금을 받지 않을 생각이었던 그는 그 말에 두말없이 봉투를 받았다. 그 오십만원은 시어머니가 아이들 고모의 집으로 옮겨갈 때 다 허물어졌다. 반은 시누이의 외투 주머니에 넣어주었고 나머지 반은 시어머니의 오래된 쌈지에 넣어주었다. 시누이는 절대 받지 않겠다고 사양했지만 오빠 몰래 주는 거라며 억지로 떠안겼다. 시어머니는 돈 봉투를 쌈지에 넣고 돌려주자 무심한 눈으로 그를 보았을 뿐이다. 어머니, 이거 잘 갖고 계셨다가 꼭 필요할 때 쓰세요. 알아듣지 못하는 시어머니에게 당부까지 한 뒤 아이들 고모의 집을 돌아나올 때는 부모의 유골을 납골함에 안치한 뒤 돌아서던 날처럼 아뜩하기까지 했다. 이제 시어머니를 완벽하게 잃은 것이나 마찬가지이며 방금 시어머니의 장례를 치르고 돌아선 것과 다름없다는 생각 탓이었다. 시어머니와 함께 사는 건 지긋지긋했다. 완고한 남편과 그 남편을 하늘처럼 떠받드는 시어머니와 더불어 살면서 아이들만 품 안에 두지 않았던 이유는 아이들을 위해서였다. 그에게는 남편이고 시어머니지만 아이들에게는 아버지이고 할머니였으니까. 그에게는 무엇보다 행복하고 즐거운 우리 집이 소중했다. 무슨 일이 생긴다 해도 가족이라는 울타리 안에만 있을 수 있다면 안전하고 행복한 것이라고 생각했다. 그렇게 버티고 살다가 시어머니가 눈을 감을 때 원망도 하고 하소연도 하고 용서도 하고 싶었다. 시어머니가 치매에 걸린 뒤로는 그와 시어머니 사이의 유의미한 관계는 모두 단절된 셈이었다. 둘 사이에 오가던 상투적인 대화가 사라졌고 상대방이 어떤 생각을 하는지 어떤 기분인지를 알아내기 위해 신경을 곤두세울 필요도 사라졌다. 눈치를 볼 필요도 없었고 화낼 일도 없었다. 원래 드물었지만 웃을 일도 전혀 없었다. 처음에는 원망이 없지 않았다. 이 노인은 자기 편한 대로 정신을 놓고 이미 저세상으로 반쯤 들어가버렸어. 춥고 더운 줄도 모르고 배고픈 게 뭔지 서러운 게 뭔지도 몰라. 혼자 웃기도 하고 찡그리기도 하지만 그건 감정을 표현하는 게 아니니까. 만취한 사람이 집에 찾아오듯 습관적으로 하는 것일 테니까. 그런데도 평온해 보여. 자기가 어디에 있는 줄을 아는 것 같아. 모든 걸 잊어버려도 괜찮다고 말해주는 사람이 곁에 있는 것처럼 굴잖아. 언제쯤이 되어야 나도 저렇게 자유로워질 수 있을까. 언제쯤 나도 현실을 꿈인 듯 꿈을 현실인 듯 알고 살 수 있을까. 그때가 되면 보고 싶은 이들을 기억에서 불러내어 옆에 앉혀두고 도란도란 이야기 나누며 시간을 보내는 거야. 나를 스쳐갔던 모든 것들의 이름을 부르고 그것들이 고개 돌려 나를 보면 손을 흔들어주는 거야. 그렇게 사는 거야.

원망은 오래가지 않았다. 시어머니의 치매기가 깊어갈수록 시어머니와 아무런 관계가 없는 사람이 되어가는 일에 익숙해졌다. 그 대신 시어머니는 한 사람이 노년에 이르러 죽어가는 과정을 요약해서 보여주는 하나의 표본이 되었다. 우악스럽고 폭력적이었던 남편이 죽은 뒤 그 남편처럼 고집이 세고 무뚝뚝하며 잔정 없는 아들에 의지해 남은 생을 근근이 이어가다 결국 깜깜한 골방 속으로 스스로 기어들어가버린 사람들. 그렇게 스스로를 유폐시켰던 숱하게 많은 사람 가운데 하나일 뿐이며 언젠가 그 역시 그렇게 되리라는 걸 예언하는 사람이기도 했다. 시어머니는 그의 미래를 살아버린 사람이었다. 그런 시어머니를 지켜보면서 몸서리쳐지는 순간이 없다고 할 수는 없었다. 절대적이고 순수한 늙음이라고 표현할 수 있을 법한 것들. 일어서서 걸어다녀도 지구 표면에 납작하게 기어다니는 벌레를 보는 듯한 기분. 사람과 사람 아닌 것 사이에 존재하는 듯하며 언어와 신탁 사이에 존재하는 듯한 웅얼거림들. 초라하고 볼품없는 육신과 그런 육신에 깃든 쓸모없는 정신들. 한마디로 추했다. 늙음 자체가 더러워서가 아니라 소멸하는 과정에서 언뜻 엿보이는 거부의 몸짓, 삶에 대한 집착의 흔적, 떨리는 손 떨리는 다리 떨리는 주름지고 변색된 목덜미 같은 것들. 하얗게 센 눈썹과 머리카락들. 소멸의 과정이 아니라 부패의 과정인 것만 같은, 죽어서 부패가 시작되는 게 아니라 오래전부터 부패가 시작되었음을 일러주는 듯한 노인의 냄새. 별로 동정할 가치도 없고 죽어 사라지면 그걸로 끝이며 아무도 죽음을 기억하지 않게 될 시어머니를 바라보는 그는 스스로도 이상하리만치 냉담했다. 초연해서가 아니라 어차피 일어나게 될 일이기 때문이었고 그러한 운명을 피해 갈 수 있는 사람은 이 세상에 단 한명도 존재하지 않기 때문이었다. 나는 죽음이 다가오면 굶을 거야. 죽을 때까지 굶을 거야. 사람은 숨이 끊어지면 어디선가 영혼이 피식 바람 소리를 내며 빠져나간다지. 등허리의 곡선이 무너지며 바닥에 납작하게 들러붙는다지. 그리고 모든 구멍의 문이 열리면서 오물이 쏟아져나온다지. 그렇게 되면 남은 사람들이 죽은 자의 몸을 깨끗이 씻겨야 하지. 생각만 해도 화가 나. 나는 이 세상과 청산할 게 없어. 나는 빚진 게 없어. 비록 내가 죽는다 해도 내 몸뚱이에 손을 댈 권리는 아무에게도 없어. 그렇게 되도록 내버려두지 않을 거야. 그런 생각을 한 사람이 나만은 아니었겠지. 그러고 보면 얼마나 많은 사람이 수치 속에 죽어갔을까. 자기가 죽고 난 뒤 벌어질 일을 끔찍해하면서도 아무것도 하지 못한다는 절망감 속에 죽어갔겠지. 내 남편의 어머니, 나의 시어머니, 혹시 당신도 그런 생각을 하시나요.

숙자 언니가 부스럭거렸다. 김밥의 은박지를 벗겨 넓게 편 뒤 나무젓가락 하나를 그에게 건넸다. 그가 김밥 하나를 입에 넣고 우물거리자 숙자 언니가 물끄러미 그를 바라보았다. 넌 참 알다가도 모를 년이야. 뭐가요? 김밥은 잘 먹잖아. 원래 김밥 좋아해요. 집에선 요리도 못하잖아. 왜 그런지 나도 모르겠어요. ……이럴 때는 말이야, 너보다 김 실장이 더 말이 잘 통할 것 같아. 숙자 언니가 다시 배시시 웃었다. 나는 김 실장 그 새끼가 직원식당에서 밥 처먹고 이 화장실에 와서 똥을 누면 일부러 여기 나와서 담배를 피우거든. 인기척이 나니까 힘도 맘대로 못 주고 식은 방귀를 뀌면서 똥 싸는 꼴이 훤히 보여. 그는 웃다가 하마터면 입속의 김밥을 다 뱉어낼 뻔했다. 나 때문에 그 새끼 변비 생겼을 거야. 숙자 언니는 점점 더 짓궂은 농담을 했고, 정말 하고 싶은 말이 있을 때 이런 식으로 돌려 말하는 버릇이 있다는 걸 알았으므로 그는 약간 긴장이 되었다. 어쨌든 그는 거짓말을 한 게 아니었다. 이렇게 밖에 나와서 조합원들과 김밥을 먹거나 빵을 먹거나 라면을 먹거나 혹은 식당에 가서 회식을 하거나 뭘 먹든 아무렇지도 않았다. 그러나 설령 배가 고픈 상태였다 해도 집에 들어가면 식욕이 사라졌다. 식욕 대신 음식이나 요리 과정에 대해서 떠올리는 것만으로도 구역질이 났다. 정확히 언제부터인지는 그도 몰랐다. 발목 화상을 당하고 한달 쉬다가 지금의 병원 급식 외주업체의 조리원으로 입사한 뒤로도 한동안은 그런 일이 없었다. 교대 근무를 마치고 귀가한 어느 날이었다. 저녁 식사로 고등어김치조림을 할 생각이었다. 김치통에서 배추김치 반포기를 꺼내놓고 시장에서 사온 고등어를 물로 씻고 손질하는데 속이 메슥거렸다. 돌아보니 도마 위에 올려놓은 배추김치에서 김칫국물이 배어나와 도마 끝에서 주방 바닥으로 뚝뚝 떨어지는데 꼭 핏물 같았다. 전신에 무기력이 엄습했다. 온몸이 축 늘어졌다. 이유가 무엇이든 그 시간이면 늘 그랬기 때문에 그는 잠시 쉬었다가 마저 저녁을 준비하려 했다. 그러나 거실 소파에 앉아 숨을 돌린 뒤로는 주방 쪽으로 한걸음도 다가가고 싶지 않았다. 그쪽에 단단히 뭉친 공기가 있어 그를 밀어내는 것만 같았다. 단단한 공기는 점점 그가 있는 쪽으로 다가와서 집 안 전체가 그처럼 단단한 공기로 채워진 것 같았고, 그 느낌은 아마도 깊은 바닷속에 잠겨 있는 것과 비슷한 듯했다. 결혼한 뒤로 그는 끼니마다 차려 먹이고 뒷갈망을 빠뜨린 적이 없었다. 몸살을 앓아도 밥상을 차렸고 화상을 입었을 때도 절뚝이며 도마질을 했다. 남편도 그렇지만 그도 외식을 그다지 좋아하지 않았다. 냉장고에 남은 재료들을 사용해 반찬을 만들고 찌개를 끓여 먹는 일에 익숙했다. 결국 그는 식사 준비를 하지 못했다. 가벼운 구토 증세는 밤까지 이어졌고, 다음 날 새벽에 일어났을 때에는 머리가 띵하고 무거웠다. 도저히 아침 식사를 준비할 기운이 없었다. 그는 간단히 메모를 남기고 서둘러 출근했다. 병원 조리실에서는 아무렇지도 않았다. 나물을 데치고 커다란 질통에 국을 끓이고 고기를 볶으면서도 구역질은커녕 외려 허기진 탓에 입속에 군침이 돌기까지 했다. 배식을 마친 뒤에는 다른 조리원들과 둘러앉아 맛있게 점심을 먹었다. 집에 돌아와서는 어제 못 한 고등어조림을 다시 시도했다. 그의 내부라고 믿기 어려울 만큼 깊은 심연에서부터 구역질이 났다. 토해낼 수 있는 건 다 토해내고도 그는 입가로 침을 줄줄 흘리며 헛구역질을 했다. 화장실 세면대 앞에서 거울을 보면서 비로소 그가 겪는 구토 증세가 입덧과 비슷하다는 생각이 들었다. 그는 입덧이 심하고 오래가는 편이었다. 그가 임신했을 때는 그와 남편 모두 젊었고 남편은 그에게 모든 걸 맡긴다는 태도였으므로 밤늦게 들어오기 일쑤였다. 하루 종일 아무것도 먹지 못한 채 임신소양증으로 온몸을 긁어대다 지쳐 혼자 잠들어야 했던 밤이 얼마나 많았는지 모른다. 죽을 끓여 두어방울의 간장으로 간을 해서 먹었다. 그나마 먹을 수 있었던 건 과일이었지만 그때는 제철 과일도 비싼 편이었고 제철이 아닌 과일은 엄두도 낼 수 없을 만큼 비쌌기 때문에 자주 먹을 수도 없었다. 그는 불현듯 깨달았다. 이건 단순한 알레르기가 아니라 삶의 전환점과 같다는 걸. 이게 무얼 의미하는지 알 수는 없으나 어쨌든 앞으로 더는 집에서 요리를 할 수는 없으리라는 걸. 그는 아랫입술을 지그시 깨물었다. 음식 재료를 만졌을 뿐인데 구역질이 난다는 건 내 배 속에 아이가 들어설 수는 없는 노릇이므로 다른 무언가가 생겨났다는 뜻이겠지. 나는 무얼 잉태해버린 걸까. 내가 이 나이에 잉태할 수 있는 건 분노 말고 뭐가 더 있을까. 옛사람들이 흔히 한이라고 불렀던 것일 수도 있겠지만 한이라는 말은 왠지 체념이라는 말과 비슷하게 여겨져. 나는 오래도록 체념해왔으니 체념이 다져지고 굳어져 생긴 한이라 하기에는 억울해. 그렇게 굳어지고 굳어진 체념이 더는 체념이 아니게 되는 순간이 왔을 뿐이야. 그러니 분노 말고 뭐가 더 있겠어. 그런데 대체 무얼 향한 누굴 향한 분노지. 내가 나 아닌 다른 누구에게 분노를 품을 수 있겠어. 결국 그건 나일 수밖에. 어쩌면 그가 느낀 것이 진실에 가까웠을지도 모른다. 그는 오래도록 스스로를 어느정도는 혐오했기 때문에 자신에 대한 진정한 분노가 생겨나는 순간 자신과 화해해버린 듯한 기분이었다. 혐오하면서도 아닌 척했던 위선을 벗어나니 자신과 대면할 수 있게 되었고 오십 후반의 가난하고 볼품없는 여인네를 보았다. 무엇보다 행복해 보이지 않는 스스로를 보았다. 이게 바로 나였어. 누군가가 그의 귀에 대고 이렇게 속삭이는 것만 같았다──아침에 눈을 떠보니 내 머리가 백발이 되었네. 지난밤이 전 생애인 듯 침묵 속에 흘렀음을 알겠네. 새가 짖고 이슬이 반짝이네. 햇살은 무심하게 창을 통해 들어와 어두운 실내를 차츰 환하게 채워가고 하얗게 세어버린 내 머리 위로 눈부신 과거가 깃들며 잠이 드네. 죽음은 과거를 한꺼번에 헤아리는 일임을 가리키듯 잊었던 일들, 잊었다고 믿었던 일들이 거울에 서린 입김처럼 눈앞을 뿌옇게 뒤덮네.

그 일은 자연스럽게 진행되었다. 그가 밥을 차려주지 않는다며 화를 내고 윽박지르던 남편은 공사 현장에서 교통안내 일을 시작했고 끼니의 대부분을 밖에서 때웠다. 일이 없는 날에는 집에서 혼자 컵라면이나 봉지라면을 먹었다. 어느날 그가 퇴근해서 돌아왔을 때 남편은 막 라면을 먹으려 하고 있었다. 그가 헛구역질을 하자 남편은 라면을 통째로 싱크대에 부어버렸다. 그리고 그를 한번 노려보았다. 남편은 이렇게 묻는 것 같았다. 당신 요리하는 거 좋아했잖아. 갑자기 이럴 수도 있는 거야? 그런 질문이라면 남편은 틀리지 않았다. 그는 요리를 좋아했고 차려놓은 음식들을 시어머니와 남편과 아이들이 둘러앉아 맛있게 먹는 모습을 사랑했다. 가족은 모르지만 그는 문화센터에서 익힌 솜씨만으로 한식조리기능사 자격증을 취득했다. 만약 그가 젊었다면 조리기사 자격증까지 도전했을지도 모른다. 살림살이 외에 그가 몰두할 수 있는 일이 오직 그것뿐이기도 했다. 다양한 요리의 레시피를 정확히 외우고 순서에 따라 조리를 하는 일이 지겹지가 않았다. 그가 손에 익은 방식을 버리고 표준화된 방식에 따라 계량하고 다듬고 반죽하여 데치고 삶고 굽고 튀기고 볶아 뜨거운 김이 모락모락 피어나는 음식을 접시나 그릇에 담아 내놓으면 말로 표현할 수 없었던 것들을 주물러 한편의 시를 써낸 것처럼 뿌듯했다.

김밥 두줄이 사라졌다. 숙자 언니가 다시 담배를 물었다. 그는 숙자 언니가 건넨 담배를 사양했다. 숙자 언니가 혼잣말이라도 하듯 무심하게 중얼거렸다. 그나저나 얼마 전에 그만둔 영양사 아가씨 말야, 자살했다고 하더라. 그는 가슴이 덜컥 내려앉았다. 그만둔 게 아니라 본사로 갔다던데 자살이라뇨. 숙자 언니가 그를 빤히 바라보았다. 그제야 그는 고개를 푹 숙였다. 너 유도심문에 넘어온 거야. 난 그 아가씨가 뭐 하고 사는지도 모르니까. 왜…… 거짓말했니? 거짓말한 적은 없어요. 그 아가씨랑 무슨 사연인데? 그는 숙자 언니를 똑바로 보았다. 언니…… 언니가 뭘 알든, 뭘 눈치챘든 나한테 묻지는 마세요. 난 아무 말도 하지 않을 테니까. 숙자 언니가 혀를 찼다. 억울하지도 않아? 억울하지 않아요. ……널 비난하려는 건 아니야. 난 너 믿어. 네가 그렇다면 그런 거지. 난 그냥 네가 억울할까봐 그런 거야. 괜찮아요, 언니. ……고마워요. 고맙긴…… 참, 너도 대단하다. 담배를 비벼 끈 숙자 언니는 실쭉 웃으면서 그의 손을 어루만졌다. 쪽문이 벌컥 열리더니 사무장인 영주 언니가 구르듯이 나왔다. 숙자야, 이리 온나! 병원 측에서 뭔 일을 꾸미는 갑다! 숙자 언니가 소리를 질렀다. 야 이년아 남들 앞에서는 분회장이라고 부르랬잖아. 영주 언니가 코웃음을 쳤다. 여기 남이 어데 있노? 쟈가 남이가, 내가 남이가, 우리가 남이가? 순희야 안 그렇나? 그럼 숙자 니도 나 부를 때는 깍듯이 사무장님이라고 해라! 숙자 언니가 손사래를 쳤다. 누가 한마디에 열마디 아니랄까봐. 간다 가!

숙자 언니와 영주 언니는 급식 사업이 외주업체로 넘어가기 전부터 병원에 고용되어 일한 오랜 동료였다. 비정규직 조리원들의 노동조합을 설립할 때부터 함께했던 터라 늘 아웅다웅하면서도 죽이 잘 맞았다. 그가 외주업체에 고용되어 이 병원 식당에 처음 출근했을 때 조리실 입구를 막고 농성을 하던 두 사람을 처음 보았다. 두 사람은 꼭 닮아서 자매가 아닐까 싶을 정도였다. 그들은 병원의 노동조합 사무실에 회의를 하러 갔을 것이다. 늘 농성장으로 삼던 조리실 입구의 복도를 벗어나 오늘 밤부터 기습적으로 외래 병동 입구를 점거해서 농성할 계획이었다. 원청인 병원 측을 압박해 외주업체가 노조와의 교섭에 나서도록 하기 위해서였다. 병원 정규직 노동조합을 비롯해 의료보건노조 지부에서도 적극적으로 도와주고 있었지만 조합원 수가 너무 적었다. 지난 두어달 사이 다섯명이 노조를 탈퇴했고 탈퇴한 사람들이 그와 관련된 소문을 퍼뜨리고 다닌다는 걸 그도 잘 알았다. 그 소문이 어떻게 남편의 귀에까지 들어갔는지는 모르지만 짐작건대 병원의 노무관리자인 인사팀의 김 실장이 관련되었을 거였다. 소문이 김 실장에게서 시작되었음을 그는 모르지 않았다. 그날 처음 마주쳤던 사람이 김 실장이었고 그를 위아래로 훑어보는 눈길에서 이미 짐작했던 일이며 그가 의도한 것이기도 했다. 직원 휴게실에 혼자 있을 때였다. 어디선가 남녀가 실랑이를 하는 게 분명한 소리가 들려왔다. 직원들 가운데 남자는 조리장 한명뿐이었다. 사십대 중반의 조리장은 외주업체의 유일한 정직원이었다. 남자의 목소리는 조리장의 것일 수밖에 없었고 조리장이 추근거릴 사람은 연수차 파견을 나와 있으며 조리장의 후배 격인 영양사밖에 없었다. 전문대학 영양학과를 졸업한 지 얼마 안 된 앳된 여자아이였다. 그는 휴게실을 나와 소리가 들려오는 쪽으로 갔다. 달리 문패는 없고 원래 창고로 사용하다가 여자들만 있는 휴게실이 불편하다며 조리장 혼자 간이침대를 두고 휴식을 취하는 곳이었다. 조리원 가운데 거기에 들어가본 사람은 없었다. 그가 문손잡이를 잡았을 때 문이 벌컥 열리며 영양사가 뛰어나왔고 그 바람에 그의 품에 안긴 꼴이 되었다. 그는 단번에 무슨 일이 있었는지 알았다. 영양사의 창백한 얼굴이 더욱 창백해 보였다. 잠깐이었지만 영양사를 껴안고 있는 동안 그는 제 품에서 가늘게 떠는 생명의 두려움을 느낄 수 있었다. 그의 가슴에서 무언가가 울컥 솟아올랐다. 아주 작은 소동이라 해도 다른 사람들이 눈치채지 못할 수가 없었다. 식당을 가로질러오는 사람들의 발소리가 들렸다. 복도로 연결된 병동 쪽에서 누군가가 다가오는 발소리도 들렸다. 그와 영양사는 눈이 마주쳤다. 그는 영양사가 무얼 원하는지 알았다. 그는 바로 옆의 비품실 문을 열고 영양사를 떠밀었다. 소리 내지 말고 꼼짝 말고 있어. 그는 조리장의 휴게실로 들어갔다. 조리장은 멍하니 그를 보았다. 그는 침착하게 윗옷의 단추를 풀었다가 하나씩 위로 어긋나게 잠갔다. 두 손으로 머리카락을 비벼댔고 윗옷 자락은 반쯤 바지 위로 빼냈다. 조리장이 무슨 짓이냐고 나지막하게 으르렁거렸고 그는 조리장을 노려보았다. 그는 숨을 고른 뒤 문을 열었다. 문 앞에서 마주친 건 김 실장이었다. 김 실장은 그를 위아래로 훑어보다가 히물쩍 웃었다. 김 실장의 눈빛은 이렇게 말하고 있는 듯했다. 늙고 못생겨도 여자는 여자인가보네. 박 조리장은 취향도 독특하군. 그는 얼굴을 길게 하며 소리 없이 웃어주었다. 비조합원이었던 그가 조합에 가입한 뒤로 김 실장은 그를 볼 때마다 조합원이 되니 신수가 훤해졌다는 식으로 조롱해왔다. 말끝에 박 조리장은 좋겠다고 덧붙였다. 그날의 일은 그가 의도한 대로 흘러갔다. 다른 이들의 관심이 물러간 뒤 그는 비품실로 가 영양사에게 가운을 건네주었다. 영양사는 아무도 없는 틈을 타 쪽문을 통해 밖으로 나갔다. 영양사는 그가 건넨 담배를 머뭇거리다 받고는 필터 끝을 엄지와 검지로 조심스레 잡고 담배를 물었다. 기침을 하며 눈물을 찔끔 흘렸다. 손가락으로 눈물을 찍어대다가 그를 보고는 처연하게 웃었다. 겨우 스물두엇밖에 되지 않은 아이가 오십은 먹은 여인네처럼. 너도 참는 데에는 이골이 난 아이로구나. 그는 이 젊은이가 말하지 않아도 알았다. 사십 중반씩이나 되어서도 단체급식소에서 조리장이나 하고 있는 저 작자가 사장의 먼 친척이라 겨우 버티는 주제라는 걸. 연수차 파견 나온 젊은이의 입장에서는 저 작자의 평가보고서가 중요하다는 걸. 호텔이나 유명 직영점에서 근무하고 싶은 젊은이의 입장에서는 엉덩이를 좀 만지거나 가슴을 슬쩍 건드리는 것쯤은 참을 만한 일이라는 걸. 그러다 불쑥 중년 사내의 손이 무릎 안쪽으로 들어왔을 때 수치심과 분노가, 지금까지 모른 척하며 인내했던 그 모든 일들의 부당함에 몸서리가 쳐지고 온몸이 부서지는 듯한 고통이 엄습한다는 것도. 성추행이든 성폭력이든 입증하기 어려울 뿐만 아니라 외려 좋은 평가를 위해 꼬리를 쳤다거나 가난한 집의 요즘 여자애들이 다 그렇다거나 예쁘지 않은 것들이 더 설친다는 식의 힐난과 원래 헤픈 년이라는 손가락질을 비롯해 한번도 역사에 기록된 적 없고 기록될 수 없는 일들을 겪게 되리라는 걸. 그러나 젊은이는 모를 거였다. 언젠가 젊은이에게도 반격할 수 있는 기회가 찾아올 테고 모든 기회를 손에 넣을 수는 없겠지만 한번쯤은 손에 넣게 될 것이며 그때가 되면 이 모든 허위의 세월이 속절없지만은 않다는 것도. 겨우 담배 한대를 다 피운 영양사는 머리를 다시 묶고 단정하게 매만진 뒤 가운의 단추를 채웠다. 단추를 채우는 영양사의 손은 여전히 떨리고 있었다. 그가 생각해도 이상한 일이었다. 조리장 앞에서 단추를 풀었다가 다시 채울 때 신기하게도 전혀 떨리지가 않았다. 언젠가 남편이 방바닥에 머리를 처박고 죽은 것처럼 쓰러져 있는 걸 보았을 때 그는 남편을 내버려둔 채 도망가버렸다. 왜 그랬는지는 그도 모른다. 굳이 헤아리자면 놀랐을 때 손으로 입을 가리는 것과 같은 습관적인 행동일 뿐이었다. 사태를 파악하고 재빠르게 대응하는 재주는 원래부터 없었다. 오래오래 그 일을 두고 곱씹으며 후회하거나 흐뭇해하는 쪽이었지 당장에 벌어진 일을 논리적이고 이성적으로 판단하고 즉각적으로 행동하는 사람은 아니었다. 그때는 이러지 않았어. 심장이 두근거리고 두 다리가 후들거렸지. 달려가서 남편을 일으키든지 신고를 하든지 뭔가 해야 했는데 아무것도 할 수 없었어. 뭘 해야 한다는 생각은 들었지만 자꾸만 몸과 마음이 남편에서 멀어지려고 했으니까. 정신을 차려보니까 집 밖이었지. 옹벽 위 난간에 기대어 숨을 헐떡이고 있었지. 무섭고 두려웠어. 남편이 죽었을 수도 있다는 생각에 앞이 캄캄했으니까. 그런데 이제는 알겠어. 내가 왜 그랬는지 잘 알면서도 모른 척해왔다는 걸. 차라리 남편이 그렇게 죽어버리기를 바라는 것도 진심인데 인정하지 않으려 했다는 걸. 왜 남편이 죽기를 바라서는 안 되는 걸까. 영양사는 가운 자락을 탁탁 털었다. 어느정도 평온을 되찾은 얼굴이었다. 그는 영양사에게 아무에게도 말하지 않을 테니 걱정하지 말라고 다독였다. 그 말 때문이었을까. 영양사의 창백한 얼굴에 조소에 가까운 표정이 떠오르는 걸 보았다. 그를 향한 것일 수도 있었고 혹은 스스로를 향한 것일 수도 있었지만 꼭 그에게 그러는 것만 같아 가슴이 시렸다. 딸도 영양사 또래였다. 어느날 새벽 출근했다가 노조원들의 훼방으로 조리실에 들어갈 수 없던 날이었다. 조리장과 김 실장의 허락을 받고 병원을 나선 그는 집으로 가는 대신 딸의 자취방으로 갔다. 이른 아침이었는데 놀랍게도 딸의 방문은 잠겨 있지 않았다. 딸은 불까지 켜놓은 채 새까맣고 더러운 얼굴로 세상모르게 자고 있었다. 음식 냄새만이 아니라 방안에 가득한 술 냄새 탓에라도 구역질이 났다. 딸의 잠든 얼굴을 가만히 들여다보니 아무래도 마스카라가 번져서 얼굴이 새까매진 것 같았다. 그는 미지근한 물에 적신 손수건으로 딸의 얼굴을 닦아주었다. 평소에 잔소리를 하지 않던 그였지만 딸이 잠에서 깨어났을 때 몇마디 질책을 했다. 무슨 말 끝에 딸은 비위가 상했는지 오래 품었던 말인 것처럼 쉬지 않고 쏟아부었다. 엄마는 과묵한 게 아니라 필요한 말만 하는 사람이었어. 엄마는 기억하지 못하겠지. 내가 아홉살 때였어. 우리는 집 앞 횡단보도에 서 있었지. 아마 내가 인도에서 한발 내려가 차도에 섰던 모양이야. 엄마가 내 팔을 붙잡았는데 너무 아파서 아야 하고 소리를 질렀지. 그때 엄마는 별로 화난 표정도 아니었는데 말투는 무서웠어. 주희야, 한발 더 나가렴. 한발 더 나가서 달려오는 차에 쾅 부딪치렴. 여기는 차도야. 왜 여기 나와 있어. 인도에 서 있어야지. 엄마, 그날 이후로 나는 횡단보도 앞에 설 때마다 그때가 떠올라. 엄마, 왜 그랬어. 왜 다정하게 말해주지 않았어. 왜 그렇게 무섭게 말했어. 저쪽에서 차가 달려오는데 엄마가 그 앞으로 나를 떠미는 꿈을 자주 꿨어. 그래서 잊지 못해. 생생하게 기억해. 그때 엄마는 정말 나를 차도로 밀어버릴 것처럼 사납고 험악했거든. 그런데 이런 말들이 대체 무슨 소용이야. 내가 지금 이 모양 이 꼴이 된 게 엄마 탓도 아빠 탓도 아니고 내 탓도 아닌데. 누구 탓도 아니야. 누구 탓일 수가 없어. 영양사의 눈빛은 그런 말을 할 때의 딸의 눈빛과 그리 다르지 않았다.

저녁 배식이 끝날 즈음 농성장을 지키던 이들은 한꺼번에 병원 밖으로 나갔다. 나가기 전에 외래 병동 입구에 들러서 자기 차례가 되어 일인 시위를 하고 있던 은혜를 데리고 갔다. 마흔살의 은혜는 조합원 가운데 가장 어린 축에 속해서 다른 조합원들이 막냇동생처럼 아꼈다. 병원 근처의 단골 삼겹살집에서 홀 한가운데 자리를 잡고 단합대회를 했다. 농성 중이라고 해서 못할 일은 아니었지만 시늉으로 하는 회식이라는 걸 모두 알고 있었다. 고기를 굽고 웃고 떠들면서도 술은 마시는 척만 할 뿐 아래 숨겨둔 대접에 대부분 부어버리곤 했다. 병원 관계자들이 속아넘어가줄지 알 수 없었으나 별로 상관은 없었다. 시늉만 한다고 마신 술이지만 시간이 흐르니 제법 취기가 올랐고 이럴 바에야 아예 술을 잔뜩 마시고 취한 김에 점거해버리자며 농담하는 이도 있었다. 취기는 올랐으되 정신은 점점 말짱해졌다. 두어달 전 처음 파업을 결심하고 농성에 돌입할 때는 지금 숫자보다 두배는 많았다. 외주업체와 병원의 회유로 많은 동료가 조합을 탈퇴하거나 아예 퇴사해버렸다. 퇴사한 사람들 가운데 몇은 인사차 농성장을 찾아오기도 했다. 숙자 언니는 등신 같은 년! 하고 욕하면서도 어차피 정년도 몇년 남지 않은데다 온몸에 골병이 들기는 마찬가지 신세인데 이왕에 떠났으니 돈 많이 주고 수월한 일을 찾아보라고 위로해서 돌려보내곤 했다. 조합만 탈퇴하고 그대로 일을 하는 조리원들은 배신자라고 불렀다. 처음부터 조합에 가입하지 않았던 사람들보다 탈퇴한 사람들이 더 아니꼬운 모양인지 신경줄이 굵기로 유명한 숙자 언니나 영주 언니조차 그이들과 삿대질하며 다투기가 예사였다. 영주 언니가 술병에 숟가락을 꽂더니 노래 한곡을 뽑아냈다. 노래를 마친 영주 언니가 그를 가리켰다. 순희야, 니도 술 한잔 마셔봐라. 난 니가 술 먹는 꼴 못 보면 억울해서 못 죽는다. 그 말에 모두들 와르르 웃었다. 마시지 말란 소리네. 순희가 술 못 마시는 건 용왕님도 아는데 오래 살고 싶단 말을 저렇게도 하냐. 숙자 언니가 이렇게 핀잔을 주자 영주 언니가 고개를 갸웃 기울이며 그 말이 그렇게 되나, 하더니 난 오래 살고 싶다, 울 영감탱이보다는 먼저 못 죽는다, 그 머스

마가 칵 죽어야 신세 좀 필 낀데 하고는 술을 왈칵 들이켰다. 누군가 그의 손목을 붙잡았다. 은혜였다. 언니, 왜 그래? 괜찮아, 나도 한잔할게. 손목이 풀려난 그는 빈 잔에 소주를 따랐다. 그의 표정이 사뭇 단호했던 터라 다른 조합원들은 일순 말을 잃었다. 영주 언니가 손사래를 쳤다. 야야, 농담도 못하나! 안 마셔도 된다. 고마해라. 야야, 숙자야 좀 말려봐라, 진짜 마실라 칸다. 이년은 분회장이라니깐. 끝끝내 숙자라네. 거 뭐 하나, 정 마실라면 소주 말고 삐루나 한잔 해라. 그는 고개를 저었다. 괜찮아 언니, 안 죽으니까 걱정 마. 그는 입안에 소주 한잔을 털어넣었다. 쟤는 뭘 하든 삼십년쯤 한 사람처럼 잘해. 숙자 언니의 목소리가 귓가에서 웡웡거렸다. 그가 빈 잔을 머리 위에서 뒤집어 보이자 환호성이 났다. 알고 보니 순희가 술꾼이네! 노조 하면 다 그렇게 된다 아이가! 노조가 순진한 애 배려놓은 거 아니고? 조합원들은 낄낄대면서 그의 잔에 서로 먼저 술을 채워주려 했다. 그의 얼굴이 금세 달아올랐다. 새색시가 따로 없네. 여기가 신방이다, 신방. 신랑은 누고? 신랑 운운한 사람의 옆구리를 누군가가 질벅거리는 바람에 서로 목소리를 낮춰 다투었다. 얼마 전에 순희 바깥양반이 와서 난리 친 거 몰라? 알아. 아는데 왜 그래? 기가 막혀서. 그깟 조리장 따위랑 바람을 피웠을 리도 없고 그걸 트집 잡아서 을러대는 게 무슨 바깥양반이야. 밴댕이지. 술을 마신 탓인지 속삭이는 목소리가 그의 귀에는 또렷하게 들렸다. 아무리 노련한 김 실장의 감언이설이라 해도 남편이 거기에 넘어가 조리장과 그가 내연의 관계라고 믿지는 않았을 거였다. 아마도 트집을 잡아 노조에서 탈퇴하거나 농성에서 빠지게 되기를 바랐을 테지만 말로는 자기감정과 생각을 표현하지 못하는 남편이었다. 젊은 시절에도 그랬고 나이를 먹어서도 마찬가지였다. 남편은 화가 나면 아예 입을 닫거나 방문을 발로 차거나 집을 나가버렸지 차분하게 대화를 나누거나 단호하게 말다짐을 하지는 못했다. 남편의 추궁에 바람이 나든 말든 무슨 상관이냐는 식으로 대꾸했던 건 남편의 진심을 듣고 싶어서이기도 했다. 남편의 진심을 한번만이라도 직접 남편의 입을 통해 듣는다면 마음이 후련할 것 같았다. 설령 빈말이어도 좋으니 걱정이 되어서 왔다고 말해준다면 아무에게도 말하지 않았던 이야기 — 영양사든 조리장이든 김 실장이든, 아니 시어머니든 시누이든 그 누구와 얽힌 이야기든 들려줄 수 있을 것 같았다. 그는 살아오면서 하소연할 사람이 단 한명도 없었다. 치매가 심해진 시어머니 앞에 앉아 넋두리를 풀어낸 적은 있어도 소소한 일상을 살아온 이력에 버무려 간식을 먹듯 나누어 먹을 사람이 그의 곁에는 없었다. 그는 너무 외로웠기 때문에 외롭다는 걸 잊어버렸고 그걸 잊어버렸기에 외롭다는 느낌이 들 때마다 그가 살아오면서 겪은 절망의 감정들이 한꺼번에 되살아났다. 밤마다 감옥을 나서는 꿈을 꾸었다가 아침에 깨어나 감옥에 있는 자신을 발견하고 쓸쓸해하는 종신형 죄수처럼. 그는 손목을 탁 꺾으면서 두번째 잔을 입안에 털어넣었다. 달아올랐던 그의 얼굴이 숨이 죽은 배추 속잎처럼 창백해졌다. 야야 저년 쓰러진다, 붙잡아라! 숙자 언니의 목소리가 아련했다. 그는 머릿속에 든 걸 모두 게워내고 싶었다. 지나간 삶을 전생처럼 게워내고 싶었다. 한번도 진짜 행복한 적은 없었던 거야. 행복해야 한다는 생각에 사로잡혀서 행복하지 않았던 거야. 행복하지 않다는 걸 인정했다면 행복해지기 위해 노력할 수 있었을지도 몰라. 그런데 누가 내게 이런 생각을 불어넣어준 걸까. 내가 혼자 그렇게 생각했던 걸까. 아니면 누군가 부추기고 속닥여서 그렇게 된 걸까. 나와 세상을 이간질한 자는 누구지. 나는 아닌데, 나는 아닌데. 그럼 누구지. 그는 까무룩 어둠 속으로 이마를 처박았다.

시간이 얼마나 흘렀는지는 알 수 없었다. 눈을 떠보니 캄캄해서 다시 눈을 감았다. 다시 눈을 떠보니 여전히 캄캄했다. 갈증이 났다. 사위는 고요했다. 어두웠지만 누군가 그를 호위라도 하듯 곁에 앉아 지켜보는 걸 알 수 있었다. 시어머니면 좋겠다는 생각이 들었다. 남편과 아들이 대판 싸우고 아들이 집을 나가버린 날 그는 시어머니가 그리워서 시누이의 집을 찾아갔다. 그에게는 아들도 낯설었다. 어린 시절에는 말 잘 듣고 착한 아이였는데 사춘기를 지나면서 부모와 누나를 포함해 세상 사람 모두를 경멸하고 조롱하더니 얼마 안 가 가장 소심한 청년이 되고 말았다. 소심한 사내가 다 늙어버린 아버지와 그런 방식으로 다툴 수 있다는 게 신선하기도 했다. 아들은 그의 손으로 길러냈지만 그의 손을 떠난 지 오래였다. 소심한 청년이 되어버린 뒤로 아들의 이마에는 이런 글이 쓰여 있는 것만 같았다. 나는 새롭게 태어났는데 세상은 이미 늙어버렸어. 그런 생각을 한다는 게 어떤 기분인지 조금은 알 수 있을 듯했다.

시누이의 집에서는 음식 냄새를 맡아도 괜찮았다. 어쩌면 그 집에
밴 시어머니의 체취가 고약한 음식 냄새를 상쇄시켜주는 것인지
도 몰랐다. 시어머니 앞에서는 마음이 여유로웠다. 무슨 말을 해도
알아듣지 못하니까. 무슨 말이든 해도 상관없으니까. 말이 통하지
않으니까 말을 할 수 있었다. 그런 이유로 사실 그는 시어머니에게
모진 말도 몇번 했다. 그럴 때마다 시어머니는 방긋 웃곤 했다. 시
누이는 집에 없었지만 시어머니에게는 손님이 있었다. 낯익은 노
부인이었다. 그가 아직 시어머니를 모시고 살 때 같은 아파트에서
친하게 지내던 노부인이었다. 노부인은 반갑게 그의 손을 잡았다.
노부인이 함께 있을 줄은 몰랐기에 그는 당황했다. 뜻하지 않은 손
님 탓에 무슨 말을 해야 할지 몰랐고 그가 왜 왔는지 다 안다는 듯
한 노부인의 태도가 조금 불쾌하기도 했다. 그 노부인도 시어머니
못지않게 비쩍 마른데다 생기가 없었고 허깨비보다 더한 허깨비
같았다. 노인네들은 치매에 걸렸거나 걸리지 않았거나 상관없이
서로 말이 통할지도 몰랐다. 그가 이따금 모진 말을 했다는 사실도
알지 모르고, 어쩌면 두 노인이 친해질 수 있었던 것도 서로 며느
리의 험담을 하면서였는지도 모른다. 그가 불편해하는 걸 안다는
듯 노부인은 그렇지 않아도 일어서려던 참이었다며 정말로 일어
서더니 별다른 인사말도 없이 가버렸다. 어머님 손주가 말예요,라
고 말을 꺼낼 수 있게 된 건 한참이나 지나서였다. 시어머니는 정
신이 멀쩡할 때면 즐기던 드라마를 볼 때처럼 두 눈이 생글생글 빛
났다. 그는 아들과 남편이 어떤 방식으로 다투었는지, 아들이 한사

코 제 아비와 달라지려 애쓸수록 사실은 얼마나 제 아비와 똑같아지는지, 그래서 아들은 자신의 행동이 제 아비와 똑같다는 걸 꿈에서도 모르겠지만 젊은 시절 남편이 하던 것처럼 방문을 발로 차고 말은 하지 못한 채 씩씩대다가 집을 나가버렸다고 고자질을 하며 마음의 평온을 찾아갔다. 말을 마치자 더는 할 말이 없었는데, 아직 하지 못한 말이 저 가슴 바닥에 수천만 톤이나 남아 있는 것 같아 서러워졌다. 그는 많은 말을 했다고 생각했는데 정작 하고 싶은 말에 견주면 모래밭에서 모래 한알 골라낸 것에 지나지 않는 듯했다. 해야 할 말이 까마득했고 그제야 조금은 남편을 이해할 수 있을 것 같았다. 그가 아무리 많은 말을 해도 남편보다 상대적으로 많았을 뿐이지 절대적으로 많은 게 아니었음을. 그가 아무리 많은 말을 해도 결국은 남편처럼 될 수밖에 없음을. 그는 조금 울었다. 말 대신 눈물을 흘렸다. 눈물 한방울은 천마디의 말에 버금갔다. 눈물 두방울은 십년에 걸친 사연에 버금갔다. 시어머니가 엉덩이를 끌며 그에게 다가왔다. 악아, 왜 우니 응? 울지 마라 악아. 돈이 없니? …… 이거, 우리 며느리가 준 돈이야. 우리 며느리가 나 맛난 거 사 먹으라고 준 돈이야. 우리 며느리 피 같은 돈이다. 너 써라. 울지 마라. 돈은 있다가도 없는 거고 없다가도 있는 거야. 울지 마라, 악아. 사람이 돈을 울려야지 돈이 사람을 울릴 수는 없는 거다. 울면 못써. 니가 우니까 나도 울고 싶잖니, 응? 시어머니는 방긋 웃었다. 그는 혼란스러웠다. 시어머니는 치매에 걸리지 않은 사람 같았다. 잠깐 정신이 돌아온 것일 수도 있고 혹은 정신이 나간 척하다가 실수를 한 것일 수도 있었다. 그는 두려운 눈길로 시어머니를 바라보았다. 어머니, 제가 누군지 아시는 거죠? 정신도 멀쩡하신 거죠? 다 알면서 모르는 척하시는 거죠? 지금 어디 계신지 아시는 거죠? 알기 때문에 결국 거기로 가신 거죠? 어머니…… 저도 데려가주세요. 어머니만큼은 아니어도 저도 나이 먹을 만큼 먹었잖아요. 여기서 얼마나 더 늙어야 해요?

그가 몸을 일으키려 하자 곁에 있던 사람이 손으로 그의 등을 받쳐주었다. 남편이었다. 남편은 그가 기절해 있었다고 말했다. 남편이 병원에 도착했을 때 조합원들은 반쯤 취한 채로 외래 병동 입구를 점거했다가 용역 깡패들이 던진 똥물을 뒤집어쓰고 쫓겨났다고 했다. 똥물을 뒤집어쓰고 엉엉 울던 분회장이 순희는 삼겹살집 골방에 누워 있다고 일러주었다고 했다. 그가 나도 거기로 가야겠어요, 하자 남편이 거기에 아무도 없다고 말했다. 그럼 어디에? 일단은 노조 지부 사무실로 간다고 하더군. 이 추운 날 똥물을 뒤집어썼으니. 불 좀 켜봐요. 머리 아픈 사람은 어두운 게 나아. 괜찮아요. 불 좀 켜봐요. 남편은 머뭇거리더니 마지못해 끙 소리를 내며 일어나서는 불을 켰다. 남편의 얼굴이 마른 핏자국으로 덮여 있었다. 그는 아무 말도 하지 못했다. 미처 씻지를 못했어. 자네가 여기 누워 있대서 오기는 했는데 기절해서 잠자는 꼴을 처음 보는 것 같아서 앉았다보니…… 소녀처럼 새근새근 숨소리도 곱게 잘 자더군. 어디 봐요. 그가 손을 내밀자 남편이 고개를 돌렸다. 괜찮아, 젊은 놈들이 그악스러워. 돈이나 많이 받고 그 짓을 하면 좋으련만. 용역 깡패들과 싸웠어요? 싸우다니? 그냥 맞았지. 늙은이라고 봐주지는 않더군. 하긴 제 어머니 같은 여자들한테도 그랬으니깐. 휘어진 콧잔등과 이마에서 옆얼굴까지 난 생채기와 목 주변의 시퍼런 멍까지 뚜렷하게 보였다. 그는 화가 나서 소리를 질렀다. 개 같은 새끼들한테 얻어터진 우리 아들은 잘도 패더니 그깟 용역 깡패한테 두들겨 맞았단 말예요? 아들은 죽어라 패고 아들 같은 놈들한테는 죽어라 맞고! 남편은 대꾸하지 않았다. 그는 이불을 발로 차고 벌떡 일어났다. 목이 타고 가슴이 조였다. 머리가 빙글 돌았다. 그의 몸이 휘청거렸다. 그는 팔을 붙잡는 남편의 손을 있는 힘껏 뿌리쳤다. 남편이 휘청거리더니 털썩 주저앉았다. 왜 그래요? 엄살 부리지 말고 일어나요. 우리 아들 찾아내요. 당신이 쫓아냈잖아. 일어나! 어서 일어나! 어느새 그는 고함을 치고 있었다. 이 사람은 아들의 뺨을 모질게도 때렸지. 나는 이 사람이 우리 아들을 때리는 걸 보면서 이 사람은 누군가에게 맞아본 적이 없는 사람이라는 걸 알았어. 그런데도 이 사람은 우리 아들을 때렸지. 그게 옳다고 믿었고 그렇게 하는 게 아버지의 역할이라고 알았던 거야. 이 사람에게 진짜 아버지란 어떤 사람이어야 하는지를 가르쳐준 사람은 없었으니까. 이 사람은 결코 모를 거야. 우리 아들에게 절망을 준 자들이 바로 자기와 같은 사람이었다는 걸. 일손이 서투르다는 이유로 때리고 말귀를 알아듣지 못한다는 이유로 때리고 사내자식이 약해빠져서 별일 아닌데도 질질 짠다고 때렸어. 때려도 대들지 못하니까 계속 때렸지. 우리 아들을 깊은 슬픔에 빠뜨린 자들이 바로 자기 같은 자들이라는 걸 이 사람은 결코 모를 거야. 그렇게 맞고 굴복하고 순종하면서 어른이 되는 거라고 믿는 사람이니까. 자기도 그렇게 견뎌왔다고 생각하는 사람이니까. 그게 세상을 살아가는 현명한 태도라고 생각하니까. 이 사람이 지금까지 한번도 오판하지 않을 수 있었던 건 진정한 의미에서 한번도 판단하지 않은 덕분이었어. 그 덕분에 이 사람은 고요하게 낮게 즐겁게 살아왔지. 그게 행복인 줄 알면서 말이야. ……나도 그랬으니까. 나도 그게 옳다고 믿었으니까. 별일 아닌데 힘든 척하면 화가 났으니까. 나도 그렇게 우리 아들에게 화를 냈으니까. 나와 상관없다 믿고 모른 척하며 살아왔으니까. 그래서 나한테 이러는 걸까. 내가 무슨 잘못을 했는지 알라고 이러는 걸까. 그는 생각하고 또 생각했다. 가스레인지의 건전지를 갈아 끼우지 못해 조바심이 났던 어느날이었던가. 남편은 돌아오지 않고 밤은 깊었다. 딸아이는 울다 지쳐 잠들었고 그는 배가 고팠다. 죽을 데워 먹고 싶었는데 가스레인지가 켜지지 않았다. 아무리 점화 스위치를 돌려보아도 불꽃이 올라오지 않았다. 딸깍, 딸깍, 딸깍…… 그는 차갑게 식어서 굳은 죽을 먹어야 했다. 다음 날 남편은 건전지를 교체해주었다. 점화 스위치를 돌리자 붉고 푸르고 하얀 불꽃이 이글이글 피어났다. 이토록 간단한 일이었는데 왜 그토록 두려움에 사로잡혀야 했는지 알 수 없었다. 건전지 갈아 끼우는 일을 두려워한 스스로가 한심하고 창피하고 안쓰러웠다. 가스 호스가 빠지고 가스가 새어나와 펑 하고 터지는 상상을 했던 스스로가 경멸스러웠다. 사소한 일을 감당하지 못해 남편에게 의지해야 한다는 사실이 수치스러웠다. 겨우 그것 때문에 이 사람과 살아야 한다는 사실이 참담했다. 그가 정말로 외롭고 불안할 때 남편에게 기댈 수 없게 될까봐 서글펐다. 남편은 벽에 기대어 두 다리를 쭉 뻗은 채 고개를 푹 숙이고 있었다. 남편의 두 손은 가슴팍에 얹혀 있었다. 아직 그가 젊었던 어느날 남편은 자다가 벌떡 일어나더니 허공에 대고 주먹질과 발길질을 했다. 그는 깜짝 놀라 방구석으로 기어가 웅크리고 있었다. 남편은 보이지 않는 적과 목숨을 걸고 싸우는 사람 같았다. 한참을 그러더니 지금처럼 벽에 등을 기대며 스르르 주저앉아 다시 잠에 빠져들었다. 그는 남편 곁으로 다가가 서랍장 모서리에 부딪혀 까지고 피가 나는 손등을 닦아주었다. 잠든 남편의 얼굴은 일그러져 있었다. 이른 아침, 잠에서 깬 남편은 멍하니 앉았다가 고개를 돌려 그를 보더니 이렇게 말했다. 슬픈 꿈을 꾸었어. 누군가 우리 식구를 해치려고 했는데…… 내가 막아낼 수가 없었어. 그는 남편의 어깨를 감싸며 꿈일 뿐이니 잊으라고 말했다.

남편의 고개가 옆으로 돌아갔다. 고요했다. 숨 막힐 듯한 고요였다. 그가 알던 남편이 아니었다. 다 자라면 바다에서 솟구쳐올라 새가 된다는 물고기처럼 전혀 다른 존재인 것 같았다. 남편은 다 자라버린 것 같았고 헤엄치는 게 지겨워져서 이제 어디론가 날아갈 채비를 하는 중인 듯했다.

그는 병원이 건너다보이는 길가에 섰다. 거기에는 고층 빌딩이 즐비했다. 아들에게 전화를 걸었다. 아들 이름 옆 숫자가 36에서 37로 바뀌었다. 온몸이 으슬으슬 떨려왔다. 그는 낯설고 두려운 느낌이 들어 하늘을 올려다보았다. 하늘에 드리워진 얇은 빛의 장막에서 검은 점이 무수히 태어났다. 눈송이들의 그림자였다. 눈보다 먼저 눈의 그림자들이 희미한 빛으로 재단된 허공을 가득 채우며 내려왔다. 첫눈이었다. 눈은 호외처럼 내렸다. 태초에 눈이 내렸다면 저런 풍경이었을 거야. 그는 혀를 내밀었다. 그의 메마른 혓바닥에 눈송이 하나가 조용히 내려앉았다.

3

그는 녹슨 철대문의 손잡이를 두드렸다. 녹슨 대문치고는 경쾌한 소리가 났다. 대문 안쪽에서 발소리가 들려왔고 이어서 잠금장치가 딸깍하며 풀렸다. 문이 끼익 소리를 내며 열렸다. 선을 본 뒤로 이제 겨우 세번밖에 대면하지 않았는데도 오래 봐온 사람처럼 정겨웠다. 별로 예쁘지도 않고 다정하지도 않은 이 여자의 무엇에 이끌리는 건지 그는 알 수 없었다. 아이구야! 주인집 노부인이 합죽한 입을 오물거리며 탄성을 질렀고 그에게 다가와 두 손을 어루만졌다. 아내와는 먼 친척인지라 여느 셋집 주인 대하듯 할 수는 없는 노릇이어서 그는 노부인이 묻는 말에 성실히 대답하고 정갈한 마당과 잘 정돈된 살림살이를 치켜세운 뒤 아직도 이리 고우시니 젊은 시절에는 미인이셨던 게 틀림없다는 둥 듣기 좋은 이야기를 해주었다. 노부인은 이가 거의 없는 입을 헤벌리며 웃었고 손녀사위 대하듯 그의 등을 어루만지기까지 했다. 쪽마루에 앉아 노부인과 이런저런 이야기를 나누는 동안 아내는 그와 조금 떨어진 곳에 다소곳이 앉아 있었다. 그가 슬쩍 고개를 돌려 보았을 때 아내의 눈길은 담장 너머를 향하고 있었는데 거기에는 담장 전체에 그림자를 드리울 수도 있을 만큼 오래된 감나무가 있었다. 주인집 노부인이 처녀 총각 사이에서 너무 오래 주책을 떨었다며 말치레를 하고는 치맛자락을 휘감으며 뒤란으로 사라지고서야 그와 아내는 눈길을 마주칠 수 있었다. 밥은 먹었느냐는 물음에 그가 고개를 젓자 아내는 조금만 기다리라고 했다. 그는 마루에 앉은 채로 방에 딸린 작은 부엌에서 아내가 음식을 준비하는 소리를 들었다. 아내가 입을 가리고 콜록거리는 듯했다. 풍로에서 피어난 그을음이 한가닥 새어나왔다. 그는 신혼살림을 장만할 때 좋은 풍로부터 하나 구입해야겠다고 마음먹었다. 이윽고 그가 평소에 그리 좋아하지 않는 청국장 냄새가 났다. 아내가 청국장을 끓이는구나. 그가 감나무를 바라보는 동안 간헐적으로 바람이 지나갔고 이파리 두어개가 팔랑거리며 떨어졌다. 아내가 작은 밥상을 들고 부엌에서 나왔다. 그가 얼른 밥상을 받아들었다. 들어가서 드세요. 그는 아내의 방에 들어가 밥상을 놓고 앉았다. 두어 사람이 누우면 꽉 찰 작은 방이었다. 시렁에 이불 두채가 얹혀 있고 말코지에 옷이 몇벌 걸려 있었다. 봉창에는 화장품과 못난이 인형이 가지런히 놓여 있었다. 커다란 가방 하나를 제외하면 가구도 없이 썰렁했지만 영락없는 여자의 방이었고 그에게는 익숙하지 않은 냄새가 은근히 깃들어 있었다. 밥상 위에는 밥 한공기와 청국장찌개 한그릇과 김치와 무말랭이 종지 그리고 수저 한벌이 있었다. 방문은 열어둔 채였지만 아내는 안으로 들어오지 않았다. 아내는 그와 비스듬히 보이는 마루 끝에 앉았다. 어서 드세요. 아내가 말했고 그 말에 분명 뭐라고 답해야 했지만 그는 하지 않았다. 잘 먹겠다거나 고맙다거나 뭐든 무심하게라도 한마디 할 수 있었으련만 그러지 못했다. 숟가락을 집어든 그는 청국장을 한입 떠먹었다. 강렬하고 고약한 냄새와 달리 뜻밖에도 부드럽고 고소한데다 전혀 자극적이지 않았다. 그의 어머니가 끓여주던 청국장과는 다르다는 걸 무딘 그도 알 수 있을 만큼 입에 감기는 맛이었다. 그는 아내 쪽을 보았고 아내도 그를 보았다. 그는 아무 말도 하지 않았으나 아내는 고개를 보일락 말락 끄덕였다. 그는 예쁘지도 않고 다정하지도 않은 이 여자와 더불어 평생을 해로할 수밖에 없다는 생각이 들었고 그런 생각이 들자 마음속이 뜨뜻해졌다. 얼굴을 붉히거나 눈물을 흘리지는 않았지만 괜히 울고 싶어졌고 그런 심정을 행여 들킬세라 고개를 숙인 채, 아직 아내는 아니었지만 아내가 될 게 분명하며 아내일 수밖에 없고 과거에도 미래에도 어쩌면 전생에도 다음 생에도 아내일 것 같고 아내여야만 하는 아내가 차려준 최초의 밥상을 말없이 달게 먹었다. 아내의 방문은 활짝 열려 있었고 그의 마음속에 웅크렸던 또 다른 그, 이미 세상을 다 살아버린 것처럼 지레 절망하여 자포자기 상태로 은둔했던 그 역시 활짝 웃었다.

남자는 감정을 숨기는 데 능숙한 사람이었고 여자는 상대방이
숨긴 감정을 간파하는 데 능숙한 사람이었다. 전혀 다른 두 사람이
부부가 될 수 있었던 이유는 감정을 숨겼다고 해서 감정이 없는 건
아니기 때문이었고 아무리 꽁꽁 감춘다 해도 그곳으로 부드럽게
손을 가져가 어루만져줄 수 있어서였다.

여자의 눈에 남자는 그다지 미쁘지는 않았으나 허둥대는 모습이
보기 좋았다. 남자를 골목 입구까지 배웅한 뒤 돌아온 여자는 설거
지를 했다. 여자에게는 밥그릇도 국그릇도 수저도 단 한벌뿐이었
다. 집주인이 먼 친척인 이 집으로 세 들어온 뒤 시장에서 새로 구
입한 것들이었다. 거기에 밥을 푸고 국을 담고 숟가락질과 젓가락
질을 하며 끼니를 때워왔다. 어쩌면 그것만이 유일하게 전적으로
여자에게 속한 것들이었다. 여자는 남자가 깨끗이 비우고 간 그릇
과 수저를 씻으며 눈물이 나오는 걸 주체하지 못했다. 어쩌면 머지
않은 날 그 남자와 첫날밤을 치르면서 느껴야 할 혼란을 이미 그
순간에 느꼈던 것인지도 몰랐다. 여자만의 것이었던 그것들에 남
자의 숨결이 지나가버렸고 이제 그것은 여자만의 것이 아니었다.
남자가 손대고 입을 댄 그것들로 다시 밥을 먹어야 한다고 생각하
니 심란했다. 나는 무엇을 잃어버린 걸까. 그리고 여자는 무엇을 얻
었는지를 생각했다. 셈이 맞지 않아 서러웠지만 이상하게도 가슴

이 아프다기보다는 간지러웠다. 그런데 그 사람은 밥 먹으면서 왜 울고 싶어했을까. 여자는 그릇과 수저의 물기를 마른행주로 닦아내며 한숨을 내쉬었다.

| 작가의 말 |

　「예언자」는 이십여년 전 사랑했던 고모를 안장하던 날 당신의 막내아들인 사촌 형이 들려준 이야기에서 태어났다. 마지막 문장을 쓰기까지 참 오래 간직하고 살았다. 「옛사랑」은 사랑이란 지나가고 난 뒤에야 알아볼 수 있음을 알려준 이들을 떠올리며 썼다. 아버지가 사라지고 없던 어느날 어머니와 함께 당신들의 젊은 시절 한 자락이 서린 마을을 찾아간 적이 있는데 처음에는 긴가민가 하던 어머니가 마침내 무언가를 기억해냈다. 눈가에 비친 한방울 눈물에 한생이 담길 수도 있음을 그때 알았다. 「노 파사란」은 생전에 잠깐 뵈었지만 깊은 인상을 남겼던 아내의 할머니를 떠올리며 썼다. 지나가도록 허락하지 않았음에도 기어이 지나가버린 야만의 시간을 견뎌야 했던 그 시대 사람을 기억하고 싶었다. 「눈동자 노동자」는 지금 이 순간에도 어딘가에서 다리와 허리가 부러지고 있을 일당 노동자와 하수관 매립 공사를 하다 흙더미에 매몰되어 세상을 떠난 옛 친구를 떠올리며 썼다. 나는 그이를 눈빛으로만 기억할 수 있다. 「무너지다 만 사람」은 고향 마을에서 흔히 볼 수 있는

무너지다 만 집에 깃든 사연에서 비롯된 이야기이고 「기찻길 아이들」은 내게 우정을 가르쳐준 고향 친구에게 「저녁의 선동가」는 아무에게도 자신의 슬픔을 말할 수 없는 이에게 들려주고 싶은 이야기다. 「환멸」은 어린 시절 살가웠으나 나이를 먹어가며 소원해졌던 사촌 형이 당신 집 대문 앞에서 얼어 죽은 뒤부터 하고 싶은 이야기였다. 그러고 보면 동기간 없이 자란 내게 피붙이나 다름없는 이들이 많았던 건 그 시대가 내게 허락한 거의 유일한 행운인 듯하다. 「꿈을 꾸었다고 말했다」를 쓰는 동안에는 귓가에서 바람 소리가 그치지 않았다. 우리는 어디에서 왔기에 우리가 꾸었던 꿈을 잊고 사는가. 지금 꾸는 이 꿈을 다음 생에 누구한테 들려줄 수 있을까.

글을 쓰는데 딸이 내 방으로 들어와 놀아달라며 방해할 때가 있다. 그러면 나는 아빠 글 쓰잖아, 아빠는 뭐 하는 사람이지? 하고 묻는다. 딸은 가르쳐준 대로 소설가라고 답한다. 그리고 어느날, 딸은 내게 물었다. 소설이 뭐야? 소설은 말야…… 신중하게 낱말을 골라보지만 소설을 설명할 수 있는 적당한 문장을 찾을 수가 없었다. 내가 하려던 말은 이런 말이었다. 아빠가 누구에게도 위임하지 않은 마지막 신념은 이렇단다. 문학은 인간의 마지막 희망이다. 문학이 부서지면 세계도 무너진다. 그러므로 잊지 말아야 한다. 문학과 비슷해 보이는 것은 문학이 아니다. 문학만이 문학이다. 소설과 비슷해 보이는 것은 소설이 아니다. 소설만이 소설이다. 소설이 무어냐는 질문에 대답하지 못한 이유는 소설을 규정할 수 없기 때문이고 소설을 규정할 수 없는데 소설이 무언지 어찌 아느냐면 이렇게 말할 수밖에 없다. 아무도 소설을 규정할 수는 없지만 소설을 보기만 하면 그게 소설임을 누구나 알아본다. 아, 이게 바로 소설이구나, 하며 나지막이 감탄하게 된다. 나는 이런 말을 하고 싶었다. 내가 쓰고 싶은 건 소설과 비슷해 보이는 소설이 아니라 소설과 똑같은 소설임을 말해주고 싶었다.

소설집을 정성스레 엮어준 창비에 깊이 감사드린다.

2020년 가을 손홍규

| 수록작품 발표지면 |

「예언자」······『실천문학』 2016년 봄호

「옛사랑」······『문학의 오늘』 2016년 겨울호

「노 파사란」······『작가세계』 2015년 가을호

「눈동자 노동자」······『현대문학』 2017년 2월호

「무너지다 만 사람」······『문학사상』 2020년 1월호

「기찻길 아이들」······『보보담』 2019년 겨울호

「저녁의 선동가」······『문학의 오늘』 2018년 봄호

「환멸」······『한국문학』 2015년 겨울호

「꿈을 꾸었다고 말했다」······『문학사상』 2017년 9월, 10월호

당신은 지나갈 수 없다

초판 1쇄 발행 • 2020년 10월 26일

지은이 / 손홍규
펴낸이 / 강일우
책임편집 / 황혜숙 김필균
조판 / 한향림
펴낸곳 / (주)창비
등록 / 1986년 8월 5일 제85호
주소 / 10881 경기도 파주시 회동길 184
전화 / 031-955-3333
팩시밀리 / 영업 031-955-3399 · 편집 031-955-3400
홈페이지 / www.changbi.com
전자우편 / lit@changbi.com

ISBN 978-89-364-3832-6 03810

* 이 책은 2018년 아르코문학창작기금 수상작가의 작품입니다.